RENDIÇÃO

MAYA BANKS

RENDIÇÃO

LIVRO UM DA TRILOGIA SURRENDER

Tradução
Rosemarie Ziegelmaier

LeYa

Título original: *Letting Go*

Este livro foi revisado segundo o Novo Acordo Ortográfico da Língua Portuguesa.

Preparação de texto: Alice Camargo
Revisão de texto: Patricia Bernardo de Almeida
Diagramação: Camila Araújo
Capa: Ideias com Peso

DADOS INTERNACIONAIS DE CATALOGAÇÃO NA PUBLICAÇÃO (CIP)
ANGÉLICA ILACQUA CRB-8/7057

Banks, Maya
Rendição / Maya Banks; tradução de Rosemarie Ziegelmaier. - São Paulo: LeYa, 2014.
336 p. (Surrender, v.1)

ISBN 978-85-441-0125-4
Título original: Letting Go

1. Literatura americana 2. Romance erótico I. Título II. Ziegelmaier, Rosemarie

14-0749 CDD 813.6

Índices para catálogo sistemático:
1. Literatura americana

Todos os direitos reservados à
LEYA EDITORA LTDA.
Rua Desembargador Paulo Passaláqua, 86
01248-010 – Pacaembu – São Paulo – SP – Brasil
www.leya.com.br

Para Lillie e Katie,
por me manterem na linha!

1

Nervosa, Josslyn Breckenridge deu uma olhada no espelho para ver como estava, mesmo sabendo que ninguém iria reparar nela. Exceto Dash. Apesar de não ter confirmado, ela sabia que ele viria, como havia feito nos dois últimos anos, e a levaria ao cemitério para visitar o túmulo do marido e enfeitar o lugar com algumas flores.

As flores estavam no balcão ao lado, à espera que ela as pegasse e levasse consigo. Mas ela hesitou porque este ano... Este ano era diferente. E, embora apreensiva, Josslyn estava decidida.

Ela tinha de seguir com sua vida. Tinha de *libertar-se*. E isso doía, mas, ao mesmo tempo, trazia um certo alívio, como se um grande peso tivesse sido retirado de seus ombros. Já estava na hora. E a única coisa que faltava era visitar o túmulo de Carson e ficar em paz com sua decisão.

Ela ajeitou sua camiseta e alisou a calça jeans. Não era o que normalmente vestiria para ir ao cemitério no aniversário da morte de seu marido. Nos últimos anos, sempre se vestira de preto porque achava que uma roupa mais descontraída poderia ser desrespeitosa ou dar a impressão de que aquela visita não tinha importância.

Mas ela sabia que Carson não ia querer que ela vivesse assim: ao contrário, ele sempre quis a felicidade dela, e insistir naquele luto tão profundo certamente o deixaria triste.

Com um suspiro, Joss passou o brilho discreto nos lábios e rapidamente prendeu seus longos cabelos em um rabo de cavalo, deixando parte deles solta, em um coque desarrumado.

Esta era a verdadeira Joss. Sem frescuras. Mais à vontade em uma calça jeans e camiseta básica do que usando os vestidos caros, as joias, os mimos que Carson adorava lhe dar. Somente debaixo da roupa ainda vestia a lingerie sexy de que ele tanto gostava.

Fechou os olhos, tentando não se lembrar do passado e de como se sentia quando as mãos dele acariciavam seu corpo, que ele conhecia até melhor do que ela. Carson sabia como agradá-la, como tocá-la, como beijá-la, como fazer amor com ela.

Ele deu tudo o que ela sempre quis. Amor, respeito – tudo mesmo, exceto a coisa de que ela mais precisava, algo que ela nunca poderia lhe pedir, pois o amava demais para pedir algo que ele *não poderia* dar.

Joss sacudiu a cabeça para afastar aquele pesado véu de tristeza, determinada a terminar aquele dia e a começar uma vida. Sua *nova* vida.

Pegou as flores, suas favoritas, e as cheirou, fechando os olhos para sentir melhor o perfume. Carson adorava presenteá-la com aquelas flores, nos aniversários dela ou do casamento deles. Ou então a qualquer momento, sem motivo específico. Hoje era a vez dela: colocaria as flores no túmulo e iria embora – desta vez para sempre.

Ela não precisava de uma lápide de mármore com as datas de nascimento e morte para preservar a lembrança de seu marido. Não era assim que pretendia se lembrar dele e não queria mais sofrer com a tortura de visitar o cemitério e sentir saudades toda vez que respirava.

Carson moraria para sempre dentro do seu coração e da sua alma e, no futuro, seria *lá* que o visitaria, não no pedaço de terra e grama que cobria seu caixão.

Joss rapidamente se dirigiu até a porta de entrada e, quando saiu, o brilho repentino do sol ofuscou sua visão. Embora ainda fosse primavera, o tempo em Houston já estava quente e ela ficou feliz por ter escolhido a camiseta de manga curta e não o vestido preto que costumava vestir.

E lá estava Dash, encostado no carro, esperando por ela como havia previsto. Ele se endireitou assim que a viu, e Joss percebeu um breve lampejo de surpresa em sua feição antes de ele se recompor e estender a mão para ela.

Ela roçou seus dedos nos dele, apertando sua mão com delicadeza. Não era preciso dizer nada: ambos sentiam a falta de Carson, marido e melhor amigo.

– Você está linda, Joss – disse Dash, enquanto a conduzia até o carro.

Ela sorriu, pois sabia que naquele dia não estava particularmente bonita. Ele provavelmente estava surpreso com a aparência informal dela, mas não disse nada e colocou as flores no banco de trás, com cuidado para que não caíssem. Fechou a porta depois de se certificar de que Joss estava bem acomodada.

Joss observou enquanto ele dava a volta na frente do carro, suas longas pernas cobrindo a distância em segundos. Quando Dash se sentou ao volante, ela se sentiu inundada pelo perfume dele.

Dash sempre teve o mesmo cheiro: aquele aroma másculo, embora ela soubesse que Dash não usava perfume nem loção pós-barba. Era um cara sem frescuras e bastante parecido com Carson, embora o marido dela tivesse preferência por roupas caras. Até mesmo peças informais, também de alfaiataria, eram confeccionadas para se adaptar à personalidade dele.

O carro caía como uma luva para Dash: um elegante Jaguar preto. Muito apropriado ele dirigir um carro com nome de predador, o que parecia evocar outras características do proprietário.

Ele e Carson tinham sido sócios em uma empresa, mas quem dava a cara para bater era Carson. Um tipo de porta-voz educado, era ele quem jantava e tomava vinho com os clientes, fechava negócios e comparecia a todos os eventos sociais. Dash se ocupava nos bastidores, conduzia as negociações e fazia o trabalho pesado, solucionando problemas.

Carson sempre achava graça e dizia que ele era a beleza e o charme, enquanto Dash era o cérebro da operação. Mas certamente

Dash não perdia em beleza nem em charme. Um era o oposto do outro: Carson era loiro, Dash moreno. Os olhos de Carson eram azuis e os de Dash de um castanho profundo, reforçados por uma pele de tom mais escuro. Era tão bonito quanto Carson, mas com um poder de atração mais reservado e misterioso, quase pensativo. Quando ainda era namorada de Carson, Josh ficou nervosa ao conhecer Dash. O namoro do casal tinha sido um turbilhão, ela estava completamente apaixonada e sabia que Dash temia que o amigo estivesse perdendo a cabeça e indo rápido demais. E, por saber que o sócio do namorado tinha essa opinião, Joss mantinha um certo pé atrás em relação a ele. Com o tempo, porém, essa sensação mudou e Dash se transformou em um apoio, sobretudo depois que Carson morreu.

Como se quebrasse uma parede que os separava, Dash segurou a mão de Joss e, como havia feito antes, entrelaçou seus dedos nos dela dando um suave aperto, num gesto de confiança.

Joss olhou para ele e sorriu, afirmando com o olhar que estava bem. Ao pararem no farol vermelho, Dash olhou-a novamente, quase como se tentasse descobrir o que havia de diferente nela.

Claramente satisfeito com o que quer que tenha visto em seu olhar ou expressão, ele sorriu de volta, mas não largou a mão dela enquanto dirigia pelo trânsito em direção ao cemitério, que ficava a apenas alguns quilômetros da casa de Joss e Carson.

O silêncio era agradável e, de qualquer forma, eles nunca conversavam muito no dia que Dash a levava ao cemitério. Claro que Joss ia até lá em outras datas, mas, no aniversário da morte de Carson, Dash sempre estava ao lado dela.

Este não era, porém, o único dia em que se viam, pois desde a morte de Carson o amigo se tornara mais presente na vida dela e se transformara em uma sólida fonte de apoio. Quando ela precisou dele desesperadamente (sobretudo no primeiro ano), Dash sempre esteve ao seu lado, não importando se era para ajudar com alguns documentos ou com a burocracia depois da morte de Carson ou apenas para fazer companhia nos dias em que Joss sentia que estava desmoronando.

Joss sempre seria grata pelo apoio inabalável de Dash nestes três últimos anos, mas agora era hora de seguir em frente. Estava na hora de se tornar independente, hora de Dash parar de tomar conta dela.

Hoje não era apenas um dia para se desprender de Carson, mas também para se desprender de Dash. Ele merecia mais do que ser responsável pela viúva do seu melhor amigo. Tinha a vida dele e Joss não sabia de nada sobre seus relacionamentos, nem sequer se ele *estava* em algum relacionamento estável. De repente, tudo ficou claro e ela percebeu o quanto havia sido egoísta e egocêntrica desde a morte de Carson. Dash tinha sido uma presença constante, certa, mas isso tinha acabado. Seria um milagre se Dash estivesse em um relacionamento estável, porque poucas mulheres aceitariam que um homem largasse tudo e viesse correndo ajudar a viúva de um amigo.

Quando chegaram ao cemitério, estacionaram o carro e Joss desceu, sem esperar que ele a ajudasse. Ela abriu a porta de trás e se inclinou para pegar as flores.

– Pode deixar que eu pego, Joss.

Aquela voz grave ecoou em seus ouvidos e ela sentiu um arrepio na nuca. Pegou o vaso e se virou, sorrindo para tranquilizá-lo.

– Já peguei, Dash. Está tudo bem.

Um olhar impenetrável estudou suas feições novamente, tentando entrar em sua mente para entender o que se passava. Era como se ele soubesse que algo estava diferente, mas não conseguisse dizer o quê. E isso era bom, porque Joss morreria se Dash pudesse ler seus pensamentos. Se ele soubesse exatamente o que ela tinha planejado e como pretendia levar sua vida dali para frente!

Ficaria horrorizado, sem dúvida. Acharia que ela tinha enlouquecido de vez e provavelmente a arrastaria até o consultório de um psiquiatra o mais rápido possível. Era por isso, então, que não queria que ele soubesse.

Com suas amigas era diferente. Chessy entenderia perfeitamente e até a encorajaria. Já Kylie, nem tanto...

Kylie era a cunhada de Joss e única irmã de Carson. Ambos tinham tido uma infância e adolescência terríveis e, assim como Carson não podia oferecer o que Joss desejava (e precisava), Kylie também não entenderia suas atitudes.

Talvez até ficasse com raiva de suas escolhas ou achasse que era uma traição à memória de seu irmão. Joss só podia esperar que Kylie a apoiasse de alguma forma, mesmo sem conseguir entender.

Mas não era momento para precipitações. O primeiro passo a ser dado consistia em ir ao cemitério e conversar com Carson pela última vez. Depois, na hora do almoço, encarar suas melhores amigas. Joss precisava se ocupar ao máximo durante o dia, porque à noite...

À noite, tudo iria começar.

Ao se aproximarem do túmulo de Carson, Joss achou que ia cair no choro, mas, estranhamente, sentiu-se em paz pela primeira vez em três longos anos. Sim, já era hora.

Ela se ajoelhou e, antes de colocar o vaso de flores bem no meio do túmulo, afastou as folhas e a poeira da lápide com delicadeza. Seu olhar vagou até a inscrição, com as datas de nascimento e morte de Carson.

Seus dedos tracejaram as palavras: *amado marido, irmão e melhor amigo*. Palavras que diziam tudo, que lembravam as pessoas que choravam por ele. Fizera questão que Dash também fosse mencionado na inscrição, já que ele era parte da família tanto quanto ela ou Kylie. Pena que não tivessem tido filhos para perpetuar seu legado e sua memória.

É que, como todo jovem casal, acreditaram que tinham todo o tempo do mundo. Além disso, Carson não sabia se queria ter filhos, pois receava possuir os mesmos traços genéticos paternos. E ainda que Joss afirmasse que ele não tinha nada que parecesse com o pai, ainda assim Carson temia machucar as pessoas que amava.

Ela entendia o medo dele. Sabia o quanto a amava e que preferiria morrer a machucá-la ou prejudicar os filhos que viessem a ter. Mas, no presente, a escuridão do passado parecia uma sombra – o mesmo passado que, à noite, atormentava o marido na forma de sonhos. E, embora Kylie quase nunca falasse sobre o assunto, Joss sabia que ela também tinha os mesmos pesadelos e, como o irmão, passava várias noites sem conseguir dormir.

Uma onda de tristeza tomou conta de Joss. Que desperdício! Seu sogro havia destruído as vidas de duas crianças inocentes. E, o que era pior ainda, ele continuava presente na vida adulta dos filhos, influenciando cada decisão, vivendo em seus temores, apesar de já estar morto. Ele ainda controlava os filhos de sua sepultura, sua memória e as lembranças de tudo o que tinha feito torturavam-nos até hoje.

– Joss?

Dash a chamou com suavidade e interrompeu seus pensamentos, foi então que ela percebeu que estava ajoelhada no túmulo havia bastante tempo, ainda passando os dedos sobre as palavras da lápide.

Ele parecia preocupado e um pouco inseguro, algo que Dash definitivamente não era.

Joss inclinou a cabeça e seus olhares se encontraram.

– Preciso de um momento, por favor. Se você não se importar, me espere no carro. Só mais alguns minutos e poderemos ir, tá?

Novamente, Dash ficou surpreso. Ela nunca havia pedido para ficar sozinha no túmulo de Carson. Era difícil e emocionante demais. Ele sempre ficava ao lado dela, firme e forte, a rocha na qual ela podia se apoiar. Permanecia o tempo todo com ela, enquanto ela quisesse ficar, e depois a levava de volta para casa, onde ele passava o resto do dia sentado ao lado de Joss enquanto ela chorava em seu ombro.

Hoje, não. Não seria mais assim.

– Se você prefere assim.... – ele hesitou.

Ela confirmou com a cabeça, sem derrubar nenhuma lágrima. Não queria começar a chorar na frente dele, pois já tinha feito isso por tempo demais.

– Tudo bem – ele concordou. – Fique o tempo que quiser, querida. Tirei o dia hoje para ficar à disposição.

Joss sorriu. Claro que ele estava à disposição, como sempre, mas ela não queria mais isso. Tinha muito que fazer até a noite e não podia arriscar perder sua determinação e se abrir com Dash. Não seria muito apropriado e, além disso, ele não aprovaria. Pensaria que ela tinha perdido o juízo.

E talvez ela tivesse mesmo. Ou talvez estivesse recuperando a razão.

Enquanto Dash se dirigia para o carro, Joss se virou e ficou de pé perto do túmulo de Carson. Olhou para baixo, com a mandíbula apertada, segurando a emoção para a conversa que queria ter com o falecido marido.

– Você sabe que eu amo você – disse Joss, como se Carson estivesse ali, em pé diante dela. – E vou amá-lo para sempre. Mas quero que saiba que vou virar a página. Tentar virar – ela corrigiu. – Começando hoje à noite. Sei que houve... coisas... que você não pôde me dar. E quero que saiba que nunca senti raiva de você por isso. Meu Deus, eu o amei demais para querer que me desse algo impossível... Mas agora você se foi.

Ao dizer estas últimas palavras, sua voz falhou e ela engoliu as lágrimas que começavam a surgir.

– Estou só, Carson. Sinto saudades de você e sua falta todos os dias. Você foi muito bom para mim, foi o amor da minha vida. Sei que nunca mais encontrarei isso. Achar a perfeição uma vez na vida é inacreditável, quanto mais duas... Não, sei que nunca haverá ninguém como você. Mas há coisas de que eu... preciso – ela murmurou. – Coisas que você não pôde me dar e que eu nunca pediria. Quis vir aqui hoje para dizer isso: não vou mais voltar. Não porque não o ame ou porque vou esquecê-lo. Mas porque não é assim que quero me lembrar de você. Quero me lembrar de você com vida, lembrar do nosso amor. E dói demais vir aqui, falar com você, sabendo que você nunca mais vai voltar para mim.

Ela respirou fundo e continuou.

– Encontrei um lugar especializado em dominação. Preciso descobrir se é disso que sinto falta, se sempre senti. Talvez encontre a resposta, talvez não. Mas tenho de tentar. Tenho de saber. E não posso seguir em frente sem contar para você, sem explicar que nunca senti falta de nada enquanto estivemos casados. Que nunca duvidei, nem por um minuto, que você me amava e teria me dado a lua, se eu a quisesse. Mas isto... isto, eu não poderia pedir. E nesse momento, preciso de algo que preencha o vazio. Minha alma tem um vazio, Carson, que talvez eu nunca consiga preencher. Eu aceitaria até um *Band-aid*, um curativo temporário, por assim dizer. Só queria que você soubesse. Vou ficar bem e não vou me colocar em situações de perigo. Tomei precauções para que seja seguro. E mesmo que doa dizer, estou finalmente deixando você ir. Me agarrei à sua memória por tempo demais e não posso mais fazer isso. A vida está acontecendo a meu redor, ela continua. Parece tão banal, não é? Mas é verdade. Chessy e Tate se preocupam comigo, Kylie e Dash também. Estou surpresa que ele ainda não tenha desistido de mim. Tenho sido um fardo para ele, para todos eles, nestes três últimos anos e não quero mais ser esta mulher.

"Você me deu confiança e independência suficientes para que eu voasse. E quero isso novamente, Carson. Você me ensinou tanto, me deu o mundo. O problema é que, quando se foi, levou meu mundo com você. E agora eu o quero de volta. Quero viver e não ser mais esta casca oca que tenho sido desde que você morreu."

Joss respirou fundo, sabendo que o que iria dizer a seguir era burrice, mas tinha de desabafar. Dizer e esquecer aquela emoção incômoda.

– Também quero dizer que eu o perdoo. Sei que isso parece bobagem: você não precisa do meu perdão. Mas fiquei tão brava por tanto tempo depois que você se foi! Fui egoísta e passei os últimos três anos raivosa e ressentida. A partir de hoje, não vou mais ser assim.

Joss passou a mão sobre o mármore da lápide aquecida pelo sol.

– Eu te amo. Sinto sua falta. E sempre o amarei. Mas adeus, Carson. Onde quer que você esteja, espero que esteja em paz e que saiba o quanto o amei. Obrigada por *me* amar.

Ela fechou os olhos cheios de lágrimas e só abriu novamente quando teve certeza de que sua aparência estava um pouco melhor e que podia voltar para o carro, onde Dash esperava por ela.

Olhou pela última vez para o túmulo e para as flores, que já começavam a perder algumas pétalas por causa do vento. Joss se virou, endireitou os ombros e foi embora. O vento estava aumentando e o sol brilhava mais forte por entre as nuvens, reluzindo em seu rosto. Joss olhou para cima, absorvendo o calor e a paz que a envolviam em um doce abraço. Parecia até que Carson estava lhe enviando uma mensagem ou talvez, imaginou, estivesse abençoando sua decisão.

Olhando-a fixamente e tentando avaliar seu estado de espírito, Dash abriu a porta do carro. Com muito cuidado, Joss permaneceu impassível porque sabia que ele não iria gostar do que ela ia dizer e, se achasse que ela estava transtornada, não a deixaria sozinha o resto do dia.

Joss esperou que Dash se sentasse e começasse a dirigir antes de falar novamente.

– Tenho compromisso para a hora do almoço e por isso você não precisa ficar. Tenho planos para hoje à noite também – ela murmurou, não se importando com a opinião dele.

Dash franziu a testa e não tentou esconder sua preocupação. Quando pararam no farol, pegou a mão de Joss.

– O que está acontecendo, querida?

O tom da sua voz era de preocupação e seus olhos estavam fixos nos dela.

Joss esboçou um sorriso amarelo.

– Vou almoçar com a Kylie e com a Chessy. Está na hora de parar com este papel de viúva, todo ano, nesse mesmo dia. Já faz três anos, Dash. Ele se foi e não vai voltar mais.

Ela hesitou um instante, pois a dor do que tinha acabado de dizer chegou a tirar-lhe o fôlego por uns momentos. Mas tinha de dizer e admitir a verdade e, talvez em voz alta, tudo se tornasse mais real.

Joss podia jurar ter visto alívio nos olhos castanho-escuros de Dash, mas foi algo tão fugaz que logo colocou na conta da imaginação.

– Não quer mesmo que eu vá até sua casa depois do almoço com as garotas?

Ela balançou a cabeça.

– Não, não é necessário, Dash. Você já cuidou de mim por tempo demais. Está na hora de eu ficar em pé sozinha. Tenho certeza de que é um alívio para você não ter de ficar me vigiando, com medo que eu enlouqueça. Sinto muito se fui um fardo para você por tanto tempo.

Neste momento, um brilho de raiva apareceu naqueles olhos escuros.

– Que droga, Joss, você não é um fardo! Carson era meu melhor amigo! Ele, e você, são muito importantes para mim.

O carro de trás começou a buzinar impaciente assim que o farol ficou verde e Dash não saiu imediatamente do lugar. Joss apertou a sua mão enquanto ele acelerava.

– Fico agradecida por isso e por tudo o que fez por mim. Mas já deu, Dash. Tenho de fazer isso. Tenho de aceitar que o Carson se foi.

Dash não respondeu e continuou a olhar para frente. A tensão no carro era grande. Será que tinha ficado com raiva dela? Ela só quis ser sincera e, honestamente, pensara que ele ficaria feliz por não ter de tratá-la como um frágil bibelô de vidro, para poder, finalmente, seguir em frente sem que ela fosse uma prioridade.

Ao chegarem em casa, saíram do carro. Dash a levou até a porta e ela entrou, agradecendo e se despedindo.

– Isso não é uma despedida – ele disse com firmeza. – Só porque você acha que não precisa mais de mim não quer dizer que vou simplesmente desaparecer. Pode esquecer, Joss.

Depois disso, deu meia-volta e rapidamente voltou para o carro, deixando-a lá em pé, boquiaberta enquanto ele ia embora.

2

Joss entrou no estacionamento do Lux Café em Westheimer e parou seu BMW ao lado do Mercedes prata de Kylie, um presente de Carson pelo vigésimo-primeiro aniversário da irmã, exatamente um ano antes do acidente fatal que o tirara da vida de ambas.

Carson e Joss costumavam ir a Las Vegas com bastante frequência. Ele adorava apostar e havia ensinado várias técnicas para Joss. Carson a ajudou a melhorar as habilidades no pôquer, tornando-a uma jogadora excepcional. E, embora ele achasse graça quando ela ganhava uma soma mais alta, Joss nunca quis jogar na mesma mesa que o marido, que era bastante competitivo e detestava perder – ainda que fosse para ela.

O lugar preferido do casal era o The Venetian, onde Joss descobrira o Lux Café e as comidas maravilhosas do cardápio. Ela adorou quando abriram uma filial em Houston, e não demorou para que o local se transformasse no restaurante favorito do casal e de seus amigos.

Joss correu para a porta de entrada, fazendo uma careta ao consultar o relógio. Carson sempre zombava da falta de pontualidade dela e hoje ela estava quinze minutos atrasada para o almoço com Kylie e Chessy.

As duas já estavam no café quando Josh entrou apressada. Olhou primeiro para a cunhada. O aniversário da morte de Carson era difícil também para Kylie, porque o irmão era o único familiar que ela tinha. Joss fizera questão de continuar próxima da cunhada e as duas ficaram muito apegadas, sofrendo juntas a dor da perda.

Havia uma tristeza evidente nos olhos de Kylie, mas eles brilharam assim que ela viu Joss. Kylie se apressou para abraçá-la.

– Como você está? – murmurou Kylie.

Joss a abraçou e se separaram com um sorriso.

– Eu estou bem. – E era verdade.

Virou-se então para Chessy e também a abraçou.

– Você está bem hoje? – Chessy perguntou, baixinho.

– Vamos sentar e aí a gente conversa. Estou morrendo de fome – Joss disse, sorrindo.

As duas pareciam encantadas com o humor de Joss. Sentir-se um fardo, nos últimos três anos, não só para Dash, mas também para suas duas melhores amigas, era algo que lhe causava vergonha. Mas não seria mais assim. Hoje... Bom, hoje seria o primeiro dia da retomada. Sua vida iria entrar nos eixos e ela iria preencher o vazio deixado pela morte de Carson.

A mesa do trio estava em um lugar mais reservado – Joss odiava as longas fileiras de mesas perto demais umas das outras. Ainda que a conversa fosse banal, ela detestava saber que outras pessoas estavam ouvindo. E hoje, mais do que nunca, Joss queria privacidade completa.

– Você está... diferente – Chessy refletiu, enquanto consultava o cardápio.

Joss nem precisou abrir porque já sabia o que queria. Os outros sempre brincavam porque, apesar da maravilhosa seleção do extenso cardápio, ela sempre pedia a mesma coisa, e hoje não seria diferente. Carne cozida, seu prato favorito no Lux Café.

– Eu estou diferente – Joss disse em voz baixa.

Kylie arregalou os olhos:

– O que aconteceu?

– O que aconteceu, não. O que vai acontecer – Joss corrigiu com firmeza.

– Oh-oh. Será que escutei bem? – Chessy perguntou, em dúvida.

Quando o garçom apareceu para anotar os pedidos, as três ficaram em silêncio. Só depois que ele se foi, Kylie pediu para Joss explicar o que queria dizer.

Joss suspirou e olhou para Chessy.

– Quero fazer umas perguntas para você... Sei que é algo bem pessoal, mas você já falou sobre isso e, se estiver me intrometendo demais, pode mandar eu cuidar da minha vida. Mas gostaria muito de fazer algumas perguntas sobre você e Tate.

Uma sombra escura atravessou o rosto de Chessy e seus olhos se encheram de tristeza durante um breve momento, o suficiente para Joss e Kylie perceberem e se entreolharem, confusas.

– Você sabe que pode me perguntar o que quiser – disse Chessy com naturalidade, embora Joss achasse o tom um pouco forçado.

Decidiu deixar para entender mais tarde o que aquilo significava e prosseguiu.

– Uma vez você disse que seu relacionamento com Tate é do tipo dominador e passivo. Que quem manda na cama e fora dela é ele. Eu queria saber... quer dizer, é uma bobagem minha porque está claro que vocês são felizes, qualquer um pode ver como vocês são apaixonados, mas... eu... queria entender melhor como isso funciona.

Kylie empalideceu e Joss detestou falar disso na frente dela, mas não queria esconder um assunto tão importante da cunhada, que também era sua melhor amiga. Na verdade, as duas, Kylie e Chessy, eram as melhores amigas de Joss. Não dava para *não* dividir isso com elas, era importante demais. Um *salto* monumental para longe da vida que ela tinha vivido nos últimos três anos.

– Joss, por que está me perguntando isso? – Chessy parecia um pouco confusa e muito preocupada.

Joss respirou fundo e fechou os olhos. Segurou a mão de Kylie porque sabia que seria difícil demais para a garota.

– Vocês duas sabem que amei Carson com todo meu coração. Ele me deu tudo. Mas sempre tive essa... necessidade, desejo, ânsia, sei lá como chamar. Sempre quis ser... dominada. E todo o resto.

É a única coisa que Carson não podia me dar e, se pudesse, não me daria. Eu o amava demais e nunca pediria isso para ele. Falamos sobre isso uma vez, logo no início do nosso relacionamento, antes que ele me contasse sobre sua infância. Ele sempre teve tanto medo de ficar igual ao pai! A ideia de fazer alguma coisa que pudesse me machucar ou que parecesse abuso o deixava horrorizado. E acho que, no início, ele tinha medo de me perder por não poder me dar esse tipo de experiência.

Kylie baixou o olhar, mas Joss pôde ver que seus olhos se encheram de lágrimas. Apertou ainda mais sua mão, para transmitir uma força que até agora não tivera.

– E *agora* você quer isso? – perguntou Chessy, preocupada.

Devagar, Joss confirmou.

Kylie levantou a cabeça, pronta para protestar, mas Joss a desestimulou a falar com um novo aperto em sua mão.

– Não quero um relacionamento. Quero dizer, não um relacionamento duradouro. Encontrei a perfeição uma vez e sei que nunca mais vou viver aquele tipo de amor. Mas preciso de algo que preencha o vazio. Um vazio que sempre existiu, mas que, enquanto estava com Carson, não doía tanto. Não me sentia sozinha, porque ele me dava o que eu precisava, mesmo se uma pequena parte minha sempre quisesse e precisasse de mais. Sei que parece horrível. Amei Carson com todo o meu coração e toda a minha alma e nunca faria algo que o machucasse. Mas ele se foi. Tive de aceitar o fato de que, não importa o quanto eu deseje isso, ele não vai voltar mais.

A emoção apertou sua garganta e ela piscou quando algumas lágrimas inundaram seus olhos, mas ela enxugou o rosto porque não queria fazer uma cena em público. Kylie novamente baixou a cabeça, uma lágrima escorrendo pela face pálida.

– Eu me sinto sozinha – Joss murmurou. – E preciso de alguma coisa, de alguém para preencher o vazio que Carson deixou. Está na hora de eu esquecer tudo e tentar seguir em frente. Eu achei um lugar...

– Que tipo de lugar? – Chessy perguntou abruptamente.

– Chama-se The House.

A expressão no rosto de Chessy se descontraiu.

– Eu conheço, Tate e eu somos sócios. Inclusive, Tate é amigo do dono, Damon Roche. Como ele é casado e agora tem um filho, não participa tanto quanto antes, mas ainda dirige o lugar.

– Nós conversamos – Joss admitiu. – Foi ele quem analisou minha inscrição e foi bem gentil comigo: fez questão de que eu soubesse onde estava me metendo.

– E você sabe? – Kylie deixou escapar, levantando a cabeça novamente. – Joss, isto é sério. E se você se machucar? E se se envolver com o homem errado? Há todo tipo de monstro por aí. Só Deus sabe, mas meu pai era um deles. Como pode pensar em se meter numa situação dessas, sem saber o que isso significa?

– Mas eu sei – Joss disse, com suavidade. – Refleti e pesquisei muito até chegar no The House. Visitei o lugar nos horários mais movimentados. Sei o que me espera. E Damon me garantiu que, principalmente na primeira visita, serei acompanhada com muita atenção.

O garçom interrompeu e serviu as entradas, mas comer era a última coisa que passava na cabeça daquelas mulheres. Continuaram conversando sem encostar na comida.

– Só queria saber como é com você e o Tate – Joss disse, suave.

Novamente, uma dor se refletiu nos olhos verdes de Chessy. Para tentar disfarçar sua hesitação, ela acomodou os cabelos escuros atrás da orelha, mas Joss percebeu e se perguntou o que estava acontecendo com a amiga. Ela parecia... infeliz. E talvez estivesse assim havia algum tempo, mas Joss estivera tão absorta nos próprios problemas que nem prestou muita atenção às pessoas à sua volta.

– Você está escondendo alguma coisa, Chessy? – perguntou Joss.

Com ar culpado, Chessy fez cara de surpresa.

– Não, claro que não. Mas, respondendo à sua pergunta: quando é feito de maneira certa, é a coisa mais maravilhosa do mundo. Nunca me arrependo de dar a Tate minha mais completa submissão.

Ele sempre cuidou tão bem de mim! Me adorava e me protegia a qualquer custo: eu vinha em primeiro lugar. E ele era muito exigente.

Joss ficou preocupada ao perceber que todas aquelas frases estavam no passado.

– Era? Não é mais assim? – perguntou.

Chessy deu um sorriso amplo, largo demais.

– Claro que é, foi só um jeito de falar. Talvez não seja tão perfeito como costumava ser, mas isso já era esperado. Tate tem estado ocupado tentando fazer os negócios darem certo e, quando a novidade acaba, é fácil para qualquer relacionamento cair na rotina. Não se preocupe: não vamos nos divorciar ou qualquer coisa do gênero – ela disse, rindo.

Toda aquela alegria forçada incomodou Joss, mas ela deixou de lado qualquer pressentimento para se concentrar naquilo que mais interessava naquele momento.

– Sério, se isso for um assunto pessoal demais... – Corrigiu. Mas Chessy a dissuadiu e pediu que continuasse. – Que tipo de coisas você e Tate fazem? Quero dizer, vocês gostam de algemas? De sentir dor? Chicotear? Ou é só um caso de você obedecer aos comandos dele?

Kylie parecia estar incomodada e começou a brincar com a comida, numa tentativa de não prestar mais atenção. Tinha empalidecido e Joss começou a duvidar se fizera bem em tocar nesse assunto na frente dela. Mas ela queria que Kylie soubesse, devia isso a ela. Queria que soubesse que ela iria ao menos *tentar* seguir em frente e se envolver, mesmo que temporariamente, com outro homem. Não queria que Kylie ficasse sabendo por acaso, queria que soubesse por meio dela.

– Acho que tudo depende do que cada um quer – disse Chessy, baixinho. – Sim, fazemos todas estas coisas e muito mais. Ele pode fazer comigo o que quiser. E sabe até onde pode ir, quais são os meus limites, pois já estamos há muito tempo juntos. Talvez saiba até mais do que eu. Mas, no início, é importante ser muito honesta com seu parceiro e colocar limites. Ele precisa saber exatamente o que é confortável para você. Você vai precisar também de uma palavra-chave de segurança, uma senha, até que seu relacionamento progrida e ele saiba até onde pode ir.

– Parece que eu sou uma criança numa loja de brinquedos – disse Joss, com tristeza. – Quero tentar tudo, pelo menos uma vez. Não *conheço* meus limites. E só vou conhecê-los quando forem ultrapassados.

– Então é extremamente importante que escolha o homem certo, um que entenda que é nova nisso e que quer experimentar, mas que saiba que você tem o direito de parar a qualquer momento. E, pelo amor de Deus, Joss, não concorde em levar para casa um cara que não conhece muito bem. Fique no clube. Experimente tudo o que quiser em um lugar público, onde tem mais segurança.

Joss concordou. Já tinha pensado nisso e de jeito nenhum pretendia levar um cara para a casa onde ela e Carson tinham morado e se amado. Seria o máximo do desrespeito fazer uma coisa que chocaria seu marido na própria casa dele. E ela também não concordaria em ir até a casa de um estranho, onde só Deus sabe o que poderia acontecer, só ele e ela, sem defesas.

Joss pensou em todos os riscos. De verdade! Tinha visitado o The House mais de uma vez, feito um monte de perguntas a Damon, sempre muito paciente e compreensivo. Porém, agora, depois de ouvir as advertências de Chessy, estava em dúvida.

Mas não. Ela já tinha pensado em tudo. Só tinha feito isso nestes últimos meses. E mesmo que parecesse cafona seguir em frente no aniversário de três anos da morte do seu marido, para ela era simbólico. E não iria desistir agora.

Claro que tinha estremecido quando Chessy disse que pertencia ao marido. Que era dele para que fizesse com ela o que quisesse. Era o que Joss queria, um desejo obscuro que nem mesmo ela entendia perfeitamente. Não que seu coração e alma não tivessem pertencido a Carson – pertenceram, sim, e ela inteira tinha sido dele.

Mas esta necessidade de ser dominada era mais profunda do que a necessidade de pertencer a alguém. Ela queria ser... uma propriedade. Amada. Completamente adorada. Tudo o que o marido tinha dado a ela e... *mais*. Queria cruzar aquela linha, ultrapassar seus limites, saber quais eram e até onde queria ir. Como iria saber se não tentasse?

– Você vai fazer isso mesmo, né? – Kylie perguntou baixinho. – Dá para ver nos seus olhos. Conheço este olhar: você já está decidida.

Joss concordou e se sentiu aliviada ao fazer isso.

Chessy estendeu a mão sobre a mesa e apertou a outra mão de Joss – ela agora estava de mãos dadas com as duas amigas.

– Então só posso lhe desejar boa sorte – disse Chessy.

– Não está na hora de você ir? – Joss perguntou, lembrando-se de que Chessy tinha mencionado alguns dias antes que ela e Tate iriam passar a tarde juntos. – O Tate não está esperando? Não quero atrasar você. Só queria fazer estas perguntas.

Novamente surgiu aquela sombra nos olhos de Chessy, antes que ela baixasse o olhar e largasse a mão de Joss.

– Não – disse Chessy baixinho. – Ele precisou cancelar. Surgiu um problema importante no trabalho.

Joss fez uma careta.

– Desculpe, sei como você estava ansiosa por este encontro. Infelizmente tenho de ir. Preciso de tempo para me preparar para hoje à noite. Embora esteja decidida, estou nervosa e preciso me arrumar e me convencer a levar isso adiante.

Chessy sorriu.

– Amanhã cedo quero um relatório completo e, se não tiver, apareço na sua casa. E se você não estiver em casa, chamo a polícia!

Joss sorriu.

– Claro que vou estar em casa.

Joss deixou sobre a mesa várias notas para pagar o almoço e se levantou. Kylie também.

– Vou com você até lá fora – Kylie disse.

Chessy olhou para Joss com a sobrancelha levantada e depois encarou Kylie. Joss suspirou. Ela sabia o que a esperava. Despediu-se de Chessy e saiu do restaurante, com Kylie a seu lado.

Quando chegaram ao estacionamento, Kylie segurou o braço de Joss.

– Joss, você pensou direito em tudo isso? – perguntou em tom de súplica. – Estou muito preocupada, você não é assim. O que Carson iria pensar? Ele morreria se soubesse!

– Kylie, Carson está *morto* – Joss disse gentilmente. – Não podemos trazê-lo de volta. Deus, se eu pudesse, faria isso sem hesitar. Esqueceria o que preciso e quero se pudesse trazê-lo de volta. Mas ele se *foi*.

As lágrimas – aquelas que ela não quis derramar – deram um nó em sua garganta. Estava determinada que este ano seria diferente, que não passaria o aniversário da morte de Carson apática e sofrendo.

Cheios de dor, os olhos de Kylie se encheram de lágrimas que pouco a pouco escorriam por sua face.

– Sinto tanto a falta dele! Ele era minha única família. Ainda não acredito que se não está mais aqui.

Kylie estava tremendo e Joss a abraçou com força.

– Está errada. Você tem uma família, *eu,* e não vou a lugar algum. Isso não vai mudar nada entre nós, juro. Mas, Kylie, tenho de pegar meus cacos e seguir em frente. Isso está me matando. O luto tem me matado lentamente e Carson *odiaria* que isso acontecesse. Ele não ia querer que eu passasse o resto da minha vida de luto. Ele ia ser a primeira pessoa a me querer feliz, mesmo ao lado de outro homem.

Kylie se afastou, enxugando as lágrimas.

– Eu sei. De verdade. E *quero* que seja feliz, Joss. Mas precisa ser desse jeito? Você não sabe o que significa ficar à mercê de um monstro. Não entendo como você pode querer se colocar numa posição indefesa, à mercê de alguém que pode machucá-la, abusar de você. *Acredite* quando eu digo, você não quer isso. Nunca poderia entender como é se sentir degradada e impotente. Eu *sei* como é. E não quero isso para *você*. Carson jamais ia querer isso.

Joss enxugou o resto das lágrimas de Kylie gentilmente.

– Nem todos os homens são assim, Kylie. Entendo sua preocupação, não estou negando o que vocês passaram. Nunca vou permitir isso para mim. Veja Chessy e Tate, você sabe que tipo de relacionamento eles têm. Acha que Tate poderia machucar um fio de cabelo de Chessy? Ele a ama, a adora. E verdadeiramente respeita o presente da submissão. E é *isso* o que quero.

– Mas ele a *está* machucando – Kylie disse com convicção. – Você precisava ter visto o que vi hoje. O que vimos nos últimos meses. Ela não está feliz, Joss, e estou preocupada. E se ele estiver abusando dela?

Joss piscou os olhos, chocada com a declaração de Kylie. Sim, notara que Chessy não estava feliz e alegre como era de costume. Tinha percebido que havia algo errado com sua melhor amiga, mas em momento algum pensou que Tate a estivesse machucando fisicamente.

– Não sei exatamente o que está acontecendo entre Chessy e Tate – Joss disse com cuidado. – Mas tenho certeza que ele não está abusando dela, Chessy não aceitaria. Ela é forte e independente demais, mesmo sendo submissa a Tate. Isso sem falar que ela nos contaria se isso estivesse acontecendo. Somos próximas. Nós saberíamos, Kylie. Nós *saberíamos*.

– Ninguém nunca soube o inferno que eu e Carson tivemos de aguentar – Kylie disse, com sofrimento. – Escondíamos do mundo. Aos olhos dos outros, nosso pai parecia amoroso e incapaz de nos machucar. Mas, entre quatro paredes, ele era um *monstro*.

– Não se preocupe comigo, por favor – Joss disse. – E nem com a Chessy. Falarei com ela, se isso fizer você se sentir melhor. Conheço Tate, todas nós conhecemos, somos amigos há anos. Duvido que ele esteja abusando fisicamente de Chessy. Querida, sei que você não está feliz com minha escolha. Não espero que você aceite minha decisão, mas gostaria que a respeitasse, pelo menos.

– Amo você – disse Kylie, chorando. – E nunca me perdoaria se ao menos não tentasse tirá-la desse caminho que você parece estar tão determinada a seguir. Mas se é isso o que realmente quer, se é o que precisa e o que a fará feliz, então vou tentar respeitar suas escolhas. Só não quero perdê-la também!

Joss a abraçou novamente.

– Não vai me perder. Você é minha irmã e melhor amiga. Carson não era o único elo que nos unia e, agora que ele se foi, não quer dizer que este elo tenha se rompido. Você é a minha família, Kylie. Também amo você.

Kylie se afastou, um sorriso molhado nos lábios.

– Espero um relatório amanhã, assim como Chessy. Não vou conseguir dormir de preocupação. Só espero que saiba onde está se metendo.

– Também espero – Joss murmurou. – Também espero.

3

Dash Corbin estacionou o carro na frente do The House e ficou sentado um instante, pensando novamente por que tinha vindo. Normalmente, no aniversário da morte de Carson, Dash passava o dia – e a noite – com Joss. Ele ficava muitos outros dias com ela também, mas nos primeiros dois anos ele havia passado o dia todo ao lado dela, abraçando, confortando e dando apoio.

Aquele era o inferno pessoal dele.

Era horrível estar apaixonado pela mulher do melhor amigo, e Dash se sentira culpado durante todo o casamento dos dois. Carson sabia. Tinha percebido, apesar das tentativas de Dash de esconder seus sentimentos. Mas seu melhor amigo era observador e o conhecia mais do que ninguém. Não eram apenas sócios nos negócios, mas praticamente irmãos, embora Dash não tivesse passado pelo inferno que Carson e Kylie enfrentaram na infância.

A família de Dash era o oposto da de Carson. Se é que alguém poderia chamar aquele idiota, o pai dele, de *família*. Os pais de Dash ainda eram apaixonados um pelo outro do mesmo jeito que eram quando se casaram, há quarenta anos. Tiveram cinco filhos: os dois mais velhos, Dash e as duas meninas mais novas, que eram protegidas e mimadas pelos irmãos.

Aquela família enorme e unida surpreendera Carson desde o primeiro momento, pois ele não sabia como se comportar em um ambiente familiar normal e bem ajustado. Mesmo assim, eles receberam de braços abertos Carson e depois Joss, quando os dois se casaram. Até mesmo Kylie foi acolhida, embora ela fosse mais reservada e cautelosa do que Carson.

Dash suspirou novamente, saiu do carro e se encaminhou para o The House. Nem estava muito interessado em fazer alguma coisa hoje, mas se sentia agitado e nervoso. Não conseguia parar de pensar em Joss o dia inteiro desde a ida até o cemitério, quando percebera algo diferente nela.

Não sabia explicar o motivo daquela mudança repentina. Ela saiu de casa vestida com calça jeans e camiseta e estava tão linda e jovial que o peito de Dash doía só de lembrar.

Quando chegaram ao túmulo, Joss pediu para ficar a sós e permaneceu um bom tempo conversando com Carson. Quando voltou, o comportamento dela parecia mudado. Em seguida, Joss começou com aquele discurso sobre não precisar dele. Pedindo *desculpas*, pelo amor de Deus, por ser um fardo pesado, por tomar tempo da vida de Dash! Que diabos, ela nem percebia que sua vida *era* ela. Ou que, pelo menos, é o que ele queria que fosse.

Dash fez o check-in na entrada e deu uma volta pelo térreo, onde ficavam os ambientes sociais. Era lá que as pessoas se encontravam, bebiam um bom vinho e conversavam antes de subirem para a sala comunitária ou para uma das suítes privativas.

Havia muitas mulheres lindas e muitos olhares interessados. Já fazia tempo que ele não aparecia por lá para aliviar a tensão. Em geral, Dash resolvia ir depois de passar um tempo com Joss. E fingia que quem estava com ele era ela, o que fazia dele um cafajeste. Mas ele cuidava bem das mulheres para que não desconfiassem que não passavam de pobres substitutas da mulher que ele não podia ter.

Será que finalmente Joss estava virando a página? Naquele discurso no carro ela pareceu dolorosamente direta e isso tinha sido difícil para ele. Dash viu a pura emoção nos olhos dela quando disse que Carson não voltaria mais, que era preciso aceitar isso e seguir em frente. Será que estava falando sério?

Dash tinha medo de ter esperanças e acabar tomando a atitude errada. Não podia estragar tudo, forçando a barra. Ela o via como um amigo e se considerava um fardo para ele. Alguém de quem ele tomara conta durante o luto, sem jamais perceber que ele vivia à espera dos momentos que passava ao lado dela.

Carson sabia que seu melhor amigo estava apaixonado por sua esposa. Sabia e aceitava. Dash temera que isso estragasse não apenas a amizade, mas também a sociedade nos negócios. Só que Carson tinha entendido tudo e confiava em Dash, acreditava que ele jamais tentaria alguma aproximação – chegou até a arrancar de Dash a promessa de que, se algo acontecesse a ele, o amigo tomaria conta de Joss.

Que droga! Seu melhor amigo confiara a esposa a seus cuidados se algo acontecesse.

Para piorar, essa promessa tinha sido feita apenas algumas semanas antes do acidente, como se Carson soubesse. Será que ele tinha tido algum pressentimento de que Joss logo se tornaria uma jovem viúva?

Na época, Dash fez questão de não pensar muito nisso.

Se algum dia algo acontecer comigo, cara, prometa que vai ficar ao lado da Joss. Sei que você a ama. Se chegar o dia em que não poderei mais estar aqui, quero que você prometa que vai cuidar dela e amá-la tanto quanto eu.

As palavras ecoavam em sua mente. Seria uma espécie de profecia ou apenas uma coincidência?

Naquele tempo, a promessa era apenas uma lembrança dolorosa de tudo o que Carson tinha e Dash não. Joss era... *linda*. Não só fisicamente. Ela conseguia iluminar qualquer lugar apenas com sua presença. Tinha um sorriso gentil capaz de conquistar o coração mais duro. E nunca nem olhara para outro homem enquanto estivera com Carson. Sabe Deus quantos homens querem seduzir a mulher de outro homem! Mas Joss agia como se não soubesse o efeito que tinha sobre eles, e isso a tornava ainda mais desejável para Dash.

Depois de dar uma espiada nas salas sociais, ele pegou uma taça de vinho – Damon Roche só servia o melhor – e subiu para a sala comunitária.

Escapadinhas sexuais de diversos tipos estavam acontecendo ali, como de costume, na grande sala aberta. Não havia divisórias físicas – somente os participantes, entretidos em suas atividades, dividiam o espaço.

Uma mistura de sons e aromas deu as boas-vindas a Dash. O barulho de tapas, carne sobre carne, o estalo de um chicote, os suspiros, gemidos e gritos de êxtase. Alguns de dor. Outros de prazer. O ar estava impregnado com cheiro de sexo.

Carson atravessou a sala, observando os ocupantes e torcendo para que Tate e Chessy não estivessem presentes. Não que ele fosse pudico, mas testemunhar o sexo de outros amigos não era sua prioridade. A princípio isso não deveria ser uma preocupação, porque os dois haviam sumido do The House já fazia alguns meses. E, nas poucas vezes em que encontrara o casal, ficou pouco tempo porque não queria constranger a Chessy.

Ela era uma mulher muito especial e Tate era um filho da mãe de sorte por ter a perfeição em pessoa: submissa e linda, confiando completamente em Tate. Não havia presente mais precioso do que a submissão de uma mulher.

Era o que Dash queria também e sempre procurara em todos os seus relacionamentos. Mas por Joss, se ela assim quisesse, ele negaria esta parte tão profunda de si mesmo só para poder ficar com ela. Conhecendo o passado de Carson, Dash tinha certeza de que eles nunca haviam experimentado este tipo de ousadia.

Depois que conheceu Joss, todos os relacionamentos de Dash se limitaram a sexo casual. Desde que ela entrara em sua vida como um furacão, não houvera outra mulher para ele. Ele satisfazia suas necessidades e as de sua parceira e depois seguia em frente, sem nunca querer se comprometer, só porque Joss era inatingível. Mas isso não era mais verdade. Ela estava livre. Será que conseguiria amar outro homem como amara Carson?

Esta era a pergunta do dia. E será que Dash ficaria satisfeito com apenas uma parte do coração dela?

A resposta, sem dúvida alguma, era afirmativa. Claro que sim, ele aceitaria qualquer coisa dela. A questão era: quando tomaria uma atitude?

Hoje ele tivera o primeiro raio de esperança em três anos: Joss dera sinais de que estava pronta para deixar o luto e voltar a viver. Ele tinha sido paciente e oferecido o apoio de que ela precisava, mas queria ser muito mais do que isso.

Dirigindo-se até um dos cantos da sala, Dash recusou educadamente, com um sorriso gentil, uma mulher que queria lhe servir. Numa outra noite, ele até poderia aceitar, fechar os olhos e abraçá-la bem forte, imaginando que fosse Joss. Mas hoje ele só pensava nela e não conseguiria fingir, como já tinha feito tantas vezes antes.

Sua família pensava que ele era um tolo por não ter tomado uma atitude muito tempo atrás, mesmo assim, apoiara-o nesses três últimos anos. Seus irmãos perguntavam quando ele iria agir, mas Dash sentia que a hora ainda não tinha chegado. Não naquele momento. Mas e agora?

Sentiu uma ponta de esperança quando esteve com Joss naquela manhã, pois notou a diferença nos olhos e na atitude dela. Mas depois veio aquela droga de pedido de desculpas por ser um fardo, com insinuações de que ela não queria mais esse tipo de aproximação.

Diabos! Se ela achava que ele iria se afastar, estava muito enganada.

Com um entusiasmo cada vez menor, Dash observou mais um pouco o ambiente, sem saber por que estava ali. O que queria mesmo era estar com Joss: assistir a um filme e tentar fazer com que ela esquecesse sua dor. Ou seja, fazer exatamente o que tinha feito nos dois últimos anos – e muitas outras vezes também. O dia não acabara como ele esperava. Tinha liberado sua agenda e atendido seus clientes para poder dedicar o dia a Joss.

Ele não esperava ser dispensado após a visita ao cemitério.

Neste momento, percebeu quando um casal entrou e precisou olhar de novo para confirmar.

Que *merda* é essa?

Não conseguia parar de olhar, incapaz de acreditar no que estava vendo: Joss, ao lado de um homem que Dash conhecia do The House. Ele a abraçava pela cintura, a mão possessivamente sobre o quadril dela, deixando nenhuma dúvida sobre sua... posse. Ou posse *iminente*.

Ela estava com um vestido preto bem justo, que desenhava cada curva do seu corpo perfeito. Os sapatos eram altamente sensuais, implorando que qualquer homem transasse com ela naqueles saltos até que ela gritasse o nome dele sem parar.

Seu cabelo estava preso, só alguns cachos caindo preguiçosamente no pescoço esbelto, chamando atenção para a delicadeza de suas feições.

Parecia que Joss estava morrendo de medo.

Dash começou a atravessar a sala antes mesmo de pensar sobre o que estava fazendo. Aliás, que diabos *ela* estava fazendo ali? Em um maldito estabelecimento que se dedicava a todo tipo de prática sexual?

E o homem que a acompanhava vivia no The House, tinha várias mulheres submissas e raramente ficava com a mesma mulher duas vezes. Apesar disso, lá estava ele, abraçando possessivamente Joss, com um olhar cheio de luxúria.

Que droga ela achava que estava fazendo?

A apenas alguns metros dele, Joss ergueu os olhos e ficou chocada, surpresa, mortificada em vê-lo. Encheu-se de pânico e se afastou de Craig, o homem que a acompanhava.

Craig rapidamente a puxou de volta e isso enfureceu Dash ainda mais. Dash segurou Joss pelo braço e a trouxe em segurança para seu lado.

– Que diabos, Corbin? – Craig perguntou, segurando a outra mão de Joss.

Dash imediatamente se colocou entre Joss e Craig, protegendo-a com seu corpo.

– Afaste-se dela – Dash mandou. – *Agora*.

As sobrancelhas de Craig se arquearam e ele ficou observando os dois um instante, antes de desistir, levando as mãos para o alto. Nada característico de um homem como Craig, um dominador que não se entregava a ninguém. Mas, ao julgar pelo olhar de cautela que ele deu, Dash sentia que estava parecendo um louco, pronto para explodir. E Craig fazia bem em ser cauteloso: Dash estava bem próximo de perder controle.

– Vou procurar outra companhia para esta noite – Craig murmurou.

– Boa ideia – Dash resmungou entre os dentes. – E nunca mais cometa o erro de chegar perto dela ou eu acabo com você. Deu para entender?

– Claro, cara, eu entendi.

Craig desviou de Dash – e Joss – antes de seguir em frente.

Dash se virou para ver o rosto pálido e chocado de Joss e praguejou baixinho. Agarrou a mão dela e a arrastou pelo corredor. Ela não disse uma palavra. Seu rosto estava aflito e parecia tão humilhada que Dash sentiu vontade de esmurrar a parede. A última coisa que ele queria era envergonhá-la, mas que droga! O que mais ele poderia fazer se ela resolveu aparecer ali; uma mulher que qualquer homem morreria para ter? Uma mulher que *ele* morreria para ter.

Desceram a escada juntos e atravessaram o hall o mais rápido possível sem que ela tropeçasse usando aqueles saltos que mais pareciam varetas. Sentia vontade de jogá-la sobre os ombros e carregá-la como um homem das cavernas, mas conseguiu conter aquele impulso primitivo. Ou quase.

Assim que chegaram lá fora, Dash olhou para ela, tentando controlar a raiva que crescia em suas veias.

– Onde está seu carro? – disse abruptamente.

– Não vim de carro – ela gaguejou. – Vim de táxi.

Meu Deus, isso era pior. Então não esperava voltar para casa sozinha naquela noite? Será que tinha planejado dormir na casa de algum cara? Era a primeira vez? Talvez fosse uma cliente habitual, talvez já tenha até ficado com Craig! Fazia um tempo que Dash não aparecia por lá e então estava meio por fora sobre o que acontecia no clube.

Ele a levou até seu carro e abriu a porta, fazendo com que entrasse.

– Dash?

Essa única palavra, dita com medo e incerteza, cortou seu coração. Que droga, a última coisa que queria era que ela tivesse medo dele. Precisava se acalmar antes que perdesse a cabeça e destruísse suas chances com ela.

– Vou levar você para casa – disse, com uma voz mais gentil.

Ele se sentou, ligou o carro e saiu com pressa, fechando a porta já no caminho. Dirigiu pela tortuosa rua que levava até a entrada do The House e esperou com impaciência o portão se abrir.

Acelerando pela estrada, sentiu que Joss estava nervosa e o olhava. Viu também quando mordiscou seu lábio inferior, obviamente aflita, elaborando o que queria dizer.

Dash segurou a mão dela, na tentativa de tranquilizá-la.

– Conversamos em casa – sua voz comandava, coisa que nunca fizera antes com Joss.

Mas funcionou. Na mesma hora, ela desistiu de falar, embora continuasse a morder seu lábio, nervosa. Parecia mortificada, e saber que ela estava sofrendo e envergonhada fazia Dash sofrer também. Provavelmente Joss temia que ele desse uma bronca nela. E talvez ele fizesse exatamente isso, pois ainda não tinha a menor ideia do que iria dizer para ela.

Dirigiram o resto do caminho em silêncio, tensos, com as mãos firmemente enlaçadas. Ele podia senti-la tremendo. Saber que ela estava com medo dele cortava seu coração. Mas isso acabaria quando conversassem sobre tudo isso.

Joss se surpreendeu quando entraram no bairro dele, a poucos quilômetros de onde ela morava. Virou-se com uma pergunta no olhar.

– Vamos conversar aqui – disse Dash rapidamente, enquanto estacionava na garagem dele.

Joss novamente se calou, a cabeça caída, olhando para o colo. Sentindo-se derrotado com a atitude dela, Dash se aproximou e segurou seu queixo até que ela olhasse para ele.

– Vai ficar tudo bem, querida. Agora, vamos entrar e conversar.

Joss concordou. Dash desceu do carro e foi abrir a porta para ela. Levou-a para dentro de casa, satisfeito: ela estava em seu território. Finalmente.

Embora tivessem passado bastante tempo juntos nos últimos anos, o lugar sempre fora neutro. Ou então se viam na casa dela e de Carson. A última vez que Joss tinha aparecido na casa dele, Carson ainda estava vivo: costumavam fazer isso com frequência.

Abraçando Joss pela cintura, Dash a levou até a sala de estar. Ela enrijeceu o corpo, mas não tentou se distanciar. Parecia que esperava a qualquer momento que o céu caísse em sua cabeça.

Quando entraram na sala, ele a soltou e se afastou, passando a mão na cabeça. Depois se virou, sem saber ao certo como fazer as perguntas que o estavam enfurecendo. Dane-se! Só conhecia um jeito: agir de forma direta.

– Que diabos você foi fazer no The House hoje, Joss? – perguntou.

Diante da fúria no tom de voz dele, Joss vacilou e seus olhos se encheram de tristeza.

– Você não faz ideia no que está se metendo – ele continuou. – Nem a mínima ideia! Sabe o que poderia ter acontecido com você? O que Craig teria feito? Deixe-me contar. Ele teria obrigado você a se curvar e chicotearia sua bunda. Depois transaria com você sem dó e sem se importar com seu prazer. Seria tudo para o prazer dele. Ele teria transado e usado você e não se importaria nem um pouco com sua satisfação. Que diabos você tem na cabeça?

Ela umedeceu os lábios, seus olhos se enchendo de lágrimas. Que inferno! A última coisa que ele queria era fazer com que ela chorasse, ainda mais que tinha conseguido não derrubar uma única lágrima o dia todo, pelo menos enquanto estivera com ele.

– Eu entendo, sim, Dash – disse baixinho. – Entendo mais do que você pensa.

Ele ficou confuso.

– Você já tinha ido outras vezes no The House?

Joss sacudiu a cabeça.

– Não, fui lá pela primeira vez hoje.

– Deus do céu, você está louca? Consegue imaginar o que poderia ter acontecido com você se eu não estivesse lá? Não vou deixar de jeito nenhum que volte para aquele lugar. Não é para você.

Os lábios dela estremeceram e Joss parecia em dúvida. Suas feições se endureceram e resolveu encará-lo.

– Sei exatamente o que estava fazendo. É você que não entende e nunca vai entender.

– Tente explicar – desafiou.

Joss o encarou um tempão, o semblante em dúvida, como se precisasse decidir se confiava ou não nele. Dash estava nervoso, porque afinal – que droga! – ele queria que ela se abrisse. Contasse tudo mesmo. Queria a confiança dela.

Ela sentou na beirada do sofá, fechou os olhos e escondeu o rosto nas mãos. Estava chorando e ele precisou conter a vontade de confortar, abraçar e dizer que tudo ficaria bem. E conseguiu, porque sentia que o que ela iria dizer era importante e mudaria para sempre como ele a via e qualquer possibilidade de ficarem juntos.

Finalmente, ela levantou o rosto banhado em lágrimas.

– Amei Carson com todo meu coração e minha alma. Ele era minha alma gêmea, tenho certeza. E sei que nunca mais vou encontrar este tipo de amor novamente.

Dash quase parou de respirar, porque não era exatamente isso que ele queria ouvir: que ela estava resignada a levar uma vida sem amor por não acreditar que outro homem pudesse amá-la como Carson. Na verdade, Dash podia. E *já* a amava – sempre tinha amado. Se tivesse uma oportunidade, mostraria que ela *podia*, sim, encontrar alguém.

– Carson me deu tudo o que sempre quis ou pedi, exceto...

Joss se calou, cabisbaixa, os ombros caídos, como se estivesse derrotada.

– Exceto o quê? – Dash perguntou com doçura, confuso pela declaração dela. Ele sabia muito bem que Carson daria e teria feito qualquer coisa que estivesse ao alcance dele.

– Dominação – Joss respondeu baixinho.

Dash sentiu um arrepio na nuca e, correndo em suas veias, uma onda de... esperança? Seu pulso estava acelerado. Teve de se acalmar e se certificar de que tinha ouvido corretamente, porque havia muita coisa que ele não tinha entendido.

– Dominação?

Ela confirmou. Depois se virou para ele com uma profunda tristeza nos lindos olhos.

– Você sabe como foi a infância dele e de Kylie, o que eles passaram, todo o abuso que sofreram. No início do nosso namoro, falamos sobre minha... necessidade. O que eu achava que precisava e queria. Mas ele não conseguia – não podia – fazer nada que remotamente parecesse violento. O tempo todo ficava preocupado, com medo de ter herdado a natureza agressiva do pai, questionando se isso era ou não genético, e preferia morrer a me machucar. Como se ele pudesse! Foi por isso que não tinha certeza se deveria ter filhos. Ele queria, meu Deus, e como! Eu também! Meu maior arrependimento é não ter tido um filho dele, uma parte dele que continuaria agora que ele se foi. Mas ele tinha tanto medo de que também pudesse abusar dos próprios filhos!

As últimas palavras saíram misturadas com soluços e Dash não conseguia mais ficar distante. Ele atravessou a sala, sentou-se ao lado dela e a abraçou. Joss se aninhou no peito dele, enquanto ele acariciava seus cabelos.

– Carson nunca machucaria você ou os filhos de vocês – Dash disse em tom de muita certeza.

Joss se afastou, com os olhos marejados, fixos em Dash.

– Sei disso. Você também. Mas *ele* não sabia. E não consegui convencê-lo do contrário. O pai acabou com ele e com a Kylie também. Eles nunca se recuperaram do que ele fez e isso afetou a vida adulta dos dois. Ainda mexe com Kylie. Quando eu contei o que estava pensando em fazer, ela surtou!

– Também gostaria de saber o que você planejava fazer – Dash disse com delicadeza. – O que foi isso, afinal?

Joss se afastou, cerrando as mãos.

– Sei que você pensa que eu não faço ideia de onde estava me metendo, mas não sou boba. Ir ao The House não foi um capricho do momento: pensei e pesquisei sobre isso durante vários meses. Conversei muito com Damon Roche. Ele queria ter certeza de que eu sabia de tudo e que não era uma decisão apressada e emocional.

Bom, graças a Deus, Damon era mesmo um cara íntegro. Era verdade que ele gerenciava um estabelecimento que permitia todo tipo de fetiche e fantasia sexual, mas era um negócio que levava a sério. Os participantes eram selecionados com muito cuidado.

– É como eu te disse hoje: Carson se *foi* e não voltará mais. Eu tenho que me refazer e seguir em frente. Não posso ficar de luto o resto da minha vida. Eu preciso... Eu quero... – Joss hesitou.

Dash esperou que ela organizasse os pensamentos, porque isso era sério. Estava conhecendo um lado de Joss que nem suspeitava que existisse. Como podia imaginar?

– Preciso saber se o que eu acho que preciso e quero é verdade. Tenho essa necessidade dentro de mim, Dash. É uma dor, um vazio na minha alma que ficou maior depois que Carson morreu. Eu o amava demais para pedir ou exigir algo que ele seria incapaz de me dar. Parece que eu estava infeliz, mas Deus, não estava! Eu o amava com todo meu coração e não me arrependo de nada.

– Eu sei, querida, eu sei – Dash murmurou.

– Mas esta necessidade sempre esteve dentro de mim. Não consigo explicar nem para mim mesma, então como posso fazer você entender que isso não é uma brincadeira? Não é que de repente fiquei irracional e estou tentando preencher o vazio que Carson deixou. Sempre tive este vazio. *Sempre*.

– Tente explicar – Dash simplificou. – Diga o que você quer, o que você precisa. Vou ouvir e não vou julgar. Vamos só conversar.

Seus olhos brilharam de alívio. Será que ela esperava ser condenada, ou acusada de traição à memória de Carson?

– Quero ser... possuída. – O corpo de Joss tremeu e, estando tão perto, Dash pôde sentir. – Quero o que Tate e Chessy têm. Quero que um homem me possua, quero pertencer a ele de verdade. Quero ser submissa e que ele tome conta de mim. Me proteja. Meu Deus, até parece que sou uma idiota inútil e dependente. Mas não é isso. Carson me ensinou a ser dona de mim mesma, ser independente. Não preciso disso para sobreviver. É o que quero. É uma *escolha* minha.

Dash colocou um dedo nos lábios dela.

– Shhh... Querida, você não precisa defender suas escolhas para mim. Estou aqui para ouvir. Não fique na defensiva, só me conte o que se passa nessa sua cabecinha.

Seu coração estava quase batendo fora do peito. Será que o destino tinha decidido ser gentil com ele no final das contas? Será que o presente que ele nunca sonhara em receber tinha acabado de cair no colo dele? Será que Carson sabia? Claro que sim, ele sabia quais eram as preferências sexuais de Dash: que ele era dominador e queria a submissão de uma mulher. Agora a promessa que Carson arrancara dele fazia sentido. Carson sabia que Joss queria algo que ele nunca poderia dar e que, se algo acontecesse com ele um dia, queria que Dash entrasse em cena e oferecesse a Joss o que ele não podia dar. Meu Deus, a abnegação desse gesto era de deixar qualquer um perplexo. Era como se estivesse abençoando os dois. *Deus do céu*!

– Não foi uma decisão leviana, Dash. Estava em paz até o momento que o vi. Fiquei mortificada e me senti culpada, traindo. Não queria que você soubesse. Para Chessy e Kylie, eu contei. Estavam preocupadas, mas elas sabem que tomei todas as precauções antes de aparecer no The House esta noite. Eu estava pronta, ou pelo menos achei que estava. Mas aí vi você!

Joss enrugou a testa, como se só naquele momento tivesse percebido que Dash estava lá também. Ele já sabia o que ela iria perguntar, antes mesmo de ouvir.

– O que *você* estava fazendo lá, Dash?

Por um momento, tentou esquecer a pergunta, porque havia tantas outras coisas mais importantes para eles conversarem. Era como conseguia se segurar, porque sua vontade era de colocar sua marca nela, tomá-la em seus braços e dar a ela tudo o que queria e precisava.

– Primeiro preciso perguntar uma coisa, Joss. Você tem certeza? Preciso saber se é isso o que realmente quer e não é somente uma experiência, uma tentativa de preencher o vazio.

– Não dá para ser mais decidida do que isso – respondeu, e o tom firme o convenceu.

Dash se aproximou, sua respiração se misturando com a dela, seus lábios tão perto que dava para sentir seu calor. Mais alguns milímetros e ele a beijaria.

– Estava lá porque isso é quem sou e o que sou, Joss – disse, estudando sua reação, observando qualquer emoção que passasse por seus olhos. – Sempre fui assim. E mais uma coisa: se é isso que você quer, se é isso que você precisa, então serei o único homem a quem você vai oferecer sua submissão.

4

Joss parou de respirar até que sua cabeça ficou tão zonza que poderia desmaiar. Os lábios de Dash estavam bem próximos dos dela, de modo que podia sentir seu hálito e ver toda a determinação que brilhava naqueles olhos. Pela primeira vez notou que ele podia ser mais que um amigo, ou o amigo de seu *marido*, alguém com quem contara ao longo dos anos.

Não dava para entender aquela declaração inflamada, mas sabia que ele falava sério. Seus olhos tinham outro brilho e a determinação tomava conta do rosto dele. Dava até para ver a pulsação do seu pescoço. Dava para sentir o cheiro de cada parte dele, entrando de modo tentador em suas narinas.

Dash, um dominador? Não que fosse difícil de acreditar, afinal ele estava acostumado a conseguir o que queria. Era discretamente autoritário e não precisava falar alto para convencer ninguém. Em muitas ocasiões, Joss tinha visto como as pessoas se calavam para ouvir o que ele tinha para dizer.

Dash não era um cara mandão, não precisava ser. Ele era dono de uma intensidade que fazia com que as pessoas sentissem seu poder. Ela não era cega nem imune a ele, e ainda hoje Joss havia relembrado como ele a intimidara no início, quando se mostrou preocupado e desaprovou o namoro com Carson. Mas foi só perceber que ela era a mulher certa para o amigo que a postura dele em relação a ela mudou completamente.

As palavras dele ainda ecoavam em seus ouvidos. Aquela promessa meio áspera. Ela tremeu diante da intensidade de seus olhos escuros, que pareciam prestes a devorá-la, deixando-a exposta e vulnerável.

– Eu... não estou entendendo – disse ela, impotente, levantando uma das mãos e deixando-a cair novamente, tentando achar algum sentido em tudo que aconteceu naquela noite.

As próximas palavras de Dash desequilibraram ainda mais o mundo de Joss.

– Esperei muito tempo por você, Joss. Pensei que você nunca seria minha e aceitei, porque você e Carson eram felizes. Mas, como você mesma disse, ele se foi e eu esperei uma eternidade pelo momento certo, até você estar pronta. Talvez tenha esperado demais, ou talvez o momento certo tenha chegado. Mas se acha que vou ficar de lado e permitir que outro homem coloque as mãos no que considero meu, você está enganada.

Joss balançou a cabeça, estupefata com tudo aquilo. Parecia que Dash a desejava havia muito tempo. Mas não era possível, pois ele jamais seria capaz de trair seu melhor amigo. Será que se apaixonou depois que Carson morreu? Ou será que estava substituindo o amigo, tomando conta da viúva dele?

Ela não queria ser uma *obrigação*, como fora durante todo esse tempo. O dia de hoje era importante porque ela estava disposta a se desprender – não apenas de Carson, mas também da dependência em relação a Dash.

O que a surpreendia ainda mais era que Dash era tudo o que ela disse que queria, se é que aquela declaração apaixonada era verdadeira: dominador, atraído por mulheres submissas e disposto a mostrar como era aquele modo de vida. Dash queria possuí-la – ser *dono* dela.

– Não sei o que dizer – respondeu Joss, com sinceridade. – Nunca pensei. Não percebi...

– É, acho que você não percebeu – Dash murmurou. – Não é uma coisa que a gente sai falando por aí. Mas *você* deu o primeiro movimento. Agora é minha vez de dar os próximos. Você disse o que quer, o que precisa e o que deseja. E sou eu quem vai dar isso tudo a você.

Ela o encarou, ainda perplexa pelo dia que tinha vivido, por aquele momento e por tudo o que estava *acontecendo*. Como é que tanta coisa tinha mudado assim tão rapidamente? Então, balançou a cabeça, negando tudo, embora uma parte sua, aquela que ficara tanto tempo insatisfeita, gritava que era isso que procurava. Mas, Dash?

Não, eles eram apenas *amigos*. O melhor amigo de *seu marido*. O que os outros iriam pensar? O que os amigos, a família dele, *Kylie* pensariam desta transformação de amigos para amantes? Mais do que amantes, muito mais. Ela nem conseguia imaginar o que este tipo de relacionamento significava. Não seria apenas um caso de uma noite só. Duas pessoas ficando juntas pelo tesão do momento. O que Dash propunha era... duradouro?

– Pare de analisar tanto! – Dash sugeriu com paciência.

Mas sua boca estava cerrada e seus olhos mostravam como ele estava determinado. Deus, ele estava falando sério? Não dava nem para questionar, cada parte dele gritava que tinha certeza absoluta.

E Dash não era nem remotamente impulsivo ou volúvel. Ele simplesmente não era assim. Ela o conhecia há muito tempo e sabia que cada movimento, nos negócios ou na vida pessoal dele, era pensado de antemão. Mas perceber que ele havia pensado *nisso* com muito cuidado a deixava estupefata.

– Mas, Dash, nós não *podemos*.

Ela disse enfaticamente, mesmo que, no fundo, questionasse por que não podiam. Mas claro que não, certo? Havia muito a se considerar. Seus amigos. Kylie. A família dele. A rapidez com que seu mundo tinha sido tão irrevogavelmente mudado fazia a cabeça de Joss doer. A última vez que isso aconteceu foi quando soube que Carson havia morrido.

– Por que não? – ele perguntou simples e calmamente, como se ele não tivesse acabado de desmoronar tudo na vida dela, que era cuidadosamente ordenada.

Bom, isso seria uma mentira. O mundo já havia desmoronado no dia que Carson morreu e nunca mais entrou nos eixos. Até hoje? Será que era isso que precisava para colocar sua vida em ordem? Para recuperar a si mesma? Será que o que ela precisava era Dash, ou qualquer outro homem servia? Ao pensar assim, Joss já sabia a resposta. Não se sentiria tão insegura com outro homem porque não seria pessoal, não envolveria tantos sentimentos.

– O que isso quer dizer, Dash? Não estou entendendo. Você disse que esperou. Do que estamos falando? Esperou por quanto tempo? Parece que você me quer – sempre me quis. Mas eu não fazia *ideia*. Como podia? Você é – era – o *melhor amigo* do meu marido!

– Cuidado com o que pergunta, Joss – Dash avisou. – Pode ser que você não esteja preparada para a resposta.

Joss hesitou, sem saber o que isto queria dizer. Será que tinha sido cega? Uma idiota por não ter percebido antes? Mentalmente se lembrou de todas as vezes que Dash estivera com ela naqueles anos todos e tudo o que viu foi um apoio emocional inabalável. Toda vez que ele juntara seus pedacinhos, quando ela tinha certeza de que estava acabada.

Foi ele quem a manteve forte e a incentivou, até quando ela não queria ser incentivada, e não levava a raiva dela para o lado pessoal. Era um milagre não ter se afastado ainda. Mas se o que ele estava dizendo era verdade...

Meu Deus! O que ela deveria fazer? O que desejava estava ali, de bandeja... mas, com o Dash?

Ela olhou para ele novamente, desta vez de verdade. Sem pensar que era intocável, o melhor amigo do seu marido. Alguém para quem ela só podia olhar como amigo.

E o que ela viu a deixou sem fôlego.

Ele era um espécime maravilhoso de macho alfa. A promessa de dominação e muito mais brilhou nos olhos escuros de Dash. Joss estremeceu ao perceber o jeito como ele olhava para *ela*. Tinha sido sempre assim? Será que ela nunca percebera a forte atração que corria entre eles, quase como se fosse uma corrente elétrica?

Continuou estudando o rosto, o corpo, os ombros largos, o peito musculoso, as coxas fortes de Dash. Não havia um grama de gordura a mais no corpo dele.

Seu rosto enrubesceu e ela desviou o olhar, envergonhada por estar sendo tão óbvia.

Mas ele não ligou. Na verdade, parecia... bem satisfeito.

– Isso mesmo, olhe para mim – e respirou fundo. – *Finalmente*. Veja quem sou e o que sou. Eu a quero cada vez que respiro.

– Há quanto tempo? – Joss falou baixinho, lembrando que talvez não quisesse saber a resposta. Mas tinha de saber. Precisava saber por quanto tempo não percebera.

– Desde sempre? – ele deu de ombros. Tentou falar com leveza, mas ela percebeu a tristeza que, de repente, aparecia em seus olhos. A... dor. E o desejo. Meu Deus, não podia ser verdade. Simplesmente não podia.

– Desde *sempre*? – em voz baixa. – Quer dizer antes... enquanto Carson e eu estávamos *juntos*?

Ele confirmou com a cabeça. Joss perdeu as forças e quase caiu no sofá, mas Dash a agarrou para que recuperasse o equilíbrio.

– Não sabia – murmurou baixinho.

– Claro que não. Não *queria* que você soubesse – Dash retrucou. – Não colocaria este fardo sobre você. O que eu podia ter feito? Você estava apaixonada por outro homem e casada com meu melhor amigo. Saber não teria ajudado em nada e deixaria nossa amizade em uma situação difícil. Para nós três.

Ela olhou novamente para ele, assombrada com o que teria que perguntar.

– E Carson? – ela perguntou baixinho. – Ele sabia?

Por um momento Dash hesitou, tentando decidir como deveria contar. Depois, balançou a cabeça, como se tivesse resolvido que ela deveria saber tudo e que talvez estivesse preparada para ouvir o que não soubera por tanto tempo.

– Sabia – Dash revelou, com uma certa tristeza.

– Meu Deus – Joss estava tremendo. – Ele sabia? E vocês eram amigos? Não estou entendendo!

Dash suspirou e a trouxe para perto até que estivesse protegida em seus braços, com a cabeça em seus ombros. Ele então beijou seus cabelos, alisando e separando os cachos que estavam soltos.

Havia muito mais nesse abraço que no apoio que ela havia recebido por três anos. Agora ela sabia. Todo seu corpo estava em alerta, a pulsação acelerada nas veias. Seus seios tremiam e os mamilos estavam rijos sob o vestido. Ela não tinha colocado sutiã e sabia que Dash podia senti-los através da roupa.

– Carson entendeu – Dash falou em voz baixa. – Sim, éramos e *continuamos* amigos porque ele tinha certeza de que nem eu nem você iríamos traí-lo e que eu nunca tomaria uma atitude em relação a essa atração. Mas, sim, ele sabia. E acho que, para ele, trouxe um pouco de alento saber que, se alguma coisa acontecesse, eu tomaria conta de você e ficaria do seu lado para tudo o que quisesse e precisasse.

Ela se afastou e olhou bem para ele.

– Mas, Dash, isso tinha de...

Joss se calou ao perceber a paixão nos olhos dele. Era como se ele tivesse esquecido necessidades e desejos por tempo demais e agora tudo isso estivesse ali, livre e vibrante.

– Foi um inferno – Dash confirmou. – Paraíso e inferno ao mesmo tempo. Paraíso quando ficávamos juntos ou simplesmente podia ver você, seu sorriso. Inferno porque eu ia para casa sabendo que você estava nos braços de Carson e não nos meus.

– Eu não sabia – Joss estava chorando. – Eu não sabia, Dash!

A expressão dele desanuviou e ele colocou a mão no rosto dela, acariciando-a suavemente.

– Eu não quis que soubesse. É uma posição muito difícil e não iria impor isso nem para você nem para o Carson. Eu os amava e nunca teria feito nada para destruir o casamento de vocês ou causar problemas. Então, esperei. Mas cansei e você tem de saber disso.

Joss prendeu a respiração ao ver sinceridade na expressão de Dash.

A mão dele desceu pelo rosto dela, até que seus dedos roçaram de leve os lábios. Ela sentiu vontade de lambê-los, sentir que gosto teriam.

– Agora parece que ganhei um presente que nunca sonhei receber. Estava pronto para esquecer tudo. Por você. Nunca imaginei que você quer o que posso dar. Achei que teria de deixar de lado esta minha necessidade de dominar. Nunca pediria nada que você não estivesse preparada para oferecer. Mas, agora que eu sei? Prepare-se, Joss, porque não vou mais me segurar. Posso dar tudo o que você quer e precisa e muito mais. Muito mais mesmo. Tudo o que você tem de fazer é decidir se confia em mim. E se acha que pode vir a gostar de mim tanto quanto eu gosto de você.

Nervosa, Joss umedeceu os lábios. Ansiedade e esperança faziam seu corpo formigar. Era como se as pétalas de uma flor estivessem se abrindo aos primeiros sinais da primavera, aquecendo sob o sol depois de um longo inverno, esperando para florescer e se libertar de todas as amarras.

– Não sei como começar – disse com honestidade. – Hoje à noite... não aconteceu como eu havia planejado.

– Ainda bem! – Dash resmungou. – Quando penso no que poderia ter acontecido se eu não estivesse lá! O destino, este filho da mãe, depois de muito tempo resolveu sorrir para mim.

– E agora, o que vai acontecer? – perguntou baixinho, sem tirar os olhos dele.

Ele se abaixou e segurou seu rosto com extremo carinho e reverência. Seus lábios pairaram bem próximos dos dela, sua respiração aquecendo sua pele. E então a beijou.

Joss sentiu um calor explodir em suas veias e um zumbido em seus ouvidos. Era como um choque elétrico, inesperado e maravilhoso. O desejo, há tanto tempo adormecido, veio em fúria e ela sentia esse sentimento se espalhando por suas entranhas, como um incêndio.

Arrepios começaram a correr por toda sua pele até que ela estremeceu dos pés à cabeça, sem condições de controlar nada.

Ele a beijou ainda mais profundamente, passando a língua quente sobre os lábios até que ela os abriu sem fôlego e ele enfiou sua língua inteira, encontrando a sua. Ele gemia baixinho contra sua boca, e com isso, ela se viu de repente faminta, querendo mais.

Joss nunca tinha imaginado que se sentiria assim outra vez, um desejo tão intenso que tomava conta dela por inteiro. Estivera tão fria por tanto tempo! Mas naquele momento estava tomada pelo calor, banhada em fogo. O calor dele a consumia. O cheiro, o sabor, a própria essência de Dash. Como é que nunca percebera? Como nunca tinha sequer imaginado? Como nunca viu que ele era um macho alfa tão desejável, que agora a beijava até ela perder os sentidos?

Quando ele se afastou, seus olhos estavam impregnados com um desejo que respondia à sua pergunta.

– Agora, o que acontece é que você é minha, Joss. Finalmente, minha. E se o que disse é verdade, se o que quer e precisa é minha dominação, pode ficar tranquila: *vou* possuí-la e você *será* minha. E eu serei o único homem que você vai conhecer.

5

Dash observou a torrente de emoções que passavam pelos olhos de Joss. Ela era tão expressiva! Sempre tinha sido assim, e essa era uma das coisas de que ele mais gostava nela. Bastava olhar em seus olhos para saber qual o seu humor, se estava feliz, triste ou animada.

Ou ardendo de desejo.

Ele descobriu que essa última possibilidade era extremamente satisfatória. Joss nunca havia olhado para ele como neste momento. Sentiu-se triunfante, apesar da reação quase comedida. Não estava esperando por isso, nem em um milhão de anos. Suas palavras confirmaram.

– Preciso de tempo para pensar... sobre isso... sobre nós – disse com a voz estremecida. – Isso é tão inesperado, Dash! Não quero tomar uma decisão precipitada, que possa fazer com que eu, ou nós, nos arrependamos depois.

Honestidade era outra coisa que admirava nela.

– Claro, não tenha pressa – ele sussurrou, e sua cabeça gritou que havia toda pressa do mundo. Ele não *queria* que ela pensasse sobre isso ou que desistisse. Dash não podia estragar tudo, não agora que estava tão próximo de conseguir o que sempre quis.

– Não sei quanto tempo...

Ela parou de falar, apertando suas têmporas com as mãos como se sentisse dor, antes de pousá-las no colo de novo. Ele pegou a mão de Joss e, com o polegar, massageou a pele sedosa. Que dedos finos e delicados, como todo o corpo dela! Ele não se cansava de tocá-la.

No passado, só o fizera como amigo. Com carinho, mas nada parecido com intimidade. Ambos sabiam que seu toque era íntimo agora, uma sensação da qual ele não se cansaria tão cedo.

– Não tenha pressa, querida. Mas quero que me prometa uma coisa, tudo bem?

Como ela demorou em olhar para ele, ele segurou seu queixo, num gesto tão delicado quanto sua pele.

– Olhe para mim, Joss, é importante.

Ela levantou os lindos olhos azuis, perturbados.

– Quero que leve o tempo que precisar para pensar sobre nós. Mas me prometa que não vai voltar para o The House. Não sem mim. Por nenhuma razão. Não até que isso entre nós esteja decidido. Mesmo que não me escolha, espero que não volte para lá sozinha. Não quero pensar em você nas mãos de outro homem, tocando seu corpo quando sou eu que quero tocá-la. Faça isso por mim, ao menos.

– Você está me dando um ultimato – ela afirmou, baixinho. – Quer que eu prometa que, se não escolher você, vou negar os desejos e necessidades do meu coração. Isso é justo?

– O amor não é justo – ele respondeu rispidamente, enquanto os olhos dela se arregalaram, tomados de surpresa.

Dash não deu muita importância, pois ainda era muito cedo para pedir isso, depois de tudo que havia acontecido. Ela precisava de um tempo para pensar sem que declarações de amor caíssem em cima dela – Joss não acreditaria em sua sinceridade.

– Só lhe peço uma chance. *Me* escolha, deixe que eu seja sua iniciação neste mundo que você tanto quer. Me dê ao menos isso. Se não for o que quer ou o que precisa, então vamos parar e reavaliar. Só preciso dessa oportunidade – exclusiva, por assim dizer. Já disse que até esqueceria minha necessidade de dominar, se fosse o único jeito de tê-la. Fiquei arrasado quando a vi entrando naquela sala comunitária e meu mundo está em parafuso até agora. Tudo o que quero é uma chance, Joss. Uma oportunidade. E não quero que volte lá. Não sem mim. Não com outra pessoa, até que eu tenha a chance de provar que sou o que você precisa. Isso é tão errado assim?

Ela olhou para ele por um longo tempo, antes de concordar.

Dash se aproximou, beijou a testa franzida dela na tentativa de alisar as rugas que se formaram.

– Eu vou te dar tempo, Joss, o quanto você precisar. Mas não espere demais, você já esperou muito para agir. Não há por que demorar mais, já que você claramente já pensou bastante sobre o assunto. Sabe que pode confiar em mim. Espero que já confie. E isso já é melhor do que se escolhesse outro homem e melhor ainda do que aquele homem com quem entrou na sala comunitária. E sabe por que, querida? Porque me importo com você e seu prazer. O Craig não se importa nem vai se importar. Se me der esta oportunidade, vou colocar o mundo a seus pés. Farei de tudo para ter, possuir você. Só preciso de uma oportunidade para provar isso.

O desejo nos olhos dela era sua perdição. Seu discurso comovido tinha falado diretamente com o coração dela, e Dash tinha certeza disso.

– Não vou demorar muito – ela disse com voz rouca. – Só preciso de tempo para pensar. É muita coisa. Quero dizer, eu não fazia ideia. Hoje era o dia de eu me libertar não só de Carson, mas de você também. Eu me sentia como um fardo e estava na hora de parar de depender de você, deixar que seguisse sua vida. Acho que você nem teve relacionamentos sérios durante esse tempo. A maioria das mulheres não gostaria que você largasse tudo para confortar a viúva do seu melhor amigo. Pensei que estivesse fazendo um favor para você – e para mim – quando resolvi juntar meus caquinhos e ficar de pé novamente. E agora você quer mais. Não consegui processar tudo isso e, como disse, não quero tomar uma decisão precipitada da qual nós dois podemos nos arrepender. Gosto muito de você, Dash, e acho que nunca agradeci de forma apropriada tudo o que fez por mim.

– Não quero mais sua gratidão, Joss. Quero você. Simplesmente, só você. E sua submissão. Mas como disse, se por acaso não quiser isso, não precisa ser assim. Eu sacrificaria qualquer coisa para ter você.

Seus olhos se encheram de tristeza.

– Não é isso, Dash, não quero que você mude por minha causa. Isso é tão ruim quanto esperar, ou exigir, que Carson me desse o que eu sabia que ele não queria nem podia me dar. Nunca pediria isso dele. Então, também não posso pedir que você negue quem você realmente é por minha causa.

Ele a puxou para seus braços, seus lábios encontrando e silenciando os dela. Sentia que ela se desmanchava em seu abraço, mas era só isso o que podia fazer, ou a pegaria no colo e carregaria até a cama. Ele esperou por tanto tempo! Esperou o tempo necessário para que ela estivesse pronta.

– Que tal você me deixar escolher os sacrifícios que eu faço? Você não se sacrificou por Carson? Isso é amor, querida. Você quis e precisou de algo que ele não podia dar, mas nem por isso o amou menos.

Ela ficou imóvel e se aninhou ainda mais em seus braços, colocando a cabeça sob seu queixo. Deus, eles se encaixavam. Como duas peças de um quebra-cabeça. Ele a abraçou, segurando-a, desfrutando sua presença em seus braços de uma forma que ele nunca pôde fazer. Porque agora ela sabia o que ele sentia e estava consentindo aquela aproximação. Ela bem sabia que ele não a estava abraçando e tocando porque era apenas um amigo, mas um homem que queria seu coração e sua alma.

– E a promessa?

Devagar, ela se afastou e olhou para ele.

– Eu prometo, Dash. Só me dê um tempo para entender tudo isso. Foi um dia difícil para mim. Tudo o que planejei não aconteceu como eu esperava. Preciso entender melhor.

Ele concordou e começou a falar, mas ela o interrompeu de uma vez.

– Não quero usá-lo. Talvez fosse tudo bem usar um estranho, alguém que não significasse nada para mim. Mas não vou usá-lo, não você. Não como uma muleta ou um experimento. Gosto muito de você. Sua amizade é muito importante.

Ele sorriu e com carinho colocou um cacho de cabelos atrás da orelha dela.

– Querida, não me importo que você me use. Desde que o resultado final seja eu ter você. Usei todo tipo de mulher nesses últimos anos. Não me orgulho disso, mas foi assim. Elas eram apenas substitutas porque quem eu queria mesmo era você.

– Você fingia que elas eram eu? – Joss sussurrou, surpresa.

Ele concordou.

– Repito: não me orgulho disso. Mas era assim. Não podia ter você, então apaziguei minha fome e desejo com outras mulheres. Talvez isso mude o modo como me vê. É um risco que corro. Mas não vou mentir. Claro que houve outras mulheres. Pensei que nunca teria o que realmente quero, então foi o jeito que encontrei.

– Não o culpo por ter ficado com outras mulheres. Deus, como poderia? Eu estava *casada*. Nem espero que você seja fiel a uma mulher que não era sua!

– Fico feliz – disse. – Porque, querida, quando você for minha, não haverá outra mulher. Pode estar certa disso.

Joss se surpreendeu novamente. Era como se tivesse entendido tudo de uma vez. Os olhos dela se turvaram pelo choque. Seu corpo estremeceu e ela juntou os dedos para tentar esconder o tremor.

– Quero que passe a noite aqui, Joss.

Ele levantou as mãos, quando ela quis protestar. E novamente segurou seu queixo, fazendo carinhos com o polegar.

– Hoje não foi nada fácil para você, eu entendo. E não estou pedindo para ir para cama comigo. Ainda não. Hoje não. Mas fique no quarto de hóspedes. Vou me sentir melhor se você não ficar sozinha. Faço café da manhã para a gente e depois a levo para casa. E aí você terá o tempo que quiser. De manhã, marcamos um encontro.

Um jantar. Sair para dançar, o que você quiser. E então você me dará sua resposta e, dependendo dela, seguimos em frente.

Ela engoliu em seco e ele percebeu sua indecisão, tentando pesar os prós e contras e assimilar tudo o que tinha acontecido.

– Fique – ele murmurou, virando a cabeça para beijá-la novamente.

Ela soltou um suspiro doce enquanto a língua dele sentia o gosto dela novamente. Beijá-la era viciante. Agora que ele o fizera, sabia que queria mais. Queria sentir o gosto do corpo todo dela. Os seios. Queria ficar entre as pernas dela e saborear cada pedaço do seu corpo de mulher. E então ele queria penetrá-la. Possuí-la de todas as maneiras possíveis. Até que ela não tivesse dúvidas de que era sua propriedade. Não tivesse dúvidas de que ele seria o último homem com quem faria amor.

– Fique – ele repetiu, depois de, com relutância, parar de beijá-la.

Joss respirou fundo e exalou, soltando os ombros ao mesmo tempo.

– Tudo bem – concordou. – Vou ficar.

6

Quando Joss entrou na cozinha na manhã seguinte, Dash percebeu que não dormira bem, se é que dormira. Mas nem ele. Como poderia, se não parava de pensar nela no quarto ao lado? Tão perto e, ao mesmo tempo, tão longe. Inalcançável. Ele tinha ficado na cama, olhando para o teto, agradecendo e, ao mesmo tempo, amaldiçoando o destino.

Estava *tão* perto de conseguir o que seu coração desejava! Ficou pensando se isso era uma brincadeira que o destino estava pregando. Mostrando a cenoura na frente do seu nariz e afastando, cruelmente. E se Joss desistisse? E se tivesse agido por impulso e depois de pensar bastante, mudasse de ideia?

Ele não iria conseguir lidar com isso. Já era ruim antes, quando ele *sabia* que não tinha chance alguma com ela. Mas agora que a tinha beijado, sentido seu gosto, abraçado? Não iria aguentar se a perdesse, antes de tê-la pelo menos uma única vez.

Não que uma vez só fosse suficiente. Com ela, não. Com outras mulheres? Uma vez estava bom. Dash nunca *quis* ter um relacionamento sério, e isso, por si só, era uma tortura. Ele via Joss e Carson juntos e se sentia torturado pelo que tinham e por saber que nunca teria a mesma coisa.

Muitas vezes engolia em seco e aceitava. Nas noites em que não conseguia, que se sentia sozinho e triste pelo que nunca teria, ia até o The House, satisfazia suas necessidades e voltava para o purgatório onde ele mesmo tinha se colocado.

Dash esperava que isso tivesse acabado. Para sempre. Era sua esperança. Se querer fosse poder, ela já estaria em sua cama. Amarrada, para nunca mais partir.

Desespero? Isso nem chegava perto de descrever como ele se sentia. Nem de longe.

Ele não tinha nenhum orgulho quando se tratava de Joss. E ele não dava a mínima.

Serviu o café favorito dela e colocou a xícara no balcão, enquanto ela se sentava. Joss estava vestindo uma das camisetas dele, o que o deixava extremamente feliz, e calças de pijamas, que ela amarrou bem para que não caíssem. Não que ele se importasse...

– Você não dormiu, meu bem – disse gentilmente.

Ela hesitou e fechou os olhos, não sem antes demonstrar uma grande tristeza.

– Não me chame assim, por favor – murmurou.

– Claro, falei sem pensar, me desculpe – respondeu, baixinho.

Carson sempre a chamara assim.

– Há muitas outras formas para chamá-la, querida.

Ela abriu os olhos e estampou um sorriso.

– Assim está melhor. A noite não foi tão ruim, não é?

Ao dizer estas palavras, ele se deu conta de que provavelmente tinha sido. Para Dash, fora um inferno, e ele não tinha passado por um choque tão grande como o dela. Ainda por cima, no aniversário da morte de Carson. Estremeceu, mas se lembrou de que o tempo nem sempre era seu aliado. E não ia deixar de fazer alguma coisa porque era a data da morte de seu melhor amigo. O destino – e Joss – o haviam levado até ali.

– Tive de processar muita coisa – ela admitiu, pegando a xícara.

Tomou um gole de café e fechou os olhos, o prazer momentâneo aliviando as rugas de cansaço em seu rosto.

– Você está me mimando – disse, colocando a xícara no balcão.

– Ainda não, mas pretendo.

– A noite passada não foi um sonho, então.

Ele se apoiou no balcão para ficar de cara com ela, seu olhar fixo.

– Foi um sonho. *Meu* sonho. Agora tudo o que temos a fazer é transformá-lo em realidade.

– Você faz tudo parecer tão simples – murmurou.

– E é. Ou não. Será o que escolhermos. Sou um cara direto e você sabe disso. Já esperei tempo suficiente e desculpe minha impaciência agora que o que quero está a meu alcance.

– Como isso vai ser, Dash? Passei a noite toda pensando – imaginando – o que isso tudo significa. Antes, era surreal, abstrato, irreal. Eu fantasiava. Imaginava. Até pensei em várias situações. Mas agora que é real e está na minha cara, não sei o que fazer, o que esperar.

– Por que nós dois não comemos algo? A gente conversa enquanto toma café e eu respondo tudo o que você quiser saber. Mas, como avisei ontem à noite, se não estiver preparada para a resposta, melhor nem perguntar.

Ela balançou a cabeça.

– Não, quero a verdade. A realidade. Preciso saber o que isso significa, o que significa *estar* com você.

Dash apertou a mão dela.

– Vá lá para a mesa. Vou pegar os pratos e já vou.

Ele a observou arrastando os pés, segurando a caneca de café entre as mãos, como se quisesse se esquentar. Para ele, seria melhor se enrolar nela. Ele daria todo o calor que ela quisesse e muito mais.

Tenha paciência, não estrague isso, cara. Não quando está tão perto. Você esperou muito tempo por isso.

Ele controlou sua impetuosidade e não teve pressa para pegar os pratos e ir até a mesa onde Joss estava sentada. Parecia que ela era... a pessoa certa. Na casa dele, usando as roupas ainda amassadas pela noite, com os cabelos arrumados depois do banho. A única coisa que poderia ser melhor seria se ela tivesse saído da cama *dele*.

Em breve.

Ele colocou o prato na frente dela, viu quando seus olhos se arregalaram, um sorriso largo nos lábios.

– Meu predileto – disse, com voz rouca.

Ele também sorriu.

– Claro! Achou que serviria outra coisa? *Waffles* com muita manteiga e melado. Pode avançar e aproveite! Vou pegar o leite e o bacon.

Joss suspirou.

– Também adoro, mas não posso comer sempre. Muito calórico!

Ele balançou a cabeça, enquanto trazia a bebida e o prato com bacon.

– Não tem absolutamente nada de errado com sua aparência. Perfeição completa do alto de sua cabecinha linda até os rosados dedos dos seus pés.

Ela enrubesceu, seu rosto quase da mesma cor rosada dos dedos dos pés.

– Não consigo entender... essa mudança em nosso relacionamento. Estou me sentindo desequilibrada. Ontem mesmo o plano era me desprender de você tanto quanto de Carson. E agora...

Joss levantou as mãos, espantada, e novamente as deixou cair no colo.

– Isso não ia acontecer. Talvez você tenha *pensado* que ia se livrar de mim, querida, mas não vou a lugar algum. Esperaria o tempo que fosse necessário, mas em algum momento eu tentaria dar o primeiro passo, sem dúvida nenhuma. Só que você deu primeiro.

Ele a observou enquanto processava essa informação, seu rosto consternado. Como se quisesse ainda entender o que ele tinha jogado em cima dela nas últimas 24 horas. Joss baixou o olhar, interrompendo sua silenciosa meditação.

Começou a comer os *waffles* enquanto Dash observava como ela estava satisfeita com o café da manhã que ele havia preparado. Comia com naturalidade, como fazia com todo o resto. Sem timidez. Sem peso na consciência. Era uma mulher sem medo de demonstrar prazer, mesmo com as coisas mais simples. E ele queria dar a ela muito mais prazer que simples *waffles* para o café da manhã. Pensou em milhares de formas de mimá-la.

– Você quer saber como isso vai ser – disse. – O que exatamente você quer saber?

O garfo que ela estava levando à boca parou no ar. Ela o colocou novamente no prato, lambendo os lábios, agitada.

– Eu preciso saber... Quero dizer, agora *você* sabe que tudo isso é novidade para mim. Falei o que preciso, mas *você* não. O que espera. O que quer de mim. O que *fará* comigo.

Ela estremeceu ao dizer a última frase, e Dash esperou que ela estivesse imaginando o que faria com ela. E que essas imagens aumentassem sua curiosidade e seu desejo, como faziam com ele.

– Acho que a questão é: o que você *quer* que eu faça para ou com você.

Os olhos dela se encheram de impaciência, uma emoção que ele conhecia bem.

– Por favor, Dash, sem joguinhos comigo. Isto é importante.

Nesse instante, ele ficou bem sério. Aproximou-se dela, seu olhar penetrante.

– Isso não é um *jogo*. Não penso nisso nem por um minuto. O que eu sinto por você e o que eu quero fazer com você não é um jogo. Nem de longe.

– Então me ajude – ela suplicou. – Estou perdida, sem um norte. Preciso de sua sinceridade, saber o que está pensando. Preciso saber como acha que isso vai acontecer.

– Eu acho – ele começou com cuidado – que se vamos falar das particularidades do nosso relacionamento, prefiro ir até a sala, onde posso tocá-la enquanto revelo minhas expectativas e você diz o que você quer.

– E se eu não souber o que eu *quero*?

Dash podia sentir que ela estava nervosa, bem próxima de começar a desmoronar. Sua impaciência e urgência em reivindicar o que ele queria há tanto tempo não importavam agora. Joss precisava ser tratada com delicadeza e toda segurança e firmeza que ele pudesse dar. Ele não podia – não queria – deixar que ela escapasse por entre seus dedos quando finalmente estava exatamente onde ele queria.

– Sabe, querida – disse gentilmente. – Ontem você estava decidida. As coisas não mudaram só porque não está mais lidando com um estranho. No mínimo, você deveria estar se sentindo mais livre, mais desinibida. Quero saber tudo o que se passa nessa sua cabecinha linda. E você vai saber sobre a minha também. Isso eu garanto.

Ela se levantou, impaciente e nervosa.

– Então vamos. Eu *quero* saber. Preciso saber antes de tomar uma decisão.

Ele pegou a mão de Joss e puxou-a para perto, querendo tão apenas tocá-la, como quis no momento em que ela entrara na cozinha. Acariciou seu rosto e viu quando seus olhos se encheram de prazer. Dash se lembraria desse olhar pelo resto de sua vida, porque finalmente ela estava olhando para ele *de verdade*.

Ele a levou para a sala e se sentou no sofá de couro, antes de puxá-la para si, para seus braços. Joss estava um pouco resistente e ele esperou. Então, ela relaxou e simplesmente se acomodou nos braços dele, colocando a cabeça em seu ombro.

Dash sentiu o cheiro do xampu e um pouquinho da umidade que restava nos cabelos dela. Gostava do cheiro dele nela. Por ele, ela teria o cheiro dele o tempo todo. Fechou os olhos, saboreando o momento e o pensamento de que finalmente ela seria sua. Não, ela ainda não tinha se decidido, mas ele se perguntou se ela sabia que seus olhos já tinham dito sim.

Claro que estava nervosa, mas em seus lindos olhos azuis ele via também consentimento. A expectativa devorava seu corpo todo, espalhando-se da virilha até que seus testículos doessem.

Ela inclinou a cabeça, olhou para ele e, para sua surpresa, o tocou, traçando a linha do seu rosto. Era um toque tão suave quanto a asa de uma borboleta e, mesmo assim, dava para senti-la até na alma. Sua pele ficou em fogo, o corpo inteiro vivo de prazer com o toque dela.

– Dash, seja sincero comigo. O que significa pertencer a você? O que espera de mim? Preciso saber essas coisas e o que tenho de *fazer*, o que você *quer* que eu faça.

– Significa... tudo – ele suspirou. – Para mim e espero que para você também. Você será minha em todos os sentidos. Minha e de mais ninguém. Vou satisfazer suas necessidades. Dar o que quiser. Pela sua submissão, lhe darei o mundo numa bandeja. Vou cuidar, proteger, mimar você sem fim.

– Isso parece um acordo maravilhoso para mim. Mas e para você, Dash? O que terá em troca?

– Você – ele respondeu. – Só você. E acredite quando digo, isso é suficiente. É tudo o que quero, tudo que preciso. Só você.

O desejo no olhar dela o deixou sem fôlego. Ela não tinha exagerado. Ela sofrera tanto e se sentira tão só quanto ele nesses três últimos anos.

– E o que fará comigo? – sussurrou. – Como vai mostrar sua dominação? Você quer minha submissão só na cama, ou fora dela também?

– O que você prefere? – ele perguntou, voltando a questão para ela.

Ela balançou a cabeça, seus lábios formando uma linha tensa, determinada.

– Já disse o que quero. É sua vez de me dar uma ideia do que tem em mente. Quero tudo, sem que você precise aliviar para mim. Quero saber exatamente o que *você* quer.

– Quero *tudo*, Joss. E isso quer dizer que quero sua obediência completa na cama e fora dela. Sou eu quem manda. Talvez você ache que vou colocá-la numa jaula, mas, querida, vai ser uma jaula dourada e não haverá no mundo mulher mais querida e mimada que você.

Ela respirou fundo, com os olhos bem abertos.

– Acho que o que você quer saber tem a ver com os aspectos mais físicos do relacionamento. Estou certo?

Ela concordou, sua face novamente com aquele tom rosado encantador.

– Gosto de submissão completa, mas a entrega é maior do que apenas física. Ela também é emocional. E, de muitas formas, a submissão emocional é muito mais poderosa e preciosa. É uma *honra*, e não digo isso levianamente. Uma mulher pode dar seu corpo, e nunca seu coração, sua mente, sua alma. Mas uma mulher que dá seu coração e sua alma livremente é o maior presente que alguém pode receber. Não sou bobo de achar que as mulheres com quem fiquei – que dominei – me deram mais que o corpo. E para mim tudo bem, porque elas não tinham meu coração. Compartilhávamos nossos corpos e nada mais.

Ele parou um instante, deixando que ela entendesse suas palavras sinceras. Observou enquanto ela as processava, seus olhos refletindo uma gama enorme de emoções. Então ele a tocou, tracejando com carinho a linha do seu rosto até finalmente chegar em seus lábios macios.

– Com *você*, Joss, vai ser diferente. Vai ser melhor. Muito *mais*. Fisicamente? Quero permissão ilimitada e completa ao seu corpo. Você será minha para eu fazer o que quiser. Amarras, espancamento, não há limite. Gosto de infringir dor, dor com prazer. A dor pode ser o prazer mais doce, na medida certa. O que mais quero é ver minhas marcas em você. A vermelhidão em sua pele depois que eu chicotear suas nádegas. Quero amarrá-la para que fique completamente indefesa e à minha mercê. Será a melhor entrega do mundo, querida.

Os olhos de Joss estavam vidrados, escurecidos, cheios de desejo. Ele sabia que estava falando com o coração dela. Cada coisa que ela tinha fantasiado, sonhado e desejado, ele *daria*. E adoraria cada minuto em que tornaria suas fantasias realidade.

Deixou sua mão deslizar desde a nuca dela até sentir a batida de seu coração.

– Emocionalmente? Quero seu coração. Sua alma. Sua confiança completa e absoluta assim como sua entrega. Quero que me dê sua submissão, que vou apreciar tanto como aprecio você. Vou respeitá-la e nunca dar motivo para que se arrependa de sua decisão. *Esta* é a promessa que eu faço.

Desnorteada, Joss voltou-se para ele, em dúvida, com uma sombra pairando em seus olhos.

– Como você *sabia*? Como *pôde* saber? Como pôde ver o que eu mesma só descobri há pouco tempo? Como entrou na minha cabeça e *soube* de tudo isso?

Ele sorriu e beijou a testa de Joss, deslizando a mão do alto de suas costas até embaixo, feliz por tê-la em seus braços. Finalmente.

– Porque é o que mais quero também, querida. O que sempre quis, há muito tempo. E prometo outra coisa. Não vou apressá-la nem estressá-la. Leve o tempo que quiser. Sua iniciação no meu mundo será aos poucos. Agora que sei que finalmente você pode ser minha, quero saborear cada minuto.

– Você fala como se eu já tivesse tomado minha decisão – ela murmurou.

– E você não tomou? Talvez precise de tempo para justificá-la, mas você já decidiu. Vi nos seus olhos assim que entrou na cozinha hoje cedo e tive de me conter para não socar o ar ou algo assim, como os adolescentes costumam fazer. Como uma criança que acabou de ganhar o presente que mais queria, de aniversário e de Natal juntos!

– Eu quero, eu preciso, conversar com Kylie e Chessy. Kylie, em especial. Ela vai ficar magoada, não vai entender.

Seus olhos se arregalaram ao ver o relógio sobre a lareira.

– Meu Deus, Dash, tenho de ligar para elas! *Esqueci* completamente. Prometi ligar, e elas vão ficar preocupadas. Chessy disse que, se eu não desse notícias, ela iria telefonar para a polícia. Espero que já não tenha feito isso.

Dash riu.

– Ligue para as meninas. Diga que está em boa companhia. Tem tempo de sobra para explicar depois, mas, por enquanto, deixe-as mais calmas. Que bom que você tem amigas tão leais e devotadas! Que temos – ele corrigiu. – Elas *vão* entender. Se amam você, e acho que a resposta é afirmativa, só o que querem é que você seja feliz.

Surpreendendo-o novamente, ela tomou o rosto dele em suas mãos e o beijou. Dash sentiu um prazer inédito em toda a sua vida. Ele a deixou à vontade, se conteve e permitiu que o beijasse, explorando cada parte sua. Quando ela se afastou, seus olhos vidrados de prazer espelhavam volúpia, assim como os dele.

Sim, agora ela o via. Ele se sentiu triunfante e muito satisfeito. As barreiras tinham sido retiradas e Joss agora conseguia vê-lo, não como um amigo ou uma fonte de apoio, mas como um homem que a queria com todas as forças.

E ela o queria também.

Os dias seguintes seriam maravilhosos, mas ele sempre se lembraria desse. Não que ele achasse que seria fácil e que não haveria obstáculos para encarar e superar. Mas eles iriam conseguir. Ele faria com que conseguissem.

– Já volto – disse Joss, com a voz rouca. – Só vou dizer a elas que estou bem. Mais tarde eu explicarei tudo, pois elas vão querer saber. Por enquanto, só vou falar que desisti do The House. Kylie vai ficar contente, ela não queria que eu fosse.

– Ela se preocupa com você – Dash disse.

– Sim, e ela tem razão em temer os monstros desse mundo – Joss complementou, um pouco preocupada. – Ela não quer para mim aquilo que teve de aguentar por tanto tempo. Ela teme a dominação, o controle, o abuso e o sentimento de impotência.

– Dá para entender – Dash disse baixinho. – Mas você não teme isso de mim, né?

O choque que ela demonstrou o deixou satisfeito.

– Não, Dash! Nunca!

Ele a beijou novamente, levantando-a do sofá.

– Vá telefonar, antes que alguém chame a polícia. Se eu conheço a Chessy, ela falou sério. Não me surpreenderia se soubesse que ela já foi até sua casa com o Tate. Ligue para as meninas. Eu ligo para o Tate e digo que você está bem.

7

Com um suspiro profundo, Joss se recostou no sofá e, jogando a cabeça para trás, olhou para o teto. Emocionalmente se sentia esvaída e, pela primeira vez, não era por causa da morte ou do aniversário da morte de Carson.

Era uma perturbação diferente, que ela nunca imaginou que sentiria desde que tomou coragem e decidiu ter, ou pensar que tinha, o futuro em suas mãos. Agora o futuro era um grande ponto de interrogação.

Suspirando novamente, fechou os olhos, sentindo-se bem cansada. Teria cochilado, apesar do caos que sua mente estava enfrentando, se a campainha não estivesse tocando. Tocando sem parar.

Mesmo sem ter certeza, sabia que só podia ser Chessy ou Kylie. Ou talvez as duas. Não iriam deixar para lá só porque, no telefone, Joss falara que tinha desistido. Queriam saber a história toda.

Resmungando com resignação, Joss se levantou e foi arrastando os pés até a porta.

Fazia meia hora que Dash a tinha deixado em casa, depois do telefonema para as meninas. Ele a beijara. Joss tremeu ao se lembrar do desejo bruto que vira em seus olhos. O calor do beijo. Seus dedos acariciando do rosto até o pescoço quando se despediu e disse que voltava logo.

A promessa em sua voz dera muito o que pensar. Agora que ela estava novamente em seu próprio território, por assim dizer, tinha muito o que considerar e processar.

Assim que abriu a porta, suspirou novamente: lá estavam *ambas*, Chessy e Kylie. O olhar de Chessy era profundo e perspicaz, como se pudesse ler até seus pensamentos mais íntimos. Kylie parecia mais em dúvida – e preocupada.

Passando por Joss, Chessy entrou e Kylie a seguiu.

– Ok, pode contar tudo, amiga. Não acreditamos na bobagem que falou sobre desistir do The House e preferir passar a noite com Dash.

Joss seguiu Chessy e Kylie até a sala e se jogou no sofá.

– E nem pense em deixar de fora um só detalhe – Chessy continuou. – Faço o Tate arrancar a história do Dash, se for preciso. De um jeito ou de outro, vou ficar sabendo a safadeza toda, então é melhor você ir contando.

– Você está bem? – Kylie perguntou com ansiedade. – Aconteceu alguma coisa ontem? Alguém a machucou ou assustou?

Joss sorriu, um pouco arrependida. O que responder? Sim, não e sim?

– Estou bem – ela tranquilizou. – Falando sério: é complicado.

Chessy apertou os lábios, com cara de quem já tinha descoberto que alguma coisa estava acontecendo.

– O que foi? – Kylie perguntou.

– O que aconteceu *de verdade*? – Chessy insistiu. – Eu a vi e ouvi ontem. E, embora estivesse um pouco apreensiva, conheço seu jeito: estava determinada a ir ao The House e tentar. Aí hoje recebo um telefonema dizendo: "deixei para lá, não fui e estou em casa"?

Chessy não estava acreditando.

– Eu fui – Joss confirmou.

Kylie franziu a testa.

– Mas você disse que não foi!

– Não disse que não fui – Joss corrigiu. – Só disse que mudei de ideia.

– E? – Chessy perguntou baixinho. – O que aconteceu, Joss?

Joss suspirou.

– Dash aconteceu.

Chessy soltou um "Ah" na mesma hora em que seus olhos mostraram que tinham entendido.

– Que droga, Dash estava lá, foi isso? Deus do céu, ele surtou?

Kylie parecia confusa enquanto olhava de Joss para Chessy, tentando acompanhar o que estavam dizendo.

Antes que Joss pudesse responder, Chessy continuou:

– Desculpe, eu deveria ter avisado, mas que droga! Dash quase nunca vai lá. Quero dizer, sei que ele é sócio, mas nem passou pela minha cabeça avisar porque quem pensaria que ele ia aparecer por lá na mesma noite que você?

Kylie balançou a cabeça, consternada.

– Dash... o nosso Dash... frequenta o The House? *Por quê*?

Joss enrubesceu e trocou olhares de entendimento com Chessy.

– Ele é um dominador – Chessy disse com cuidado. – Como Tate.

Kylie se calou, processando a revelação. Estava tensa e Joss ficou apreensiva pelo que tinha de contar a suas amigas, sobretudo por causa de Kylie.

Kylie era... muito inflexível. Sua visão de mundo era restrita e quase nunca se aventurava além dos parâmetros que estabelecera para sua vida. Tinha suas razões, mas isso não necessariamente facilitava as coisas. Kylie era inflexível e a novidade iria perturbá-la.

– Dash estava lá quando cheguei com outro homem – Joss revelou em voz baixa. – Foi horrível!

Chessy estremeceu.

– Posso imaginar.

– Ele me arrastou para fora e me levou para a casa dele. Sua intenção era me dar um sermão e arrancar minha pele. Ele achava que eu não fazia ideia de onde estava me metendo.

– E você não disse a ele que sabia? – Chessy perguntou.

Joss acenou que sim com a cabeça.

– Foi aí que ficou... interessante.

Kylie parecia ainda mais perplexa e os olhos de Chessy se arregalaram. As duas se sentaram na ponta do sofá, tentando adivinhar o que viria.

Joss respirou fundo, porque suas amigas iam descobrir mais cedo ou mais tarde. Era melhor que soubessem por ela.

– Dash disse...

Ela se perguntava como deveria contar aquilo. Era muito mais difícil do que tinha imaginado, porque mesmo ela ainda precisava aceitar!

– O que foi que ele disse? – Chessy ajudou.

– Disse que, se isso era o que eu queria, o que eu precisava, então ele seria o único homem a me proporcionar estas coisas.

– Uau! – disse Chessy com um suspiro.

A reação de Kylie foi mais explosiva.

– O *quê*? Não entendo. Ele o quê?

– Ele me quer – Joss explicou, em voz baixa. – Já faz tempo. Eu não sabia. Me sinto tão burra, mas eu não sabia!

– Nossa! – Chessy disse. – Quero dizer, muito tempo atrás, cheguei a suspeitar, pelo jeito como ele olhava para você... que havia alguma coisa. Mas você e Carson eram tão felizes, e Dash era amigo dos dois. Além disso, ele nunca tentou nada, mesmo depois da morte de Carson, então pensei que fosse a minha imaginação!

Kylie estava vermelha de raiva.

– Ele se sentiu atraído por você enquanto estava casada com meu irmão?

– Mas ele nunca tentou nada – Chessy ressaltou, com suavidade. – Atração não é algo que a gente controle.

– Carson sabia – Joss murmurou. – Dash contou que Carson sabia e disse que isso nunca afetou a amizade deles.

– Claro que prefiro Dash a qualquer outro estranho do The House – Kylie disse, um pouco de raiva ainda sobressaindo em sua voz. – Mas me preocupo com isso, com você e ele. Nunca imaginei que

Dash fosse esse tipo de pessoa. E se ele machucá-la física e emocionalmente? Tenho medo que isso possa estragar a nossa amizade.

O rosto de Chessy se endureceu.

– Esse tipo de pessoa? O que você quer dizer? Tate é esse *tipo* de pessoa e nunca me machucou.

– Não foi isso que eu quis dizer, você sabe – Kylie estava cansada. – Estou preocupada com a Joss, tá? Parece que ultimamente ela tem tomado várias decisões impulsivas e não quero que se machuque. Essa história com Dash me preocupa. Também não sei o que acho dessa atração dele pela mulher do melhor amigo.

Joss se debatia entre impaciência e frustração.

– Também pensei nessas coisas – ela interrompeu, ríspida. – Pensei em como isso afetaria nosso círculo de amizades, especialmente se não desse certo.

Respirou fundo antes de prosseguir.

– Sempre vi Dash como um amigo e não sei bem ao certo como me sinto agora. Odeio pensar que estou traindo meu falecido marido só por cogitar essa hipótese. Nunca trairia Carson, mesmo se soubesse que Dash tinha afeição por mim. Mas não gosto que questione a integridade dele porque, mesmo gostando de mim, ele nunca tentou nada, até hoje.

Kylie fez uma careta e desviou o olhar. Chessy se aproximou e segurou a mão de Joss.

– Sim, isso pode mudar as coisas – disse calmamente. – Mas não pode viver sua vida sem correr riscos. Se é o que quer, precisa ao menos tentar. É pior viver pensando no que não fez do que naquilo que fez e deu errado. Você não tem nada a perder e tudo a ganhar.

– Tenho *tudo* a perder – Joss disse rispidamente. – Não tenho mais Carson e me destruiria perder a amizade de Dash, a sua e a de Kylie. Não quero mais perder ninguém que amo.

A expressão de Chessy demonstrava amor e compreensão. Isso fez com que os olhos de Joss se enchessem de lágrimas. Mas, que droga! Chega de chorar! Era hora de mudar, de parar de ser essa pessoa tão frágil emocionalmente.

– Querida, a vida significa se arriscar e não há garantias, como você bem sabe – Chessy disse gentilmente. – Deixe-me perguntar uma coisa. Se você soubesse, quando se casou, que você e Carson só teriam alguns curtos anos juntos, se soubesse que ele morreria, teria feito alguma coisa diferente? Teria se afastado para não sentir a dor de perdê-lo mais tarde?

A pergunta mexeu bastante com Joss. Sem pensar, sua resposta foi imediata.

– Claro que não teria me afastado! Faria tudo de novo e não mudaria nada, mesmo sabendo que o perderia, porque o tempo que passamos juntos foi maravilhoso. Não trocaria isso por nada neste mundo – disse, com um tom doloroso.

– Então por que não quer arriscar com Dash? – Chessy perguntou. – E se der certo? E se ele a fizer feliz? E se ele der o que quer e precisa? E se encontrar o amor novamente? E se vocês viverem juntos, felizes por um ano, ele proporcionar a você o que quer e precisa, e depois vocês se separarem? Não é melhor viver esse ano e não se arrepender do que nem tentar? Não pode deixar de se arriscar só porque perdeu alguém. Não se vive assim, com medo de sofrer.

– Ela tem razão – Kylie concordou relutantemente. – E quero que você seja feliz. Mesmo se não for com Carson. Vou ficar a seu lado, não importa o que acontecer com Dash. Como você mesma disse, somos irmãs e melhores amigas.

– Obrigada – Joss estava sendo sincera. – Agradeço a vocês duas. Não sei o que faria sem amigas, irmãs, tão maravilhosas! Vou pensar no que disseram. Preciso refletir bastante sobre isso.

Chessy apertou sua mão.

– Nós já vamos, então. Qualquer coisa, é só telefonar. E quero que saiba que, não importa o que aconteça, eu amo você. Tate também. E ele pessoalmente vai acabar com Dash se um dia ele a machucar.

Joss sorriu, mas havia tristeza em seu coração. Ela não queria causar uma briga entre seus amigos. Não queria que Tate se zangasse com Dash por causa dela.

Kylie se levantou e abraçou Joss bem apertado. Joss retribuiu e também se levantou para acompanhar suas amigas até a porta.

– Mande notícias, tá? – Chessy disse. – E se precisar conversar, é só telefonar. Dia ou noite, não importa.

– Pode deixar – Joss respondeu com sinceridade. – E obrigada por se importarem comigo. Não vou fazer nada que machuque alguém. Espero que saibam disso.

– Sabemos – Kylie garantiu. – E me desculpe se as coisas que disse a machucaram. Amo você, Joss, e quero que seja feliz. Sei que Carson também ia querer isso. Só um cara muito especial continuaria amigo de alguém que gosta de sua esposa. Se Carson conseguiu conviver com isso, eu também vou.

Joss abraçou as amigas e ficou olhando enquanto elas caminhavam até o carro, que estava parado na frente da casa. E continuou ali, enquanto as duas iam embora. Depois, entrou para pegar sua bolsa e as chaves.

Era automático ir para o cemitério de carro. Só percebeu o que estava fazendo quando se aproximou dos portões. Brecou na entrada, olhando para as lápides que salpicavam a paisagem.

Tinha vindo falar com Carson. Explicar sobre Dash e pedir sua benção. Isso depois de jurar que estava virando a página, se libertando, e que não voltaria mais. De novo não.

Balançando a cabeça, deu marcha a ré e voltou com o carro, na direção do bairro de Dash.

8

Não deveria tê-la levado para casa ou deixado sozinha depois de tudo o que aconteceu. Joss deveria ter ficado com ele, bem perto, sem tempo ou espaço para mudar de ideia ou desistir do que, ele sabia, ela já tinha aceitado.

Dash segurou firmemente sua nuca, enquanto servia outra xícara de café e olhava para a mesa onde estiveram juntos. Nessa cozinha onde nenhuma outra mulher havia pisado, muito menos para tomar café da manhã.

Ele gostava dos sinais dela na casa e no espaço dele. Da lembrança dela, entrando na cozinha usando sua camiseta, os lindos olhos ainda cheios de sono.

Ele não queria que Joss fosse embora. Não depois que tinha tomado uma atitude para que ela fosse dele. Mas era o certo a se fazer.

Você teve de deixá-la ir para ver se ela volta.

Dash balançou a cabeça com o absurdo dos seus pensamentos. Não era típico dele repetir nem tolerar bobagem psicológica sentimentaloide, do tipo "se ama alguém, deixe-o livre".

Ele acreditava mais em "se ama alguém, nunca a deixe partir". Mesmo assim, tinha permitido que Joss se fosse. Ele a levara para casa de carro e, com muita educação, tinha dito que se veriam logo. E então a beijara, não como queria. Ela parecia tão frágil, tão perto de desmoronar que seu beijo fora de consolo e confiança e não o de um homem consumido de paixão pela mulher em seus braços.

Quando seu celular tocou, ele se lembrou de que estava esperando uma ligação importante hoje. Praguejou, porque sua cabeça não estava nos negócios. Conseguir um sócio novo, embora necessário, não era o ideal no momento. Ele tinha planejado aliviar para Joss aos poucos, mas tudo tinha mudado. Será que isso colocaria uma barreira entre eles, agora que finalmente ela o via como mais do que um amigo?

Dash pegou o telefone e foi até o escritório, sua mente concentrada na tarefa à frente. Tinha de esquecer Joss por enquanto, pelo menos até que resolvesse este assunto. E depois? Depois tentaria uma tática mais agressiva. Também sentia falta de Carson, mas seu melhor amigo e sócio tinha morrido. Estava na hora de pensar nos seus interesses ao invés de deixá-los de lado, como fizera nos últimos seis anos.

A consultoria que ele e Carson montaram era uma empresa de sucesso, procurada por várias corporações quando precisavam diminuir ou cortar gastos. A maioria dos contratos vinha das inúmeras companhias de petróleo na região de Houston, mas eles também atendiam outras grandes corporações e mesmo algumas empresas menores.

A habilidade natural de Carson com as pessoas e a mente analítica de Dash foram uma combinação de sucesso. Os dois trabalharam em conjunto: Carson na linha de frente, conquistando e levando clientes em potencial para jantar, e Dash nos bastidores, analisando e redigindo as propostas que Carson mais tarde apresentaria.

Só que agora Dash tinha sido forçado a atuar também na linha de frente. Trazendo Jensen, Dash assumiria as responsabilidades de Carson e Jensen lidaria com os detalhes dos bastidores.

– Dash Corbin – disse ao atender o telefone assim que entrou no escritório de sua casa.

Fechou a porta e abriu o notebook que estava na escrivaninha, enquanto ouvia as palavras de Jensen Tucker.

– Fico feliz que tenha ligado – Dash respondeu. – Temos muito o que discutir. Teve tempo de olhar os documentos que mandei?

Dash conhecera Jensen Tucker anos atrás, quando, ainda com Carson, fizeram um negócio juntos. O respeito que sentira por ele era tanto que, naquela época, achou que seria o sócio perfeito quando chegasse a hora de expandir os negócios com Carson. Isso antes da morte dele.

Dash acabou deixando esses planos de lado e manteve o negócio funcionando porque queria se certificar de que Joss e Kylie ficariam bem financeiramente. Kylie era uma gerente excelente, mas perder Carson tinha sido duro para ela. Ele quis que ela se afastasse um pouco do trabalho, tirasse umas semanas de folga para lidar com o luto e o choque de perder seu irmão, mas ela insistiu em continuar. Ela precisava de algo para se distrair, para ocupar seu tempo, mas Dash sabia que isso era temporário. Não tinha certeza se ela realmente tinha superado o luto e aceitado a morte do irmão.

Nem Joss nem Kylie iriam gostar muito de saber que Dash estava arrumando um substituto para Carson, mas talvez Joss fosse mais compreensiva. Kylie, por outro lado, era quem teria de trabalhar com o novo sócio.

Os dois discutiram suas ideias, Jensen deu vários palpites que Dash achou bem pertinentes. Já haviam se encontrado muitas outras vezes. Faltava só Jensen aceitar formalmente e os dois negócios se tornariam um só.

A Breckenridge e Corbin passaria a chamar Corbin e Associados, o que dava margem para uma expansão maior, se eles resolvessem assim.

Jensen não era tão arrogante a ponto de exigir seu próprio nome ou crédito no nome da empresa, apesar de Dash não ver problema se ele assim quisesse. O novo sócio acabou ficando satisfeito com o nome escolhido e com sua função nos bastidores.

Se no passado Carson era a cara da empresa e Dash resolvia os problemas da retaguarda, Dash agora assumia a linha de frente, deixando que Jensen fizesse o trabalho mais braçal.

Ele não tinha planejado isso para ficar mais tempo com Joss e menos no trabalho. Afinal, nem imaginara que tomaria uma atitude assim tão rápido. Mas a hora era perfeita porque, a seu ver, seu relacionamento com Joss vinha em primeiro lugar agora que ela era dele, do jeito que ele sempre quis.

Os dois homens conversaram mais alguns minutos, confirmando o que Dash já sabia: Jensen tinha aceitado. Só faltava ele vir até a empresa e Dash anunciar a sociedade.

– Só mais uma coisa – Dash disse no final da conversa.

– Pode falar.

– Preciso de tempo, alguns dias, antes de tornar pública a nossa sociedade. Quero eu mesmo contar para a Joss e a Kylie.

Houve uma pausa.

– Elas se opõem à minha presença?

Dash sentiu um pouco de desconfiança e irritação na voz de Jensen; este podia achar que Dash estava tomando uma decisão de negócios baseada na emoção. Mas Dash não era insensível.

– Elas não sabem sobre você – disse. – E quero que saibam por mim, por mais ninguém.

– Acha que vão causar problemas?

– Não – Dash respondeu, com economia de palavras.

– Posso esperar alguns dias. Só isso.

– É tudo que preciso. Nos encontramos na segunda-feira. No meu escritório.

Jensen concordou e desligou, deixando Dash pensativo, em silêncio, sentado em sua mesa.

Ele já tinha dito a Jensen que as mulheres não causariam problema. E não causariam mesmo, simplesmente porque não tinham escolha. Carson havia deixado dinheiro suficiente para sustentar Joss financeiramente pelo resto de sua vida, mas o negócio estava nas mãos de Dash. Joss não tinha poder de decisão. Ela teria de aceitar o que quer que Dash resolvesse. Kylie também. Não precisavam gostar daquela decisão, mas Dash também não queria que isso os separasse. Nenhum deles.

Quando finalmente saiu do escritório e foi até a cozinha, ouviu o barulho de um veículo do lado de fora. Estranhou, pois não esperava companhia, e foi até a janela que dava para a entrada.

Surpreso, viu que era o carro de Joss, mas ela não desceu. Ficou sentada no carro, suas mãos agarrando a direção.

Sentindo apreensão pelo corpo todo, Dash saiu pela porta da frente. Quando Joss o viu, abriu a porta do carro e desceu.

Mesmo a distância, era óbvio que estava aborrecida. Pálida, seus olhos pareciam enormes e tristes. E quando se olharam, Dash sentiu medo.

Fora um tolo por insistir tanto com ela, tão cedo. Era o fim. Ela tinha vindo dizer que... não. E desta vez, fugiria e continuaria fugindo. Talvez nunca mais a visse, e ele simplesmente não poderia aceitar isso.

Ele a havia perdido antes mesmo de ter uma chance com ela.

Joss parecia desesperadamente infeliz. Seus olhos estavam tristes e isso era a última coisa que queria para ela. Doía demais saber que ele era a razão daquela tristeza.

– Joss – ele começou.

Para sua surpresa, no momento em que ouviu seu nome, ela correu e se jogou em seus braços. Dash a abraçou para que não caísse. Para que ambos não caíssem. E saboreou o calor dela, a maciez do seu corpo tão doce contra o seu.

Fechou os olhos por um momento e cheirou seus cabelos, imaginando se isso era um adeus.

– Dash – disse ela, em meio a soluços.

– O que foi, querida? Por que está tão triste?

Ele acariciou seus cabelos, prendendo parte deles atrás da orelha dela, enquanto a afastava para poder olhar em seus olhos.

– Eu estava indo para o cemitério – falou de uma vez. – Para explicar para Carson, pedir sua benção ou talvez fazê-lo entender. Parece uma bobagem, eu sei.

Dash balançou sua cabeça devagar.

– Não é bobagem, querida. Ele era seu marido e você o amava muito. É natural que quisesse compartilhar com ele este tipo de coisa.

Ela fechou os olhos, enquanto uma lágrima corria pelo rosto. Aquela única lágrima quase o partia em dois. Ele não queria que ela ficasse nem mais um minuto triste. Ele a queria feliz. Mesmo se fosse *sem ele*.

– Eu não fui – ela explicou. – Não consegui. Prometi a ele, e a mim mesma, que não voltaria mais lá. Não é como quero me lembrar dele. Não posso mais voltar lá. Dói demais.

– E ao invés disso, veio aqui. Por quê? – perguntou, temendo a resposta.

Ela o olhou, emoção turvando aqueles olhos lindos e cheios de lágrimas. Estava extremamente triste e ele praguejou contra si mesmo, porque não queria isso de jeito nenhum.

– Porque eu tenho de tentar – ela murmurou. – Não vou saber a menos que eu... *nós* tentemos.

Dash relaxou, a sensação de alívio tomando conta dele. Seus joelhos tremeram e ele procurou se equilibrar, ou ambos cairiam no chão.

Então a abraçou, segurando-a, saboreando seu toque e cheiro. Beijou o topo da sua cabeça e fechou os olhos, agradecendo em silêncio por ela não ter desistido, por ter tido coragem de dar a eles uma chance.

Era tudo o que queria. Se conseguisse isso, nunca mais pediria outra coisa em sua vida.

– Joss, olhe para mim, meu anjo – disse gentilmente, se afastando o suficiente para que pudesse levantar a cabeça dela e pudessem se olhar.

– Se isso a faz tão infeliz, então tem de saber que não quero isso de você. Tudo o que quero é que seja feliz. Nós dois. De preferência, juntos.

– Só vou saber se você, e isso tudo, vai me fazer feliz se eu tentar – respondeu baixinho. Umedeceu seus lábios, o nervosismo evidente em seu rosto. – Eu *realmente* quero tentar, Dash. Mas você tem de prometer que vai ser paciente comigo. Não sei o que fazer. Não sei como agir ou reagir. Não tenho um manual. Nunca imaginei que isso fosse acontecer.

Ele acariciou seu rosto, enxugando os últimos traços de lágrimas.

– Temos todo o tempo do mundo, Joss. Não há pressa, nem impaciência. Me dê sua confiança, sua submissão. Farei de tudo para garantir que nunca se arrependerá.

Os olhos expressivos dela brilharam com uma luz repentina. As pupilas cintilavam e ele viu desejo naquele poço profundo. Pedir a submissão dela tinha estimulado a imaginação de Joss, feito com que se lembrasse do que queria.

– O que faremos agora? – ela perguntou num sussurro.

– Por enquanto, vamos entrar. Vou preparar um café. Só o que quero é me sentar um pouco com você e, então, podemos conversar, ou simplesmente ficar falando sobre nós. Marcaremos um encontro. Quero ir devagar, Joss. Isso é importante demais para fazer tudo com pressa. Esperei muito e esperarei muito mais, se for preciso.

– Acho uma boa ideia – ela murmurou, seus olhos mais animados.

Ele viu que Joss tinha aceitado. Não apenas o que ele estava propondo, mas que os dois juntos, como um casal, era algo inevitável. Procurou cuidadosamente algum sinal de hesitação, medo ou incerteza. Mas o olhar dela se manteve firme até que ele se convenceu de que isso era o que ela queria de verdade. Uma chance. A chance de tê-la.

Ele se sentiu quase perdido com o que isso significava. Joss nos seus braços. Na cama dele. *Dele*.

– Há outras coisas de que preciso falar com você – disse, lembrando-se da conversa que teve com Jensen, alguns minutos antes.

Ela inclinou a cabeça, claramente percebendo a mudança no seu humor.

– O que foi? Há algo errado?

Ele segurou a mão dela e a levou para dentro de casa.

– Não, está tudo certo. É apenas uma coisa que queria que soubesse por mim.

Joss ficou tensa, mas continuou em silêncio enquanto ele a levava para a cozinha, onde estava a garrafa com o café que tomaram de manhã.

Ele encheu duas xícaras e esquentou no micro-ondas, antes de voltar para onde ela estava, oferecendo uma delas.

– Vamos para a sala, lá é mais confortável – sugeriu.

Dash a fez sentar no sofá e escolheu para si a poltrona que ficava na diagonal, embora o que realmente queria era segurá-la em seus braços. Bem apertado. O corpo dela aquecendo o seu.

Ele tomou um gole de café, pensando em qual problema iria abordar primeiro. O relacionamento deles? Ou possivelmente devastá-la com a notícia de que estava substituindo Carson?

Estremeceu e decidiu postergar a notícia sobre Jensen até que tivessem resolvido seu relacionamento.

– Sei que precisou processar muita coisa, justo no aniversário da morte de Carson – começou. – Preciso que entenda que não foi assim que planejei. Você me obrigou a isso, quando a vi no The House. Sim, queria muito tomar uma atitude. Muito em breve, mas não no dia da morte do seu marido: não era o que eu tinha em mente.

– Entendo – ela respondeu baixinho. – Me desculpe, Dash. Não me lembro se já disse isso, mas sinto muito de verdade pela forma como isso aconteceu. Por ter acontecido. Você precisa saber que ser vista por você no The House não foi um dos melhores momentos da minha vida. Fiquei... envergonhada. Certamente não era assim que eu queria que você soubesse.

– Você não ia me contar de jeito nenhum – ele falou rispidamente.

Joss fez uma careta e balançou a cabeça, lentamente.

– Não, mas como poderia? Você era o melhor amigo de Carson. Achei que continuaria leal a ele. Imaginei que, se você soubesse, não aprovaria. E não iria suportar. Não poderia perder você. Não por causa de algo tão...

Ela ficou reticente, claramente sem saber como descrever seus desejos e necessidades. Dash se inclinou para frente, mantendo o olhar fixo nela.

– Em primeiro lugar, espero que tenha superado esse medo. Em segundo, seus desejos não são sem sentido, são quem você é. Fazem de você quem você é e não pode mudar isso. Não por mim, nem por ninguém. Não deveria. Entendo por que tenha reprimido esta parte sua enquanto esteve casada com o Carson. De verdade. Mas, querida, ele morreu. Você disse até de uma forma melhor: ele não vai voltar e não há razão para continuar negando seus desejos e necessidades, quem você é, o que você é. Mesmo se eu não fosse quem sou, nunca exigiria de você outra coisa que não ser você mesma e o que você quer ser. Mas, como compartilhamos as mesmas necessidades e os mesmos desejos, espero que possamos construir um caminho no futuro e descobrir um novo mundo... juntos.

Ela engoliu em seco e se recostou no sofá, passando a mão nos cabelos sedosos.

– E agora, o que vai acontecer? Estava sendo sincera quando disse que não tenho um norte. Agora que cheguei até aqui, que admiti para mim mesma e para você o que quero e preciso, o que faremos?

Ele sorriu e, por não suportar mais a distância entre eles, se levantou e se ajeitou no sofá ao lado dela. Agora que podia, sentia compulsão em tocá-la. Depois de tanto tempo mantendo gestos neutros entre si, a porta havia finalmente se aberto. Estavam embarcando numa viagem sem volta.

Mesmo que as coisas não dessem certo entre eles num futuro distante, nunca mais teriam aquela amizade descontraída que mantiveram por anos. Uma parte de Dash queria isso de todo coração, enquanto a outra temia um dano permanente, um rombo que nunca mais pudesse ser consertado.

Era um risco que estava disposto a correr, mesmo se precisasse de muita cautela. Por natureza, ele era prudente. Só aceitava correr riscos nos negócios. Sua vida pessoal era cuidadosamente ordeira, mantida com firmeza. Sua dominação se manifestava sozinha e ele sempre reprimira emoções e ações. Exceto quando o assunto era Joss. Ela trazia à tona um outro lado dele que ninguém experimentara ou vira.

Ela o fazia querer jogar a cautela ao vento e se divertir na tempestade.

Achara que Joss não aceitaria isso dele, sem imaginar que, na verdade, era o que ela mais queria. Dash tinha até cogitado reprimir suas tendências naturais para ter uma chance com ela, mas nunca sonhara que ela não apenas as aceitava – assim como a ele também – como também estava procurando por isso.

Não sabia se isso fazia dele o cara mais sortudo do mundo ou o mais estúpido. Só o tempo – e Joss – diria.

Se tivesse uma janela para ver o futuro! Só para dar uma espiada e ver se esta história floresceria e amadureceria. Então ficaria claro se estava fazendo a escolha certa para os dois.

Mas, não, não dava para ver o futuro. Só o aqui e o agora, além dos seus instintos e desejos do coração como guia. Ele só rezava para ter sabedoria para distinguir entre o que mais queria e o que *ela* queria e precisava de verdade.

Desejo e frustração claramente podiam alterar a percepção de um homem. Eram emoções com que estava acostumado desde que vira Joss pela primeira vez. Ele a quis e precisou dela com todo seu coração, mesmo sabendo que ela nunca seria sua, que pertencia a outro homem. Seu melhor amigo.

O destino, aquele filho da mãe, estava finalmente sorrindo para ele. Só esperava que ele não risse por último.

Ele puxou Joss para seus braços e se recostou no sofá, enquanto ela se aninhava em seu colo, moldando seu corpo, seus cabelos fazendo cócegas em seu queixo. E o perfume dela! Deus, que cheiro bom! Era uma tortura sem fim. Ela estava aqui, na sala dele, nos braços dele, perguntando o que aconteceria a seguir. Tudo o que precisava fazer era agir. Fechar os olhos e se lançar.

– Como disse antes, não quero ser demais para você, querida – ele murmurou, tentando organizar seus pensamentos. – Então é importante irmos devagar. A última coisa que quero é assustá-la ou machucá-la. Mas estou cansado de esperar. Eu a quis por tanto tempo e agora que está aqui, sem pé atrás, estou pronto para seguir em frente.

Ela passou a mão no peito dele, parando bem sobre o coração. Dash pegou os dedos dela, beijando as pontas de cada um, deleitando-se com a maneira como ela estremecia.

Sua reação era suscetível, expressiva. Meu Deus, como ela seria na cama? Na cama dele.

Seu pênis ganhou vida e cresceu em sua calça jeans. O que antes era uma posição confortável, agora era uma tortura, seu corpo berrando por libertação.

– Você não vai me machucar ou assustar – Joss falou baixinho. – Não se preocupe. Conheço e confio em você.

Ele respirou fundo, porque sentia que havia mais coisa naquela frase além de simples palavras. Um pedido?

– O que está dizendo, querida? Seja sincera comigo. O que está tentando me dizer?

Ela se endireitou, levantando seu corpo de modo que pudesse olhar em seus olhos. Seus cabelos escuros, em contraste com os olhos azuis-safira, caiam até o peito dele e a vontade de tocá-los até doía, assim como de beijá-la, até que nenhum dos dois pudesse mais respirar.

Ela umedeceu os lábios e mordiscou delicadamente o lábio inferior, um sinal de nervosismo. Mas seus olhos mostravam sinceridade, enquanto o encarava.

– Sei que quer ir devagar, sem pressa para não errar. Mas não quero esperar. Quero *sentir.* Quero viver novamente, me sentir uma mulher de novo. Tenho estado muito só e... fria – ela murmurou. – Muito fria, faz muito tempo. Quero lembrar como é sentir paixão. Como é quando um homem faz amor comigo, quando me toca. E não quero que você me pergunte. Parece bobagem? Quero que você... controle. Quero apenas que você faça o que quiser fazer. Quero que tome as decisões por nós dois.

Ele parou de respirar. Seu coração batia tão forte que ele se surpreendeu que ninguém pudesse ouvi-lo. O sangue corria em suas veias com tanta força que sua cabeça estava leve.

Ela estava dando tudo o que ele sempre sonhou de bandeja: confiança. Submissão. Ela, apenas.

Ele segurou seu rosto, acariciando sua pele de bebê com o polegar.

– É bom que você tenha certeza do que está pedindo, Joss. Muita certeza. Porque eu quero. Quero tudo isso. E vou pegar para mim. Mas você tem de ter certeza absoluta de que está preparada para a realidade.

Ela estremeceu, arrepios correndo em seus braços e ombros.

– Tenho certeza – sussurrou.

9

Joss sentiu seu coração bater apressado e o sangue correr rapidamente pelas suas veias ao ver Dash tão sério. Havia algo extremamente sexy na forma como ele a olhava. Tão intenso e tão determinado. Mas foi a seriedade e o rosto dele tenso que fizeram com que ela sentisse uma excitação vertiginosa.

Era como se, naquele instante, ela tivesse libertado um leão da jaula. Um leão muito faminto. E ela estava prestes a ser devorada por inteiro.

Joss estremeceu ao imaginar seus dentes tão perfeitos e brancos mordendo sua pele macia, possuindo, tornando-a sua.

Todas as coisas que ela havia fantasiado sobre um dominador. Só que ela nunca imaginara que Dash assumiria esse papel. E agora? Agora ela só conseguia pensar nisso, sonhar, fantasiar.

Ele fez com que ela visse o macho alfa viril e lindo de morrer que era. Fora forçada a ver além do véu da amizade e *gostou* do que viu. Imaginou o que viu e, agora, sabia que era verdade.

Agora que ela o havia desafiado, será que ele aceitaria? Acreditaria nela ou seria cauteloso e iria devagar?

Era a última coisa que Joss queria. Nem cautela nem restrição. Ela queria tudo o que ele tivesse para dar e mais. Podia ver fome em seus olhos, luxúria e desejo, como que escritos à tinta em sua testa. Pela primeira vez em três longos anos, ele a fez se sentir viva, feminina, desejada. Linda. Ele a fez se sentir *linda*.

E havia sido sincera. Não queria pensar, não queria ter de decidir. Talvez isso fizesse dela uma covarde, mas Joss queria renunciar ao controle absoluto. Joss queria... se entregar.

– Meu Deus, Joss.

Murmurou o nome dela rispidamente, ao mesmo tempo que respirava com vigor. Os olhos dele queimavam, um fogo rápido e repentino que a deixava amolecida como água.

– *Tenha certeza* do que está dizendo, querida. Entenda o que está pedindo, porque só vou perguntar isso uma vez. Se concordar, se for o que quer, não há volta. Você será minha e só minha.

Ela assentiu, sua garganta apertada demais para emitir sons.

– Palavras, querida. Preciso que as diga para que não haja mal-entendidos.

– Sim – falou baixinho. – Deus, o que tenho de fazer, Dash? Martelar na sua cabeça? Não me faça implorar, eu quero isso. Quero *você*.

Arrependimento surgiu em seus olhos castanhos e ele colocou um dedo sobre a boca de Joss. Ela quis lambê-lo para ver se o gosto era tão gostoso quanto a aparência dele, como imaginara.

– Nunca terá de implorar. Para mim, pelo menos. Vou lhe dar tudo o que quiser. Incondicionalmente e sem reservas. E nunca mais vou questioná-la. Mas há algumas poucas coisas que precisamos esclarecer – coisas importantes – antes de nos envolvermos com o resto.

– Tudo bem – ela concordou, com calma.

A voz dele ficou baixa, um tom mais sério, seu olhar pensativo e, ao mesmo tempo... esperançoso. Como se ele tivesse medo que ela mudasse de ideia e saísse correndo. Ela não o culpava. Se era verdade que ele esperara por ela e a desejara todo esse tempo, talvez se sentisse como se o tapete pudesse ser puxado dos seus pés a qualquer momento. Ou talvez achasse que isso era apenas um sonho, que ele acordaria e tudo estaria terminado.

Já estava acostumada com esse sentimento. Desde que o vira no The House, seu mundo tinha mudado completamente. Nunca mais seria o mesmo, não importava o que acontecesse entre eles.

Ela tinha medo disso. Seu temor maior era que não desse certo, terminasse mal e ela tivesse perdido não só Carson, mas o homem que considerava seu amigo. Talvez não o melhor amigo. Sua amizade com Chessy e Kylie era firme, mas era diferente da que tinha – ou melhor, costumava ter – com Dash.

Quando decidiu libertá-lo no mesmo dia que se libertara da memória de Carson, ficou infeliz. Pior que isso. Sentiu como se estivesse perdendo alguém importante novamente. Só que agora iria ganhar muito mais.

Ou perder tudo.

Talvez fosse louca por cogitar tudo isso. Talvez fosse melhor que ela e Dash fechassem esta porta que tinham aberto. Mas será que conseguiriam retomar sua amizade normalmente?

Não. Não depois de tudo. Não depois que ele tinha sido tão sincero. Mesmo se ela rompesse este relacionamento antes que começasse, não haveria volta. Nunca mais.

Sua única opção era continuar. Ser sincera tanto quanto ele. E pedir a Deus que ela não perdesse mais do que ganhasse.

– Você explicou o que quer e precisa – Dash disse, sua voz mais controlada, enquanto a olhava fixamente. – Mas não discutimos minhas necessidades. Minhas expectativas. Nem discutimos seus limites e o que vai acontecer se eu ultrapassá-los.

Ela franziu a testa. Estavam indo rápido demais para este território desconhecido. Claro que ela não fazia ideia das expectativas dele. Como podia, já que nunca sonhara que ele era o tipo de homem que desejava? Um dominador, um macho alfa, sem medo de tomar o que queria. Sem perguntar. Simplesmente *agir*.

Ela não queria um homem que pedisse permissão, um que a tratasse como um vaso de vidro frágil. Carson a adorava, não havia dúvidas sobre isso. E ela o amava por tratá-la como se fosse algo precioso. Mas agora? Queria um homem que cruzasse esta fronteira, porque não fazia ideia que limites eram esses que Dash estava falando. Os limites dela. E só saberia quando ele os *ultrapassasse*.

Queria saber até onde poderia ir. Joss se sentiu animada por pensar em explorar os limites mais escuros do desejo. Sexo. Poder. Dominação. Queria tudo isso e se deleitar na autoridade e controle de um homem forte. Como ela desejava isso com cada fibra do seu ser!

– Bom, vamos começar com você – Dash disse, examinando-a de perto, como se pudesse ler seus pensamentos.

Talvez pudesse. Tanto ele como Carson costumavam zombar do fato de Joss ser um livro aberto. Diziam que nunca poderia ser sócia deles – não que quisesse. Aliás, não podia entender como Kylie conseguia trabalhar com eles: eram homens tão intensos e determinados! Os dois diziam a Joss mais de uma vez que bastava olhar para ela e tinham acesso direto à sua alma.

Isso podia ser tomado como crítica, mas diziam estas coisas com carinho, como um cumprimento e não uma reprimenda.

– Mas eu não *sei* meus limites – Joss estava frustrada. – Como poderia? Você sabe que isso é novidade para mim. Minha experiência vem somente das minhas fantasias.

– Eu sei, querida, mas temos de determinar o que fará se eu ultrapassar um limite seu. Entendo que só vai saber quando acontecer. O que quero é ter garantias caso isso aconteça, porque vou forçar a barra, Joss. Sei que acha que estou sendo gentil com você e talvez tenha razão. Por enquanto. Mas quando estiver sob meu controle, vou ultrapassar seus limites.

Com a cabeça, ela demonstrou que tinha entendido.

– Muitas pessoas neste tipo de relacionamento usam palavras-chave, uma espécie de senha de segurança. Não gosto muito disso, mas entendo que são necessárias, especialmente para uma mulher que está começando neste universo, pela primeira vez. Depois de um tempo não será mais necessário, porque meu trabalho é descobrir seus limites e conduzi-la até lá, sem ultrapassá-los. Faz sentido?

– Chessy disse que era importante dizer ao homem com quem fosse... experimentar... que eu era uma novata e esclarecer que era um direito meu querer parar a qualquer momento.

– Chessy é uma mulher inteligente. Ela conhece muito sobre este tipo de vida – Dash explicou.

– Deve conhecer – Joss sussurrou. – Tate e ela... Bom, você sabe, já que vocês três são membros do The House.

Dash sorriu.

– Estou vendo a pergunta nos seus olhos e podia jurar que vi um pouquinho de ciúmes. Mas talvez seja só ilusão da minha parte. O que você quer saber é se eu já vi Chessy e Tate, e mais especificamente Chessy... nua. Estou certo?

– Estou mais interessada em saber se já ficaram juntos – Joss disse calmamente.

O rosto de Dash desanuviou.

– Chessy disse que Tate a compartilha com outros homens?

Os olhos de Joss se arregalaram.

– Ele compartilha?

Dash riu.

– Acho que você não é tão informada quanto pensei.

– Isso não é uma resposta!

– Incomoda a ideia de eu ter ficado com Chessy?

Joss corou.

– Sim. Não! Sim, droga, incomoda. Desculpe. Sei que não posso julgar seu passado. Mas, sim, me incomoda muito. Quero dizer, sei que já teve outras mulheres. Nunca iria querer que esperasse por mim para sempre. Como poderia imaginar que Carson morreria e você teria uma oportunidade? Mas a ideia de vê-lo junto com uma amiga minha... Sim, me incomoda, não vou mentir.

Dash colocou a mão sobre a dela, apertando-a com afeição.

– Desculpe, querida. Estava brincando com você, não deveria. Respondendo às suas milhares de perguntas: sim, Tate a compartilha com outros homens, quando a ocasião aparece. Não, nunca participei. Sim, já a vi nua, embora tenha tentado ser cuidadoso e evitado ir ao The House quando sabia que eles estavam lá.

Joss se concentrou no fato de que Tate compartilhava Chessy com outros homens. Isso a deixou confusa, porque sabia como ele era extremamente possessivo em relação à mulher. Quando estavam juntos, sempre ficava por perto. Quando Joss estava casada, isso não a incomodara. Nem ficara com inveja. Na verdade, ficara muito feliz de saber que sua amiga estava casada com um homem que, obviamente, a adorava. Inveja do relacionamento que tinham? Sim, uma pequena parte dela tinha ficado com muita inveja.

Depois que Carson morreu, foi muito difícil ver Tate e Chessy juntos porque ela se lembrava de tudo o que tivera e perdera. Aquela conexão íntima com outro homem, saber que era amada incondicionalmente e sem medida.

– Ele a compartilha? – Joss perguntou novamente, sua voz mostrando incredulidade.

Dash sorriu, com suavidade.

– É quem e o que eles são. Um fetiche que ambos curtem. Tate gosta de olhar enquanto outro homem domina sua mulher – mas é ele quem comanda. Tecnicamente, um dominador atuando com Chessy é na verdade um submisso, porque ele recebe ordens de Tate.

Joss estremeceu ao imaginar a cena e se perguntou como poderia ser isso. Será que ela conseguiria fazer amor com outro homem, enquanto Dash observava e dava ordens? Seus mamilos se enrijeceram e ficaram retos. Sua respiração ficou mais rápida enquanto imagens passavam pela sua cabeça. Era muito para assimilar. Sim, ela sabia sobre o relacionamento de Tate e Chessy. Descobrira recentemente que Chessy era cem por cento submissa, dentro e fora de quatro paredes.

O que foi mesmo que Chessy dissera? Que Tate podia fazer com ela o que bem entendesse. Ela não havia pensado até onde isso era verdade, mas, meu Deus! Embora fosse chocante, também era extremamente... excitante.

– Isso é algo que a excita? – Dash perguntou, delicadamente.

Joss percebeu que ele a olhava e viu que seus olhos brilhavam. Ficou imaginando se isso *o* excitava. Iria querer fazer o mesmo com ela? Oferecê-la para outro homem, enquanto observava? Ela nunca imaginara que Dash fosse o tipo de homem que gostava de compartilhar alguma coisa, especialmente a mulher com quem namorava.

– Não sei – ela disse com sinceridade. – Na teoria, parece... excitante. Mas na realidade? Não tenho certeza de como me sentiria sobre isso. Com certeza, não é algo que gostaria de fazer de primeira. Acho que, para isso, é preciso tempo. E confiança.

Dash concordou.

– Tem toda razão. O homem e a mulher têm de estar em pleno acordo. O relacionamento tem de ser sólido antes que elementos assim possam ser introduzidos. A mulher precisa ter confiança absoluta em seu dominador para permitir que ele a entregue para outro homem. Este tipo de confiança não tem preço.

– E para o homem? – Joss perguntou, cada vez mais curiosa. Estava se sentindo mal por ser tão ingênua e ignorante nessas coisas, mas agora que havia começado a viagem neste mundo, estava faminta por conhecimento. Tudo era fascinante. – O que ele ganha com isso? Não teria de ter fé absoluta na mulher que ele entrega para outro homem?

Dash novamente concordou.

– Claro. O homem tem de confiar que é capaz de dar tudo o que sua mulher precisa e que a experiência dela com outro homem é prazerosa para ambos. Além do mais, deve saber que, no final das contas, a mulher volta para casa com ele, que seu compromisso é com ele e que ela não terá mais acesso a essa experiência com gostinho do proibido sem a participação dele.

– Permissão para trair – Joss murmurou. – Isso me deixa chocada.

– Não é trair – Dash corrigiu. – De jeito nenhum. A traição é emocional. Quando há consentimento de ambas as partes, não é traição. É por isso que um relacionamento precisa ser absolutamente firme antes que se aventurem neste território. Não pode haver dúvidas, apreensões, e a confiança tem de estar bem estabelecida entre o casal. Ou então vai arruinar o relacionamento.

Joss deixou sua cabeça cair de lado.

– Acontece de às vezes não dar certo? Quero dizer, você já ouviu falar de situações em que houve ciúmes? Quando a mulher acaba traindo ou não está mais satisfeita com o que seu dominador está lhe dando?

Dash deu de ombros.

– Claro, acontece. Já vi casais no início do relacionamento se precipitarem em situações nas quais não deveriam se meter ainda. Normalmente isso não acaba bem. Descobri que o que mais acontece é o homem ficar com ciúmes porque outro está proporcionando prazer à sua mulher. Ele começa, então, a duvidar de suas habilidades. Mentalmente se compara, imagina quem agrada mais, se sua mulher prefere o outro. Como eu disse, é preciso um tipo especial de comprometimento e confiança para que este tipo de arranjo dê certo.

– E funciona para Tate e Chessy – Joss disse.

Não era uma pergunta, mas a entonação no final das palavras fez parecer com que fosse.

– Sim, parece que sim – Dash concordou. – Estão felizes. Tate está feliz. Chessy está feliz.

Joss fez uma expressão de dúvida.

– Não tenho mais tanta certeza, Dash. Estou preocupada com Chessy.

Dash pareceu inquieto.

– Por que diz isso?

Joss balançou a cabeça.

– Não devia ter dito nada. Não quero que Tate fique sabendo, pode não ser nada. É só um pressentimento que tenho.

Dash franziu o rosto.

– Nunca trairia sua confiança. Nem gosto de fazer fofoca. E nunca diria nada que fizesse com que Tate duvidasse de sua mulher. Mas gostaria de saber por que tem este "pressentimento".

Joss suspirou.

– Não sei bem, na verdade. Ultimamente, ela... parece... infeliz. Não disse nada. Sei que Tate tem estado muito ocupado no trabalho, mas não acho que seja apenas uma impressão minha. Kylie também notou. Na verdade, ela está preocupada que...

Joss interrompeu o que estava dizendo, com vergonha de repetir o que Kylie sugerira. Ela gostava de Tate de verdade e não acreditava nem por um minuto que ele estivesse abusando de sua amiga de alguma forma. As coisas não eram perfeitas entre eles, mas de jeito nenhum Tate machucaria Chessy. Não fisicamente.

– Está preocupada com o quê? – Dash perguntou, ansioso.

– Melhor eu não dizer nada – Joss respondeu.

– Muito tarde para isso. O que Kylie disse?

Joss fez uma careta.

– Ela está preocupada que Tate esteja abusando de Chessy. Almoçamos juntas, você sabe. E sei lá, ultimamente ela parece infeliz. E quando mencionamos o nome de Tate, ela se fecha e faz uma expressão estranha.

Dash parecia não acreditar.

– Kylie pensa mesmo que Tate está *abusando* de Chessy?

– Não sei – Joss respondeu com sinceridade. – Kylie é... Bom, você sabe como ela é. Sabe o que ela e Carson sofreram. Então é natural que ela tire conclusões precipitadas que outros nem cogitariam.

Dash balançou a cabeça.

– De jeito nenhum. O sol se levanta e se põe aos pés da Chessy. Tate é louco por ela. Se ela não está feliz, deve ser por outro motivo. Talvez tenham brigado. Quem sabe?

– Talvez – Joss disse. – Também não acho que ele esteja abusando dela. Nem por um minuto. Gosto dele. Muito. Ele é tão bom para ela! Vejo os dois e sinto... inveja. Fico com vergonha de admitir, mas é verdade. Vejo os dois e quero, desejo muito, o que eles têm.

Dash acariciou o rosto dela, seus dedos como uma pena sobre sua pele.

– Você terá, Joss. Tudo o que tem de fazer é esticar a mão e pegar. É seu. Sou seu. Enquanto eu existir.

Joss respirou fundo. Sim, ela sabia que ele a queria. Ele fora bem direto sobre isso. Mas ele falava como se tudo fosse ser... para sempre. E ela não tinha ideia do que achava disso.

Não estava procurando algo permanente. Não era o que queria. Ela havia achado o amor da vida dela e perdido, sabia que nunca iria encontrar outro. Não é possível achar perfeição duas vezes na vida. Uma vez já era difícil. Imagine duas: impossível.

Ela umedeceu os lábios, de repente incomodada com o que estava pensando.

– E você? – ela perguntou um pouco rouca, voltando para o assunto deles. – Já compartilhou uma mulher? Gosta desse tipo de coisa?

– Com a mulher certa, sim. Mas não estou dizendo que quero fazer isso com você. Passei muito tempo fantasiando como seria ter você em minha cama, sob meu controle. De jeito nenhum vou me precipitar e compartilhá-la com outra pessoa. Não digo que nunca. Se for algo que a excita e que você queira explorar mais tarde, podemos cruzar esta ponte quando chegar o momento. Por enquanto? Estou mais focado em nós e mais especificamente em você. Sou um imbecil egoísta e muito possessivo com o que considero meu. E Joss, você *é* minha.

Joss sentiu seu rosto aquecer novamente e não conseguiu esconder o prazer que estava sentindo em suas veias.

– Por mim, tudo bem – ela murmurou.

Ele sorriu.

– Que bom. Agora, de volta a seus limites e às minhas expectativas.

Joss começou a prestar atenção, ansiosa para ouvir o que este... acordo... iria significar para ela.

– Para começar, vamos estabelecer uma palavra-chave de segurança. É importante que você a use apenas quando estiver realmente com medo ou insegura, ou se alguma coisa a machucar. Se por acaso eu fizer algo que a machuque, preciso saber imediatamente porque não poderá acontecer de novo. Estamos entendidos?

Ela concordou.

– Com o tempo saberei seus limites melhor do que você – disse em tom confiante, fazendo com que as batidas do coração dela se acelerassem.

– E o que você espera, Dash? – ela perguntou.

– É muito simples – disse. – Ao me dar de presente sua submissão, você está colocando seu cuidado e bem-estar em minhas mãos. Quero sua obediência e respeito. Entendo que respeito precisa ser conquistado. E vou conseguir. Obediência, porém, é aprendida e vou ensinar. Você vai seguir minhas instruções sem questionamentos ou hesitação. Se realmente não entender uma ordem, é só perguntar e eu explico. Mas não questione por estar nervosa ou indecisa sobre como satisfazer meus desejos, porque não vou gostar disso.

Joss arregalou os olhos. Ficou surpresa de perceber que achava horrível não o agradar. Ela queria fazê-lo feliz, ser motivo de orgulho. E não queria fazer nada que pudesse envergonhá-lo ou causasse o arrependimento dele.

Seria sua submissão natural entrando em cena? Será que sempre fora assim e ela tinha reprimido este lado porque não entendera ou percebera que era o que queria? Ou talvez só tenha reconhecido este traço quando entrara em contato com outros como ela, e eles a fizeram ver o que estava perdendo.

Novamente umedeceu seus lábios, de repente secos.

– Há castigo? Conheço alguns dominadores... Bom, ouvi falar que eles punem suas parceiras se elas são desobedientes ou se não agradam. Você faz isso?

Ele sorriu.

– Muitas pessoas acham que castigos são prazerosos e, em muitos casos, são de fato uma recompensa. Parece doentio e contraditório, mas a dor, assim como o controle e a autoridade, pode ser muito erótica. Sobre eu gostar de castigos, a resposta é sim. Em algumas situações.

– Quais? – ela insistiu.

– Imaginar minha mão na sua linda bunda a excita, Joss? Ou ficar amarrada até que se sinta impotente e depois ser chicoteada, isso a excita?

O corpo inteiro dela sentiu um acesso de calor.

– Seria errado se eu respondesse que sim? – ela murmurou.

O rosto dele se suavizou e seus olhos brilharam com ternura.

– Querida, nada sobre seus desejos e necessidades está errado. Nada. Entende isso? Preciso saber o que a agrada, o que a excita, suas fantasias mais ocultas e mais sombrias. Se não souber, como posso dar o que você precisa?

Ela não respondeu.

Ele usou os nós dos dedos para acariciar seu rosto, de cima a baixo. Era um toque muito suave, que também a excitava, quase que violentamente. Ela nunca tinha desejado alguma coisa tanto quanto o toque dele neste momento. Suas mãos em seu corpo. Sua boca em sua pele.

– Com o tempo, não vai esconder nada de mim – ele continuou. – Pode compartilhar tudo comigo. Sempre. Seja você mesma. Vou proteger e cuidar do seu coração e da sua alma. Não vai precisar de defesas perto de mim e isso nem seria bom de qualquer maneira, porque quero arrancá-las de você. Deixá-la nua, até que não haja nada entre nós, só sua pele deliciosa.

– Suas expectativas parecem simples – ela murmurou. – Você quer minha confiança e obediência.

Ele sorriu.

– Em teoria, é simples, sim. Mas obediência requer muita coisa. Você nunca saberá de um dia para o outro o que vou exigir, e não saber é um afrodisíaco poderoso. A expectativa torna tudo ainda mais doce.

– E punições? Falamos sobre o que me excita, mas e você? Gosta de castigar sua mulher submissa?

– Se está perguntando se sou sádico e gosto de infringir dor pela dor, a resposta é não. Não farei com que você erre de propósito só para que eu possa puni-la, querida. Não é assim que faço, porque fico muito mais satisfeito com a obediência. É isso que vai me fazer feliz e não o fato de que você errou para que eu possa puni-la. Embora haja, sim, alguns aspectos da punição de que eu goste. Mas não são castigos de verdade, porque nós, eu e minha mulher submissa, gostamos delas. Prefiro pensar que são uma forma de prazer sexual. É isso. Meu prazer. E o seu.

– Você gosta de controle – ela refletiu. – Não necessariamente de infringir dor, mas de impor a sua vontade.

– Agora você está entendendo bem.

Ela sorriu.

– Eu chego lá, Dash. Seja paciente comigo, por favor. Quero aprender e explorar. Mas estou um pouco apreensiva e insegura. Tenho tanto medo de errar, de desapontar você e a mim mesma!

Dash ficou completamente sério. Segurou o rosto dela em suas mãos, fazendo com que olhasse para ele.

– Você nunca vai me desapontar, Joss. Preciso que saiba disso. Vamos encontrar nosso caminho juntos.

Ela respirou fundo e depois sorriu.

– Acredito em você. Agora que já conversamos tudo isso, quando começamos? E como?

10

– Quero que se mude para cá – Dash disse sem rodeios.

Surpresa, Joss arregalou os olhos e entreabriu os lábios, um suspiro escapando entre eles.

– Mas, Dash...

– Sem mas – ele respondeu com firmeza. – Não teremos um relacionamento de meio período, Joss. Nem será segredo.

Consternada, ela franziu a testa e balançou a cabeça.

– Mas não quero que ninguém saiba! Não é que esteja com vergonha de você, não é isso. Mas isso é *pessoal*. Não quero que nosso relacionamento, do jeito que ele é, se torne público!

Ele se inclinou para frente e beijou a testa de Joss.

– Não será público, querida. Sobre alguns aspectos, não farei alarde. Mas quero você aqui comigo, vinte e quatro horas por dia, sete dias por semana. Acho que o contrário, eu ir para sua casa, não seria uma boa ideia.

Ele esperou que essas palavras e seu significado se assentassem na cabeça de Joss e percebeu o instante em que ela entendeu.

– Claro – disse baixinho. – Não pensei bem. Claro que não vai querer ficar na casa onde morei com Carson. Não seria justo com você.

– Ou com você – Dash disse gentilmente. – Isto é um novo início, precisa ser. E para isso, você deve se libertar do passado para seguir em direção ao futuro.

– É que é tão repentino! – ela murmurou. – Já aconteceu tanta coisa e tão rapidamente! Nem tive tempo de processar tudo.

– Dar mais tempo só iria fazer com que você desistisse. Não permitirei isso. Já esperei demais, não vou deixar você escapar agora. Não quando estou tão perto de ter tudo o que sempre quis. Talvez seja egoísmo da minha parte, mas não ligo, se você também não ligar.

Ela sorriu tristemente, seus olhos iluminados fixos nele.

– Não ligo. E o que mais? É só me mudar para cá, com você?

– Para começar, sim – Dash disse. – Depois que você estiver aqui, nos aprofundaremos nos aspectos físicos, e emocionais, do nosso relacionamento. Vai descobrir que sou um homem bem exigente, Joss. Espero que esteja preparada. Não vai ser fácil. Não terei pena.

A pulsação dela acelerou.

– Não quero que tenha – disse, com a voz rouca.

– Ótimo. Por que então não vamos à sua casa para você pegar umas coisas? Não precisa pegar tudo hoje, só o que vai precisar nos próximos dias. Podemos sempre voltar depois.

O que Dash não disse era que temia que ela saísse correndo o mais rápido possível, uma vez que os dois embarcassem em uma odisseia sexual na casa dele. Que ela voltasse para casa e se esquecesse dele para sempre. Rezava para que ela fosse tão forte como pensava que era e que quisesse de verdade o que disse que queria.

Ele não tinha nenhuma dúvida de que poderia dar a ela tudo o que quisesse ou precisasse e muito mais. A questão era se ela realmente sabia o que queria.

– Preciso contar para Chessy e Kylie – Joss comentou. – Vão ficar preocupadas. Elas sabem sobre você, quero dizer, sobre nós. Mesmo assim, vão ficar chocadas de saber que vamos morar juntos assim tão rapidamente. Vou ouvir um sermão da Kylie.

– E da Chessy, você acha que não? – ele perguntou, em tom divertido.

Joss sorriu e balançou a cabeça.

– Não, Chessy apoiou minha decisão de ir atrás do que eu quero. Estava preocupada, não me entenda mal. Mas entendeu e me encorajou a seguir em frente.

– E a Kylie?

– Bom, ela disse que eu perdi a cabeça e estava com muito medo disso em que eu estava me metendo.

– Então, ela vai se sentir melhor de saber que você não está com um estranho qualquer que não se importa nem um pouco com você.

– Kylie ficou chateada em saber que você gostava de mim enquanto eu estava casada com Carson – Joss revelou, baixinho. – Acho que se sentiu como se você tivesse traído o irmão dela.

Dash ficou zangado.

– Eu nunca o traí. Ele sabia e ainda assim éramos amigos. Carson confiava em mim, sabia que eu nunca tentaria nada com você. Era meu amigo!

– Eu sei – Joss disse gentilmente. – Kylie é muito oito ou oitenta, ela tem uma visão bem restrita do mundo. Ficou surpresa e não lida muito bem com isso.

Dash fez uma careta, sabendo que a substituição de Carson por Jensen seria outra surpresa não muito bem-vinda para Kylie.

– Por que está com esta cara? – Joss perguntou. – Está bravo por Kylie ter ficado aborrecida?

Dash balançou a cabeça.

– Não, estava pensando na outra coisa que preciso discutir com você. E com Kylie.

Joss ficou preocupada e ele se apressou em tranquilizá-la, pois não queria que nada perturbasse o clima entre eles. Não quando as coisas estavam tão... boas.

– Talvez você saiba que, antes da morte de Carson, discutimos sobre aceitarmos outro sócio. Não sei quanto o Carson falava com você sobre os negócios. Sei que ele estava determinado que você nunca precisasse trabalhar ou se preocupar com dinheiro.

Joss ficou preocupada na mesma hora.

– É dinheiro, Dash? Os negócios não vão bem? Eu posso voltar a trabalhar. Mesmo tendo parado um ano depois do casamento, porque Carson insistiu, mantive meus certificados e assisti aos cursos necessários para manter meu diploma de enfermeira. Posso voltar a trabalhar. Não quero ser uma preocupação financeira para você. Faça o que for preciso para manter os negócios: é o que Carson iria querer que você fizesse.

Dash colocou um dedo nos lábios dela, a amando mais do que nunca. Joss era tão abnegada e generosa! Muitas mulheres ficariam horrorizadas em pensar que as finanças estivessem menores. Mas Joss era diferente: estava disposta em voltar a trabalhar. Ele se lembrou de que Carson levou um ano para convencê-la a parar. Eles não precisavam do salário dela, nem um pouco, mas Joss insistira, não queria depender de Carson. Ele a admirava por isso.

– Não tem nada de errado com os negócios, querida, e a verdade é que Carson não ia querer que você voltasse a trabalhar. Precisa saber disso. Carson só queria que você ficasse segura, feliz e sem preocupações. E se assegurou disso deixando uma porcentagem da empresa para você. Não se preocupe. Os planos são expandir e tornar os negócios mais lucrativos do que nunca. É fato que, depois da morte de Carson, as coisas tiveram algumas falhas. Minha cabeça e meu coração não estavam nos negócios e isso afetou as transações no primeiro ano. Mas já acertei tudo. O que eu queria contar para você e para Kylie é que estou aceitando outro sócio. Carson e eu já tínhamos planejado expandir a empresa, mas deixei para tomar esse passo só depois de ter certeza de que a operação seria vantajosa, e agora chegou o momento certo de aceitar outra pessoa. Não consigo fazer tudo sozinho, nem quero. Quero me concentrar em outras coisas: você. E não poderei fazer isso se estiver preso ao escritório ou viajando o tempo todo.

Joss piscou, surpresa.

– Você está substituindo Carson?

Dash estremeceu porque, embora soubesse que Kylie chegaria à mesma conclusão, esperava que Joss não pensasse dessa maneira.

Como se lendo a mente dele, Joss se inclinou, determinada, seus olhos mostrando entendimento.

– Não foi o que quis dizer, Dash. Não estou aborrecida que você esteja "substituindo" Carson. Acho que não tinha percebido como os negócios exigiam tanto. Sei quanto tempo Carson se dedicou à empresa, o que eu não sabia era que você tinha tomado muito mais responsabilidades para que Carson se desembaraçasse e ficasse comigo. Obrigada, Dash. Sei que se sacrificou muito, e sempre serei grata que você tenha dado isso a ele. A nós. Por isso, pudemos ficar bastante tempo juntos, antes que ele morresse. Sempre vou ter essas memórias em grande estima: as viagens, os dias em casa juntos.

Seus olhos se encheram de lágrimas, mas ela não se permitiu chorar. Parecia que estava fazendo um grande esforço e seus lábios tremiam.

– E se outro sócio vai permitir que você relaxe e tenha uma vida que não gire em torno dos negócios, então você tem meu apoio. Você deu muito para mim e Carson. É justo que agora seja sua vez de colher os frutos do seu sucesso.

Caramba, esta mulher o fazia feliz! Estava tão orgulhoso dela! Só esperava que Kylie também aceitasse as notícias tão bem quanto Joss. Mas não esperara menos dela: nem por um instante achou que ela ficaria ressentida ou que se oporia. Claro que tinha pensado que seria perturbador. Isso era normal. Tinha amado o marido, um amor pelo qual muitos homens morreriam e, se pudessem ter o tipo de amor e devoção de uma mulher como Joss, não iriam querer mais nada na vida.

Era o que desejava agora. Muito. Estava obcecado por isso e por ela. Faria qualquer coisa para torná-la feliz de novo. Iria provar que um raio pode cair duas vezes no mesmo lugar durante a vida de uma pessoa. Ela mencionara mais de uma vez, de passagem, que não esperava encontrar um grande amor de novo, pelo menos não como o que sentira por Carson. Que diabos, ela tinha se resignado ao fato, tinha aceitado!

Que merda! Se ela lhe desse uma chance, ele provaria que ela *podia,* sim, voltar a ser feliz. Que um outro homem poderia dar o mundo, a amaria e cuidaria dela. Ele a embrulharia em cetim e a protegeria de tudo que pudesse machucá-la.

– Já decidiu quem será o substituto? – Joss perguntou, com calma.

Dash colocou sua mão sobre a dela e a apertou.

– Querida, não vou substituí-lo. Ninguém poderia fazer isso. Carson construiu a empresa e por causa dele a consultoria se transformou no que é hoje. Eu ajudei, claro, mas a visão de negócio era dele, o talento era dele. Carson era um homem de negócios brilhante.

Ela sorriu.

– Já resolveu quem será o novo sócio? Ou você ainda está pensando?

– Sim e não – respondeu. – Conheci Jensen alguns anos atrás quando Carson ainda estava vivo. Aliás, nós dois discutimos a possibilidade de trazê-lo como um terceiro sócio no próximo ano, mas isso foi antes da morte tão inesperada dele.

– É esse o nome dele? Jensen? Eu o conheço?

Ela franziu a testa, pensativa, fazendo esforço para se lembrar. Ele quase riu: como se ela alguma vez tivesse prestado atenção em outro homem quando Carson estava por perto. Era uma das coisas que mais tinha inveja de Carson: a devoção absoluta e a fidelidade de Joss quando o assunto era seu marido.

Quando estavam juntos, Joss não tinha olhos para ninguém. Seu foco era ele e seu amor, evidente no calor do olhar. Mais de um homem invejara Carson. E o pior era que ela não percebia como era atraente. Não fazia ideia de que, quando estava numa sala cheia de homens de negócios, todos os olhares se voltavam para ela. Com desejo. Mordidos de ciúmes por Carson ser tão sortudo.

– Provavelmente ele esteve em uma ou outra festa a que você e o Carson foram. Mas acho que não foram apresentados formalmente. Ele sabe quem você é, como você é, mas duvido que você o conheça. Ele não é uma pessoa espalhafatosa, que chama atenção. É quieto, gosta de ficar no canto dele, observando. É o que o torna uma opção incontestável para os negócios. Tem um bom olhar para as pessoas e instintos fantásticos.

– Quando vai contar para a Kylie? – Joss perguntou.

Novamente Dash fez uma expressão de preocupação.

– Logo. Falei com ele hoje para finalizar as coisas. Depois pedi alguns dias antes de tornar essa decisão pública e trazê-lo para nós. Queria contar para Kylie, e para você, pessoalmente. Não queria que ela ficasse sabendo assim de repente, lá no trabalho.

– Você acha que ela não vai aceitar muito bem – Joss murmurou.

Dash balançou a cabeça.

– Certamente não tão bem quanto você.

Joss suspirou.

– Kylie é muito leal. Mas ela também é, como eu já disse, muito oito ou oitenta. Não existe meio-termo. Ela e Carson eram muito próximos. E ele era tudo o que ela teve por muito tempo, quando ambos viviam naquele inferno, com os abusos do pai. E, sim, eu concordo, acho que num primeiro momento ela não vai aceitar bem a novidade. Só depois de um tempo para pensar e absorver a notícia, vai mudar de ideia.

– Espero que esteja certa – Dash disse. – Porque já é negócio fechado, não tem como voltar atrás agora. E é o melhor para a empresa. Com o tempo, ela vai entender.

Desta vez, foi Joss quem apertou a mão dele.

– Vai, sim. Ela é muito inteligente e Carson disse que era incrível como gerente do escritório. Ele costumava dizer que Kylie mantinha vocês dois na linha: organizados e eficientes.

Dash riu.

– Sim, certamente, é o que ela faz. Espero que esteja certa. Vou odiar perdê-la por causa disso. Era importante para Carson que vocês duas ficassem bem financeiramente e não gostaria que Kylie fosse trabalhar em outro lugar.

– Não deixe que ela tome nenhuma decisão precipitada e imprudente – Joss disse. – Se ela quiser pedir demissão, não aceite. Dê-lhe tempo para pensar. Tenho certeza de que vai acabar aceitando.

Dash assentiu.

– Não se preocupe. Não tenho a menor vontade de treinar um novo gerente para tomar conta do escritório.

– Você sabe que, se precisar de ajuda, tudo o que tem a fazer é pedir. Não sei muito sobre os negócios, mas aprendo rápido.

Ele a beijou novamente, deixando os lábios um tempo maior na têmpora dela, inalando seu doce perfume.

– Eu sei, querida, mas gosto da ideia de você não trabalhar. Gosto da ideia de ter todo seu tempo. Sou um idiota egoísta. Não quero dividi-la com ninguém, muito menos com um emprego.

Ela sorriu e depois suspirou, com certa perturbação no rosto quando ele trouxe a conversa de volta para o relacionamento deles.

– Você acha mesmo que é uma boa ideia eu me mudar para cá? Não acha que é cedo demais? Iria odiar nos sabotar antes mesmo de começarmos.

– Deixe que eu me preocupe com isso – falou gentilmente. – Quero você aqui, Joss. No meu espaço, na minha vida, na minha cama. Há alguns aspectos que não vou forçar e serei infinitamente paciente. Mas outros... Você se mudar para cá e ficar comigo o tempo todo? Sim, vou insistir porque é o que quero e sempre vou atrás do que desejo. Nunca perco, Joss. E tenho absoluta certeza de que não vou perder você.

11

Joss terminou de fazer a mala e conferiu as três bagagens lotadas com um sorriso triste. Parecia que estava se mudando, e, de fato, achava que estava. Dash a queria com ele. O tempo todo. Ela ainda não tinha muita certeza de como se sentia em relação a isso.

Adorava todos os momentos do seu casamento com Carson. Não gostava de ficar sozinha e, nos meses após sua morte, não quis ficar só nem um momento. Deus, quando ela se lembrava de quem e o que ela era, parecia encolher.

Uma simples ida ao mercado bastava para fazê-la chorar. Dash vinha, a levava até o mercado para ter certeza de que sua cozinha estava sempre bem abastecida de comida. Ela não comia fora e não foi a nenhum restaurante por um ano depois do enterro.

Só depois desse período é que começou a sair para almoçar, por causa dos pedidos de Chessy e de Kylie. Mas jantar? Nem uma única vez desde que Carson morreu. Doía muito. Não queria ser sociável, ver-se entre conversinhas banais quando tudo o que conseguia era lembrar como ela e Carson riam e se amavam.

Carson adorava comer fora. Adorava boa comida e jantares finos. Ele a havia levado para alguns dos melhores restaurantes do país – e da Europa. Foi por causa dele que ela começou a beber bons vinhos, mas não sabendo a diferença entre um vinho tinto e um branco e muito menos as nuances entre marcas e vinícolas diferentes.

A adega dela ainda estava bem estocada, sem nenhuma garrafa aberta, exceto aquela de que Carson mais gostava. Era um vinho que ela fazia questão de ter à mão. No aniversário da morte dele, ela abria aquela garrafa e bebia com ele, com a memória dele. Saboreava cada gole, desejando a cada respiração que ele estivesse ali para compartilhar com ela.

Suspirou. Chega disso. Estava começando uma página nova em sua vida. Talvez fosse um erro. Talvez estivesse tomando a pior decisão – uma decisão emocional. Mas ela era movida pela emoção. Tinha os sentimentos à flor da pele e, como Carson e Dash comentaram, bastava olhar em seus olhos para saber exatamente como estava seu humor.

Ela não tinha artifícios ou a energia necessários para mostrar o que não sentia. Não sabia como mascarar suas emoções e nem achava que deveria fazer isso. Como resultado, Carson sempre soubera quando ela estava infeliz ou preocupada e movia o céu e a terra para corrigir o que quer que estivesse errado.

Dash também seria assim, tinha certeza. Ele era afetuoso e gentil. Delicado e compreensivo. Seria paciente com ela e não a culparia pelos erros que fizesse. Mas ela não queria errar. Queria enfrentá-lo de igual para igual, não como uma mulher fraca que precisasse de conserto.

Só ela podia consertar sua própria vida e seu coração partido: ninguém mais. Talvez este fosse o primeiro passo para reivindicar sua independência, o que parece um pouco estúpido, considerando-se que ela queria um dominador e não queria decidir nada ou ser forçada a fazer escolhas difíceis.

Joss não queria pensar. Só queria... *ser*. Era só isso. Ser feliz, inteira novamente, ou ao menos tão inteira quanto pudesse, já que havia perdido metade de si mesma.

Talvez Dash pudesse fazer isso por ela. Talvez lhe desse aquela parte da sua alma que estava faltando. Ou talvez ela estivesse fazendo algo muito errado. Como iria saber sem tentar?

Respirando fundo, arrastou as malas até a sala e olhou o relógio. Dash dissera que voltaria para pegá-la em duas horas. Concordaram que ela levaria o carro dela também, caso precisasse ir a algum lugar quando ele não pudesse levá-la. Mas ele insistiu muito em dizer que, na maioria das vezes, estariam juntos. Ele tomaria conta dela e de qualquer coisa que precisasse. Não planejava passar muito tempo longe.

Também não sabia como se sentia sobre isso, mas a parte do seu coração mais solitária se sentiu aliviada por não ficar mais sozinha. O resto? Veria aos poucos. Um dia de cada vez. Não fazia bem pensar no futuro quando precisava viver o hoje. O presente. Porque, como ela havia aprendido bem, o futuro não tinha garantias: ele é o que se fizer dele.

Ela tinha quinze minutos antes que Dash chegasse, tempo suficiente para ligar para Chessy e Kylie e contar sobre sua decisão. Mas teria de aguentar a mesma conversa duas vezes e não era o que queria: as perguntas, a descrença, a surpresa, as dúvidas.

Seria mais fácil mandar um e-mail para as duas, explicando seus planos.

Satisfeita com esta decisão, pegou o notebook que estava na mesa de centro, sentou no sofá e abriu seu e-mail.

Depois de pensar em qual seria a melhor forma de contar a suas amigas o que estava acontecendo, resolveu entrar de cabeça, falar bem casualmente, sem entrar em detalhes. Só deu uma explicação básica e disse como poderiam entrar em contato se precisassem dela. Ela imaginou que seu celular fosse começar a tocar no momento em que elas recebessem o e-mail, então pediu que não fizessem isso.

Explicou que precisava de alguns dias com Dash para se localizar. Prometia contar tudo o que estava acontecendo e que elas almoçariam juntas no final de semana, embora não estivesse muito animada com a ideia, porque provavelmente o almoço terminaria em interrogatório.

Tinha acabado de enviar o e-mail quando a campainha tocou. Sua pulsação acelerou e Joss se levantou, alisando a calça jeans.

Era isso. Dash tinha chegado para buscá-la.

Com uma ponta de tristeza no coração, olhou novamente a casa que havia sido sua e de Carson. Talvez ela devesse ter se mudado dali logo após a morte dele. Provavelmente não fora saudável manter a casa do mesmo jeito. Havia várias fotos deles e retratos dele pela sala e outros cômodos.

Joss e Carson felizes. Sorrindo. Apaixonados.

Finalmente ela havia limpado o armário e doado suas roupas. Mas todas as bugigangas, troféus, placas, fotos? Ainda estavam onde eles tinham colocado. Claro que Dash não queria morar aqui. Era difícil competir com um homem morto, ainda mais com tantas lembranças pela casa. Como Dash poderia esperar que ela focasse nele?

Enquanto abria a porta, fez um voto silencioso de se dedicar ao máximo. Daria cem por cento de si para Dash. Sem amarras. Sem restrições. E com certeza não faria uma comparação mental entre Dash e Carson no quesito sexo. Não era justo com nenhum dos dois, nem com ela.

Dash estava à porta, de óculos escuros, mas, quando ela o viu, ele os colocou sobre a cabeça para poder olhar para ela. Havia algo no olhar dele que a fazia tremer por dentro. Parecia intenso, quase pensativo. Havia um ar triunfante refletido ali.

– Está pronta? – ele perguntou baixinho.

Joss sorriu, determinada a não demonstrar hesitação. Estava completamente comprometida. Não iria desanimar e não daria a Dash razão alguma para questionar o seu comprometimento.

– Tenho várias malas – hesitou. – Não tinha certeza sobre o que levar, então peguei um pouco de tudo. Uma delas tem minhas "coisas de menina". Tenho certeza de que são coisas que você não tem.

Ele também sorriu.

– Não se preocupe, querida, agora que você é minha, é meu dever e honra prover para você. Então se precisar de alguma coisa mais tarde, vou me certificar de que você a terá.

Ela enrugou a testa.

– Mas não quero que compre nada para mim. Posso pagar.

Ele apertou os olhos e faíscas saíram deles. De repente ela ficou com a impressão de que tinha falado algo errado, embora estivesse determinada a começar com o pé direito.

– Você é minha – ele disse firmemente. – E eu provenho para quem é meu. Você me deu sua confiança e sua submissão. Meu dever como homem que vai tomar conta de você é satisfazer cada necessidade e desejo seu. Então se acostume, Joss. Minha intenção é mimá-la sem fim. E não vou ficar satisfeito se você questionar cada presente que eu te der.

– Ah – ela respirou fundo. Não havia pensado nisso sob aquele ângulo, mas tinha ainda muito o que aprender sobre este tipo de relacionamento.

Até agora, parecia que ela ganhara muito mais do que ele com este acordo. Mimada? Mal acostumada? Cuidada? O que ele ganhava em troca? Dash dissera que ela era suficiente, que a confiança e submissão dela eram suficientes. Mas claramente ele deveria receber mais com este relacionamento.

– Agora que resolvemos isso, mostre onde estão suas malas e eu levo até o carro.

Joss ia começar a dizer que ela mesma poderia fazer isso ou ao menos ajudar, mas, como que adivinhando, ele a silenciou com um olhar rápido e severo. Com a mão no ar, ela mostrou onde as malas estavam na sala.

Dash precisou de duas viagens para levar todas suas coisas para o porta-malas do carro. Depois, ele a levou até o banco dos passageiros e se sentou ao volante. Para a surpresa dela, antes de ligar o carro, ele se aproximou e a beijou. Com intensidade. Desejo. Nada daquela doçura que mostrara até então.

Ele devorou sua boca até que os lábios de Joss formigaram e incharam. Quando se afastou, Dash tinha os olhos cheios de desejo e fogo.

– Espero mesmo que saiba onde está se metendo – Dash murmurou, enquanto ligava o carro. – Você disse que não queria esperar, então estamos começando agora mesmo. Assim que pisar na minha casa, você me pertencerá. Será minha para que eu faça o que quiser.

As palavras flutuavam sobre ela, quentes e excitantes. Seu pulso batia forte e sua boca ficou seca. Nem mesmo umedecer os lábios aliviava aquela secura repentina.

– Estou pronta – disse calmamente. – Sei onde estou me metendo, ou, ao menos, tenho uma boa ideia. E eu quero, Dash. Quero... você.

Havia ferocidade na expressão dele. Joss estremeceu incontrolavelmente. Excitação. Mas principalmente ansiedade. Estava a um passo de algo novo e provavelmente maravilhoso. Talvez não fosse, mas nunca saberia se não tentasse.

Quando chegaram, ela abriu a porta e começou a descer do carro, mas Dash segurou sua mão e a puxou de volta.

Sem dizer uma palavra, ele desceu e foi até sua porta. Estendeu a mão e eles entrelaçaram os dedos.

Ela estava se mudando para a casa de Dash Corbin. Iria transar com Dash Corbin. Meu Deus, Dash seria seu *dono*. Começou a tremer assim que se levantou: estava começando a reagir.

Tudo parecera tão surreal e agora era a hora. Estava a ponto de embarcar numa aventura sexual e estava morrendo de medo. O que será que Dash queria com ela? Ele tinha experiência naquele estilo de vida. Tinha certas expectativas, que ela não via a hora de satisfazer.

– Joss, querida, você está tremendo como uma vara verde.

Ela olhou para ele, se sentindo culpada. Não queria que ele percebesse que estava nervosa. Mas, como ele mesmo dissera, estava tremendo da cabeça aos pés. Como ele poderia não ver? Ou sentir? Suas mãos estavam entrelaçadas e sua pele estava fria e úmida, apesar do calor do dia.

Dash apertou sua mão e deu um sorriso tranquilizador.

– Vai dar tudo certo. Sei que está nervosa, mas não tem motivo.

– Acabou de passar pela minha cabeça que você tem muita experiência neste estilo de vida e eu, nenhuma – ela sussurrou. – O que tenho para lhe oferecer? Tenho certeza de que uma novata não está na sua lista de desejos.

Ele parou na frente da porta e a encarou com um olhar duro.

– O que você tem para me oferecer é algo que ninguém poderá um dia me dar. É você, Joss. Você está se dando a mim e isso é tudo o que quero e preciso. Juro. Você não faz ideia há quanto tempo sonho com isso. Com a gente. Juntos. Sim, quero transar com você, mas é muito mais que isso. Talvez você não acredite ainda, mas vai acreditar. Eu garanto.

Sua calma promessa a confortou. Ela apertou sua mão e então sorriu.

– Com certeza você faz bem para meu ego, Dash. Não tenho me sentido bonita faz muito tempo. Nem desejável. Aliás, nem desejo vinha sentindo.

– E agora? – ele perguntou. – Você sente? Por mim?

– Ah, sim – ela respirou fundo. – Fiquei muito chocada, nunca esperei me sentir assim a seu respeito. Nunca imaginei que iria querê-lo tão intensamente. Mas aqui estamos.

– Muito obrigado – ele murmurou. – Fico feliz em saber que não sou o único que está sofrendo aqui.

Ela sorriu.

– Que tal fazermos algo sobre este sofrimento?

Ele ficou tão chocado que Joss se arrependeu em ser tão direta. Sentiu a vergonha subir pelo pescoço, uma onda de calor inundando seu rosto.

Então, ele soltou um murmúrio longo e se abaixou para reivindicar sua boca.

– Acho que é uma excelente ideia, vamos entrar. Pego suas coisas depois. Quero que se acomode, que se sinta confortável aqui, Joss. Quero que considere esta casa como... sua.

Ele a levou para dentro, uma onda de frescor tomando conta dela, tirando o rubor de sua face.

Já estivera muitas vezes na casa de Dash, mas nunca conhecera outros cômodos além da sala, da cozinha e do quarto de hóspedes. Ele a conduziu através da sala e subiram as escadas para o quarto principal.

Joss sentiu em seu corpo a atmosfera masculina do quarto dele. A cama era enorme e tinha muitos travesseiros. Era uma cama com dossel e ela nunca imaginara que ele gostasse deste tipo de mobília. Era quase feminino, algo que uma mulher teria em seu quarto.

– Sobre o que está pensando? – ele quis saber.

Ela o olhou e sorriu.

– Bobagens. Vi sua cama e pensei que não parece combinar com o que conheço de você. Nunca imaginei que tivesse uma cama com dossel.

Um brilho apareceu em seus olhos e divertimento em seus lábios.

– Preciso de um lugar para amarrar minha mulher. É natural que eu tenha o equipamento apropriado para esta tarefa.

Novamente ela enrubesceu. Devia estar bem corada. Foi então que pensou que não devia ser a única mulher que vira esta cama. Isso a perturbava, embora não devesse. Dash não lhe devia nenhuma explicação sobre seu passado sexual. Pelo amor de Deus, ela estava casada! Claro que não esperava que ele ficasse sozinho, ainda mais quando achava que não teria qualquer chance com ela.

– E agora, sobre o que está pensando? – perguntou.

– Mais bobagens – ela murmurou.

– E?

Ele não ia deixar barato e, que droga, ela era muito sincera, até em detrimento dela mesma.

Joss suspirou.

– Estava pensando sobre as outras mulheres que estiveram em sua cama... Nesta cama – disse tristemente. – Bobagem, eu sei. Mas me incomoda.

Dash fez com que ela se virasse e, segurando-a pelos ombros, fez com que olhasse diretamente para ele.

– Não houve outras mulheres aqui, Joss. Aqui, não. Não vou negar que houve outras mulheres, mas não as trazia aqui. Não conseguia. Talvez antes que Carson morresse, eu tivesse conseguido, mas depois? Não conseguia nem começar um namoro. Não quando meu objetivo era você.

– Nem sei o que dizer – ela murmurou. – Eu sei que não deveria ser, mas é muito importante para mim saber que faz um tempo que você não fica com alguém, Dash.

Ele se inclinou e beijou a testa dela.

– E é muito importante para mim saber que você não ficou com ninguém desde o Carson. Tinha medo de perdê-la para outro homem por esperar tanto em me declarar como fiz.

Joss torceu o nariz.

– Como sabe que não houve outros homens?

Ele sorriu.

– Eu saberia. Pode ser que você não tenha me visto todos os dias, mas eu ia ver como você estava. Ficava observando. E esperando.

Ela hesitou, mas acabou sorrindo, tocada pelo fato de que ele estivera lá. Esperando por ela.

Ele a conduziu de costas até que suas pernas bateram na cama. Então fez com que se sentasse na beirada e, segurando as mãos dela, ajoelhou-se à sua frente.

Tudo bem, ela não sabia nada sobre dominância e submissão, mas não estava fazendo tudo ao contrário? Não seria ela quem devia estar em posição de subserviência, e não o inverso?

– O que está fazendo, Dash? – perguntou baixinho. – Não sou eu quem deveria estar ajoelhada para você?

Ele sorriu, segurando as mãos dela.

– Querida Joss, estou a seus pés, literalmente. Admito que não é uma posição em que normalmente fico. Mas, com você, todas as regras mudam. Eu quis colocar a gente de igual para igual para a conversa que teremos. E talvez até eu queira me humilhar para você, para provar uma coisa.

– Provar o quê? – perguntou, curiosa.

– Mesmo cedendo tudo, é você quem realmente detém o poder neste relacionamento que estamos começando. Pode parecer contraditório, mas é a mais absoluta verdade. As cartas estão na sua mão. Você é quem comanda, porque é você quem decide se quer ou não me dar sua submissão. Só uma mulher forte e segura entrega o controle para seu parceiro. E na verdade, você está se submetendo a mim, mas meu desejo de agradar você é muito maior que o desejo de te dominar e controlar. Faz sentido?

Ela concordou.

– Acho que sim. Nunca tinha pensando nisso dessa maneira.

– Pense agora – ele orientou. – E ouça tudo o que vou dizer. Vou ditar as regras, embora deteste esta palavra. Não há regras entre nós, querida. Nem normas de procedimentos. Espero que a gente curta o que vamos fazer. Eu quero dar prazer a você e quero que você dê prazer a mim. É um acordo que precisa beneficiar a nós dois e que eu espero que nos ajude a encontrar a felicidade.

– Parece justo.

– Agora, minhas expectativas. Ou regras, se prefere chamá-las assim. Prefiro pensar que são pedidos, com os quais você pode concordar ou não. Mas quero que tenha uma ideia bem clara do que vai acontecer entre nós porque quero que tenha a oportunidade de desistir. Não é o que *eu* quero. Espero que deseje as mesmas coisas que eu. Mas só há um jeito de descobrir: ditar as regras a partir de agora.

– Certo. Estou pronta, Dash. Não se segure mais. Estou quase morrendo porque não sei o que devo fazer. Tenho tanto medo de errar e desapontar não apenas você, mas a mim também.

Dash deu um sorriso deliciosamente carinhoso. Isso a fez se sentir quente por dentro, onde antes tinha estado fria por tanto tempo.

– Não vai me desapontar. Não acredito que seja possível. O único jeito disso acontecer é se for embora sem nos dar uma chance. Não estou dizendo que será um mar de rosas no início. Haverá ajustes que nós dois teremos de fazer. Concessões. Mas juntos acho que podemos superar qualquer obstáculo no nosso relacionamento.

– Você diz coisas maravilhosas – Joss retrucou. – Não sei como consegue ver dentro do meu coração, como sabe tanto sobre mim quando eu mesma sei tão pouco.

Ele passou a mão no rosto e nos cabelos dela, enrolando os cachos soltos.

– Regra número um, e não há uma ordem certa. Então seja paciente enquanto enumero todas elas. E compreensiva. Sei que você terá perguntas, mas guarde-as para o fim, quando eu terminar de dizer todas as instruções. Depois, poderá fazer tantas perguntas quanto quiser. Conversaremos sobre o que não entender. Serei o mais sincero possível, mesmo se eu achar que a verdade pode te assustar ou intimidar.

– Pode começar – ela disse. – Estou ouvindo. Não vou interromper ou fazer perguntas até que tenha terminado, mesmo que pareça muito difícil – acrescentou, com um tom grave.

– Está certo. Primeiro: quando você está aqui comigo, nesta casa e estamos sozinhos, quero você nua, a não ser que eu diga o contrário. Começando agora mesmo, ou melhor, quando eu acabar de listar minhas regras.

Seus olhos se arregalaram, mas ela manteve sua promessa e mordeu o lábio para que não começasse a contestar imediatamente.

– Segundo: quando eu mandar você fazer alguma coisa, espero obediência instantânea e incondicional. Talvez você não entenda por que estou pedindo, mas espero que confie em mim e que esteja disposta a tentar.

Ela concordou. Não parecia tão difícil, embora não fizesse ideia de que pedidos seriam aqueles. Uma parte dela ansiava pelo desconhecido. Outra parte estava morrendo de medo. Ela odiava não saber exatamente onde estava se metendo ou com o que estava concordando.

– Não espero que se ajoelhe em minha presença, a menos que eu peça. Só quero que o faça quando eu intimar a sua presença. Então, gostaria que se ajoelhasse, os braços sobre as coxas, as palmas da mão para cima. Esta é uma posição padrão que mostra submissão. Coxas abertas para que nenhuma parte sua fique inacessível a mim ou a meu olhar. Ou então quando eu retornar do trabalho ou de uma viagem qualquer. Quando voltar para casa, gostaria que estivesse na sala, de joelhos, esperando por mim. Quero que você seja a primeira coisa que eu vou ver quando entrar pela porta. Quero ter motivo para voltar para casa. E se você estiver aqui, esperando por mim, acredite, querida, é o que eu mais vou querer. Você, esperando, minha recompensa depois de um longo dia.

Joss ficou com a impressão de que isso era importante para Dash. Algo de que ele gostava e que desejava. E se era o caso, queria fazer por ele. Agradá-lo, fazê-lo feliz e nunca desapontá-lo. Era orgulhosa demais para isso. Não, talvez ela não tivesse a experiência das outras mulheres que ele conhecia, mas isso não iria impedir que fizesse seu melhor para ser a submissa mais desejável com que ele já tenha se relacionado.

Não havia meia medida para ela. A partir do momento em que decidira embarcar neste novo estilo de vida e explorar sua sexualidade e suas necessidades, sabia que iria entrar de cabeça. Não iria se conter e se doaria completamente, sem reservas. Esperava que o homem com quem estivesse apreciasse esse presente. E nada nas palavras de Dash a faziam suspeitar de que ele não fosse estimar e proteger o presente da sua submissão.

– Quando eu der uma ordem, espero obediência imediata. Sem hesitação. Sem perguntas. Quero que confie que a levarei para um lugar de que vai gostar e onde vai se sentir segura. Pretendo nunca pedir algo que você não queira fazer. Não quer dizer que não vou forçá-la a sair da sua zona de conforto. Mas, como disse antes, quanto mais longe formos, mais rápido saberei quais são seus limites. Nunca vou ultrapassá-los de propósito, a menos que tenhamos discutido sobre isso e concordado em tentar.

Ela novamente assentiu, porque, como as outras exigências, essas também pareciam razoáveis.

– Falamos brevemente sobre castigo e dor. Dor pode ser muito erótica se aplicada corretamente. Para ambos. Muitas mulheres gostam que um homem exerça dominação com chicotes, cintos, mãos ou outros métodos. Vou usar todos eles ao longo do tempo. Mas não gosto do castigo pelo castigo. Prefiro pensar que são recompensas. Parece bobagem, mas depois que você experimentar vários níveis de dor, espancamento e outras coisas também, acho que vai entender o que estou tentando explicar. Vou forçar seus limites, fazer com que quase os ultrapasse. Prestarei atenção e, com o tempo, estarei sintonizado com o que seu corpo e você são. É meu trabalho, como seu dominador, saber exatamente o que você quer e precisa, às vezes melhor do que você.

– É o que quero – Joss comentou, baixinho. – Quero um homem que tome as rédeas. Um homem que não faça perguntas nem me force a tomar decisões. Eu *quero* que essas escolhas sejam feitas para mim. É o que me excita. Não consigo explicar essa necessidade ou desejo, mas está aí. Talvez desde sempre. E quero que faça isso, Dash. Estou preparada para ir mais longe, porque *confio* em você e *sei* que nunca vai querer me machucar.

– Dou muito valor a essa confiança, Joss, faz com que eu me sinta mais humilde – disse gentilmente. – Você não tem ideia de como é valioso receber esse presente seu.

– Tem mais alguma coisa, ou já falamos de tudo?

Ele sorriu.

– Uma submissa impaciente, não é? Adoro seu entusiasmo, sua vontade de acreditar em mim para saber o que você vai gostar! Sim, há outras coisas, mas não quero derrubar tudo em cima de você no primeiro dia na minha casa.

– Você dormirá na minha cama toda noite. Haverá noites em que vou amarrá-la para que fique indefesa e dependente de mim para tudo. Farei amor com você enquanto estiver espalhada e amarrada nas colunas da cama, seu corpo disponível para mim quando eu resolver tomá-lo. E vou possuir você com frequência, Joss. Antes de irmos dormir. Durante a noite. E será a primeira coisa de manhã, antes mesmo que você esteja completamente acordada. Vou penetrar em seu lindo corpo e serei a primeira coisa que vai sentir de manhã. Serei a última coisa que vai sentir antes de dormir à noite. E irá para cama sabendo que é minha e que me pertence, de coração e alma. Não terá como duvidar disso, porque não passará um dia sem que eu prove isso para você.

– Ainda não ouvi um único aspecto negativo – Joss retrucou. – De verdade, parece bom demais para ser verdade.

Seu rosto ficou mais sério.

– Não será tudo perfeito. Você precisa saber onde está se metendo. Precisa se preparar para o fato de que talvez não goste de tudo o que planejei. A última coisa que quero é assustar ou repelir você. Ou que não se sinta confortável com algo que fiz você fazer. A comunicação entre nós é muito importante. Quero que você seja completamente sincera comigo mesmo se for algo que ache que não quero ouvir ou saber. Quero que prometa que vai me contar o que se passa na sua cabeça quando fizermos estas coisas. Quero saber como você está se sentindo, o que as coisas que fizermos juntos a fazem sentir. Não quero que sacrifique seu prazer e divertimento porque está preocupada em me desapontar. Acredite quando digo que, se eu não puder lhe proporcionar o máximo do prazer, então não quero fazer isso. Parece que tudo o que digo é sobre mim. E para alguns dominadores, é mesmo. Não tem nada a ver com o prazer, desejos ou mesmo a felicidade da mulher submissa deles. Porém, eu não sou assim tão egoísta. Espero que nunca me torne tão egocêntrico. Proporcionar prazer a você me faz feliz. É tudo o que quero. É tudo que peço. Então, sim, embora seja em parte sobre meu prazer e como me agradar, fique sabendo: fazer você feliz é o que *me* fará feliz e satisfeito. É o que preciso, Joss. Preciso de *você*.

Ela colocou os braços em volta de Dash e o abraçou bem apertado, escondendo seu rosto no pescoço dele.

– Acho você perfeito. Tão perfeito que me faz pensar se *você* não é bom demais para ser verdade. Não apenas a situação, mas *você*.

– Estamos na mesma página, acho – Dash sorriu. – Parece que estamos dizendo as mesmas coisas, mas talvez de uma forma um pouco diferente. Nós dois queremos as mesmas coisas. Você quer ser feliz e quer que eu seja feliz em nosso relacionamento. Por outro lado, eu quero que você seja feliz, em primeiríssimo lugar, porque, acredite no que eu digo, querida: sua felicidade me tornará extremamente feliz.

Devagar, ela exalou o ar de seus pulmões.

– É o que eu quero, Dash. Estou pronta para entrar de cabeça. Serei sincera. Não sei se posso aguentar você pisando em ovos por mais alguns dias e eu sem saber quando tudo irá começar. Estou pronta *agora*.

– Então, o que quero que faça, enquanto pego suas malas do carro, é que tire a roupa. Leve o tempo que quiser, use o banheiro, faça o que precisar para se sentir mais à vontade, mais confortável. Quero você nua a noite toda. Quero fazer uma comida bem especial e alimentá-la eu mesmo. E quero apreciar a visão do seu belo corpo enquanto faço isso por você. E depois que comermos e estivermos prontos para ir dormir? Aí vamos para a cama juntos para ver se você é tão doce e sexy como nos meus sonhos. Está na hora de realizar meus sonhos. Os meus e os seus.

12

Joss olhou atentamente para seu reflexo no espelho e estremeceu com o medo que vira em seus olhos. Estavam arregalados e era óbvio que estava nervosa pra caramba.

Nua. Ele a queria nua e, Deus, isso a deixava bem constrangida. Ele esperava que ela andasse pela casa, comesse com ele sem uma única peça de roupa. Nua. Sem barreiras ou qualquer proteção.

Era o máximo da vulnerabilidade, mas também era um sinal de que ela confiava nele e estava disposta a fazer o que ele pedira, ou melhor, exigira, mesmo que tivesse sido gentilmente exigido.

Joss respirou fundo e começou a escovar os cabelos, em dúvida se devia deixá-los soltos ou presos. Resolveu que soltos poderiam funcionar como uma pequena defesa. Pôs a escova de lado e arrumou seus cabelos para que caíssem sobre os ombros e cobrissem ao menos uma parte dos seios.

Seus mamilos apontavam entre os cachos e ela ficou imaginando se seria, de fato, uma visão erótica ou se seria melhor prender os cabelos e deixar seu peito completamente livre.

Só havia um jeito de descobrir. Deixar o refúgio do banheiro, parar de se esconder como uma covarde e enfrentar a reação de Dash à sua nudez.

Ele havia sido direto sobre seu desejo em relação a ela. Viu evidência da excitação nos olhos dele e no jeito que falava. Mas até então ele ainda não a vira nua, nem a tocara com mais intimidade, além de alguns carinhos no rosto e nos braços.

Agora ele teria acesso irrestrito a qualquer parte de seu corpo. Os seios. A boceta. Ela se encolheu ao pensar no termo tão vulgar, mas certamente havia outros termos mais chulos para a anatomia feminina. Palavras que ela detestava. *Xana*. Esta era uma que ela esperava que Dash nunca usasse.

Era bobagem ser tão pudica sobre seu corpo ou como era chamado. Mas não conseguia controlar sua reação às palavras mais chulas. Traziam à sua mente imagens desagradáveis. Reduzia sexo à transa sem sentido. Sem intimidade ou carinho. Ela queria estas coisas, *precisava* delas.

Não importava que estivesse entregando seu corpo e sua alma a outro homem, ou que quisesse ser submissa e dominada. Ela ainda queria ser tratada com respeito e era importante que não fosse apenas uma conquista sexual, uma mulher para ser usada e depois jogada fora, como se não significasse nada.

Queria ser importante, sentir novamente o que sentira enquanto estava casada com Carson. Queria aquela conexão com outro homem. Talvez fosse idiota começar desta maneira, mas nunca saberia se daria certo se não tentasse, e Dash era um homem em quem ela confiava. Embora estivesse determinada em seguir adiante com sua decisão, quando o homem do The House se aproximou dela, ela morreu de pavor. Ficara insegura e medrosa, mesmo querendo ir em frente.

Agora sabia que, mesmo se Dash não estivesse lá naquele dia e tivesse interrompido a confusão toda, não teria ido em frente. Teria se acovardado e corrido, e nunca mais teria voltado.

De certa forma, estava agradecida por Dash ter interferido, mesmo que a experiência toda tenha sido bem humilhante. Porque fez com que ele agisse em relação a desejos muito antigos. Agora, ela poderia ver se isso era mesmo o que queria, pois estava com um homem que nunca a machucaria, tinha certeza.

Mas havia tipos diferentes de dor. Não somente físicas. A dor emocional era a que mais a assustava. Tinha medo de estragar uma amizade que tinha em grande valia, a amizade na qual ela se apoiou depois que Carson morreu.

E se ela também perdesse Dash, o que faria?

Joss balançou a cabeça, recusando-se a pensar nisso. Já havia demorado por tempo demais. Se não andasse logo, Dash saberia que estava indecisa. Ele merecia mais do que uma mulher que pensava duas, ou até três vezes. Tinha concordado. Tinha decidido. Não ia voltar atrás agora. Nem nunca.

Enchendo-se de coragem, abriu a porta do banheiro e entrou no quarto. Suas malas estavam vazias, próximas à parede mais ao fundo. Seus olhos se arregalaram ao perceber que ele tinha tirado as suas coisas da mala e guardado.

Curiosa, foi até o closet e, quando abriu a porta, viu que suas roupas já estavam penduradas do lado direito do armário, as de Dash, no lado esquerdo.

Os sapatos estavam alinhados no chão, embaixo das roupas.

Ela olhou para a cômoda e já sabia, mesmo sem olhar, que ele havia guardado suas calcinhas, sutiãs e pijamas. Enrubesceu ao imaginá-lo mexendo e guardando suas roupas íntimas.

Dash dissera que estaria na cozinha, mas pensar em ir até lá, nua, deixou-a aterrorizada, se sentindo penosamente vulnerável. Impotente. Mas não era esse o intuito? Estava cedendo todo poder a ele. Fizera questão de dizer que não queria escolher, que queria que ele escolhesse por ela. Mesmo assim se sentia frustrada, por se sentir fraca e sem vontade. Mas o que foi que Dash dissera? Que somente uma mulher forte se submeteria a um homem?

Joss focou nesta certeza e guardou estas palavras para se lembrar delas toda vez que se sentisse fraca.

– Muito bem, é isso! – murmurou para si mesma, na porta do quarto. – Não há mais volta. Quando sair daqui, a decisão terá sido tomada.

Parou por um minuto, debatendo consigo mesma, tentando arrumar a coragem necessária para dar o último passo. Sua mão segurou a maçaneta e abriu a porta com um puxão, caminhando com segurança antes que acabasse desistindo desta insanidade.

Foi até o alto das escadas e olhou para baixo, procurando por qualquer sinal de que Dash estivesse por perto ou vendo-a descer. Mas, não, ele dissera que estaria na cozinha e que daria todo o tempo que ela precisasse para ficar pronta.

Como é que ela poderia ficar pronta para entrar nua numa cozinha onde um homem que deixara bem claro suas intenções a esperava?

– Pare de ser tão covarde – se repreendeu firmemente, enquanto se forçava a descer as escadas.

Lá embaixo, não hesitou mais. *Mergulhe de cabeça.* Foi até a cozinha, decidida a terminar com aquele primeiro momento vergonhoso. Quanto mais rápido isso acabasse, mais rápido se acalmaria e talvez o medo desaparecesse.

Quando entrou na cozinha, Dash estava de costas para ela, cuidando de alguma coisa no fogão. Embora tivesse sido bem silenciosa, ele soube o momento exato em que ela entrou. Virou-se, seus olhos queimando de satisfação com a aparência dela.

Brilhando, cheio de desejo, seu olhar passou pelo corpo dela de cima a baixo. Mas foi o que disse que a relaxou.

– Você é tão linda quanto eu imaginei – declarou. – Mais até do que sonhei. Você fez parte de muitas das minhas fantasias, querida, mas a realidade não se compara com aqueles sonhos.

Ela sorriu, animada com os cumprimentos. Talvez não fosse tão ruim, afinal. Relaxou seus ombros e parte da tensão que tomara conta dela se foi, assim conseguiu respirar normalmente.

Dash tirou uma panela do fogo e correu para ela. Para sua surpresa, enlaçou seu pescoço e a puxou para perto, os lábios se encontrando com sofreguidão.

– Você não faz ideia de quanto tempo sonhei com este momento – murmurou próximo aos lábios dela. – Você. Nua. Em minha casa. Aqui, na minha cozinha, enquanto eu preparo a comida com que vou alimentá-la com minhas próprias mãos. É muito mais do que eu esperava, Joss. Espero que saiba disso.

– Agora eu sei – ela sorriu, enquanto ele se afastava, os olhos brilhando de desejo.

– Vá para a sala e fique à vontade – instruiu. – Já levo uma bandeja.

Seu olhar demorou-se um pouco mais antes de, relutantemente, se virar e voltar para o fogão.

Como ele havia mandado, Joss foi até a sala e se acomodou no suntuoso sofá de couro. Não estava com frio, embora a vontade de colocar algo por cima dela fosse bem forte. Mas ele não ia querer isso. Não era o que havia mandado e não começaria este relacionamento de forma errada, desobedecendo à primeira ordem.

Alguns minutos mais tarde, Dash entrou na sala, carregando uma bandeja com um prato. Ele claramente estava falando sério quando disse que a alimentaria porque não havia um prato extra. Colocou a bandeja sobre o tampo de vidro da mesa de centro e depois sentou-se no sofá, ao lado dela.

Surpreendendo-a, pegou uma almofada e colocou no chão ao lado de seus pés. Confusa com isso, ela lançou-lhe um olhar inquisitivo.

Como resposta, ele simplesmente ofereceu sua mão, os olhos firmes e... desafiadores? Isso era um teste? E se fosse, o que ela deveria fazer?

Como ele continuou estendendo sua mão, sem tentar pegar a dela, ela escorregou a sua na dele, seus dedos se entrelaçando.

– Quero que se ajoelhe na almofada para que eu possa lhe dar comida – disse em tom baixo, rouco.

Ela refreou as perguntas que queimavam em sua garganta. Simplesmente balançou a cabeça e se levantou, com a ajuda dele, se ajoelhando na almofada com tanta graça quanto possível. Lembrando-se de suas instruções, abriu bem as coxas e colocou sobre elas as palmas das mãos para cima.

– Muito bem – ele murmurou. – Você nasceu para isso, Joss. Certifique-se de que esteja confortável e vamos começar a comer.

Doía um pouco aquela posição, suas coxas abertas de forma que ele pudesse ver com facilidade suas partes mais íntimas. Mesmo assim, seu clitóris formigava, inchado pelo desejo. Seus mamilos se enrijeceram e sua respiração tornou-se curta, pequenos sopros de ar escapando de seus lábios entreabertos.

Ele pegou um pouco da massa com camarão, gentilmente soprou antes de testar a temperatura com os lábios. Então levou o garfo para a boca dela, fazendo com que a abrisse.

Enquanto uma mão segurava o garfo, a outra acariciava seus cabelos, enrolando os cachos em volta dos dedos. Continuou excitando os sentidos dela e lhe deu outra garfada, não sem antes testar com os lábios primeiro.

Havia algo bem íntimo na forma como a alimentava, a forma como se certificava que não a queimaria. A ideia de que a comida tinha estado em sua boca primeiro e depois na dela era tão excitante quanto um beijo dele.

Aos poucos ela foi relaxando, a tensão de seus músculos diminuindo enquanto eles continuavam o jantar em silêncio.

O que iria acontecer depois? Ele dissera que iriam para a cama e dera a entender que fariam sexo. Mas a cabeça dela estava cheia de possibilidades. Será que ele a amarraria na primeira noite? Iria exercer sua dominância imediatamente, como ela havia pedido, ou iria mais devagar? Introduzindo-a lentamente no seu mundo?

Ela não conseguia decidir qual opção era mais excitante. Ela queria experimentar sua dominância por completo, mas não queria se sentir oprimida logo de início. Queria que desse certo.

Confiança.

Ele havia pedido confiança e fé nele. Iria conhecer os limites dela, suas necessidades e desejos melhor que ela mesma. Se era para dar certo, ela tinha de fazer isso: colocar-se aos cuidados dele. Completamente. E confiar que ele nunca iria longe demais.

Dash levou uma taça de vinho para sua boca, gentilmente, para que tomasse apenas um gole. Joss sentiu sua garganta fechada pela emoção ao sentir o gosto em sua língua, achando difícil engolir. Segurou um pouco em sua boca antes de se acalmar para que pudesse engolir sem engasgar.

Era seu vinho favorito. Como ele sabia? Era uma garrafa que Carson comprava para cada aniversário dela ou do casamento. E, embora sempre bebesse o vinho favorito de Carson no aniversário da morte dele, não havia bebido o favorito *dela* desde a última vez com seu marido.

– Está bom? – Dash murmurou.

– Sim – respondeu, a voz rouca. – Meu predileto. Mas você já sabia, não é?

Ele sorriu.

– Claro. Sei muito o que agrada você. Disse que estava preparado para mimá-la sem pudor. Isso é só o início.

Uma gota do vinho escorreu do canto de sua boca, e quando estava quase levando a mão para limpá-la, ele a interrompeu e se inclinou para frente.

– Pode deixar – murmurou.

Ao invés de limpá-la com os dedos, lambeu o canto da sua boca. Uma explosão de calor correu por sua pele. Ele não lambeu rapidamente, mas passou a língua na área mais sensível e depois mordiscou seus lábios antes de lambê-la uma última vez.

– Deliciosa – disse, e ela sabia que ele não estava falando da gota de vinho.

Intimidade os envolvia, fechando-os num círculo apertado de desejo e calor. Não existia mais nada. O resto da sala desaparecera. Havia apenas os dois e a deliciosa comida que ele havia preparado e servido de forma tão íntima.

Ela imaginara muitas coisas quando considerou tomar este caminho que estava tomando. Mas nada a havia preparado para a realidade. Teria sido assim com outro homem? Sabia que não. Ninguém, somente Dash, poderia proporcionar tal experiência. A profundidade desta experiência.

– Você tem ideia de como está linda? – Dash disse, sua voz cheia de desejo e excitação. – Tem ideia de quanto tempo eu sonhei com isso? Você a meus pés, sendo alimentada por mim, nua. Tão linda que sinto até doer dentro de mim.

Ela deitou a cabeça de lado, curiosa. Podia ver a satisfação intensa nos olhos dele e queria entender o porquê. Por que uma mulher a seus pés lhe dava tanto prazer?

– Posso perguntar uma coisa, Dash?

– Claro.

Ele se recostou no sofá para poder vê-la completamente. Joss tomou cuidado em permanecer na mesma posição porque queria que ele a olhasse exatamente como estava fazendo agora. Com tanta aprovação e... satisfação.

– Por que uma mulher submissa é tão atraente? Sempre me perguntei isso quando pensava sobre Chessy e Tate. É óbvio que ele a ama muito, praticamente a reverencia. Ele é tão... possessivo. Por isso não consigo entender como ele a compartilha com outros homens. Mas estou fugindo do ponto – continuou, rindo um pouco. – Quero saber por que atrai tanto *você*. – Ela passou a mãos pelo corpo, indicando sua posição – Por que você gosta disso, de mim numa posição submissa?

Ele tocou os cabelos dela, passando a mão em seus longos cachos, afastando-os dos seios para que a pudesse ver completamente. Havia uma satisfação máscula no seu olhar. Aquela aprovação fez com que não hesitasse mais, lhe deu confiança no lugar da vulnerabilidade de antes.

– Como explicar como me sinto? – ele refletiu. – Não sei se dá para explicar claramente por que me agrada. Não é um jogo de poder. Em alguns casos, sim, é sobre poder. Mas para mim, me traz um prazer imenso e, claro, satisfação. É uma sensação inebriante quando uma mulher coloca fé e confiança absolutas em mim. Quando ela confia que eu possa supri-la. Quando ela abre mão do controle porque acredita que eu darei o que ela precisa, que tomarei conta dela, que a protegerei com minha própria vida.

– Você gosta de se sentir necessário, então.

Ele parou um momento, pensando naquelas palavras.

– Acho que isso é um jeito de ver as coisas. Mas é muito mais profundo. Instintivamente gosto de prover, cuidar, mimar, acostumar mal minha mulher. Nesse caso, você. Mas é um impulso bem pessoal em relação a você. Com outras mulheres, também gostei destas coisas. Me dá prazer poder dar tudo isso para uma mulher. Mas com você é muito diferente. Não quero apenas sua confiança e submissão. *Preciso* delas. Preciso fazer estas coisas por você, Joss. Não pense, nem por um minuto, que você pode ser trocada por outra mulher. Que eu seria assim com outra, simplesmente porque isso não é verdade.

– Detesto que tenha sofrido por tanto tempo – ela disse, com tristeza. – Eu nunca soube, Dash. Nem sei o que teria feito se soubesse. Você significa muito para mim. Mesmo quando Carson estava vivo, você já significava muito. Teria sofrido se soubesse que estava sofrendo. Não iria suportar.

Ele sorriu carinhosamente para ela, seus olhos cheios de ternura e afeição.

– É por isso que estava determinado que não soubesse, querida. Você tem um coração tão grande e sensível, ficaria numa posição insustentável. Você amava Carson e era completamente fiel. Ele sabia, eu sabia. Por isso ele nunca se preocupou com meus sentimentos em relação a você. Primeiro porque ele sabia que eu não faria nada em relação a isso. Vocês eram importantes demais para que eu formasse um abismo entre nós. Mas ele também tinha completa confiança em você. Sabia que você nunca seria infiel e que nem pensaria na hipótese. Eu também sabia disso. Seria injusto comigo revelar o que eu sentia por você. Isso apenas a machucaria e era a última coisa que eu queria. Carson a fazia feliz. Você era feliz e você o fazia feliz. O que mais eu poderia querer? Seria egoísta da minha parte me colocar entre vocês porque, no final, seria muito doloroso para nós todos. Você, eu e o Carson. Eu amava vocês. E vocês nunca teriam se separado, então para quê? Não ia querer você às custas de Carson. Ele ficaria extremamente triste e eu perderia um amigo. Você perderia seus amigos, sua vida, tudo. Tudo por mim. Não é o que eu queria para você. Nunca quis. Só quero que seja feliz. Então esperei. Esperei que estivesse pronta. Mas nunca houve dúvidas de que eu tomaria uma iniciativa. Depois que Carson morreu, tinha absoluta certeza de que eu seria o único homem na sua vida.

– É uma resposta complexa para uma pergunta tão simples – ela disse, divertida. – Com certeza, terei muito no que pensar.

Ele segurou o queixo dela e massageou sua pele, o polegar sobre os lábios.

– Não quero deixá-la triste ou sobrecarregá-la sem necessidade. Não quero que pense nada. Só quero que sinta o que eu sinto, essa mesma necessidade que eu tenho, que dói em mim. E então, vou aliviá-la. Não quero que sofra. Nunca. Darei tudo o que você possa precisar.

– Eu preciso de... você – ela suspirou, finalmente dizendo o que mais queria.

Aquela noite – o dia todo – tinha sido um exercício de frustração. Estava impaciente e nervosa, pensando, constantemente lutando contra si mesma ponderando se estava ou não tomando a decisão certa.

Como poderia saber antes de fazer amor com ele?

Ele a trouxe para seu colo, antes que pudesse piscar. Sua mão segurou possessivamente suas coxas, enquanto a ancorava contra seu corpo. Suas pernas estavam sobre o colo dele, apontando para a extremidade do sofá, e ela estava aconchegada a seu corpo como se tivesse sido feita para ele. Eles se encaixavam perfeitamente. O corpo rijo e musculoso dele era o complemento perfeito para o corpo macio dela.

Com a mão, Dash a acariciou, subindo devagar, até segurar um seio. Por um momento, apenas sentiu o peso em sua mão. Então, roçou o polegar sobre o mamilo e Joss precisou prender a respiração.

Era como uma descarga de eletricidade, de intensidade chocante. Se ela tinha alguma dúvida sobre a química entre eles e se eram compatíveis na cama, não as tinha mais depois daquele momento.

Ela o desejava ansiosamente. Seu corpo estava alerta, quase em dor. Cada nervo seu estava a postos. Já estava molhada e ele nem tinha ainda se aventurado em suas partes mais íntimas.

– Você me quer, Joss? Agora? Está pronta para mim?

– Sim – ela murmurou. – Diga o que devo fazer, Dash. Não quero estragar nada. Quero que nossa primeira vez seja... perfeita.

Ele sorriu, beijando seu nariz e as pálpebras dos seus olhos antes de beijá-la na boca, puxando gentilmente seu lábio inferior com os dentes.

– Garanto que será perfeito para mim. Você na minha cama? De jeito nenhum vai dar errado. Farei tudo o que estiver em meu alcance para que seja perfeito para você, querida.

Ela segurou seu rosto com as mãos, forçando-o a olhar para ela.

– Não se segure, Dash. Não me trate como se eu fosse de louça. Quero... tudo. Não quero que hesite ou que tenha medo de me dominar. Quero ser dominada. Quero *você*.

Ele soltou um gemido baixo, que desatou uma cascata de arrepios pela pele dela. Seus mamilos tornaram-se pontas duras, ansiando pelo toque dele. Pela boca dele.

Dash, então, se levantou e a carregou. Ela ficou surpresa com a força dele, com a facilidade com que fez isso.

O olhar dele era impetuoso, queimava como fogo ao se fixar nela.

– Sua palavra-chave de segurança, querida. Qual será?

Ela piscou, sua mente ficou em branco com o pedido.

– Pense em uma, se apresse – ele insistiu. – E a use se eu for longe demais. Mas tenha certeza. Só a use se estiver no seu limite. Acredite, vou levá-la até lá. Não será fácil, mas assim que dizer sua palavra-chave, vou parar.

Ela procurou freneticamente em sua mente, frustrada por ver como estava em branco. Que droga! Era tão difícil assim pensar em uma palavra-chave? *Não*? *Pare*? Estas não serviam. Eram palavras que talvez ela usasse no calor do momento, sem significado algum. Tinha de ser uma palavra inequívoca. Algo que o detivesse imediatamente, embora ela não conseguisse imaginar querer que ele parasse.

– *Fantasma* – ela finalmente sugeriu, baixinho.

Se o surpreendeu, ele não demonstrou. Não havia qualquer emoção em seus olhos. Será que se oporia que ela usasse algo que lembrasse seu marido, quando estivessem na cama fazendo amor?

– Certo, *fantasma* – disse com a voz um pouco cansada. – Quando disser esta palavra, vou parar não importa quão longe estivermos. Confie em mim, Joss. Vou parar mesmo que seja muito difícil. Vou protegê-la, eu juro.

Ela estendeu a mão para acariciar a linha do rosto dele.

– Confio em você, Dash.

Ele a beijou com força, quase sem fôlego, cada parte do seu desejo reprimido agora livre, naquele momento único. Era como uma tempestade violenta, uma que a excitava. Não havia medo. Nem hesitação. Ela queria isso. Queria tanto que doía.

– Estou sofrendo, Dash – ela murmurou, revelando o pensamento que passou pela sua cabeça. – Faça com que pare. Faça amor comigo. Faça isso tudo terminar.

O olhar dele ficou novamente carinhoso, sua respiração ofegante e cheia da mesma dor que ela mesma estava experimentando. Estava tão desesperado por isso quanto ela.

– Farei com que se sinta bem, querida. Farei com que seja muito bom para nós dois.

13

Dash carregou Josh escada acima, a impaciência correndo em suas veias. Ele continuou dizendo a si mesmo para ir devagar, não importava o que Joss tinha dito ou exigido: ele dominaria seus desejos, porque não queria estragar tudo. Não agora que o que ele mais queria estava em seus braços.

Gentilmente, a colocou sobre a cama e ficou de pé, olhando para aquele corpo maravilhoso. Os olhos dela estavam entorpecidos e pesados de desejo. O cabelo se espalhara pelo travesseiro e pelo corpo dela. Deus, como era linda! Ela dissera que sofria e sentia muito tesão, mas Deus, ele também!

Seu pênis estava quase saindo da calça. Não ficaria surpreso se sua ereção rasgasse o jeans.

Tinha de ser paciente e cuidadoso, porque se não, assim que a tocasse e possuísse, gozaria violentamente e tudo estaria acabado em trinta segundos.

Queria que fosse perfeito. Queria provocar e atormentar Joss até que estivesse desesperada pelo clímax. Embora ela tenha dito para ele não se conter e exercer sua dominância, controle e autoridade sobre ela desde o início, Dash sabia que não poderia ser assim. Ainda não.

A primeira vez precisava ser perfeita. Seria generoso com seu amor. Queria fazer amor com ela. Teria muito tempo para trepadas sem sentido e cheias de transpiração; não, mesmo quando ele se permitisse perder aquele controle tão seguro, não seria trepar. Nunca seria algo tão bruto com Joss.

Quando fizessem amor, não importariam as circunstâncias, mesmo se ela estivesse amarrada e impotente, mesmo se ele espancasse suas belas nádegas até que estivessem roseadas, ainda assim seria algo lindo. Tão lindo quanto ela.

– Nem sei por onde começar – ele ofegou.

Ele estava sempre no controle. Seu comedimento era algo que nunca havia falhado. Tinha confiança em sua habilidade em agradar a mulher que estava com ele. Nunca falhava. Nunca hesitava. Mas agora? Parecia que estava fazendo amor pela primeira vez na vida, que era um destreinado rapaz virgem, sem ideia do que fazer com o deleite de mulher que estava deitada à sua frente.

Enquanto pensava assim, percebeu que, de fato, era a primeira vez para ele. Primeira vez que faria amor. Primeira vez que transaria também com suas emoções e seu coração, juntos. Nunca estivera apaixonado pelas mulheres com quem ficara.

Desejou-as? Sim. Excitou-as? Decididamente. Mas seu coração nunca se envolvera tanto como agora, com Joss. Estava morrendo de medo de fazer alguma coisa errada. De tocá-la de forma errada. A pressão que estava colocando sobre si era imensa. Medo de falhar, de não tornar este momento o mais perfeito possível.

Era uma posição infernal. O desejo do seu coração estava ao alcance de suas mãos e estava morrendo de medo de mergulhar de cabeça.

Doce e carinhosa, Joss parecia saber exatamente o que ele estava pensando – sentindo. Sorrindo, estendeu sua mão, como um convite para que ele viesse até ela.

– Está tudo bem, Dash – disse, o sorriso tão doce quanto sua pele sedosa. – Também estou nervosa. Mas vamos passar por isso, juntos. Confio que você vai fazer desta experiência algo lindo, perfeito. Como poderia ser diferente entre nós?

Ele soltou um gemido, bravo consigo mesmo por ter deixado sua incerteza transparecer. Que tipo de dominador ele era, se estava paralisado pelo medo de tocá-la?

Então, deitou-se, colocando seu peso sobre ela, mas se apoiou sobre os braços para não esmagá-la. Joss era pequena e delicada, parecia que podia quebrar, se manuseada de forma grosseira. Mas o que mais o preocupava não era o corpo dela, e sim seu coração, suas emoções. Não queria oprimi-la nem que sentisse medo dele. Nunca! Nem nada parecido com isso. Não iria suportar se ela o olhasse com medo em seus lindos olhos.

Apoiando-se em um só braço, Dash desenhou as linhas do rosto dela com a outra mão, gravando na memória cada segundo desta primeira vez. Era difícil entender que finalmente ela era dele, que estava na cama dele, nua, e que iriam fazer amor em alguns minutos.

Dash não queria que ela se sentisse oprimida, mas, de fato, era como ele estava se sentindo.

– Esperei tanto por isso – disse, sua voz quebrada pela emoção. – Por você.

Ela sorriu e virou a bochecha na direção de sua mão, para melhor sentir seu toque. Depois beijou sua mão, um gesto simples e doce que fez com que o coração dele derretesse no peito.

– Faça amor comigo, Dash – murmurou, seus olhos brilhando muito sob a luz suave do quarto, vivos pelo desejo.

Ele a beijou, sentindo o cheiro dela e o gosto dos seus lábios. Com a língua, lambeu a dela, explorando a boca.

Seu pênis estava tão duro que doía. Precisava eliminar a barreira entre eles. Queria seu corpo sobre o dela, sentir sua maciez e calor.

– Me dê um minuto para me livrar destas roupas – murmurou sobre seus lábios. – Não se mexa.

Ela sorriu novamente e se espreguiçou, levantando os braços acima da cabeça. Era um gesto de entrega. Seria intencional? Sinal de submissão?

Dash se despiu, quase rasgando as roupas pela pressa. Joss arregalou os olhos ao perceber sua ereção, livre de amarras. Ele olhou para baixo e estremeceu, entendendo a surpresa dela. Nunca estivera tão duro em toda a sua vida! Seu pênis estava virado para cima, inchado e tão duro que dava para ver as veias. A cabeça estava quase roxa e o líquido já começava a sair.

Nem ousou se tocar. Tinha medo de gozar naquele instante.

– Você tem um corpo lindo, Dash – disse timidamente, enrubescendo.

Ele também sentiu-se corar, envergonhado com aquela inspeção. Nunca tinha se sentido tão constrangido a respeito de seu próprio corpo. Ele mantinha a forma, se cuidava. Não era normalmente modesto, mas era importante para ele que Joss gostasse de seu físico. Talvez isso fizesse dele fútil, mas queria a aprovação dela. Queria que o desejasse tanto quanto ele a desejava.

– Você que é linda – disse com sinceridade. – Tão linda que dói.

Joss arqueou seu corpo, em um convite silencioso. Ele não precisava de mais incentivos. Foi rapidamente para a cama, sem pensar em dominação, em comandar ou colocá-la em posição de submissão. Esta noite tudo o que queria era tê-la. Selar o relacionamento que estava começando entre eles. A dominação – e a submissão dela – podiam vir depois.

– Abra as pernas, querida – disse com rouquidão. – Deixe-me ver esta linda boceta. Quero sentir seu gosto. Não vejo a hora de sentir seu gosto. Quero que goze em minha boca, na minha língua.

Ela estremeceu e ficou inteira arrepiada. Seus mamilos se endureceram, um convite para que ele a saboreasse.

Ele queria tudo. E antes que a noite acabasse, experimentaria cada pedaço daquela pele deliciosa. Não deixaria de explorar nenhuma parte. Saberia o que a agrada, que partes do seu corpo lhe davam prazer.

Dash também estava louco para que ela também sentisse seu gosto. A boca dela em volta do seu pênis, sua língua lambendo o saco. Mas havia muito tempo para isso, todo o tempo do mundo. Logo. Logo, ele teria domínio sobre o corpo todo dela. Teria obediência completa e submissão. Mas hoje seria para ela: para saciar seus desejos e mostrar como era bom que pudessem estar juntos.

Com hesitação, ela abriu as pernas e ele pode ver sua parte mais feminina, molhada entre os lábios. Sentiu-se tomado por satisfação. Ela o desejava e estava bem excitada. Queria desesperadamente penetrar naquela doce boceta, sentir o calor dela o consumindo, agarrando-o. Mas reprimiu sua vontade.

Ao invés disso, se aproximou, rastejando pela cama entre as coxas entreabertas. Sem poder resistir, passou um dedo entre os lábios e gentilmente roçou seu clitóris, antes de fazer pequenos círculos naquela pequena abertura.

Joss rapidamente se arqueou, numa reação intensa e imediata, ofegante enquanto ele continuava a explorá-la com cuidado. Dash enfiou um dedo, quase sem tocar na entrada. Ela estava ensopada de desejo. Molhada. Poderia penetrá-la agora, com certeza estava pronta. Mas ele queria que ela ficasse enlouquecida, completamente fora de si antes que ele levasse os dois além dos limites.

Feliz em pensar sobre a satisfação máxima dos dois, Dash continuou tocando-a, acariciando-a, trazendo-a próxima ao orgasmo. Quando ela começou a tremer, seu corpo todo ficou tenso e ele então se afastou, dando-lhe um momento para se acalmar.

– Dash...

Disse seu nome como se necessitasse, desesperada. Ele riu e beijou a parte de dentro das coxas dela, levemente raspando a pele com os dentes. Ela estremeceu novamente, já próxima ao orgasmo. Ele planejava ir devagar e saborear cada segundo desta experiência.

Usando os dedos para abrir seus lábios com gentileza, deixando-a ainda mais exposta, ele se abaixou e respirou fundo, absorvendo o cheiro dela. Um gemido baixo saiu de sua garganta. Ele estava desesperado. Queria mergulhar, devorá-la com sua boca e depois com seu pau.

Seu saco doía com a necessidade de possuí-la. E então, um pensamento importuno apareceu, tirando dele a fantasia de transar intensamente a noite inteira. Outro gemido, desta vez de desalento, escapou de sua boca.

– O que foi, Dash?

A preocupação na pergunta fez com que ele levantasse a cabeça. Então suspirou, aborrecido consigo mesmo por não ter pensado nisso antes, nem ter cogitado. Esteve tão preocupado em conseguir o consentimento de Joss, tão focado no ato em si que nem pensara em protegê-la.

– Desculpe, querida. Deus, poderia chutar a mim mesmo! Não acredito que não pensei nisso antes. Nem cogitei em como vou proteger você.

Ela franziu a testa, confusa. Não entendia sobre o que ele estava falando.

– Anticoncepcional – Dash explicou gentilmente. – Tenho certeza de que você está saudável. Não estou preocupado em pegar nada de você e você não precisa ter este medo de mim. Não é que eu queira usar camisinha. Que droga! Daria tudo para não precisar usar! Mas temos de pensar em gravidez. Se você preferir que eu use camisinha, eu vou usar, sem problemas. Você decide.

Joss enrubesceu, virando o rosto por um momento. Ele odiou ter estragado o momento. Estavam tão compenetrados e pensar nisso agora era como um tapa no rosto, que decididamente mudava a atmosfera.

– Também não quero que use – disse gentilmente. – Não gosto delas. Carson... Nós usamos a princípio, quando começamos a ficar juntos, mas sou sensível e elas me fazem ficar... seca.

Claramente estava com vergonha pela intimidade desta conversa. Suas bochechas estavam vermelhas e ela não conseguia olhá-lo.

– Não quero fazer nada que a machuque – disse. – Quero que se sinta confortável. Se tivermos de esperar, vamos esperar. Não vou usar nada de que não goste.

– Estou segura – Joss disse. – Usava outros métodos quando Carson estava vivo. Ele não queria ter filhos. Não logo de cara e, como eu disse, camisinhas não eram uma opção. Nunca parei de me prevenir, mesmo depois que ele morreu. Talvez devesse. Não que eu pensasse que iria ter uma relação sexual com alguém. Mas era um hábito e nunca me ocorreu parar. Elas regulam minha menstruação e me sinto melhor. Antes de tomar a pílula, minha menstruação era difícil, irregular e nas semanas que estava menstruada me sentia péssima. Ficava de mau humor, sentia dores, cólicas e dores de cabeça terríveis. Por um tempo, precisei tomar analgésicos só para suportar melhor minha menstruação. Meu médico recomendou que eu tomasse a pílula mesmo antes de me casar com Carson, mas fiquei em dúvida porque temia não engravidar depois de parar. Li que leva um tempo bem longo para as mulheres engravidarem depois que param a pílula e eu queria muito ter filhos. Me entristecia o fato de Carson ser tão resistente, mas quando ficou óbvio que ele não iria mudar de ideia, não tive escolha nem argumentos para não tomar a pílula, especialmente quando camisinhas não eram mais uma opção.

– Entendo – Dash disse, aliviado. – E para você tudo bem ficar comigo sem proteção? Não há perigo da minha parte, querida. Posso mostrar meus exames médicos. Nunca transei com outra mulher sem camisinha, nem uma vez. E faço *check-ups* regularmente. Mas faz tempo que não fico com outra mulher.

Os olhos de Joss se abrandaram.

– Não precisa justificar seu histórico sexual para mim. Sim, tudo bem para mim que você não use camisinha. Confio em você. E você já sabe que não fiquei com nenhum outro homem depois de Carson.

Joss corou novamente e abaixou a cabeça.

– Ele foi meu primeiro homem. O único. Eu era virgem quando nos conhecemos. Quando ele descobriu, insistiu que esperássemos até o casamento. E já que nosso namoro foi um turbilhão, não precisamos esperar muito. Quis se casar comigo muito mais cedo.

Por ele, teríamos nos casado semanas depois que nos conhecemos. Fui eu quem insistiu em esperar. Queria que ele tivesse certeza.

– E você, não?

– Eu tinha certeza sobre ele – Joss respondeu, calmamente. – Sabia que era ele. Eu o amava, me apaixonei por ele desde o começo. Mas queria que ele tivesse certeza. Não queria que nos apressássemos em casar enquanto ele não tivesse certeza absoluta de que eu era a pessoa que o faria feliz. E eu queria fazê-lo feliz. Ele teve uma infância tão dura. Ele merecia ser feliz!

O coração de Dash estava sobressaltado, tomado de amor por aquela mulher tão especial e generosa. Muitas teriam aproveitado a oportunidade de se casar com Carson Breckenridge: rico, bonito, bem-sucedido. Adorava mimar Joss e o fizera sem pudor. Desde o início. Sim, Dash tinha ficado com um pé atrás por causa da rapidez com que o relacionamento de Carson e Joss tinha se desenvolvido. Carson era seu melhor amigo e não queria que se machucasse. Como Joss, ele conhecia bem o passado, sua infância e adolescência horríveis.

Mas o pé atrás sumiu no momento em que ele vira quão terrivelmente leal e dedicada Joss era em relação a Carson. Ela não tinha nada de mercenária. Insistira em continuar trabalhando como enfermeira, embora Carson quisesse que ela parasse quando começaram a namorar.

Joss insistiu, porém, porque não queria que pensassem que ela estava com ele por causa do dinheiro. Só um ano depois do casamento é que Carson a convenceu. E o fez, dizendo que queria tê-la só para si, para que pudessem viajar juntos nas inúmeras viagens de negócios que fazia. Quando Joss estava trabalhando, ficava presa, não podia simplesmente faltar no trabalho quando bem entendesse.

Isso frustrou Carson, porque ele queria Joss com ele o tempo todo. Insistiu, então, que ela parasse de trabalhar para ficarem sempre juntos.

Dash tinha ficado preocupado que Joss não se sentiria feliz sem trabalhar. Ela tinha o dom natural nessa área médica. Sua especialidade era pediatria e, antes de se casar, tinha pensado em voltar para a faculdade para se especializar ainda mais.

Tudo isso mudou no momento em que Carson apareceu em sua vida. Se ela se arrependia? Será que pensava em terminar seus estudos e voltar a trabalhar? Era algo que discutiria com ela mais tarde. Neste momento, queria refazer o clima que tinha sido quebrado com aquela tola pergunta.

– Você merece ser feliz de novo – Dash disse carinhosamente. – E gostaria muito de ser responsável por isso. Se me der uma chance, Joss, farei você sorrir de novo.

Ao ouvir estas palavras, Joss de fato sorriu, seus olhos ficaram mais brilhantes e seu rosto, lindo de tirar o fôlego.

– Você já me faz sorrir, Dash. Você me faz sentir... linda. Não me sinto bonita faz tempo! Obrigada por trazer essa parte minha de volta.

Ele beijou a barriga dela e continuou beijando até o início das coxas.

– Você não precisa de mim para se sentir bonita, querida. Você é tão linda que até dói olhar para você às vezes. Nunca duvide disso. Não precisa de nenhum homem para fazer com que se sinta bonita. Você é, é fato.

Joss suspirou e levantou um pouco os quadris, enquanto, mais uma vez, ele mexia nos lábios dela e respirava sobre seu clitóris. Ele então começou a usar a língua para massageá-lo, adorando sua reação sincera e instantânea.

Dash adorava que ela não se contivesse em nada. Ela se entregava por inteiro, fazendo-se vulnerável. Ele sempre a protegeria, de qualquer coisa e de tudo que a machucasse. E a encorajaria a ser ela mesma junto dele, porque sempre protegeria seu coração e sua alma. Com ele, Joss poderia ser quem quisesse. Não a julgaria nem a restringiria. Ele a amava demais para mudá-la ou transformá-la em algo que não era.

Ele esperava que ela pudesse ver isso: simplesmente a queria do jeito que ela era.

Ele a lambeu de novo, os dedos segurando os quadris enquanto a puxava para si e abria ainda mais a boca. Ficou mais agressivo, mais ousado, encorajado que estava pela reação dela. Ele sugava e lambia, enfiando a língua nela para sentir seu doce mel.

Comia como um homem faminto, e a fome era grande. Por ela. Queria que gozasse em sua língua. Queria beber o máximo, sem desperdiçar uma única gota do seu desejo.

Tudo mudou com um fraco apelo de Joss.

– Dash, por favor. Estou quase gozando e quero você dentro de mim. Preciso. Quero gozar com você dentro. Por favor, eu preciso.

Que droga! Ela nunca deveria implorar nada dele, ela havia prometido. Não queria que implorasse por algo que ele podia dar.

E o corpo dele concordou com aquele apelo desesperado. Ele também queria estar dentro dela tanto quanto ela. Queria que o corpo dela sugasse seu pau. Queria sentir aquele doce calor o envolvendo. Queria gozar por muito tempo e bem dentro dela, enchendo-a com seu gozo.

Ele se afastou de Joss, a respiração pesada, cansado pelo esforço e excitação. Seu pênis estava no ponto de implorar. Estava tão duro que era quase uma agonia. Ele queria – precisava – estar dentro dela. *Agora.*

Levantou-se sobre ela, o suor pingando em sua testa. Com uma mão no rosto dela, tirou seus cabelos, enquanto a olhava. Com a outra, se colocou entre suas pernas, encaixando a cabeça do seu pau na abertura.

Só de sentir seu calor aveludado, quase gozou. Cerrou os dentes e juntou suas últimas forças para se segurar.

Devagar e com reverência, a penetrou, os olhos revirando ao sentir um prazer extraordinário. Ela se contorcia e arqueava, tentando fazer com que ele a penetrasse mais fundo.

– Não – ele ordenou. – Está difícil me segurar, Joss. Não quero machucar nem gozar no instante em que entrar fundo em você. Fique parada, deixe que eu faça o que tem de ser feito. Se você se mover, não vou conseguir, e quero que nós dois gozemos juntos. Quero você junto comigo. Sempre comigo.

Os olhos dela estavam ardendo, seus lábios abertos em um sorriso sensual, provocante e excitante. Uma provocação a que ele não esperava resistir.

Mas ela acabou concordando com o pedido e parou de se mexer embaixo dele, dando-lhe controle completo.

Os olhos de Joss se arregalaram, as pupilas ofuscando, quando ele a penetrou completamente. Deus, ele nunca sentira nada parecido: felicidade imensa. Tanto tempo ele esperara por aquele exato momento. E queria que durasse para sempre.

Ele podia ficar o resto da vida dentro dela e morrer feliz.

– Você é tão deliciosa, querida. Minha imaginação é boa, mas a fantasia não tem nada a ver com a realidade.

Ela sorriu, seus olhos iluminados por aquela frase exaltada.

– Serei sincera: nunca fantasiei sobre você – disse. – Não digo para machucá-lo, mas isso tudo é um choque para mim, ainda não estou acreditando. Nunca pude imaginar como seria.

Ele sorriu também.

– Não culpo você por não fantasiar a respeito de outro homem enquanto estava casada. Mas não vou mentir: gostaria muito que você fantasiasse sobre mim agora. Pode ser egoísta, mas quero que pense em mim tanto quanto penso em você. E, querida, eu faço isso o tempo todo.

Os olhos de Joss se encheram de prazer e ela tomou o queixo dele em suas mãos, enquanto ele a penetrava mais fundo, envolto pelo calor dela.

– Quem precisa fantasiar quando se tem a realidade? – ela murmurou.

Foi o suficiente para levá-lo além. Podia sentir seu gozo no pênis, ameaçando sair.

Com a mão, Joss acariciou o rosto dele, o toque doce e leve como uma pluma. Até os dentes dele doíam.

– Estou pronta, Dash. Nos leve lá. Goze comigo.

Ele saiu de dentro dela e a penetrou novamente, puxando seu corpo com força. Novamente ele tirou, desta vez só um pouco, e a penetrou novamente. E de novo.

Joss fechou os olhos, o rosto refletindo esforço e prazer. Estava tão próxima de atingir o clímax!

– Abra os olhos, querida. Quero ver você gozar.

Assim ela o fez, e olhou para ele, entorpecida, morosa, como se tivesse entrado em outro mundo.

– Diz o que você precisa, Joss. Quero você comigo o tempo todo. Não vou gozar sem você.

Ele sabia que ela não estava tão próxima de gozar quanto ele e não ia deixá-la para trás. Não iria conseguir se segurar muito mais tempo e queria que ela atingisse o orgasmo. Tudo era para ela, para as necessidades dela. O prazer dela. Mais tarde – outra hora – seria dele, recebendo, mas proporcionando o mesmo tanto de volta.

Joss pertencia a ele agora e não iria mais perdê-la. Ele passaria o dia todo mostrando, provando que ela era sua primeira e única prioridade. O resto que se danasse.

– Estou quase – Joss disse, ofegante. – Não pare, quase lá, Dash. Goze. Não se preocupe, já vou gozar também.

Acreditando no que estava dizendo, ele deixou seus impulsos tomarem conta: ser dono dela, possuí-la, marcá-la. Torná-la sua. Haveria outras formas mais severas de colocar sua marca nela. Mais tarde. Tinham todo o tempo do mundo e ele planejava aproveitá-lo ao máximo. Os últimos anos foram de frustração e necessidade, mas tinham sumido agora que sabia que ela era finalmente sua.

Ele a penetrou mais fundo, se perdendo no ardor daquele corpo acetinado.

Seus olhares se encontraram. Ambos estavam tensos com a explosão iminente.

Sem fetiches. Sem joguinhos. Apenas duas pessoas se expressando com seus corpos. Dash mostrando a Joss o impacto que ela exercia sobre ele.

Ele quase gritou quando atingiu o orgasmo. O alívio vinha do seu pau, uma explosão que misturava dor e êxtase. Nunca sentira nada parecido. Nunca.

Roucamente, ela murmurou o nome dele. Suas mãos seguraram seus ombros, as unhas cravaram em sua pele, marcando-o como ele havia feito antes. Arqueou seu corpo, de encontro com os movimentos dele, enquanto ele gozava dentro dela.

Dash continuou a gozar sem parar, a cada movimento.

Ao falar da pílula, sua preocupação era protegê-la, mas neste momento, se sentiu triste por ela estar protegida. Não havia nada mais tentador do que a ideia dela grávida de um filho dele.

Ele sabia, sem dúvida alguma, que se ela não estivesse tomando a pílula, teriam concebido um filho hoje. Nada tão avassalador teria outro resultado. Uma união perfeita entre coração e mente.

Um dia. Ele lhe daria os filhos que ela tanto queria. Tantos quanto ela quisesse. Seria perfeito tê-la descalça e grávida em casa. Para sempre ligada a ele. Talvez isso fizesse dele um idiota machista, mas não se importava.

Queria tomar conta de Joss pelo resto da vida dela. Mimá-la sem fim. Enchê-la de amor e filhos. Queria uma família, uma que nunca pensara que fosse possível ter, mas que se tornara uma possibilidade com a morte de Carson.

Ele sentia muito a morte de seu melhor amigo, com todo o coração, mas não podia – não iria – desistir de um sonho que agora era possível só porque a mulher que ele amava fora casada com seu melhor amigo.

Abraçou Joss bem apertado, posicionando seu corpo com cuidado sobre o dela, cobrindo-a, enquanto os dois tremiam após fazer amor.

Seu pênis ainda se contraía dentro dela, soltando os últimos vestígios de gozo. Ela estava quente e bem apertada contra ele, abraçando-o gentilmente enquanto sua boceta gozava. Ele poderia ficar assim o resto da noite. Dentro dela profundamente, sendo parte dela.

Joss estava com sua semente, e isso lhe deu uma satisfação imensurável. Ele também a queria marcar de outras formas mais primitivas. Queria ver seu sêmen no corpo dela, nos seios, nas nádegas, escorrendo da boca.

Fechou os olhos outra vez, excitado depois do orgasmo mais avassalador que sentira na vida. Era o que ela fazia com ele e nunca se cansaria dela.

Relutantemente, se afastou do abraço. Julgando pela forma como protestou, ela também não gostara disso. Mas ele precisava cuidar dela e precisava fazer com que dormisse.

Ao beijar as pálpebras inchadas dela, falou:

– Já volto, querida. Vou pegar uma toalha para nos limpar e não sujar o lençol.

– Talvez seja tarde para isso – Joss comentou, pesarosamente. – Você gozou bastante.

Ele sorriu.

– Esperei muito por esta noite. Pode chamar de frustração contida. É o que você faz comigo, Joss, e acho que nunca gozei tanto em minha vida!

Dash rolou para o lado, com cuidado para não fazer uma bagunça ainda maior. Não queria que ela dormisse em lençóis tão suados. Só queria o melhor!

Agora que ela estava vivendo com ele, usariam a cama e sujariam os lençóis regularmente. Tomou nota, mentalmente, de comprar mais dos caros lençóis que enfeitavam seu ninho. Planejava usá-los muito dali em diante.

14

Dash voltou do banheiro, trazendo uma toalha úmida. Era bobagem ficar constrangida depois que acabaram de fazer amor, mas quando ele começou a limpar entre suas pernas o restante do seu gozo, ela sentiu o rosto enrubescer e descobriu que não conseguia olhar para ele.

Ele sorriu com indulgência, claramente notando seu desconforto.

– Pode se acostumar, querida. É meu dever, e meu privilégio, cuidar de você. Satisfazer suas necessidades, mesmo as mais íntimas.

Quando terminou, jogou a toalha para o lado e voltou para a cama. Joss não hesitou quando ele a puxou para si; ao contrário, se aninhou em seus braços e soltou um suspiro de satisfação, deixando a cabeça descansar no ombro dele.

– Foi maravilhoso, Dash – ela murmurou. – Eu não fazia ideia.

Ela pôde sentir quando ele sorriu e virou a cabeça para ver se estava certa. Os olhos dele estavam cheios de ternura e... alegria? Ele parecia estar extasiado, satisfeito, contente. Seu sorriso era preguiçoso e um pouco convencido. Arrogância lhe caía bem, e ele bem sabia disso.

– Eu fazia uma ideia de que seríamos ótimos juntos – ele disse. – Deus sabe como sonhei com esse momento! Graças a Deus, a realidade superou em muito até mesmo minhas fantasias mais ousadas.

Levantando-se um pouco, Joss se escorou no peito dele para que pudesse vê-lo melhor. A mão dele estava sobre a dela, como se ele simplesmente precisasse tocá-la. Joss gostou da conexão, da intimidade de ser abraçada após fazer amor. Ela tinha se sentido tão sozinha por tanto tempo que agora se deliciava com o fato de não estar mais só.

Tinha alguém com quem compartilhar as coisas. A vida. Estava imaginando muito à frente, mas não conseguia parar de pensar que o melhor ainda estava por vir e que cada dia seria melhor que o anterior.

– Deve ter sido horrível para você – falou, preocupada. – Não consigo imaginar querer alguém por tanto tempo e pensar que era impossível.

Ele acariciou o rosto dela, segurando o queixo enquanto o polegar roçava sua pele.

– Valeu a pena esperar por você, querida.

Ela sorriu.

– Fico feliz que pense assim. Espero que não mude de ideia. Estou... gostando disso, de nós. Não vou mentir: ainda estou me acostumando com tudo, mas parece que é a coisa certa.

Com a mão na nuca dela, ele a puxou para junto de sua boca. E a beijou com fome, sua língua penetrando fundo. Quente, molhada, uma ternura extraordinária.

– Isso nunca vai acontecer – disse, asperamente. – Não vou mudar de ideia e, se depender de mim, você também não vai. Você está presa a mim agora e será preciso tudo o que tem, e mais, para se livrar de mim. Sou um filho da mãe persistente e não desisto do que quero. Nunca.

Ela encostou a testa na dele, as respirações dos dois se misturando.

– Fico feliz que me queira. Faz com que me sinta especial e faz tempo que não me sinto assim para alguém. Tenho estado muito só. À noite, deitada na minha cama, eu sofro. Odeio isso.

Ele a puxou para seus braços e passou a mão em seus cabelos, beijando o topo de sua cabeça enquanto, com a outra mão, massageava seu braço.

– Também tenho andado só, querida. Mas os dias de solidão acabaram. Temos um ao outro agora.

Ela balançou a cabeça e bocejou generosamente, tanto que sua mandíbula estralou com o esforço.

Relaxando um pouco seu abraço, Dash estendeu a mão por cima dela até o criado-mudo. Ela o olhou de forma inquisitiva quando ele pegou uma faixa longa de cetim.

Sem dizer uma palavra, tomou o pulso dela e o amarrou, dando um nó. Checou se estava apertado o suficiente, inserindo um dedo entre a faixa e o pulso. Aparentemente satisfeito, amarrou seu próprio punho, de modo que ambos estavam presos pelos pulsos.

– De vez em quando, vou amarrá-la na cama. Outras vezes, como hoje, vou amarrá-la a mim.

– E se eu tiver de levantar para ir ao banheiro? – ela deixou escapar.

Dash sorriu.

– Você vai me acordar para que eu possa libertá-la. Mas de jeito nenhum, a menos que envolva sua segurança, você pode tocar nas amarras que coloquei aqui.

Sabendo que este era o primeiro e verdadeiro teste da sua submissão, ela concordou em silêncio. Os olhos dele demonstravam aprovação e ele se curvou para beijá-la novamente.

– Tente dormir um pouco, querida. Farei o café da manhã amanhã quando acordar.

Ela se aninhou de encontro ao peito dele, mas pelo jeito que os pulsos estavam amarrados, era forçada a olhá-lo. Sem saber o que devia fazer com sua mão ou se podia até mesmo mexê-la, deixou que ele a pegasse e a colocasse entre eles.

Dash pediu que ela dormisse, mas, mesmo estando satisfeita e contente, o sono não vinha. Sentia uma letargia sonolenta no corpo, de um jeito que não sentira mais desde que seu marido fizera amor com ela.

Tinha jurado não trazer Carson para este relacionamento. Não era justo, como também era injusto comparar os dois homens. Para ambos.

Além disso, nenhum era melhor que o outro. Eram apenas... diferentes. Achava as diferenças fascinantes. Dash era o segundo homem com quem fazia amor e, mesmo assim, tinha tido sorte nas duas experiências. Dois homens viris, de fazer o coração parar de bater de tão lindos. Havia sido amada pelo primeiro, e por Dash? Não tinha certeza se ele estava apaixonado por ela. Com certeza estava atraído e a desejava. Tinha sido bem direto a esse respeito.

Ela queria que ele a amasse?

A pergunta de um milhão de dólares. A resposta automática seria não. Não queria que ele a amasse porque não queria amá-lo. Parecia horrível pensar assim, mas tudo o que ela queria era não sentir mais a solidão que teve de aturar depois que Carson morreu. E quem sabe se isso não era apenas uma conquista para Dash? O fruto proibido?

Não era impossível imaginar que era um desafio para ele. Não, ele não tinha tomado nenhuma atitude em relação à atração que sentia. Teve honra e não a pressionou depois que Carson morreu. Ao contrário, esperou. Mas durante esse tempo, essa fixação poderia ter se transformado em uma simples necessidade de vencer.

Dash era um homem acostumado a conseguir o que queria. Era cruel nos negócios, Carson muitas vezes notara. Chegara a admitir que, se não fosse por Dash, a empresa não seria o que era agora. Carson reconhecia que ele próprio não tinha coração para ser implacável. Mas Dash?

Joss estremeceu, percebendo que a dominância sempre esteve presente na personalidade dele. Ela não tinha se dado conta disso até agora. Nunca tinha prestato tanta atenção nele. Primeiro, o vira como alguém que não aprovava seu namoro e, depois, como um amigo. Nunca como um dominador, um macho alfa lindo de morrer. E nunca chegou a imaginar que estaria em seus braços, amarrada a ele depois de fazer amor.

Dash mantinha o braço livre sobre a cabeça dele e vagarosamente correu os dedos pelos cabelos dela, enquanto a olhava nos olhos. O abajur não tinha sido apagado ainda, e Joss podia ver cada traço do seu rosto.

Ela passou a língua pelos lábios, seus pensamentos voltados para a conversa que tiveram mais cedo, sobre Jensen Tucker. Sabia que não tinha o direito de perguntar o que queria saber. Dash não devia nada a ela quando o assunto eram os negócios que tinha com Carson.

Sim, Carson tinha deixado uma porcentagem dos negócios para ela, mas não podia palpitar em nada. Recebia parte dos lucros, mas ficara claro que ela não mandaria em nada. Talvez algumas mulheres se sentissem insultadas com este arranjo, mas Joss não tinha vontade – nem conhecimento – para ajudar no gerenciamento dos negócios do marido.

Estavam em boas mãos. Dash era o melhor. Tinha confiança absoluta que ele manteria a empresa lucrativa.

– Posso pedir uma coisa? – Joss perguntou baixinho.

Ele franziu a testa, percebendo insegurança nela.

– Pode me pedir qualquer coisa, querida.

– Eu gostaria de conhecer Jensen. Isso não quer dizer que me oponho à substituição de Carson ou a que ele se torne seu sócio, mas gostaria de conhecê-lo. Vou entender se disser que não. Nem tenho uma razão muito plausível para querer conhecê-lo antes que ele assuma.

– Claro que pode – Dash disse gentilmente. – E não precisa se justificar para mim. Vou convidá-lo para tomar uns drinques aqui em casa ou, se preferir um lugar mais público, podemos sair para beber. Você é quem sabe.

Então ela percebeu que Dash estava deixando que ela escolhesse tornar ou não o relacionamento deles público ao sugerir que se encontrassem num bar. Se se conhecessem na casa dele, ficaria óbvio que estavam juntos.

Ela se importava? Nem conhecia Jensen. Mas, aparentemente, iria conhecê-lo e encontrá-lo regularmente, agora que seriam sócios.

Logo todos saberiam. Não havia razão para esconder o relacionamento dela com Dash. Não tinha nada do que se envergonhar e morreria se Dash achasse que estava com vergonha *dele*.

– Nós podemos convidá-lo para vir aqui – sugeriu, pensando que ele ficaria feliz com a escolha de *nós* ao invés de *você* na frase.

E, de fato, Dash parecia bem satisfeito com a insinuação dela, chamando a casa dele de sua.

– Vou ligar de manhã e convidá-lo para vir beber alguma coisa aqui amanhã à noite. Tudo bem para você? Não vou poder fingir que estou apenas marcando um encontro entre dois colegas de trabalho. Não vou poder fingir que você não é minha e que significa mais para mim do que ser apenas a viúva do meu melhor amigo. Se isso a incomodar, preciso saber agora, porque não pretendo esconder você, nós, de ninguém.

– Tudo bem para mim – Joss respondeu baixinho. – As pessoas que importam já sabem. Não ligo para o resto. Não vou viver minha vida de acordo com o que os outros pensam e dizem.

Ele a beijou.

– Isso significa muito para mim, querida. Mas eu entenderia se precisasse de mais tempo para se adaptar. Sei que concordamos em acelerar as coisas. Era o que você queria e, claro, eu também. Não quero esperar mais. Mas entenderei, de verdade, se quiser manter nosso relacionamento secreto por um tempo. Ao menos até que se sinta em casa e esteja mais segura de si.

Ela respirou fundo. Ele achava que ela não tinha certeza? Tinha dado algum motivo para que duvidasse da sinceridade dela? Ou será que achava que era bom demais para ser verdade?

Era difícil para ela acreditar que era a razão dos sonhos e esperanças de outra pessoa. Carson fora feliz com ela. Todos os dias ele fazia questão que ela soubesse como ela era importante para ele. Ela se sentira a mulher mais sortuda do mundo!

Carson era... fora do comum. Bonito. Rico. Extremamente carinhoso e generoso. Sempre afetuoso. Não era um homem que se preocupava com o que os outros pensavam. Se estavam em público, a tocava com frequência. Pequenas demonstrações de afeto. Segurava a mão dela, a abraçava ou beijava, sem dar chance para que outros duvidassem dos sentimentos dele.

Qualquer mulher iria querer um homem como Carson, e ele a quisera. Só ela. Ela não estava à altura dele. Não vinha do mesmo mundo, embora ele dissesse que a situação atual dele não fora sempre aquela. Sua criação não fora boa. Teve de lutar por cada centavo que ganhara e pelo estilo de vida que conquistara para ele e Kylie.

Sua devoção à família, à Joss e à Kylie fazia com que ela o amasse ainda mais. Ele era único. Como poderia esperar achar aquele tipo de amor e devoção novamente?

Só que agora havia Dash. Tudo o que Carson tinha sido e... mais. Era perfeito demais para ela. Era a realização de cada fantasia que tivera. Joss nunca pensara que havia um homem que pudesse atender a seus critérios, mas ele atendia.

– O que sua família vai achar disso? – ela perguntou.

Uma das coisas que ela tinha em comum com Carson era que ambos não tinham família. Só Kylie, que Joss considerava como sua própria irmã. Não apenas irmã, mas melhor amiga. Seus pais haviam se divorciado quando Joss era pequena, e sua mãe falecera depois de uma longa doença quando Joss ainda estava na faculdade. Foi por causa da mãe que escolheu a carreira de enfermagem.

As enfermeiras responsáveis por cuidar de sua mãe tinham sido maravilhosas. Cheias de dedicação e muito afetuosas. Tinham se empenhado para deixá-la tão confortável quanto possível em seus últimos dias, e Joss jurou que faria o mesmo por alguém.

Mesmo assim, acabou pedindo demissão do trabalho depois de se casar. Naquela época, não se importava. Estava no início de um novo relacionamento e muito segura sobre o casamento. A verdade era que ela desejava um companheiro que cuidasse, protegesse e tratasse dela com carinho. Carson dera todas as coisas que ela quis, exceto dominação.

Talvez devesse considerar a hipótese de voltar a ser enfermeira. Ela manteve suas licenças em dia para o caso de uma eventualidade, mas não havia tomado nenhuma atitude em relação a voltar a trabalhar.

– Minha família vai ficar bem feliz por mim – Dash respondeu. – Meus irmãos me achavam um tolo por esperar tanto. Faz tempo que eles sabem como me sinto em relação a você. Minha mãe ficou preocupada, achava que era bobagem gostar de uma mulher casada. E não apenas qualquer uma, mas a esposa do meu melhor amigo e sócio. Pense numa receita para o desastre – disse com ironia.

– Espero que gostem de mim – Joss murmurou.

A ideia de conhecer a família dele a deixava nervosa. Sim, ela os conhecera enquanto mulher de Carson e, nessas circunstâncias, foi muito bem recebida, assim como seu marido. Mas nunca desconfiara de que eles soubessem que Dash gostava dela e agora iria encontrá-los na condição de... amante? Alguém que eles sabiam que era importante para ele. Isso mudava tudo. Ela só esperava estar à altura das expectativas e que eles aceitassem este novo papel dela na vida de Dash.

Ele tirou o cabelo do rosto dela e beijou sua testa.

– Vão adorar você. E ficarão felizes de saber que finalmente estamos juntos.

Ele fazia tudo parecer tão... definitivo. Um acordo selado. Inevitável. Embora não tivessem falado sobre nada sério além de um relacionamento sexual e do fato de que ela seria submissa, as ações e o jeito como Dash falava davam a entender algo mais permanente.

Não sabia como se sentia em relação a isso. E se ela estivesse se metendo em algo que a faria sofrer mais?

Chessy perguntara se ela preferiria ter um ano perfeito com Dash e depois o perder ou se preferiria nem dar uma chance. Naquele dia, achara que qualquer tempo que ficasse com ele valeria a pena, não importando o que acontecesse no final. Parecido com o que acontecera com Carson. Se pudesse voltar, não mudaria nada, mesmo sabendo que só teria três anos com ele. Três dos melhores anos de sua vida.

Mas agora? Estava em dúvida se passar um tempo com ele era preferível a não passar tempo nenhum. Levou três anos para se recompor depois que Carson morreu. Será que sobreviveria outra vez se perdesse alguém que amasse pela segunda vez? E, falando nisso, como se sentia em relação a Dash?

Não estava apaixonada. Ainda não, era muito cedo. Seus sentimentos a confundiam. Não sabia o que pensar da situação toda. Tinha acontecido muito rápido. Muito tinha mudado em pouco tempo e não podia deixar que suas emoções comandassem suas atitudes. Não queria machucar nem a si mesma nem a Dash.

– Eu disse que queria conhecer logo o Jensen, mas, se não tiver problema para você, prefiro esperar um pouco para encontrar sua família.

Ele sorriu com carinho, dando beijocas no rosto, olhos e nariz dela.

– Temos todo o tempo do mundo, Joss. Sem pressa. Vou gostar de ter você só para mim um pouco antes de dividi-la com os outros.

Joss bocejou e se aconchegou o mais perto dele possível, com os pulsos amarrados aos dele. Num impulso, beijou seu pescoço, sentindo e saboreando seu cheiro viril.

Quantas noites tinha passado sozinha, sofrendo, tão vazia. E agora estava na cama com Dash, ele possessivamente enrolado em volta dela, as pernas sobre as suas. Podia sentir sua ereção, sua respiração curta quando, com os dentes, ela roçou seu pescoço. Mal teve tempo de pensar se ele recusaria, e ele a virou de costas, a mão que estava amarrada puxada com força para cima da cabeça dela.

Sem mais nenhum traço da paciência e da ternura de antes, com a mão livre, ele violentamente abriu as pernas dela e a penetrou, forte e profundamente, antes mesmo que Joss conseguisse respirar.

O prazer explodiu dentro dela como fogos de artifício. Estava atordoada demais para gritar ou traduzir com palavras aquela sensação de tê-lo duro e grosso dentro dela.

– Desta vez, é para mim – ele resmungou enquanto a penetrava. – Você me deixa louco, Joss. Jurei que não transaria com você mais uma vez hoje. Que iria devagar. Mas quando tocou meu pescoço com sua boca, perdi o controle.

Ela sorriu, mas seu olhar estava turvo. Só o que podia fazer era sentir os poderosos movimentos dele. A apropriação do seu corpo. Sua mão amarrada estava firme sobre o travesseiro. Ele a segurava, fazendo com que qualquer movimento fosse impossível. Mas ela não se importava. Adorava a vulnerabilidade daquela posição. Adorava saber que estava impotente enquanto ele dava vazão ao desejo dele. Isso a excitava, trazendo-a próximo ao orgasmo.

Sem preliminares. Sem brincadeiras. Mesmo assim, já estava prestes a gozar. Tudo o que ele precisava fazer era tocá-la, ser dominador, e ela era dele, para que ele comandasse.

– Tão doce – ele murmurou, seu rosto mostrava o esforço de penetrá-la, sem pensar, como um animal acasalando. – Sonhei com isso. Com você e eu. Juntos. Finalmente. Nunca vou perder você, querida. É bom que esteja preparada. Se algum dia tentar se afastar de mim, vou lutar com todas minhas forças para trazê-la de volta para cá, onde é seu lugar.

O corpo dela se arqueou, querendo, precisando de mais, desesperada por gozar. Sua pele ansiava, como se estivesse viva. Impaciente. Próxima à dor.

Aquela declaração apaixonada falou diretamente com o coração dela. Acalmou todo medo. Ele a fazia se sentir querida e... amada. E ela não se sentia amada ou adorada há tanto tempo!

Mesmo dizendo que desta vez era para satisfazer a si mesmo, ele encaixou seus dedos entre eles, achando e acariciando seu clitóris. Joss ficou molhada, seu corpo enrijeceu, com um desejo agonizante.

– Quero que goze – ele ordenou. – Goze para mim, Joss. Agora.

Para sua surpresa, seu corpo obedeceu. Ela não podia fazer *mais nada* além de obedecer. Não achara que estava quase gozando. Estava próxima, mas não muito. Porém, no momento em que ele dera a ordem, começou a gozar. Onda após onda eletrizou seu corpo, espalhando-se até não sentir mais nada além do mais doce dos prazeres.

Ele gozou violentamente dentro dela, enchendo seu corpo com um sêmen quente. Por vários minutos, o único som era o de corpos batendo e respirações entrecortadas.

Então, ele deitou sobre ela, ofegante pelo esforço. Fechou os olhos e descansou a testa na dela, suas narinas se entreabrindo enquanto recuperava o fôlego.

Ao tirar seu pênis só um pouquinho, ela gemeu com doçura. Era em parte prazer, em parte dor. Estava sentindo dor em lugares que não sentira há tempos. Seu corpo todo formigava após o orgasmo. Seu clitóris palpitava, uma pulsação pequena entre as pernas.

– Eu devia nos limpar – ele murmurou. – Mas não quero desamarrar você ainda, nem deixar seu corpo. Gosto de ficar assim. Você conectada a mim não apenas pelas amarras, mas comigo dentro de você pelo maior tempo que eu puder ficar.

Com a mão livre, ela o abraçou, massageando suas nádegas e costas.

– Também gosto – suspirou. – Podemos trocar os lençóis de manhã, certo?

Ele sorriu e beijou seus lábios, o doce som do beijo ecoando pelo quarto.

– Vou me virar para que você fique por cima. O que mais quero é que você durma envolta em mim. Normalmente não ficaria com tesão por tanto tempo com uma mulher, mas juro, querida, é só você respirar que eu fico excitado e permaneço assim. Acabei de ter os dois orgasmos mais potentes da minha vida e ainda quero mais.

– Gosto de você dentro de mim – disse, envergonhada.

– Que bom, porque eu pretendo passar muito tempo dentro de você de agora em diante.

15

Joss acordou, violentamente excitada, seu corpo respondendo mesmo que estivesse em um sono tão profundo. Dash estava sobre ela, as mãos desamarradas agarrando seu quadril, enquanto a penetrava profundamente.

Ofegante, Joss abriu os olhos para ver o olhar intenso e brilhante dele sobre ela. O rosto dele estava tenso enquanto se movimentava, mais e mais.

– Bom dia – murmurou, abaixando para beijá-la.

– Argh, mau hálito – ela resmungou, virando os lábios para que ele não sentisse o hálito de seus dentes ainda não escovados.

Dash riu e forçou um beijo.

– Seu gosto é delicioso, Joss, não tem com que se preocupar. Pode ir se acostumando, porque não vou esperar você terminar seu ritual feminino toda manhã!

Ele tirou o pênis e, antes que ela protestasse, rapidamente a virou de costas. Meu Deus, como ele era exigente e vigoroso! Ela estava adorando cada segundo.

Pegando-a por baixo, ele a levantou só o suficiente para que pudesse penetrá-la por trás. Joss enterrou os dedos nos lençóis até fechar as mãos, enquanto ele a cavalgava brutalmente, pressionando-a ainda mais na cama.

Deste jeito, ele ficava maior e penetrava mais fundo. Ele a preenchia totalmente, esticando-a, e a sensação era um misto delicioso de prazer e dor. Joss fechou os olhos, se submetendo àquela sensação.

Estava completamente entregue, deixando que ele encontrasse prazer do jeito que quisesse.

As mãos de Dash massageavam e acariciavam as nádegas dela, antes de abri-las para uma nova penetração. Seu polegar rodeava seu ânus, e Joss estremeceu com alguns pensamentos sombrios.

Carson e ela nunca tentaram sexo anal. Será que era algo que Dash queria? Isso não a assustava. Ao contrário, ficava ainda mais excitada e já estava quase enlouquecida com o prazer que estava sentindo.

Como que adivinhando a pergunta silenciosa, Dash se abaixou, cobrindo-a com seu corpo, parando seus movimentos, mas ainda bem fundo dentro dela. Beijou seu ombro e a curva do seu pescoço até que ela se arrepiou.

– Vou comê-la por trás, não se engane. Cada parte do seu corpo será minha e você não poderá esconder nada de mim. Sou seu dono agora. Você é minha.

Aquelas palavras levaram-na à loucura. Sexo tem muito a ver com a mente, ao menos para as mulheres. O desejo começava no cérebro e o corpo meramente seguia. Ao ouvir aquelas palavras, ficou violentamente excitada. Era demais. Sentiu um orgasmo rápido e extremamente quente. Arqueou seu corpo para cima, desesperada por mais. Queria duro, profundo e rápido.

– Minha linda gosta disso – Dash murmurou, enquanto a penetrava novamente, tão rápida e profundamente quanto ela precisava.

Joss se derreteu no colchão, sem forças, sua mente completamente entorpecida. Ele não tinha acabado ainda e não teve pressa, provocando e atormentando sua carne tão sensível. Enfiou seu pau na carne inchada dela e a penetrou de novo e de novo até que finalmente gozou e deitou, cobrindo o corpo dela com o seu.

Quando terminou, ainda sobre ela, forçava-a ainda mais na cama. Joss podia sentir o movimento do seu peito, tentando recuperar o fôlego. E ele ainda pulsava dentro da sua boceta.

– Machuquei você? – murmurou, colado a seu pescoço.

Joss tentou balançar a cabeça, mas não conseguia se mover.

– Não – suspirou. – Foi maravilhoso, Dash.

Ele ficou na mesma posição um pouco mais antes de se levantar e tirar seu pênis, o corpo dela gulosamente o agarrando.

Depois de beijar a parte de baixo das costas dela, se levantou. Joss nem teve tempo de se virar porque ele a pegou em seus braços e a levou para o banheiro.

Ligou o chuveiro e, depois de experimentar a temperatura, a levou para dentro do boxe e lavou cada parte do seu corpo. Era um tormento. Prestava atenção especial nas partes mais íntimas, que ainda tremiam. Quando ele terminou de lavar seus cabelos, Joss estava quase tendo outro orgasmo.

– De joelhos – Dash ordenou, rude.

Imediatamente ela obedeceu, se abaixando no chão molhado do boxe, uma cachoeira leve de água morna caindo sobre ambos. O pênis dele estava dolorosamente ereto, enorme e duro.

– Me faça gozar – comandou. – E goze também. Coloque a mão lá. Mas não antes de mim. Ou será castigada.

Ao ouvir a autoridade na voz dele, Joss estremeceu. Quase valia a pena desobedecê-lo para descobrir qual seria o castigo. Por causa disso seria considerada uma idiota? Não. Ela não queria começar desobedecendo tão de cara. Não queria um castigo, queria prazer. E ele tinha dito que bateria nela, mesmo que não o desobedecesse.

Dash direcionou o pênis para a boca de Joss enquanto ela deslizava os dedos pela sua barriga em direção ao meio das pernas para procurar o clitóris. Seu corpo todo se enrijeceu nesse momento, e ela sabia que deveria tomar cuidado para não gozar antes dele.

– Sonhei com isso – disse Dash. – Sua boca linda em volta do meu pênis.

Ela olhou para cima, encantada com a visão das gotas d'água deslizando sobre seu belo corpo nu. Ele parecia um deus. A imagem da perfeição. Musculoso, magro nos lugares certos, sem um único grama a mais de gordura. Era um homem que cuidava do seu corpo de forma excepcional.

Começou a sugar seu pau mais forte, gostando da reação que estava provocando. Embora ele estivesse no comando e fosse ela a submissa, percebeu, na verdade, quanto poder ela tinha. Gostava daquela sensação. Ela o tinha na palma de sua mão e controlava o prazer dele.

Animada com a tarefa à sua frente, fez amor com o pênis dele, deliciando-se com o sabor e o gosto em sua boca. Quente, vivo, pulsando com força. Ele facilmente poderia machucá-la, mas tinha moderado sua força. Seu toque era carinhoso, seus movimentos dosados para protegê-la.

– Estou quase, querida. Preciso que chegue lá também.

Ela tocou seu ponto mais doce, exercendo a quantidade certa de pressão, em círculos lentos, seu orgasmo crescendo e crescendo em sua barriga. Mas então ela esperou, ao se lembrar da ordem de não gozar antes dele.

Dash colocou a palma da mão na testa dela e, com a outra, segurou a base do seu pênis.

– Chupe mais uma vez, bem profundamente, querida. Bem fundo. Quando eu tirar, vou gozar na sua boca inteira.

As palavras eróticas e a imagem que inspiravam quase fizeram com que gozasse. Sua mão ficou imóvel, deixando-a perto do clímax. Ela o chupou profundamente, até o fundo de sua garganta, e depois na pontinha, pensando que lhe daria prazer.

O gemido que ouviu confirmou que não estava errada. De repente, ele arrancou o pênis da boca dela e começou a se masturbar.

– Goze, Joss.

Sua ordem era um som gutural, como se não conseguisse enunciar as palavras. O primeiro jato de esperma atingiu suas bochechas, o segundo, os lábios e o terceiro, o queixo. Quente, muito mais quente que a água. Enquanto sentia sua pele queimar, Joss massageou o clitóris com mais força e mais rapidez, tentando acompanhar.

Enquanto o último jato de sêmen atingia seu queixo e escorria pelo seu pescoço, rapidamente lavado pela água do chuveiro, Joss atingiu o clímax. Seus joelhos se enfraqueceram e ela teria caído se Dash não a segurasse pelos braços e a mantivesse firme, enquanto ela tremia de prazer.

Gentilmente ele a ajudou a ficar de pé, segurando até ter certeza de que estava firme. Então ele a direcionou para o chuveiro, limpando o sêmen do corpo dela.

O calor da água, combinado com o orgasmo potente que experimentara, fez com que Joss se sentisse fraca. Ele a ajudou e a embrulhou numa enorme toalha. Rapidamente secou seu cabelo e cada parte de seu corpo.

Quando terminou, beijou sua testa e deu tapinhas suaves nas nádegas dela.

– Seque o cabelo e escove enquanto vou fazer o café da manhã. Normalmente, sou eu que cuido de você. Ficaria muito feliz de secar e pentear seu cabelo, mas tenho certeza de que está com fome, como eu. Não vista nada, Joss. Comeremos na sala, com você aos meus pés.

Ela hesitou, tentando adivinhar se sua pergunta o deixaria zangado.

Dash olhou para ela com curiosidade, deitando a cabeça de lado. Segurou, então, seu rosto com as mãos e beijou seus lábios.

– O que foi, querida? Estou percebendo que quer me fazer uma pergunta. Nunca tenha medo de me perguntar nada. Quero que confie em mim, em nós. Então pergunte o que vejo que está morrendo de vontade de perguntar.

Ela sorriu, arrependida.

– Estava só... nervosa. Quero dizer, você disse que queria que eu não vestisse nada, mas Jensen não vem aqui hoje? Espera que eu fique nua quando outras pessoas estiverem aqui?

Joss enrubesceu e abaixou a cabeça. Queria que este relacionamento desse certo. Gostava deste lado inimaginável de Dash: o poderoso, dominador macho alfa. Nunca se sentira tão... livre... em toda sua vida, o que era absurdo, já que nunca cedera poder absoluto e controle a outro homem. Deveria se sentir constrangida. Presa. Mas sentia como se finalmente houvesse liberado um lado que sempre quisera libertar. Agora que sentira como era a dominância de Dash, não tinha vontade nenhuma de voltar à existência estéril e sem graça que tivera nos últimos três anos.

Dash ficou bem sério. Segurando o rosto dela com ambas as mãos, forçou-a a olhar para ele.

– Nunca faria alguma coisa que a envergonhasse, querida. Nunca. Sim, quando estivermos sozinhos, espero que você vista o que eu mandar. Mas nunca a colocaria numa posição em que se sentisse desconfortável. Se formos para o The House, sim, você ouvirá meus comandos em um lugar público e ficará nua na frente de outras pessoas. Mas não aqui na minha, nossa, casa. Aqui é nosso santuário e é o lugar onde se sentirá mais segura e protegida. Nada pode lhe atingir aqui. Só eu posso tocá-la.

– Obrigada – ela respondeu, com a voz estremecida.

Ele se abaixou e a beijou, com a língua tentando sentir seu gosto.

– Agora vá secar os cabelos e, quando voltar para a sala, vou alimentar minha mulher.

Ela sorriu, um arrepio ridículo correndo em suas veias ao ouvi-lo. *Minha mulher*. Como se ela pertencesse a ele. E talvez assim o fosse, mesmo ainda sendo difícil para ela compreender.

– Quero que isso dê certo – disse com firmeza, surpreendendo a si mesma com a veemência de suas palavras.

– Vai dar – Dash respondeu firmemente. – O pior já passou. Tomar a decisão de me dar sua submissão foi a parte mais difícil, querida. O resto, deixe comigo e acredite que darei tudo o que você quer e precisa. Vou fazer isso, sim, Joss, ou morrerei tentando.

Ela estremeceu ao ouvir estas palavras, embora soubesse que era apenas uma forma de expressão.

Arrependimento apareceu nos olhos dele e seu rosto se suavizou.

– Desculpe, querida. Não fiz bem em dizer isso. Nunca mais vai acontecer.

Ela pegou sua mão e trouxe até seus lábios. Beijou-a e olhou de volta para ele, sorrindo.

– Eu sei, tentarei não ser tão sensível. Não quero que tome cuidado com cada palavra que disser para não me magoar. Vou melhorar, Dash, prometo. É que a simples ideia de também perdê-lo...

Eles se abraçaram, apreciando a proximidade e a intimidade entre eles, ainda uma linda novidade.

– Não irá me perder, Joss, acredite.

– Tudo bem – ela murmurou.

Mesmo concordando, ela sussurrou uma prece para que as coisas dessem certo e para que nada acontecesse com Dash. Não conseguiria passar por isso novamente. Uma vez só quase a destruiu. Se algo acontecesse com Dash, não sobreviveria.

16

Joss acomodou-se no sofá, pegando a taça de vinho que Dash estendia para ela. Bebeu um gole, sentindo o estômago tenso por causa do nervosismo. Podia parecer bobagem ficar nervosa por conhecer Jensen, o cara que ia entrar no lugar do marido dela, mas era assim que ela se sentia. Ela provalvelmente não voltaria a ter contato com o recém-chegado depois desse encontro. Não tinha nada a ver com o cotidiano profissional da empresa. Kylie seria mais afetada com a chegada do novo sócio, pois iria trabalhar com ele.

Joss sabia que Kylie não iria aceitar bem essa novidade. Ela esperava que, ao conhecer Jensen e deixando claro que aceitava o ingresso dele, teria mais condições de rebater as eventuais objeções que Kylie pudesse fazer quando fosse informada.

– Você parece nervosa, querida. Algum problema?

Dash sentou-se no sofá ao lado de Joss, aproximando dela seu braço livre. Ela se acomodou sem demora, equilibrando a taça de vinho com a outra mão e se aninhando no abraço dele.

– Eu não sei – respondeu Joss, com sinceridade.

Dash a apertou contra o peito e beijou a cabeça dela.

– Você vai gostar do Jensen. Ele é muito bom no que faz. E pode ter certeza de que eu jamais faria nada que pudesse comprometer o seu futuro ou de Kylie, como trazer uma pessoa errada para a empresa.

– Ela não vai gostar nada disso, não é? – perguntou Joss, com uma expressão ansiosa.

– No começo eu acho que não, mas ela não tem escolha. Ela trabalha para mim e não o contrário. Vai ter de se esforçar para aceitá-lo.

Eu não vou permitir que ela cause problemas. Se isso acontecer, ela vai ter de deixar a empresa. Não é o que eu quero e, se acontecer, claro que vou garantir que ela fique bem provida. Prometi a Carson que tomaria conta de vocês duas para sempre. Prometi e pretendo cumprir.

Joss inclinou a cabeça, olhando com curiosidade para Dash.

– Carson pediu isso para você? Quero dizer, assim tão diretamente?

Dash fez uma careta.

– Eu não deveria ter contado isso.

– Mas agora já contou – ela prosseguiu. – Vocês chegaram a conversar sobre isso?

Dash suspirou.

– Sim. Conversamos sobre isso um pouco antes do acidente. Desde então, eu sempre me perguntei se Carson sabia o que ia acontecer... Se tinha uma espécie de sensação de que algo estava para acontecer. Não era um assunto habitual e então de repente ele começou a falar sobre isso. Falou muito sério, não foi uma conversa do tipo "vai que um dia acontece tal coisa". Ele foi absolutamente firme e queria que eu prometesse que, se alguma coisa acontecesse com ele, eu tomaria conta de você e da Kylie.

Joss pesou suas palavras por um momento, confusa com a ideia de que fosse apenas um intrumento para que Dash cumprisse a promessa feita ao melhor amigo. Mas ele havia dito que os sentimentos por ela eram antigos, desde quando ela se casou com Carson. Uma série de perguntas surgiu na mente dela, mas Joss ficou em dúvida se deveria perguntar.

– Eu não gosto desse olhar, Joss. O que você está pensando?

Dessa vez quem suspirou foi ela, lançando seu olhar para a cintura de Dash. Ele levantou o queixo dela com os dedos, forçando-a a olhar para ele.

– É isso que eu sou para você? Uma obrigação?

Dash fez uma expressão de contrariedade na hora. Na verdade, ele parecia *furioso*. Joss lamentou ter expressado aquele temor, porque era óbvio que ele não tinha gostado.

– Não precisa responder, é só uma pergunta boba – Joss murmurou. – Mas tem outra coisa que eu queria perguntar, uma coisa em que tenho pensado desde que começamos isso. Desde que você me disse que seus sentimentos já existiam quando eu era casada com Carson.

– Você pode me perguntar qualquer coisa – respondeu Dash. – Mas esteja preparada para uma resposta honesta, querida. Se a verdade dói, então é melhor tomar cuidado com as perguntas, porque eu não vou mentir para você. Nunca mais.

Joss concordou com a cabeça. Ele sempre havia sido honesto e ela sabia muito bem disso.

– Quando Carson e eu começamos a namorar, tive a impressão de que você não aprovava o nosso relacionamento ou a velocidade com que tudo aconteceu. Na época, achei que era só preocupação com o seu amigo. Mas ultimamente eu tenho me perguntado...

– O que você está querendo saber? – Dash perguntou, com suavidade.

Ela ergueu o olhar, estudando a expressão dele.

– Você disse que estava atraído por mim, mas não contou *quando* esses sentimentos começaram. Você se sentiu atraído desde o começo? Era por isso que parecia contrariado ao ver Carson e eu juntos? Você tinha... ciúme?

Dash ficou em silêncio por um longo momento e então soltou a respiração, com os ombros caídos. Afastou-se dela, com o olhar voltado para a lareira. Joss se afastou, para poder observá-lo melhor.

– Em parte, era isso mesmo – ele admitiu. – Eu sentia um ciúme violento. Você se lembra do dia em que eu conheci você? Carson te levou à festa de Natal da empresa e lá estava você... Tão linda que eu sentia até meus dentes doerem. E ainda era adoravelmente tímida, reservada. Não saiu do lado de Carson a noite inteira. Eu não conseguia olhar para você sem me perguntar por que ele tinha encontrado você primeiro.

Os olhos de Joss se arregalaram de surpresa.

– Eu não fazia ideia disso.

– Claro que não. E me sinto envergonhado por ter tratado você tão secamente no início. Na verdade, eu esperava que não desse certo entre vocês, porque queria você para mim. Eu tinha planejado entrar em ação no primeiro minuto, caso vocês se separassem. Mas logo ficou bem claro que Carson não tinha intenção de perder você. Eu maldisse a minha sorte, porque aquela era a mulher dos meus sonhos e estava com o meu melhor amigo. E via o quanto você o fazia feliz. Admito que fiquei procurando falhas, qualquer sinal de que você não servia para ele. Droga, esperava que ele perdesse o interesse por você ou que você fizesse algo que o afastasse. Isso tudo fazia de mim um filho da mãe, mas é a mais pura verdade.

Ele se virou de volta para ela, seus olhos escuros expressando pesar.

– Eu queria que desse errado entre vocês para poder ter você para mim. Mas vi como você era dedicada a ele. E vi como outros homens faziam propostas sutis, flertavam com você, vinham com insinuações, e você sem ligar a mínima, sempre fiel e dedicada ao Carson. Como eu poderia não querer algo tão maravilhoso para o meu melhor amigo? Foi um inferno, Joss. Um verdadeiro inferno ver Carson tão feliz enquanto isso doía para mim em cada respiração. E o pior ainda foi quando ele descobriu: ele não ficou chateado. Carson riu e disse que não podia me culpar por querer você, já que ele estava envolvido pela mesma necessidade. Falou também que foi uma sorte ter encontrado você antes, porque eu a teria trancado no meu quarto e jamais deixaria que saísse para nada. Ele não estava errado.

Joss balançou a cabeça em um gesto confuso, sentindo-se incapaz de processar tudo o que Dash tinha acabado de dizer.

– Eu passei esse tempo todo achando que você não gostava de mim, pelo menos no começo do namoro. Eu achava que com o tempo você acabaria me aceitando, mas no início era claro que você não aprovava. Você me intimidou, Dash.

Ele encostou a sua testa na dela, acariciando seus cabelos com uma das mãos.

– Sinto muito por tudo isso, querida, você nunca vai saber o quanto eu realmente sinto. Mas eu estava em uma situação impossível, e ter de ver você ao lado de Carson, os dois esfuziantes de tanta felicidade, era como levar um soco no estômago o tempo todo. Mas quero que você saiba, preciso que você saiba disso: eu nunca desejei nada de mal para ele. A perda dele me feriu muito e, se eu pudesse trazê-lo de volta, eu deixaria você ir com ele sem pestanejar, mesmo que isso me custasse minha própria vida.

Os olhos de Joss ficaram cheios de lágrimas. Ela piscou com intensidade, determinada a não deixá-las cair.

– Obrigada por isso – ela sussurrou. – Significa muito para mim saber que você se importava tanto assim com ele. Ele amava você, você sabe disso. Carson nunca teve uma família, apenas a Kylie. Você e sua família significavam muito para ele.

– Eu vou lamentar a morte dele pelo resto da minha vida, mas, querida, você precisa saber que, ao mesmo tempo, eu não me arrependo desta oportunidade que estou tendo agora com você. Eu faria qualquer coisa para tê-lo de volta, mas não posso dizer que lamento ter você na minha cama e na minha vida.

Joss sorriu. Era um sorriso vacilante e seus lábios tremiam com o esforço. Dash beijou cada canto de sua boca para acalmar aqueles lábios.

– Eu também não lamento – falou ela, em voz baixa. – Quero ver até onde isso vai nos levar, Dash. E eu estou disposta a correr os riscos.

O som da campainha interrompeu a intimidade que os cercava, que parecia envolvê-los como um nevoeiro. Ele a beijou mais uma vez e depois ajeitou o cabelo dela, que estava suavemente revolto. Joss rapidamente passou os dedos pelos cachos enquanto se levantava. Dash acariciou o rosto dela.

– Você está linda, querida, como sempre. Pode ficar aí que eu vou abrir a porta para o Jensen.

Joss acomodou-se na extremidade do sofá enquanto Dash se afastou para atender a porta. Ela respirou fundo algumas vezes, amaldiçoando aquele repentino descontrole nervoso. Jensen era apenas um novo sócio e a opinião dele sobre ela não importava. Seu objetivo nesse encontro era apenas matar a curiosidade de conhecer o homem que iria ocupar a vaga deixada por Carson.

Logo em seguida, Dash voltou acompanhado de Jensen Tucker.

Joss prendeu a respiração assim que olhou para o homem que Dash trazia como parceiro. Se ela havia achado que Dash tinha sido intimidante para ela quando o conheceu, Jensen Tucker simplesmente a apavorou.

Tinha a aparência intensa, contida, totalmente objetiva e incrivelmente assustadora. A pele era bronzeada, combinando com os cabelos e olhos castanhos, como se ele passasse muito tempo no sol. Tinha uma aparência robusta, com algo de militar ou policial. Ela se perguntou rapidamente qual poderia ter sido o passado de Jensen e se ela estava certa na sua avaliação, só podia ter sido um guerreiro.

Kylie provavelmente iria se esconder embaixo da mesa assim que colocasse os olhos em Jensen. Joss sentia pena de Kylie porque sabia que a garota temia homens fortes e dominadores, exatamente do tipo de Jensen Tucker.

Quando Dash parou diante de Joss, estendeu a mão para ajudá-la a se erguer. Ela se levantou com suavidade, mas seu coração batia forte quando olhou para Jensen. O recém-chegado sorriu para ela, um sorriso gentil capaz de suavizar, e muito, o rosto inteiro dele. Era como se ele soubesse que a intimidava e estivesse tomando medidas para não assustá-la demais.

Ela sufocou o nó na garganta e estendeu a mão.

– Olá, sou a Joss Breckenridge – falou, em voz baixa. – Dash já me falou bastante sobre você. Estou muito feliz em conhecê-lo.

A mão de Jensen fechou-se sobre a dela, firme e decidida, como era claramente o estilo dele. A surpresa veio quando ele puxou o braço de Joss, o aproximou da boca e deu um suave beijo no dorso da mão dela.

Ele apertou mais uma vez a mão de Joss antes de soltá-la. Dash em seguida pegou a mão de Joss e puxou a garota para perto dele, como se quisesse declarar abertamente a sua posse. Mas Joss não se incomodou com o gesto, pois seu coração saltava só de pensar que aquilo podia ser uma demonstração pública de que ela pertencia a ele.

– Estou feliz por conhecer você, Joss. As fotos não foram honestas: você é muito mais bonita pessoalmente.

Ela hesitou, surpresa, se perguntando onde ele teria visto fotos dela. Pensou em perguntar isso depois para Dash. Ficou aliviada pelo fato de Jensen não citar Carson nenhuma vez – nenhum "sinto muito", nenhuma desculpa por entrar no lugar da empresa que fora ocupado pelo marido falecido. Ele não fez uma menção sequer, ao contrário do que Joss temia. Se fizesse, estragaria a noite.

Satisfeita por achar que tudo estava acontecendo da melhor maneira possível, Joss voltou sua atenção para os dois homens, lembrando-se de seus deveres como anfitriã. Embora fizesse tempo que ela não assumia esse papel, desde que se casara com Carson o casal havia recebido convidados com frequência.

Joss tinha uma natureza tímida e precisou de muito esforço para superar essa barreira e agir de forma aberta e amigável com estranhos. Mas com o tempo (e com o incentivo de Carson), havia conquistado boa habilidade para as situações sociais.

– O que vocês gostariam de beber? – perguntou. – Por favor, fiquem à vontade. Vou pegar uns aperitivos na cozinha. Vou trazer para cá junto com as bebidas.

– Você não precisa nos servir, querida – disse Dash, com um brilho de aprovação no olhar. – Que tal buscar a bandeja com os aperitivos enquanto eu preparo os drinques para mim e para Jensen? Quer mais vinho?

Ela sorriu.

– Sim, obrigada. Volto já.

Dash a observou enquanto ela se afastava, notando que os saltos que ela usava acentuavam as pernas bem torneadas. Jensen também notou e olhou para Dash, com brilho nos olhos.

– Dá para entender por que você foi tão rápido – falou Jensen, baixinho. – Ela é o tipo de mulher que um homem faria qualquer coisa para ter.

– Sim – respondeu Dash, rapidamente. – E já tem dono, acho que não custa reforçar isso.

Jensen riu.

– Não precisa ficar nervoso. Eu procuro qualidades bem específicas nas mulheres com quem gosto de ficar. Não são muitas as que concordam com o que eu quero e duvido que Joss aceitaria.

Curioso, Dash ergueu a sobrancelha enquanto observada Jensen. Estavam entrando em um terreno íntimo, um espaço sobre o qual nunca haviam falado. O relacionamento entre eles tinha sido estritamente profissional, mas, se iriam se tornar sócios, em algum momento teriam de saber mais um sobre o outro.

– Dá para explicar melhor? Acho que não entendi muito bem – devolveu Dash.

A expressão de Jensen era indecifrável.

– Estou falando de submissão. Exijo submissão absoluta das mulheres que estão comigo. – Moveu os ombros discretamente. – E não existem muitas mulheres dispostas a dar controle absoluto a um homem.

Dash pareceu não se surpreender nem um pouco: Jensen era um canalha. Ele já esperava que os dois tivessem mais em comum do que apenas interesses profissionais, mas eles nunca haviam falado nada sobre vida pessoal.

– Pois eu acho que Joss pode surpreendê-lo nesse aspecto – afirmou Dash, secamente. – Não que eu queira que você a teste para descobrir, porque ela é minha.

– Aparentemente, temos mais coisas em comum do que eu pensava – falou Jensen. – E se eu entendi o que você está dizendo, então você realmente é um sortudo de marca maior. Pena que você chegou antes. Se além de bonita e inteligente ela também for submissa, só posso lamentar por tê-la conhecido tarde demais.

– É o que aconteceu comigo – interrompeu Dash. – Na primeira vez, eu cheguei tarde demais, mas o destino me deu outra chance e eu não pretendo desperdiçar.

Havia entendimento nos olhos de Jensen.

– Então você já sentia algo por ela quando ela era casada... E com o seu melhor amigo. Deve ter sido muito ruim.

– Dá para imaginar, né?

Um olhar pensativo tomou conta do rosto de Jensen.

– Como você sabe, sou bastante novo na área. Quando nos conhecemos, eu estava vindo para Houston em viagens de negócios. Mas agora estou por aqui e não tive tempo de explorar as oportunidades. Tem algum clube aqui? Você conhece algum lugar nesta área?

– Conheço. Tem um clube bom, muito seleto. Chama-se The House. O dono é o Damon Roche, que também administra o local. Ele é um rico safado que atende a uma clientela de alto nível. Está meio afastado nos últimos meses. Ele é casado e tem uma filha que ocupa a maior parte do tempo dele, mas ainda toma conta do negócio. Eu posso passar o contato dele e falar de você para ele. Damon faz um estudo cuidadoso dos antecedentes antes de aceitar um novo membro, por isso o local é seguro e bem-organizado. Acho que você iria gostar. Tem de tudo para todos os gostos sexuais e lá não faltam mulheres submissas em busca do que você tem a oferecer.

– Obrigado. Acho que vou aceitar sua indicação.

– Peço apenas um favor, já que vamos trabalhar juntos. Não espero que você fique me contando suas idas e vindas, claro, mas, como pretendo levar Joss algumas vezes lá e não quero que ela se sinta constrangida, agradeço se você me avisar quando pretender aparecer lá. Prefiro evitar as noites frequentadas por pessoas que ela conhece.

– Sem problemas – respondeu Jensen.

– Tem outro casal que também frequenta lá. É provável que você os conheça em algum momento, porque eles são amigos meus e de Joss. Chessy e Tate Morgan. Eles são casados e vão lá, hoje bem menos do que iam antes. Combino com Tate para garantir que não vamos nos encontrar nas noites em que vou com Joss.

– Você parece familiarizado com muitas pessoas que partilham o mesmo estilo de vida que nós – disse Jensen, secamente.

– É menos incomum do que a maioria acha – Dash rebateu. – Só é uma coisa que a maior parte dos casais não anuncia. Eu nunca achei que Joss estivesse aberta a esse tipo de relacionamento. Droga, eu esperei três longos anos para fazer a minha jogada e quase chego tarde demais novamente, porque ela apareceu no The House em uma noite em que eu estava lá, depois de um longo tempo sem aparecer. Felizmente eu estava lá, porque senão ela teria ficado nas mãos de algum outro cara que não iria tratá-la tão bem quanto eu.

– Felizmente mesmo – murmurou Jensen. – Se eu estivesse lá, ela certamente não iria para casa sem companhia. Vou ver como é esse lugar, pois você me deixou curioso.

Dash fez uma expressão de cautela diante da afirmação de Jensen quando viu o brilho nos olhos dele. Jensen estava começando a incomodar, filho da mãe, e Dash tinha de tomar cuidado.

– Tem outra coisa que você precisa saber para se preparar para o que vem por aí – disse Dash, rapidamente, no desejo de encerrar essa parte da conversa antes que Joss voltasse da cozinha.

Jensen fez um ar de curiosidade.

– Você lembra que eu disse que queria contar pessoalmente sobre a nossa sociedade para a Joss e a Kylie? Pois a Joss aceitou tudo muito bem, como eu esperava que fosse aceitar. Mas com a Kylie eu acho que não vai ser bem assim.

– Você ainda não contou para ela?

Dash negou com a cabeça.

– Pretendo comunicar na segunda-feira, quando ela chegar no trabalho. Mas preciso avisar que ela tem pavor de pessoas dominadoras. Não sei o quanto você sabe sobre o passado dela e de Carson. Eles cresceram no inferno, o pai deles era um explorador cretino e comandou aquela casa com crueldade. Era o tipo de dominação doentia, porque nenhum dominador de verdade abusaria da esposa e dos filhos. Mas a Kylie não sabe a diferença e tem medo de homens fortes. Você assustou a Joss quando entrou aqui, vi isso nos olhos dela apesar do esforço dela para se conter. Vi que ela se recuperou rapidamente. Mas acho importante você saber que sua presença deverá incomodar bastante a Kylie.

– Eu não vou ser um cretino com ela – declarou Jensen, com um tom defensivo na voz.

– Eu sei disso – falou Dash. – Eu apenas pensei que você deveria saber qual é a realidade dela. Não é nada pessoal em relação a você, apenas tem a ver com a experiência dela com os homens em geral. Ela não confia em ninguém. Carson protegeu e blindou a vida da irmã mesmo depois de adulta. Não sei se isso fez bem a ela, mas entendo o motivo, considerando o passado deles. Só estou deixando claro que no início as coisas podem não ser fáceis entre vocês dois. Gostaria que você fosse paciente e compreensivo com ela.

Jensen balançou a cabeça, com uma expressão sombria.

– A barra foi muito pesada?

– A pior possível – respondeu Dash, com calma. – A mãe dos dois não aguentou e foi embora, deixando as crianças sem proteção, e o pai abusou horrivelmente dos dois. Kylie ficou com a pior parte, talvez porque fizesse o pai lembrar-se da esposa. Quem sabe? Carson nem sempre conseguiu proteger a irmã, apesar do muito que tentou. O pai estuprava e agredia a menina o tempo todo.

– Que filho da puta – xingou Jensen. – Não é à toa que ela tem tanta prevenção em relação aos homens. Não dá para culpá-la. Pode deixar que vou tomar cuidado com ela. Não quero que ela tenha medo de mim. Fico doente só de pensar que uma mulher tenha motivos de verdade para temer os homens, como é o caso dela.

– Concordo – disse Dash. – Carson não podia dar o que Joss queria, a dominação, e ela o amava demais para pedir isso a ele. Mas ele sabia. E agora que ela tomou a iniciativa e quer o que eu posso dar a ela, vou fazer o que for preciso para vê-la feliz novamente.

– Boa sorte – falou Jensen, com sinceridade. – Ela é uma mulher ótima. E você é um sortudo filho da mãe.

– Sei disso – respondeu Dash, sereno.

Os dois estavam em silêncio quando Joss voltou para a sala carregando a bandeja de prata com as delícias que havia preparado antes.

Ela era um talento na cozinha. Quando ela e Carson recebiam convidados, Joss sempre preparava toda a comida, apesar da insistência dele para que encomendasse ou comprasse pronto. Joss ria e dizia que não era necessário, pois ela gostava de cozinhar. Dash ansiava para vê-la preparando a comida para ele, apesar dos planos de mimá-la e de cozinhar *para* ela. Era uma tarefa que ambos podiam dividir. Ele gostava da ideia de estar na cozinha com ela. A cozinha dele. Queria que ela se acomodasse e se sentisse em casa. Colocasse a marca dela naquele ambiente estéril. Ele mal podia esperar para ela iluminar a casa inteira e transformá-la na casa dela também.

– Obrigado, Joss. Está delicioso – disse Jensen com entusiasmo, após provar dois apertivos.

– Começamos a conversar e acabei não preparando as bebidas – falou Dash, incomodado. – Vou resolver isso agora. Me dê a sua taça de vinho, querida, pois vou encher a sua primeiro.

– Deixe que eu pego – falou ela apressadamente. – Vocês dois podem continuar com a conversa, sei fazer bons drinques. O Carson me deu um livro e aí virou tarefa minha preparar qualquer bebida para os nossos convidados. Podem confiar. O que vocês gostariam de beber?

Jenseu sorriu e lançou para Dash outro olhar firme antes de sussurrar:

– Sortudo filho da mãe.

Dash sorriu e retribuiu o elogio silencioso de Jensen com um aceno convencido.

– Surpreenda-me – disse Dash. – Prepare o que você escolher. Vou adorar o que você fizer para mim, prometo.

– O mesmo vale para mim – falou Jensen. – A única coisa de que não gosto é de rum. O resto, qualquer coisa está ótimo.

O sorriso de Joss foi impressionante. Os olhos dela brilharam de satisfação, tomados por uma timidez súbita. Dash conseguiu ver naquela cabecinha a preocupação com o melhor drinque a ser preparado. Ela não queria decepcioná-lo. Será que não tinha percebido ainda que não tinha como desapontá-lo? Ela podia oferecer álcool puro, desde que acompanhado daquele sorriso, e ele beberia com prazer sem sequer sentir o gosto.

– Sentem-se, por favor, e fiquem à vontade – Joss disse, apontando para as poltronas. – Volto logo com os drinques. Dash, as bebidas estão no bar ou você as guarda na cozinha?

– No bar deve ter tudo do que você precisa – respondeu ele. – Se sentir falta de algo, me avise e vou providenciar para você.

Joss o premiou com outro sorriso deslumbrante e seguiu em direção ao bar, que ficava na extremidade esquerda da sala. Ele olhava para ela, incapaz de desviar o olhar. A satisfação agarrou-o pela garganta, chegando até a alma.

– Cara, você tem mesmo muita sorte – Jensen murmurou. – Dá para entender o seu envolvimento. Ela é uma joia.

– Sim, ela é mesmo – disse Dash em voz baixa enquanto os dois se acomodavam. – Ela quis conhecer você e sugeriu esse encontro de hoje. Fico pensando se ela acha o mesmo de você e se ficou tão encantada quanto você.

Jensen sorriu.

– Se ficou, não vou negar que vou achar ótimo.

– Sou capaz de arrancar suas bolas – grunhiu Dash.

Jensen riu e Joss olhou para os dois do lugar onde estava preparando as bebidas, com uma expressão confusa.

Dash sorriu para ela e fez um gesto.

– Conversa de rapazes, querida. Não queremos tirar a sua concentração.

– Sobre essa questão da Kylie – começou Jensen, retomando com mais seriedade ao assunto inicial do encontro. – Você acha que minha presença pode criar que tipo de problema?

– Eu não posso responder isso – falou Dash, com honestidade. – Acho que, a princípio, ela não aceitaria bem nenhum sócio novo. Na cabeça dela, seria alguém ocupando o lugar que era do irmão. Estava acostumada a trabalhar comigo e com Carson, mais com ele, na verdade. Carson trouxe a irmã assim que ela terminou a faculdade, uma medida de proteção porque ele a queria em algum lugar em que pudesse cuidar dela. Como eu disse antes, não sei se isso fez bem a ela, mas também entendo que ele quisesse protegê-la. Kylie é... frágil. Ainda carrega as cicatrizes emocionais dos abusos da infância. Carson estava determinado a protegê-la de qualquer coisa na vida adulta.

"Quando ele morreu, foi muito difícil para ela. Levou um tempo até ela ficar à vontade para trabalhar comigo, embora eu estivesse lá desde o início da empresa. Ela trabalhava mais com o irmão, eu era um chefe secundário. Quando assumi, ela passou a se reportar diretamente a mim, como minha assistente. Eu tinha uma assistente antes da morte de Carson, mas a demiti para que Kylie pudesse ficar na empresa.

"Acho que ela poderia atuar como assistente de nós dois. Com certeza ela consegue lidar com o volume de trabalho e conhece muito bem a rotina da empresa. Ela é boa no que faz. Mas você pode contratar outra pessoa para ser sua assistente, dependendo de como a Kylie reagir à sua presença."

– Em outras palavras, ela tem sido mimada e protegida por vocês dois – disse Jensen.

Dash concordou.

– Acho que sim.

– Por favor, seja compreensivo com ela, Jensen – pediu Joss, com suavidade.

Os dois olharam e viram Joss, com os copos na mão. Ela tinha uma expressão de incômodo, com uma preocupação claramente refletida em seus olhos.

Ela entregou as bebidas e acomodou-se no sofá, ao lado de Dash. Pegou a mão dele e ele se perguntou se ela percebia que, ao fazer isso, estava buscando seu apoio.

– Eu não tenho nenhuma intenção de me comportar como um idiota – falou Jensen.

– Nem eu quis insinuar isso – disse Joss, com as faces rosadas de vergonha. – É só que a Kylie é... bastante frágil.

As palavras dela repetiam a descrição feita por Dash alguns momentos antes.

– Ela não tem muito jogo de cintura, sabe? E é desconfiada. Tem motivos para agir assim – prosseguiu Joss. – E vai ficar assustada com você. Não estou dizendo isso como um insulto – apressou-se em esclarecer. – Mas você é do tipo que intimida. E eu me preocupo com ela, me preocupo muito. Quando se sente ameaçada, ela ataca, e acho que isso pode incomodar você ou fazer com que queira substituí-la. Ela precisa desse trabalho, Jensen. Não pelo dinheiro, porque o Carson sempre foi muito generoso com ela e comigo. Ela precisa da estabilidade e da rotina. Kylie é muito boa no que faz. Eu sei que a maioria das pessoas acha que ela conseguiu o trabalho porque era irmã de Carson, e isso é verdade até certo ponto. Mas ela é muito inteligente e capaz, conseguiu se formar em administração de empresas com destaque. Ela é importante para a empresa e tenho certeza de que Dash pode confirmar isso.

– Joss, você não precisa defendê-la para mim. Dash me falou sobre o passado dela e dá para entender essa cautela. Eu garanto que eu vou fazer tudo o que estiver ao meu alcance para deixá-la à vontade. Se ela dá conta do trabalho e prova ser tão essencial como vocês dizem, não tem nada para se preocupar.

– Obrigada – disse Joss, com seriedade. – Ela é mais do que uma cunhada para mim. Depois que Carson mo... morreu, ela ficou sozinha no mundo. Só tem a mim e a Chessy, além, claro, do Dash e do Tate.

Dash segurou firme a mão dela, orgulhoso pela maneira como Joss tinha conseguido falar da morte de Carson, apenas engasgando um pouco na palava "morreu". Ela estava progredindo e isso lhe deu esperança de que ele pudesse vir a significar mais para ela – e que Carson não seria um obstáculo entre eles mesmo após a morte.

– Você é uma amiga muito leal – falou Jensen. – Espero que a Kylie saiba da sorte que tem por poder contar com você.

As faces de Joss ficaram rosadas novamente e ela se sentia claramente desconfortável com aquele elogio. Dash queria puxá-la para perto dele e abraçá-la. Maldição, ele queria que Jensen desse o fora para poder levá-la para a cama e fazer amor com ela a noite toda.

A mente dele já estava em plena atividade. Domínio total. Havia dezenas de maneiras como ele planejava manter Joss sob seu domínio. Mal podia se conter e não podia esperar para mostrar todos os jeitos de exercer sua dominação.

– Quando vocês pretendem contar para a Kylie? – perguntou Joss, voltando-se para Dash, apesar de ter feito a pergunta usando o plural.

– Segunda-feira – disse Dash. – Quando ela chegar ao trabalho.

Joss franziu a testa mas ficou em silêncio.

– O que foi, querida? Você claramente tem algo a dizer – perguntou Dash, delicadamente.

– Não cabe a mim decidir – ela falou.

– Mas diga o que você quer dizer – ele insistiu.

Joss respirou fundo.

– Eu apenas pensei que talvez esse tipo de coisa devesse ser conversado fora do trabalho. Vai ser um choque. Somos amigos. Quero dizer, você não é apenas o chefe dela. Seria justo vocês conversarem em um ambiente mais descontraído, familiar.

– E qual é a sua sugestão? – perguntou Dash, devagar.

Joss olhou com ar nervoso e Dash sentiu vontade de tomá-la nos braços e tranquilizá-la. Ela não tinha nada a temer em relação a ele. Não havia desaprovação, nada que pudesse resultar em censura.

– Você poderia convidá-la para vir aqui – propôs Joss. – Poderíamos contar os dois juntos. Talvez seja mais fácil do que no trabalho, e também daria um pouco de tempo para ela refletir antes de ir para a empresa. Tempo para pensar melhor e processar tudo antes de aparecer no trabalho na segunda-feira.

– Não é má ideia – falou Jensen. – Ninguém quer chateá-la e é claro que a minha chegada vai ser uma mudança difícil para ela.

– E se você também viesse? – sugeriu Joss.

Jensen olhou surpreso e cauteloso ao mesmo tempo.

– Eu não quero dizer agora – apressou-se Joss. – Mas talvez fosse uma boa ideia se vocês dois se encontrassem em território neutro. Ela vai ver que você não é um monstro. Podemos chamar a Kylie para vir jantar aqui no domingo e convidar o Tate e a Chessy, assim a Kylie pode conhecer o Jensen em um ambiente de grupo. O que você acha, Dash?

Caramba, será que isso significava que ela tinha aceitado tão rapidamente o fato de estarem juntos a ponto de não se importar que os amigos ficassem sabendo? Ele seria capaz de concordar com qualquer coisa. Kylie que se danasse. Joss estava propondo fazer um jantar na casa de Dash, como se fossem um casal? É claro que ele diria sim!

Dash olhou para Jensen.

– Você pode vir jantar no domingo à noite?

– Diga que sim – falou Joss impulsivamente, inclinando-se para tomar a mão de Jensen. – Somos todos muito próximos, sempre foi assim com Carson e Dash. Eu gostaria que você também fizesse parte.

Jensen olhou confuso e Dash quase caiu na risada: mais uma vítima da magia de Joss. Ela poderia amolecer o coração mais duro e ninguém seria capaz de recusar. Não quando ela pedia alguma coisa daquele jeito. Era como recusar carinho a um filhote.

– Eu adoraria – respondeu Jensen, recompensado pelo estonteante sorriso de Joss.

Ela segurou as duas mãos de Jensen e apertou bem, com um intenso brilho de satisfação nos olhos.

– Vou preparar um jantar maravilhoso – falou Joss, com a voz claramente emocionada. – Você vai gostar do Tate e da Chessy. E também vai gostar da Kylie, quando puder ver como ela realmente é.

Jensen retribuiu o sorriso. O entusiasmo e felicidade óbvia de Joss eram contagiantes. Jensen olhou para Dash e não precisou pronunciar uma palavra naquele momento: seu olhar dizia tudo. *Sortudo filho da mãe*. Sim, Dash tinha mesmo muita sorte. Ele não sabia o que tinha feito para merecer essa oportunidade com a Joss, mas não estava disposto a perder tempo refletindo sobre os motivos.

Estava na hora de agarrar aquela oportunidade com as duas mãos e se concentrar no que realmente valia a pena.

17

– Minha garota merece uma recompensa – falou Dash, com uma voz rouca.

Joss olhou para cima quando ele fechou a porta, logo depois que Jensen saiu.

– Mereço? O que eu fiz?

Dash sorriu e se abaixou para beijá-la.

– Como sempre, você foi uma excelente anfitriã. Conseguiu fazer com que Jensen se sentisse confortável e aliviou qualquer possível constrangimento ao pedir esse encontro aqui antes que ele começasse o trabalho na empresa. Muito obrigado por isso, amor.

Ela sorriu de volta e entrelaçou os braços ao redor do pescoço dele.

– Estou feliz por você ter ficado contente. Mas o que é essa recompensa?

Os olhos da Dash escureceram, transmitindo um magnetismo que provocou um arrepio na espinha de Joss. Ela teve a sensação de que ele não estava falando de uma recompensa convencional.

– Vou contar o que estou planejando – ele murmurou. – Com todos os detalhes. E quero que você seja honesta e me diga se você topa. A pior parte é que eu não sei quem será mais recompensado: você ou eu.

– Não pode ser uma recompensa para nós dois? – Joss perguntou, inocentemente.

– Desejo com todas as minhas forças que não – ele rosnou.

– Então me diga o que é que você planejou e eu vou dizer se acho que posso encarar – falou Joss, com um sorriso.

Dash a envolveu em um abraço, puxando-a para bem perto do corpo dele, com os braços firmes ao redor do pescoço de Joss. Enquanto a conduzia pela sala, ele começou a beijar e a mordiscar seu pescoço e suas orelhas, o que causou uma onda de arrepios que percorreu toda a pele dela.

– Primeiro você vai se despir até ficar totalmente nua – ele sussurrou no ouvido de Joss. – Em seguida, vou amarrar você de forma que fique totalmente impotente e sujeita a todos os meus caprichos.

– Humm, até agora a ideia parece boa – ela murmurou.

– Aí vou penetrá-la com um plug para preparar o terreno para mim, antes de chicoteá-la sem piedade. Quero ver sua bunda rosada com as minhas marcas.

Joss começou a tremer sem controle, com a mente explodindo apenas diante das cenas que Dash descrevia. Ela soltou um pequeno gemido quando a boca dele tomou conta do lóbulo da orelha dela. Meu Deus, será que ela iria gozar apenas com as palavras? A excitação que ela sentia já tinha se transformado em urgência: os mamilos formigavam, rijos a ponto de doer. O clitóris pulsava e ela precisou se contorcer e pressionar as pernas até conseguir alivar um pouco aquela onda de desejo.

– E então eu vou foder a sua boca, Joss. Mas eu não vou gozar, não por enquanto. Ainda não. Quando estiver perto, vou chicotear você novamente até que sua bunda comece a arder e você esteja consumida pela necessidade de alívio. E então eu vou foder sua bunda. Vou entrar com firmeza e força, até os limites do que você pode suportar. Não espere suavidade, não esta noite. Eu vou conduzi-la ao máximo que você pode suportar. E vou gozar nas suas nádegas, marcar você com meu esperma do mesmo jeito que marquei com o chicote. E então eu vou foder você um pouco mais, inundando sua bunda até melecar essas suas coxas maravilhosas. Será que você consegue suportar tudo isso, querida? Será que você está pronta para ser completa e totalmente dominada? Colocada totalmente à disposição do meu prazer?

Aquelas palavras pareciam música para os ouvidos de Joss, como se a transportassem para um sonho. De tanta excitação, ela mal conseguia elaborar uma resposta coerente. Talvez não fosse preciso dizer nada, porque aquilo era tudo o que ela tinha fantasiado, só que tinha virado realidade e estava acontecendo mesmo. Não era mais apenas um recurso de um sonho proibido. Será que ela estava pronta? Era realmente isso o que ela queria ou seria melhor deixar que a fantasia *permanecesse* no reino da imaginação, sem nunca ser trazida para a vida real?

– Agora me responda, Joss – falou ele bruscamente, apertando a intensidade do abraço. – Você está pronta?

Enquanto ele falava e exigia uma resposta, mantinha os dedos enrolados em torno dos cabelos dela, puxando-os com intensidade até que o couro cabeludo doesse. Aquele era um lado de Dash que Joss nunca tinha visto e jamais sonharia que pudesse existir. Ela mordiscou os lábios, sentindo a boca seca de desejo e urgência. Uma necessidade imensa.

– Estou – ela respondeu. – Eu quero isso, Dash. Quero tudo isso. Eu quero você.

– Lembre-se de que você tem uma senha de segurança – ressaltou ele com uma voz grave. – Você se lembra disso, não é? Se eu for longe demais, basta falar a palavra e eu vou parar imediatamente. Agora me diga qual é a palavra, para eu ter certeza de que você se lembra.

Joss precisou se esforçar para lembrar o que tinham combinado. Ela não podia imaginar Dash indo além dos limites dela, pois ele parecia absolutamente em sintonia com os anseios dela.

– Ff-fantasma – ela balbuciou.

– Ótimo – afirmou ele, respirando com intensidade no ouvido dela. – Mas pense muito bem, Joss, porque basta dizer essa palavra para interromper tudo e acabar com o clima. Não tem como recuperar o que for interrompido. Por isso, tenha certeza de que realmente deseja que eu pare e de que você não está apenas influenciada pelo momento. Vou forçar todos os seus limites. Você quer um homem que a force, deixou isso bem claro. Por isso, não se acovarde na primeira vez que as coisas ficarem intensas. Porque isso vai ser muito intenso, Joss, e você precisa entender isso. Não estou brincando quando digo que vou deixar a sua bunda cheia de marcas. Vou bater em você sem dó, a ponto de deixar a sua linda pele cheia de vergões. Não vou rasgar a sua pele, mas você vai ver as marcas no dia seguinte e vai se lembrar de que fui eu quem fez isso. Quero olhar as marcas na manhã seguinte e lembrar que são obras minhas.

Joss fez um sinal de que concordava e rapidamente expressou verbalmente sua aceitação, pois sabia que ele iria forçá-la a falar e a reconhecer que concordava com o passo que estavam tomando.

– Só vou dizer a palavra se tiver certeza absoluta de que não quero continuar – ela falou, com suavidade. – Confio em você, Dash. Eu sei que você não irá longe demais. E eu quero tudo, tudo o que é possível. Não quero que você recue. Quero que você faça o que pretende, sem medo de me assustar ou de me machucar.

– Isso é muito importante para mim, querida. Bom, agora que combinamos o que precisava ser combinado, mal posso esperar para que você fique nua, para que eu possa amarrá-la e tê-la à minha disposição.

– Eu também – ela sussurrou.

– Vá para o quarto, tire toda a roupa e ajoelhe-se aos pés da cama. Vou para lá assim que conseguir todos os itens necessários. Lembre-se da posição: com as coxas afastadas, as palmas das mãos voltadas para cima e apoiadas sobre as pernas.

– Eu me lembro, Dash. Você não precisa me lembrar. E não vou desapontar você.

Ele sorriu para ela com ternura.

– Eu sei que você não vai, querida. Agora vá. Eu estarei lá em alguns instantes.

Joss correu para o quarto, sentindo o sangue saltar em suas veias. Estava tão excitada e animada que chegava a sentir tontura. As palavras dele ecoavam na cabeça dela, vívidas e cheias de erotismo. Joss sentia um desejo louco, tão intenso que era impossível ficar parada.

Até quando ela se despiu e se posicionou de joelhos na posição de espera, precisava mexer o corpo com impaciência. Sim, ela havia fantasiado com um homem que tivesse o controle completo sobre o corpo dela. Que a imobilizasse e dominasse, deixando suas marcas. Um homem capaz de infligir o tipo de dor que rapidamente se confunde com prazer. Mas será que a realidade satisfaria seus desejos mais obscuros? Será que ela gostaria de ser espancada? Será que seria agradável, como ela fantasiara, ou doloroso e sem o prazer que ela tinha imaginado?

Só havia uma maneira de descobrir. Ela tinha se oferecido para que Dash fizesse tudo o que tivesse vontade. Joss esperava com todo o seu coração que aquilo não se revelasse uma experiência horrível. Ela não queria descobrir que era fraca e usar a palavra de segurança já na primeira vez que ele forçasse os limites. Ele havia garantido que ela nunca iria desapontá-lo, mas como isso seria possível se ela desistisse assim que as coisas ficassem intensas?

A espera parecia interminável, embora ela tivesse certeza de que só haviam se passado alguns instantes desde que ela se afastara de Dash para esperá-lo no quarto. Ela se esforçou para manter a posição e ser paciente. Não faria nada para decepcioná-lo, não quando ele tinha sido tão paciente e compreensivo com ela.

No momento seguinte, Dash entrou no quarto, trazendo uma corda, um chicote e um plug que parecia imenso. Joss arregalou os olhos ao imaginar aquilo entrando no corpo dela. Não podia ser possível!

Dash sorriu diante da reação dela.

– Não se preocupe, linda. Eu não vou apenas enfiá-lo em você, vou com calma. Você vai gostar e vai me pedir mais. Vai pedir tudo o que posso dar a você.

Joss recomeçou a tremer, agora com os olhos semicerrados e uma sensação de entorpecimento tomando conta do corpo dela. Ele não havia encostado nela e ela já parecia estar em outra realidade. A excitação havia intensificado seus sentidos e ela sentia a presença de Dash com o seu corpo. Já antecipava o primeiro comando, o primeiro toque. Não tinha certeza se iria suportar o que estava por vir. Ela já se sentia tão próxima de seus limites e as coisas nem tinham começado. Ele havia descrito com detalhes o que tinha em mente para aquele encontro.

Dash acomodou os acessórios na beirada da cama e, em seguida, lentamente abriu o zíper de suas calças, liberando o pênis rígido e ansioso pela liberdade. Em seguida, ele se posicionou na frente dela, com o falo voltado para o alto. Dash segurou a base e aproximou a ponta dos lábios de Joss.

– Fique parada e não mexa um músculo. Apenas abra a boca e me deixe entrar.

Tomando cuidado para permanecer completamente imóvel, ela abriu os lábios e ele deslizou o pênis para dentro. Dash não foi rude; na verdade, fazia movimentos lentos e comedidos, deslizando sobre a língua dela e permitindo que ela saboreasse e sentisse a espessura do seu pau.

Joss saboreou aquele gosto totalmente masculino. Sentiu o aroma. As mãos dele deslizaram pelo cabelo dela, segurando-a com força e firmeza no lugar enquanto ele fodia sua boca. Um pequeno jato de líquido correu sobre a língua dela e Joss engoliu, sugando e querendo mais, com avidez. Dash riu e se afastou, tocando com suavidade no rosto dela, como se a repreendesse.

Ele estendeu a mão, fazendo sinal para que ela a segurasse. Em seguida ele a levantou, apoiando quando ela se sentiu instável de tanta ansiedade. Os joelhos de Joss pareciam gelatina. Felizmente ela não precisaria andar muito. Sentia-se embriagada. Estava tomada pela expectativa, ansiosa para experimentar tudo que Dash havia prometido.

– Vá para a cama. Quero que você se acomode bem no meio, de joelhos, olhando para a cabeceira. Vou amarrar suas mãos acima da cabeça nos pilares da cabeceira e os pés na beirada inferior. Você vai ficar impotente, Joss. Completa e totalmente à minha disposição. E eu não pretendo ter nenhuma piedade com você hoje. Só vou levar você até os seus limites. Falamos sobre esses limites e como você só saberia onde eles estão quando chegasse até eles. Hoje à noite, nós dois vamos descobrir exatamente onde ficam esses limites. Lembre-se da palavra de segurança. Não há vergonha nenhuma em usá-la se você realmente sentir que os limites estão sendo violados, mas dê um tempo para você e não recue logo no primeiro momento de incerteza. Confie em você, e em mim, para chegar onde quer. Apenas deixe acontecer, Joss. Eu estarei aqui para guiá-la. E vou ampará-la sempre.

Joss fechou os olhos, sentindo aquelas palavras como o mais doce dos bálsamos. Dash lhe dava paz e tranquilidade. Certeza de que, com ele, ela podia ser o que realmente queria ser. De que ele não iria julgá-la nem se decepcionaria caso ela recuasse. A ternura dele a deixava mais segura de que iria gostar de qualquer coisa que ele oferecesse e de que ainda iria implorar por mais.

Ela rastejou sobre a cama, com as pernas tremendo e o corpo inteiro ardendo de desejo. Um desejo nervoso e urgente. Ela queria aquele homem – e tudo o que ele podia dar a ela – mais do que havia desejado qualquer coisa na vida.

Este seria o primeiro passo para assumir o controle do seu destino: tornar-se a mulher que ela sempre quis ser. Entregar-se ao homem que ela sempre quis. Seu passado parecia se desfazer. Seus pensamentos chegaram em Carson: Joss o havia amado, amaria para sempre, e aquilo tudo não era uma traição ao seu casamento.

Uma sensação de paz envolveu Joss em um abraço carinhoso, cercando-a e enchendo o seu coração. Assim como Dash tinha feito em tão poucos dias. Como ela nunca tinha desconfiado de nada?

Nunca tinha desconfiado porque nunca abriu os olhos de verdade. Ela nunca olhou para ele como uma possibilidade real. E, agora que ela finalmente o via, reconhecia nele o pedaço que faltava para completar sua alma.

– Levante os braços – mandou Dash.

Ela posicionou os braços sobre a cabeça, apoiando-se sobre os antebraços, mas mantendo as mãos para cima para que Dash pudesse prender a corda ao redor dos pulsos dela.

Ele envolveu a corda macia no pulso de Joss e, em seguida, esticou-a e amarrou no poste na lateral da cama. Em seguida, pegou outro pedaço de corda e repetiu o processo do outro lado, de forma que os dois pulsos ficaram imobilizados. De tão apertada, a corda não permitia nenhuma folga.

Quando terminou de imobilizar as mãos, Dash foi para a parte de baixo da cama e começou a prender os tornozelos de Joss, também esticando bem a corda e eliminando qualquer possibilidade de movimento. Não havia nenhuma maneira possível para que Joss pudesse se mover.

Os pensamentos dela estavam confusos e alterados, e ela teve de se esforçar para lembrar qual seria o passo seguinte. Em seguida, a respiração dela congelou: Joss se lembrou do plug. Ele tinha dito que iria introduzir o objeto dentro dela para, em seguida, chicoteá-la sem dó.

A pulsação de Joss acelerou no momento em que a mão dele deslizou sobre as nádegas dela, tocando e acariciando com intensidade até que ela começasse a se contorcer de necessidade. Em seguida, Dash se afastou. Joss tentou olhar por cima do ombro, mas o movimento exigia muito esfoço. Joss preferiu não olhar e, sem fôlego, pôs-se a esperar pelo que viria em seguida.

No instante seguinte, Joss sentiu o movimento das mãos de Dash separando as nádegas dela e foi inundada pela sensação gelada do lubrificante. Dash passou o dedo sobre aquele líquido e começou a movê-lo, parando na entrada e pressionando o gel sobre a abertura. Quando ele finalmente introduziu a ponta do dedo, a respiração de Joss congelou.

Seu corpo começou a protestar contra aquela investida, comprimindo e rejeitando o dedo de Dash. Mas ele persistiu, exercendo uma pressão firme até conseguir deslizar para dentro, até quase a região do nó do dedo. Joss engasgou, tomada por aquela súbita invasão.

Dash inclinou-se e beijou a nádega avantajada de Joss antes de cravar nela uma mordida intensa. Aproveitando a distração de Joss com aquela iniciativa, ele deslizou outro dedo, contando com a ajuda de mais lubrificante para facilitar o caminho.

Então, começou a acariciá-la, por dentro e por fora, lubrificando a passagem. Depois de vários longos momentos que quase levaram Joss à loucura, ele retirou os dedos e, sem perder tempo, inseriu mais uma quantidade de gel na abertura. Joss logo sentiu a cabeça rígida do plug sondando delicadamente uma oportunidade naquele orifício tão apertado. Dash introduziu o plug de uma vez, antes de retirá-lo e voltar a introduzir novamente.

Deslizou a mão livre pela barriga de Joss, descendo até alcançar as dobras de seu clitóris, que estava em pleno formigamento. Ele começou a acariciar a região, traçando um círculo cada vez mais apertado conforme penetrava o plug mais fundo no corpo de Joss.

Sua boceta, molhada pelo desejo, tremia de necessidade, e ela se viu tentando forçar o corpo contra o plug, pedindo mais.

– É isso mesmo, linda – ele murmurou. – Assim mesmo. Você precisa colaborar. A dor vai passar. Aproveite. Permita que o prazer tome conta de você.

Os dedos de Dash deslizaram para baixo, explorando a abertura vaginal de Joss ao mesmo tempo em que ele forçava mais o plug. Quando ele inseriu a parte mais larga, Joss sentiu que seu corpo abria passagem. A sensação de invasão foi intensa, mas os dedos dele habilmente produziam uma mágica no clitóris e na vagina dela. Ela estava quase sem sentidos, inquieta e nervosa, lutando contra um orgasmo iminente porque sabia que sem aquela intensidade tomando conta do seu corpo o plug só iria doer.

Justamente quando ela pensou que não poderia suportar nem mais um minuto, o corpo dela se rendeu e cedeu, permitindo o acesso total do plug invasor. Os dedos de Dash abandonaram o seu clitóris e ela respirou fundo, com um movimento árduo, o suor percorrendo a testa enquanto pedidos de clemência tentavam escapar de seus lábios.

Dash beijou as nádegas de Joss e em seguinda começou a beijar também a parte inferior das costas dela.

– Acalme-se – falou ele em voz baixa. – Eu quero ver você completamente à beira do limite quando eu finalmente foder sua bunda, a ponto de você perder a consciência de tanto prazer. Vou buscar o chicote e quero que você receba cada chicotada como um beijo na sua pele. Não tente fugir da dor. Aceite, poque depois da dor vem o prazer. Para muitas mulheres, a dor é a porta de entrada para outra dimensão. Quando chegar nesse nível, você não vai sentir nada, só o mais doce de todos os prazeres. Nós vamos chegar lá, Joss. Confie em mim e vamos chegar lá juntos.

Joss concordou com a cabeça, incapaz de falar. Ela desejava sentir a marca dele sobre a pele dela. Queria aquela sensação ardente de receber um tapa de couro sobre a própria pele. Tudo o que ela tinha ouvido falar, lido e fantasiado estava prestes a acontecer.

Fechou os olhos, ouvindo os sons de cada movimento de Dash. Em seguida, ouviu o som do chicote e seus olhos saltaram de pânico. Aquele barulho a tinha arrancado de seu estado de sonho, mas não havia dor. Joss levou um momento para perceber que aquela chicotada não tinha atingido o corpo dela. Ainda não.

Ela tremeu quando ele aproximou a aba de couro de sua coluna, perto da base do crânio e, lentamente, a deslizou para baixo para perto da bunda dela, onde o plug separava as duas nádegas. Ela prendeu a respiração, antecipando e esperando o que estava por vir. Mas nada aconteceu.

– Respire, Joss. Não tente controlar as coisas. Eu vou fazer você esperar ainda mais se você não relaxar.

Joss soltou a respiração, sem resistência, enquanto tentava se obrigar a seguir a ordem de Dash. Então a dor explodiu sobre sua pele como uma chama. Ela pulou, incapaz de impedir sua reação ao choque daquele primeiro golpe. Seus olhos se arregalaram de surpresa. Era uma dor imensa!

Ela precisou se esforçar para não ceder ao instinto de pronunciar imediatamente a palavra de segurança. Mas ela mordeu o lábio, determinada a suportar mais.

O segundo golpe não a deixou tão inconsciente quanto o primeiro. Joss se esforçava para respirar enquanto a dor tomava conta dela para desaparecer em seguida, conforme Dash tinha prometido, e deixar que o prazer a substituísse enquanto um tipo diferente de ardência se espalhava sobre seu corpo.

A terceira chicotada não doeu tanto quanto as duas primeiras, apesar de, na verdade, ter sido a mais forte. Agora ela sabia o que esperar e não resistiu tanto quanto fez ao sentir o primeiro golpe. O prazer substituiu o desconforto mais rápido e ela não tentou resistir. Apenas se entregou, seguindo a ordem de Dash.

Ele continuou a chicoteá-la, mas de uma forma que o chicote nunca atingia a mesma área duas vezes seguidas. Dash aumentou a velocidade e as chicotadas vinham mais forte, uma após a outra, até que o mundo ao seu redor começou a parecer distante. Tudo era nebuloso, uma sensação de euforia percorria as veias de Joss, se espalhando como fogo sobre seu corpo.

Era isso que ele chamava de outra dimensão? Joss havia lido sobre o assunto. Sabia que acontecia com algumas mulheres, quando elas entram em um plano diferente e não sentem nenhuma dor, apenas o prazer mais agudo.

Era uma sensação que ela nunca tinha experimentado antes. Joss erguia o corpo, antecipando-se aos golpes antes que eles a atingissem. Ela ansiava por eles. Joss queria mais – mais chicotadas, mais velocidade, mais força.

Precisou de alguns instantes para perceber que ele tinha parado. Sua carne tremia de urgência e calor. Ela era supersensível e começou a tremer quando a mão de Dash encostou nela, acariciando os vergões que ele tinha acabado de criar.

– Isso é lindo pra cacete – falou ele, com a voz cheia de desejo. – Minhas marcas gravadas na sua pele, não pode existir uma visão mais linda. Eu sei que disse que iria foder sua boca antes da sua linda bunda... Mas, querida, estou morrendo de vontade de entrar nessa bunda, e eu não vou conseguir segurar se você me chupar com essa boca maravilhosa antes.

Joss gemeu baixinho, fechando os olhos enquanto imaginava Dash devorando-a por trás, entrando onde nenhum homem jamais tinha entrado. Naquele instante, ela estava sem ação, impotente para fazer qualquer coisa a não ser aceitar o que viesse. O que ele quisesse fazer com ela, do jeito que ele quisesse.

Dash beijou cerimoniosamente uma das nádegas de Joss e depois a outra, em um gesto reverente que quase provocou lágrimas nos olhos dela. Joss respirou fundo, inalando o aroma de desejo que tomava conta do ar. Ela queria saborear tudo, gravar na memória tudo o que estava vivendo naquela noite. Absolutamente tudo. Joss sabia que haveria mais noites no futuro, mas aquela era a primeira. Não era a primeira vez que eles faziam amor, mas a primeira vez que Dash realmente demonstrava sua dominação – e que ela revelava a própria submissão.

Tudo era muito lindo e Joss jamais tinha imaginado a beleza daquela experiência. Agora entendia melhor porque Dash havia dito que se tratava de um presente. Era algo que precisava ser valorizado. Mas ela não era a única a oferecer um presente, pois Dash a presenteava com sua dominação. Com o cuidado absoluto em relação a ela, com aquela demonstração de poder. Era tão fácil tudo aquilo cair no abuso, mas ele mantinha o frágil limite entre o que faltava e o que seria excessivo.

Com suavidade, Dash começou a retirar o plug de dentro de Joss. O corpo dela se agarrou a ele, tentando impedir o afastamento. Mas Dash exerceu uma pressão constante e de repente conseguiu o que queria, com a abertura de Joss cedendo depois de tanta pressão. Ela caiu, sentindo-se esvaziada depois que a sensação de saciedade foi embora. Joss se sentiu dolorosamente vazia, desprovida da prazerosa sensação do seu corpo acomodado ao redor do plug.

Será que a sensação poderia ser ainda melhor se, em vez de um brinquedo de borracha, Dash ocupasse aquele espaço? Joss desejava isso com todas as suas forças. Queria sentir aquele homem profundamente dentro dela, possuindo-a e demonstrando posse absoluta.

O colchão afundou sob os joelhos de Joss quando Dash subiu e se posicionou entre as pernas abertas dela. As mãos dele se arrastaram pelas coxas dela, passando sobre a pele sensível atrás dos joelhos até chegar sem pressa na bunda de Joss. Ele apertou e acariciou cada uma das nádegas, passando os dedos sobre os vergões causados pelas chicotadas, antes de, finalmente, abri-las para sua invasão iminente.

Em uma reação automática, Joss imediatamente ficou tensa. Dash deu um tapa na bunda dela com força suficiente para excitá-la sem machucá-la.

– Relaxe, querida. Vai doer muito mais se você ficar tensa desse jeito enquanto eu tentar entrar em você. Eu usei bastante lubrificante e você está prontinha para mim. Você pode confiar. Agora apenas relaxe e deixe tudo comigo.

Joss se obrigou a fazer o que ele mandou. Dash ficou esperando, fixo na posição atrás dela, acariciando o corpo de Joss até que, finalmente, a tensão começou a ir embora e seus músculos ficaram moles e leves de novo.

Foi nesse momento que ele moveu o corpo para frente, afastando as nádegas e empurrando-se para dentro dela. Não foi difícil nem violento. Ele só conseguiu entrar cerca de uma polegada, mas ela prendeu a respiração e sentiu os olhos revirarem, conforme sentia suas entranhas se esforçarem para acomodar o pau de Dash.

Se ela tinha achado que o plug seria impensável, o que estava acontecendo era mais impossível ainda. Como ela poderia receber aquilo? Haveria outra opção? Ainda que ela concluísse que não poderia suportar, Dash não estava dando escolha. Nada o impediria de forçar seu caminho para dentro dela.

Esse pensamento trouxe uma emoção esmagadora, uma sensação de escuridão e de urgência que circulava por suas veias e a lançava de volta para aquela outra dimensão em que esteve antes. Toda a experiência assumiu uma atmosfera de sonho. Joss se dividia entre a fantasia e a realidade enquanto Dash movia o corpo para frente, pressionando-o firmemente para dentro dela, e o corpo de Joss se estendia ainda mais para acomodá-lo.

– Estou quase lá, querida – ele a acalmou, acariciando as costas dela com as duas as mãos. – Só um pouco mais e você terá tudo de mim.

– Rápido – ela sussurrou, mordendo os lábios para evitar que eles a traíssem e implorassem por mais.

Quando Dash se afastou, Joss soltou um gemido de desagrado, mas não demorou para perceber que ele estava de volta. Com um impulso poderoso, abriu de uma vez o caminho para dentro dela. O grito de Joss quebrou o silêncio e ela instintivamente tentou arremessar o corpo para a frente, fungindo daquela invasão, mas as cordas a impediam de escapar.

As mãos de Dash agarraram com força os quadris de Joss, com os dedos apertando aquela carne e marcando seu corpo da mesma forma como o chicote havia feito. Ele liberou um som quase animalesco e puxou-a de volta, ao encontro de seu impulso. Com aquele movimento, enterrou seu pau inteiro em Joss, que agora podia sentir o saco pesado e os pêlos que cercavam o pênis dele roçando sua bunda.

Joss se sentia ofegante, sem forças, tonta e em meio a um zumbido tão alto como ela nunca tinha conhecido. Dash se aproximou dela e, com as mãos, começou a acariciar com suavidade o clitóris de Joss. Ela soltou outro som estridente, sentindo os sinais de um orgasmo quase vertiginoso se aproximando dela. Meu Deus, ainda não... Ela não podia gozar agora. Seria o fim de tudo e ela não queria isso.

– Você está perto, querida? – perguntou Dash, entre dentes.

– Muito perto – respondeu Joss, com uma voz desesperada. – Não me toque, pelo menos não agora, a não ser que você também esteja perto. Estou tão perto, Dash... Quase lá...

Dash se inclinou e beijou Joss entre os ombros, mas os dedos que exploravam o clitóris agora se acalmaram. Ele se contorcia e pulsava dentro dela.

– Estou perto também – disse ele, em um tom gutural. – Mas quero que dure mais. Você é tão doce, Joss, malignamente doce. Sua bunda é tão perfeita quanto o resto de você. Apertada e quente, feita para me sugar e me devorar.

Ela fechou os olhos, respirando profundamente pelo nariz. Dash tinha parado com as carícias, mas, ainda assim, Joss parecia estar muito próxima do clímax. Não ia demorar para uma explosão irromper de dentro da sua alma.

Dash deslizou as mãos pelo corpo de Joss e chegou aos seios dela. Brincou com os mamilos conforme se acomodava sobre ela, perfeitamente imóvel dentro de suas entranhas. Ele apertou e acariciou os seios, brincando com os mamilos entre os dedos.

Finalmente, ele se ergueu e suas mãos se afastaram dos seios dela. Dash agarrou firme a cintura dela e retirou seu corpo, para voltar a invadir Joss com intensidade e profundidade. Repetiu esses movimentos por um tempo, retirando seu pau até deixar apenas a ponta para dentro de sua abertura para, em seguida, empurrá-lo com força.

Dash havia avisado que não teria piedade, que iria fodê-la com tesão e força. Que iria levá-la até os seus limites. Mas desde o primeiro golpe, que lhe inflingiu tanta dor e intensidade, ela nem sequer pensou em pedir para parar com tudo. Ela queria aquilo. Desejava aquilo com toda a sua força.

Agora que ela tinha experimentado o gosto do domínio dele, sabia que estava viciada, como um drogado desesperado pela próxima dose. Ela nunca teria o bastante de seu poder, seu controle. Ele invadiu o canto mais obscuro da alma de Joss e, por meio de sua posse, tornou-a viva, como uma flor que desabrocha na primavera depois de passar o inverno adormecida.

– Eu não vou aliviar para você, Joss – avisou ele, falando por meio dos dentes cerrados. – Não vou ter piedade e só vou parar se você usar a palavra de segurança.

Joss começou a tremer sem controle. Então a parte áspera e dolorosa ainda estava por vir? Havia mais ainda? Será que ele estava pegando leve até agora?

A resposta veio quando sentiu o solavanco do movimento dele para dentro dela, agora em uma posição de maior dominância. Ele abriu as nádegas de Joss com ambas as mãos, mantendo o espaço aberto para a sua invasão e, em seguida, ele fodeu com tanta ferocidade que a deixou sem fôlego.

Forte. Rápido. Profundo.

Ele repetiu o movimento diversas vezes, oprimindo-a com o poder de sua posse. O ambiente ao redor dela perdeu o contorno e ela não tinha mais certeza se estava consciente de qualquer coisa, a não ser do poder que ele demonstrava exercer sobre ela. Aquilo doía e queimava, mas ainda assim era o prazer mais intenso que ela já havia experimentado.

Então, ele se afastou, retirando o pau de dentro do corpo de Joss, e jatos quentes de sêmen melecaram as costas dela. Uma parte daquele líquido deslizou para dentro dela pela entrada ainda aberta e distendida por causa da penetração feroz. O resto escorria sobre as costas e a bunda de Joss. Então, como ele havia prometido, ele voltou a invadi-la, ainda gozando, inundando-a por dentro profundamente com seu sêmen.

Com a investida, ela sentiu o líquido quente escorrer para fora de seu corpo, percorrendo rapidamente o interior de suas pernas. Então, Dash mergulhou para frente, pressionando com força contra a bunda dela conforme seu corpo tremia sobre o dela.

Ele estendeu a mão e posicionou os dedos sobre o clitóris de Joss mais uma vez. Em resposta, ela começou a se mover. Estava tão excitada, tão incrivelmente excitada, que o toque era quase doloroso e ainda assim ela ansiava mais. Precisava de mais. Ela precisava gozar.

– Eu vou ficar dentro de você até você gozar – disse ele em uma voz tensa. – Eu quero sentir você desmoronar enquanto ainda estou no fundo da sua bunda.

Os dedos dele intensificaram a pressão, cercando o clitóris em um círculo apertado. A sensação dupla, aquele pau na bunda dela e os dedos acariciando o clitóris, era mais do que ela podia suportar.

O orgasmo a atingiu como uma onda gigante. Joss ficou sem consciência, perdida no meio de sua libertação. Ela estava coberta pelo gozo de Dash, com o pau dele ainda profundamente enraizado nela enquanto ela se contorcia e o apertava ainda mais.

Ele gemeu. Ela gritou. E então os dois caíram para frente o máximo que as cordas que a prendiam deixaram.

O peito de Joss subia e descia rapidamente, lutando para ganhar fôlego.

– Você está bem? – Dash perguntou com carinho, enquanto acariciava o rosto dela.

– Hum, hum – foi o que ela conseguiu responder.

– Só um minuto e vou soltar e limpar você.

– Eu não vou a lugar nenhum – ela murmurou.

Dash riu.

– Acho que não, já que você está amarrada de forma segura na minha cama. Gostei disso. Adorei, para falar a verdade. Acho que eu poderia me acostumar a ter você ao meu dispor e ao meu prazer o tempo todo.

Joss não conseguiu sequer rir daquele comentário. Estava desfeita, cansada e sem energia – porém mais satisfeita e completa do que nunca.

Instantes depois, ele a desamarrou com suavidade e limpou o sêmen do corpo dela com uma toalha úmida. Quando ela ficou livre, Dash a acomodou na beirada da cama e examinou os pulsos e os tornozelos de Joss, para ver se havia algum machucado. Então, beijou cada parte ligeiramente vermelha, nos locais onde a corda havia pressionado a pele, e massageou com vigor os pés de Joss quando ela comentou que não conseguia senti-los muito bem.

Na verdade, Joss ainda não conseguia sentir muitas outras coisas. Estava abalada demais com aquela experiência. Sentia-se entorpecida e um pouco fora de si, como se acabasse de sair de um estado de embriaguez, que talvez ainda não tivesse desaparecido.

Quando terminou, Dash ajoelhou-se diante dela e puxou-a em para seus braços, apoiando a cabeça dela sobre o ombro dele. Dash acariciou as costas de Joss, passando as mãos para cima e para baixo, ao mesmo tempo em que beijava os cabelos dela.

– Me conte o que você está pensando, Joss – falou ele, em voz baixa.

Ela tentou um sorriso quando afastou a cabeça para olhar para ele, mas estava esgotada demais para isso. Em vez disso, estendeu as mãos na direção do rosto dele, apoiando o queixo. Joss acariciou sua face, deixando que os dedos percorressem as bochechas dele.

– Estou pensando que essa foi a experiência sexual mais incrível da minha vida, Dash. É isso que eu estou pensando – declarou, com toda a sinceridade.

Ele sorriu, com um alívio evidente em seus olhos. Ele inclinou-se para frente, apoiando a sua testa na dela. Era um gesto que ele fazia com frequência e ela gostava daquela intimidade. Gostava quando ele manifestava abertamente o seu carinho. Gostava de saber que ele apreciava o contato com o corpo dela.

– Eu pretendia que durasse bem mais tempo – falou Dash, com um tom de tristeza. – Em geral, não sou tão rápido. Mas você me deixa assim, Joss. Você me deixa louco. Basta tocar você, beijar seu corpo, sentir você e fico desesperado para ter você até ficar quase cego de luxúria.

Ela sorriu para ele e inclinou-se, eliminando a curta distância que separava sua boca da boca dele.

– Temos muito tempo para prolongar isso. Vamos fazer durar mais. Ainda estamos nos conhecendo e tudo isso ainda é novo.

– Pode apostar essa sua bunda linda e dolorida que vamos mesmo – prometeu ele, com um sorriso. – Fique tranquila, porque eu vou orientá-la direitinho e fazer o seu prazer durar bem mais do que durou esta noite.

– Minha bunda está dolorida *mesmo* – disse ela, fazendo uma careta enquanto falava.

– Então eu vou ter de beijá-la muito até que melhore – prometeu Dash, com uma voz sedosa.

Ele estendeu o braço e a segurou com facilidade. Em seguida a colocou na cama, puxando as cobertas e cobrindo-a com cuidado. Ele a beijou novamente e logo depois se acomodou na cama, ao lado dela.

Joss se apressou em se aninhar junto a ele, aproveitando o calor intenso que vinha daquele corpo. Naquela noite, ele não a amarrou. Talvez ele tivesse esquecido ou estivesse com medo de que a corda que havia usado antes tivesse machucado a pele sedosa dela e achasse melhor dar um descanso. Mas isso não importava. Eles estavam o mais perto possível e o corpo dele envolvia o dela – isso bastava.

No meio da noite, Joss se mexeu tanto que Dash acordou. Pensou em despertá-la porque achava que podia ser um pesadelo, mas antes que ele pudesse decidir, Joss murmurou:

– Carson.

Dash ficou imóvel, com aquela palavra congelando seu coração. Joss falou num tom... triste. Como se expressasse uma falta ou uma saudade. Não era o que ele esperava ouvir logo depois de fazer amor com Joss. Quando ela ainda exibia no próprio corpo as marcas do domínio e da posse do amor dele.

Joss se afastou dele, enrolando seu corpo em uma bola, sem despertar. Dash ficou ali, a poucos centímetros de distância, mas aparentemente confinado em um mundo à parte.

E, enquanto ela dormia tranquila e serena, ele permaneceu acordado, envolto em um silêncio meditativo.

18

Na manhã seguinte, Dash estava calado e quase distante. Desde que saíra da cama, seu humor estava indócil. Sem compreender muito bem, Joss se dispôs a preparar o café da manhã, mas ele ignorou a oferta e preparou a refeição para os dois. Dash não deu a comida na boca dela, como havia feito nas ocasiões anteriores. Apenas se sentaram um de frente para o outro à pequena mesa do café, que ficava no canto da cozinha.

Joss tentou começar uma conversa várias vezes, mas Dash dava respostas curtas e distantes, como se pensasse em outra coisa. Joss repassou diversas vezes em sua mente tudo o que tinha acontecido na noite anterior, tentando descobrir o que poderia ter feito para desagradá-lo. Mas ele parecera perfeitamente satisfeito com a maneira como as coisas aconteceram. Ela não tinha fugido do desafio. Não usou a palavra de segurança. Tinha ido até o final, lamentando quando tudo acabou.

Mas por que ele estava tão distante?

Ela passou todo o café da manhã preocupada com isso e, quando terminaram de comer, Joss tirou os pratos da mesa sem pedir permissão. A verdade era que ela queria ficar longe por alguns momentos para refletir sobre aquela mudança de humor.

Joss sentiu o corpo enrijecer quando ele entrou na cozinha atrás dela. Estava parada na pia, arrumando os pratos, quando se virou para encará-lo.

– Eu fiz alguma coisa errada? – ela perguntou, sem rodeios.

Ela odiava joguinhos de adivinhação. Não era do tipo que sabia esconder os próprios sentimentos. Além disso, Dash logo perceberia que algo a estava incomodando e que ele era a causa do problema.

Ele piscou, surpreso, e em seguida suas feições se tranquilizaram e a tensão concentrada em sua testa se dissipou.

– Não, querida, por que você acha isso?

– Porque você não me disse nem duas palavras a manhã toda – ela disse. – Odeio soar irritante ou me intrometer no que não é da minha conta, mas isso está me deixando louca. Não consigo entender o que fiz para deixar você tão contrariado.

Com o semblante ainda mais suave, ele se aproximou, envolveu-a nos braços e a reclinou contra a pia.

– Você não fez nada para me desagradar. Eu só estava pensativo. Nada a ver com você. A noite passada foi maravilhosa, assim como você, Joss. Me desculpe se fiz você achar que tinha feito algo errado. Você foi e é perfeita.

Estranhamente, ela teve a sensação de que ele não estava dizendo a verdade ou, pelo menos, não toda a verdade. No resto da manhã, Joss o flagrou observando-a várias vezes, como se quisesse *adivinhar* os pensamentos dela. Dash já devia ter percebido que ela era um livro aberto: quando algo rondava sua mente, não havia como disfarçar. Dava para ler em seus olhos, ou, simplesmente, ela logo se abria e botava tudo para fora.

Era uma das características dela que Carson mais amava. Nada de reservas, nada de joguinhos. Nada de cara amarrada interminável por razões apenas imaginadas. Se algo a incomodava, ele logo era avisado disso. Ele nunca precisou perguntar nada, pois ela sempre foi direta e honesta, em especial com pessoas com as quais se importava.

– Tem certeza? – perguntou em voz baixa. – Ainda estou aprendendo e não quero estragar tudo. Se eu fizer algo errado, você tem de me dizer, do contrário nunca vou saber como me corrigir.

Dash beijou-a, abraçando-a com força.

– Você não fez nada de errado, Joss. E se tivesse feito, tenho certeza de que teria sido sem querer. Você é honesta e clara o tempo todo. É uma das coisas que mais admiro em você. Nunca é preciso adivinhar nada, você sempre fala tudo sem rodeios.

Ela relaxou, sentindo parte de sua preocupação desaparecer.

– Desculpe. Sei que pareço defensiva, mas isso é muito importante para mim. Preciso que você entenda. Isto não é um jogo para mim. Não estou em busca de um relacionamento com qualquer um. Eu escolhi você. Isso definitivamente tem de significar alguma coisa.

– Significa tudo – ele disse serenamente. – Mais do que você pode imaginar. O que você não entende é que existem muitos homens mais do que dispostos a lhe dar as coisas que você quer. Eles seriam capazes de mimá-la por toda a eternidade. Colocariam o mundo a seus pés. Mas o maldito felizardo sou eu, porque você me escolheu, ainda que eu dependa de você de um jeito tão intenso.

Ela sorriu.

– Não importa o quanto você dependa de mim. Se não quisesse que fosse assim, eu não teria concordado. Carson me ensinou muito sobre independência e sobre caminhar com as próprias pernas. Sempre serei grata por isso. Ele me ensinou que eu podia ser a pessoa que sou, e que nunca devo mudar apenas para agradar alguém. Ele estava certo. Isso é o que tento fazer e ser na minha vida, todos os dias.

A expressão de Dash fechou-se novamente, e seus olhos se esvaziaram. Será que se ressentiu por ela ter mencionado Carson? Era incômodo que ela tivesse sido casada e feliz com outro homem?

Ela entendeu, pensou. Por mais maravilhosos que tivessem sido seus homens anteriores, não importava: haveria sempre um único, esfregado na cara de Dash de vez em quando.

Dali em diante ela teria mais cuidado em mencionar Carson. Mas era natural que ela precisasse de um tempo para se adaptar à mudança súbita naquele relacionamento. Ele deixara de ser seu amigo e confidente para se tornar seu amante em questão de dias. Antes, ela não tinha escrúpulos em falar sobre sua relação com Carson, ou mesmo sobre Carson, com um homem que ele costumava chamar de seu melhor amigo. Foi bom poder falar sobre Carson com alguém que o conhecia quase tão bem quanto ela. Aquilo havia mantido sua memória viva, repassando os bons tempos que eles haviam compartilhado.

– O que vamos fazer hoje? – ela perguntou impulsivamente. – Você ligou para Tate, Chessy e Kylie para ver se podem vir jantar hoje à noite? Se puderem, vou ter de correr até o mercado e comprar ingredientes para os pratos que estou planejando. O mercado municipal tem carnes simplesmente divinas. Pensei que a gente poderia preparar alguns filés grelhados, e eu me encarrego de todos os acompanhamentos: batatas assadas, salada, pão caseiro e uma sobremesa de dar água na boca.

Ele desceu seus lábios até os dela, beijando-a com uma ternura e um cuidado que ainda não tinham sido demonstrados naquela manhã.

– Por mim, está ótimo. Vou telefonar agora mesmo para o Tate. Você mesma telefona para a Kylie ou prefere que eu ligue para fazer o convite?

– Pode deixar, eu ligo para ela – respondeu Joss calmamente. – Mas vou esperar e deixar que você explique tudo quando ela chegar. Eu pretendia pedir que ela chegasse aqui pelo menos meia hora antes dos outros, para que vocês dois tenham tempo de conversar sobre Jensen.

– Parece uma boa ideia. Então, você faz suas ligações. Vou fazer a minha. Depois vou ao mercado para você e tento comprar tudo o que está faltando.

– Vou precisar que você compre o vinho – disse ela, com tristeza. – Carson não se conformava com as minhas escolhas erradas.

Ela quase mordeu a língua de frustração. Momentos antes, ela jurou que iria parar de enfiar Carson no meio de sua relação com Dash. Nenhum homem gostaria de se ver constantemente comparado com outro homem, especialmente com um morto.

Joss esperou o aumento da dor que sempre vinha quando ela falava de Carson. Mas, dessa vez, ela não estava lá. Havia uma persistente tristeza com a qual ela lidava de vez em quando, mas a maior parte da dor tinha desaparecido. Pela primeira vez, ela podia ver a grama do outro lado da cerca – e estava gostando do que via.

19

Embora preparar um jantar não fosse novidade para Joss, ela estava muito nervosa, porque seria a sua primeira vez como anfitriã na casa de *Dash*. E os convidados eram todos pessoas amigas. Não havia razão para se sentir tão tensa, mas ela não conseguia evitar. Talvez porque, mesmo que os amigos soubessem de seu relacionamento com Dash, eles ainda não haviam visto com seus próprios olhos.

Ela deu os últimos retoques nas verduras e legumes e pôs a saladeira no refrigerador antes de levar as batatas ao forno. Os bifes já descansavam na marinada e Dash só iria passá-los na grelha mais perto da hora de comer.

Antes, porém, eles teriam uma conversa com Kylie. Dash iria contar a ela sobre sua sociedade com Jensen. Joss temia essa revelação, mas tinha certeza de que era melhor que acontecesse ali, em particular, num lugar onde Kylie se sentisse confortável, do que no escritório, um ambiente no qual ela não conseguiria reagir honestamente.

A campainha tocou e Joss saiu correndo da cozinha, avisando Dash em voz alta que ela mesma iria atender. Queria ser a primeira a cumprimentar Kylie.

Quando abriu a porta, encontrou Kylie sorrindo e a puxou para um abraço.

– Eu ia perguntar como você está indo, mas seu olhar já diz tudo – comentou Kylie com malícia. – Você parece... feliz, Joss. Fico contente com isso.

Joss impulsivamente apertou-a outra vez.

– Obrigada. E você, como vai? Sei que a gente se encontrou há apenas alguns dias, mas sinto como se não visse nem falasse com você por uma eternidade!

– Isso é porque você bancou a recatada comigo e com Chessy e só nos mandou um e-mail – retorquiu Kylie em um tom seco.

Joss riu.

– É, fiz isso mesmo. Eu imaginei que seria mais fácil simplesmente mandar um e-mail para vocês duas de uma vez. Com certeza levaria muito menos tempo do que um telefonema, porque vocês duas iriam me bombardear sem piedade.

Um sorriso repuxou os cantos da boca de Kylie enquanto as duas entravam na sala de estar de Dash. Kylie olhou em volta e, quando se certificou de que não havia mais ninguém por ali, voltou-se para Joss e baixou o tom de voz.

– Ele tem sido bom para você, Joss? Você parece bem. Mas está feliz de verdade?

Joss sorriu, deixando a felicidade transparecer em seu rosto enquanto encarava a amiga.

– Ele é muito bom para mim, Kylie. As coisas estão melhores do que eu imaginava. Estou *realmente* feliz.

Kylie estendeu o braço e apertou a mão de Joss.

– Então, eu estou feliz por você. Sei que não pareceu assim no início, me desculpe por isso. Eu só estava preocupada com você. Quero muito que você seja feliz, Joss. Espero que saiba disso.

– Eu sei, sim. E eu te amo. Nunca se esqueça disso.

Dash entrou na sala e se aproximou para beijar o rosto de Kylie.

– Que bom que você pôde vir, Kylie. Gostaria de beber alguma coisa? Tem uma coisa que eu preciso discutir com você antes que os outros convidados cheguem.

Kylie lançou-lhe um olhar interrogativo.

– Um vinho seria ótimo. Você escolhe. Eu vou gostar de qualquer coisa que me oferecer.

Dash foi encher as taças para as duas mulheres e voltou até a sala para servi-las.

– O que você quer falar comigo? – perguntou Kylie com curiosidade.

Dash suspirou e lançou para ela um breve olhar desconcertado. Mas Joss sabia que ele não era o tipo de fazer rodeios. Ele diria tudo o que tivesse de ser dito, e lidaria com as consequências, quaisquer que fossem elas.

– Um novo parceiro está se juntando ao nosso negócio – disse Dash tão diretamente quanto Joss imaginava que seria.

Os olhos de Kylie se arregalaram e seus lábios se entreabriram, mas ela se manteve em silêncio. Simplesmente encarou Dash, muda e imóvel como se tivesse sido congelada por aquele comunicado.

– O nome dele é Jensen Tucker – Dash prosseguiu. – Carson e eu tínhamos considerado essa possibilidade alguns anos atrás. Quando Carson morreu, deixei esse plano em espera enquanto me focava em manter o negócio à tona. Mas acho que chegou a hora. Jensen é um reforço sólido, ele vai ser um trunfo para a empresa.

– Você vai simplesmente substituir o Carson? – disse Kylie com voz rouca. – Por quê? Você vem fazendo um bom trabalho, Dash. Por que precisa desse cara? O que ele tem a oferecer, afinal de contas?

A voz dela se elevou, adquirindo um tom cada vez mais emocional.

Joss foi até Dash e entrelaçou seus dedos nos dele, pressionando-lhe a mão levemente para sinalizar seu apoio. Ele retribuiu o gesto e olhou-a cheio de gratidão.

– Você acha isso certo? – Kylie perguntou a Joss com ar acusador.

O rosto de Joss corou e, por um momento, as palavras lhe faltaram. Não, ela não esperava que Kylie assimilasse bem a notícia logo de cara, mas também não imaginava que se tornaria alvo da raiva e da indignação contidas na voz da amiga. A empresa não pertencia a Joss, e aquela não era uma escolha dela. Sim, era verdade que possuía uma parte do negócio, mas ela nunca teve poder nem influência sobre a tomada de decisões dos negócios. Aquilo era da alçada de Dash, e agora de Jensen, também. Tanto ela quanto Kylie se beneficiariam dos lucros. Carson havia se assegurado disso. Mas nenhuma delas teria uma palavra a dizer sobre a gestão da empresa. Carson depositara toda sua confiança em Dash, e Joss concordou com essa escolha.

– Eu não posso acreditar que você apoia a decisão dele – Kylie prosseguiu com a voz cada vez mais rouca. – Já se esqueceu de Carson? Já está tão envolvida nesse novo relacionamento a ponto de virar as costas para tudo o que seu marido construiu?

– Já chega – exclamou Dash, sua mandíbula apertada com raiva. – Você não vai direcionar sua raiva para Joss. Se tem algo a dizer, pode muito bem falar comigo. Você *não* vai fazer Joss se sentir mal por causa disso. Não foi decisão dela, mas, sim, ela concorda com a ideia e me apoia. Acostume-se. Cabe a você, Kylie, tornar toda essa história mais fácil ou mais difícil. Essa é sua escolha. Jensen está vindo hoje à noite e você vai encontrá-lo. Eu espero que você seja profissional e cordial.

O calor se espalhava pelo peito de Joss conforme Dash se colocava instantaneamente em defesa dela. Ele estava zangado, e era preciso muita coisa para deixá-lo assim. Mas era uma reação proporcional à explosão de Kylie. Ele envolvera seu braço protetor em torno de Joss, oferecendo apoio absoluto a ela com gestos e palavras. Assim como ela tinha feito para ele.

– E se eu não for profissional e cordial? – desafiou Kylie. – Você vai me demitir por eu não gostar da pessoa que você está trazendo para substituir Carson?

– Se for preciso, vou – disse Dash em voz baixa. – Mas espero não chegar a esse ponto, Kylie. Você é muito boa no que faz. A empresa precisa de você. Eu preciso de você. Eu odiaria ter de substituí-la, mas se for criar problemas para Jensen, você pode e vai ser substituída.

Kylie empalideceu, seus olhos pareciam gritar de dor. Seu olhar esvoaçou sobre Joss com a mesma ira acusatória expressada alguns momentos antes. Joss se encolheu, sabendo que Kylie interpretava tudo aquilo como uma traição. Não apenas da parte de Dash, mas também de Joss. Ela esperava ter Joss a seu lado, protestando contra a substituição de Carson.

Era evidente em sua expressão, em sua linguagem corporal, que ela estava furiosa não apenas com Dash, mas com Joss. Talvez mais com Joss.

– Você me convida, despeja tudo isso em cima de mim e ainda espera que eu aja como uma boa menina com um homem que vai tomar o lugar de meu irmão – resumiu ela dolorosamente. – Como é que você *espera* que eu reaja?

– Chamamos você antes para poder contar tudo em particular e lhe dar um tempo para absorver a novidade antes da chegada de Jensen. A alternativa era esperar até segunda-feira e repassar a informação no escritório. Acho que o significado de nossa relação vai além dos negócios, e por isso preferi conversar fora do ambiente de trabalho. Talvez eu tenha cometido um erro, nesse sentido.

A voz de Dash estava fria, irradiando raiva em ondas. Kylie havia passado dos limites e seu ataque a Joss o enfurecera ainda mais. Joss apertou a mão dele mais uma vez, um sinal silencioso de que estava tudo bem.

– Tudo bem, Dash – murmurou Joss baixinho, expressando seus pensamentos para que não restasse qualquer dúvida. – Eu entendo porque ela está chateada. Ela não queria dizer isso.

– Não está tudo bem – retorquiu Dash. – Ela não tem o direito de tratar você dessa maneira e eu não vou permitir isso em nossa casa.

– Nossa casa? – exclamou Kylie, incrédula. – As coisas andaram progredindo por aqui, não é, Joss? Você está seguindo adiante e já esqueceu o homem com quem foi casada até três anos atrás. O que é exatamente que está acontecendo aqui? Todo mundo deve esquecer que Carson existiu? Talvez você consiga, mas eu não. Ele era a minha única família, não dá para trocá-lo com tanta facilidade assim. Não para mim.

– Se você não pedir desculpas a Joss neste minuto, vou pedir que saia agora daqui e só entre no escritório na segunda-feira para limpar sua mesa e assinar sua demissão – sentenciou Dash friamente. – O que existe entre mim e Joss não é da sua conta. Ela não precisa de sua aprovação ou sua bênção, embora eu saiba que ela gostaria de ter ambas. Ela ama você e preferiria perder um braço a magoá-la de propósito. Mas você está magoando Joss por causa de uma besteira. Não vou admitir isso, e tenha a maldita certeza de que não permitirei que você entre em nossa casa. Isso mesmo, *nossa* casa. Joss está comigo, e você tem duas opções. Aceitar isso e ficar feliz por ela ou virar as costas e ir embora. O que é que vai ser?

Joss sentiu a cor se esvair de sua face conforme o mesmo acontecia na de Kylie. Ela tremia incontrolavelmente e parecia odiar Dash acima de tudo. O braço dele a cingia com tanta força que ela mal conseguia respirar. Não, ela não esperava que Kylie aceitasse tudo aquilo com tranquilidade, mas jamais podia prever uma reação tão desmedida contra si mesma.

Será que Chessy reagiria da mesma maneira? Será que julgaria que ela, Joss, havia esquecido Carson com facilidade e embarcado de cabeça na primeira oportunidade de relacionamento que viu pela frente? Nenhum de seus amigos estava feliz por ela? O custo de ser feliz de novo era perder todas as suas amizades? Por que a felicidade tinha um preço tão alto? Por que Kylie não podia aceitar que Joss não queria mais ser tão solitária?

As lágrimas queimavam suas pálpebras, e Dash percebeu. Toda a fúria de seu corpo tenso foi disparada através dos olhos.

– Você magoou Joss e não vou aceitar isso – disse Dash firmemente. – Peça desculpas ou saia, e seja rápida. Não vou ficar aqui parado permitindo que abusem de Joss em sua própria casa.

Kylie parecia chocada e magoada com as palavras de Dash. O verbo *abusar* atingiu Kylie em cheio. Obviamente, ela se sentiu horrorizada pela acusação de ter abusado de outra pessoa.

– Me desculpe, Joss – balbuciou Kylie à beira de um soluço. – Eu não tive a intenção de magoar nem de ofender.

– Mas fez as duas coisas – Dash disse, com voz cortante.

– Está tudo bem – respondeu Joss calmamente. – Eu sei que você não quis dizer isso, Kylie. Por favor, dê uma chance a Jensen. Eu o conheci e ele parece ser um bom homem. Carson o respeitava e admirava. Isso deve bastar para você.

Kylie brevemente fechou os olhos e, em seguida, correu e atirou os braços em volta de Joss, apartando-a de Dash.

– Me desculpe. Eu te amo. Amo muito. Sinto muito, Joss. O que eu disse foi horrível. Não há desculpa. Eu apenas fui pega desprevenida. Eu não estava esperando por isso. Por favor, me perdoe.

Joss a abraçou de volta, com o coração ainda contraído pelas coisas que Kylie havia dito. Ela acreditava na verdade daquele arrependimento, mas as palavras ainda doíam, como minúsculos dardos que finalmente encontravam seu alvo. Todo mundo estaria pensando da mesma forma? Que ela facilmente havia deixado Carson para trás? Que estava trocando Carson sem cerimônia? Já fazia três anos! Ela não havia pulado para a cama de Dash apenas uma semana, um mês ou um ano depois de ter perdido Carson.

Dash olhou para Joss por cima do ombro de Kylie, ainda com expressão feroz. Ele sabia que Joss ainda continuaria magoada pela explosão intempestiva de Kylie, e era óbvio que faria qualquer coisa para poupá-la desse tipo de dor.

Joss sacudiu a cabeça para Dash, sinalizando para que ele esquecesse aquilo. Kylie foi emocional. Ela sempre agia assim. Com muita frequência, falava sem pensar. Joss sabia que amava Kylie e vice-versa, mas isso não a impedia de reconhecer os defeitos da amiga. E, quando ama alguém, você tem de aceitar a pessoa como ela é, inclusive nos aspectos que não são exatamente perfeitos.

Dash assentiu tristemente, aceitando o apelo silencioso de Joss. Quando se afastou de Joss, Kylie voltou seu olhar perturbado para Dash.

– Eu sinto muito, Dash. Por favor, me perdoe. Vou tentar aceitar Jensen. Eu não vou fazer nada para envergonhar vocês diante dele. E se eu ainda tenho meu cargo na empresa, vou fazer o meu melhor. Vou fazer o trabalho que você espera de mim.

A expressão de Dash se suavizou aos poucos, e ele envolveu Kylie em um abraço forte.

– Bom ouvir isso, Kylie. Você é danada de boa na administração do meu, do nosso, escritório, e eu espero de coração que você continue fazendo seu trabalho por lá. Mas se eu ouvir você falar com Joss desse jeito novamente, não vou ser capaz de tanta compreensão da próxima vez.

A advertência caiu pesada sobre a sala. Kylie balançou a cabeça sinalizando estar de acordo, e olhou para Joss com tristeza e pesar nos olhos.

– Eu te perdoo, Kylie – disse Joss calmamente e com sinceridade. – Por favor, vamos esquecer tudo isso e aproveitar a noite. Chessy e Tate vão chegar daqui a pouco, Jensen também. Por favor, dê uma chance para ele.

Seu tom de voz era suplicante. Ela sempre foi uma pacificadora. Simplesmente odiava discórdias ou conflitos de qualquer espécie. Fazia parte de sua natureza, e Dash estava bem familiarizado com esse aspecto de sua personalidade. Até por isso ele a defendeu dos ataques de Kylie com tanta rapidez e ferocidade. Joss adorava que ele se mostrasse tão protetor em relação a ela. Sentia-se segura com ele. Não só do ponto de vista físico, mas também emocionalmente. E o lado emocional talvez fosse o mais importante, pois ela já havia sofrido demais nessa área. Joss precisava e queria ter seus sentimentos protegidos e acarinhados. Se isso fazia dela uma mulher fraca... bem, que se dane. Era o que ela queria e precisava, e Dash parecia determinado a lhe proporcionar essas coisas.

– Eu vou dar uma chance a ele. Por você, Joss – prometeu Kylie, sublinhando que ela iria fazê-lo pela amiga, e não necessariamente por ordem de Dash. O que não deixava de ser estranho, considerando que Dash era seu chefe, ou seja, a pessoa que ela devia se preocupar em não aborrecer.

Mas Joss era sua amiga – sua irmã – e o vínculo entre elas era sólido e inquebrável. Ou, pelo menos, Joss esperava que fosse assim. Ela rezava para que aquela tensão não evoluísse para uma situação de ruptura irreversível.

– Muito obrigado por sua ajuda – disse Dash, já mais sereno. – Isso significa muito, significa que podemos contar com você, Kylie. Você não é só uma funcionária. Você é um membro da família.

Os olhos de Kylie marejaram e ela rapidamente enxugou a umidade que revelava seus sentimentos.

– Estamos desperdiçando a chance de beber um bom vinho – brincou ela com voz trêmula, um sorriso hesitante nos lábios. Kylie estava tentando fazer a parte dela, esforçando-se, e Joss a amava por isso.

– Por que você não vem para a cozinha e me acompanha enquanto eu preparo as entradas? – convidou Joss, estendendo a mão para a cunhada. – Podemos esperar Chessy chegar e, aí, esvaziamos uma garrafa inteira de vinho enquanto os meninos ficam preparando as coisas na grelha.

Kylie sorriu genuinamente dessa vez, e segurou a mão de Joss, apertando-a de leve, como se pedisse desculpas de novo, em silêncio.

As duas mulheres entraram na cozinha, um silêncio constrangedor entre elas. Joss ocupou-se em preparar a bandeja de aperitivos e virou os bifes na marinada. Deu uma conferida no relógio, sabendo que os outros convidados chegariam em breve. Estava impaciente à espera de Chessy, cuja presença certamente ajudaria a aliviar a tensão que persistia entre ela e Kylie.

Joss deu um suspiro de alívio quando, poucos momentos depois, Chessy invadiu a cozinha com um sorriso alegre no rosto bonito.

– E aí, meninas? – ela cantarolou.

Chessy primeiro abraçou Kylie e depois estendeu os braços para Joss.

– O que há com a Kylie? – sussurrou no ouvido de Joss.

– Conto mais tarde – Joss murmurou de volta.

Os olhos de Chessy se estreitaram quando as duas se separaram, mas ela rapidamente colocou o sorriso de volta no rosto e foi se empoleirar na banqueta ao lado de Kylie.

Kylie continuou visivelmente constrangida mesmo quando a tagarelice de Chessy começou a preencher o lapso estranho que havia se formado entre as cunhadas. Não escapou ao olhar penetrante de Chessy, porém, o desconforto que jazia como um cobertor sobre aquelas duas mulheres.

Quando a campainha tocou, Kylie empalideceu e logo em seguida pediu licença para ir ao banheiro. Assim que ela saiu, Chessy contornou o balcão da cozinha para se aproximar de Joss, que pinçava os bifes da marinada, removendo-lhes o excesso de líquido.

– Que diabos está acontecendo aqui? – Chessy exigiu saber. – Kylie bateu asas como um morcego fugindo do inferno no minuto em que a campainha tocou.

– É uma longa história – Joss murmurou. – Dash está se associando com Jensen Tucker, e Kylie não digeriu bem a novidade. É ele quem acabou de chegar. Está vindo para jantar com a gente. Nós pedimos a Kylie que viesse mais cedo, para Dash contar tudo em particular, e ela surtou. Ela realmente perdeu as estribeiras. Disse algumas coisas muito duras. Para mim.

Os olhos de Chessy se arregalaram.

– Sério?

Joss assentiu.

– Dash ficou bravo. Extremamente bravo. Basicamente, ameaçou demiti-la se ela não pedisse desculpas. E avisou que, se souber que ela me tratou do mesmo jeito de novo, vai demiti-la na hora.

– Uau – Chessy exclamou. – Concordo que ele tinha mesmo de defender você, mas mesmo assim... uau!

– É. Você traduziu meus pensamentos.

Assim que Kylie retornou à cozinha, Chessy apanhou uma bandeja fingindo estar ocupada com alguma tarefa.

– Traga o vinho, Kylie – disse Chessy alegremente. – Vamos servir as gostosuras que Joss fez para os rapazes.

A dissimulação de Chessy foi tão perfeita que por um momento chegou a enganar a própria Joss. Kylie parecia um cervo indefeso sob a luz dos faróis, mas não havia como ela se opor à proposta sem fazer uma cena. Ela suspirou fundo, pegou a garrafa de vinho da mesa e seguiu Chessy rumo à sala de estar.

Joss estava apenas alguns metros atrás das duas e, ao chegar à sala, foi imediatamente cumprimentar Jensen. Sua intenção era se empenhar para deixá-lo à vontade, uma vez que parecia óbvio que Kylie não ia se mostrar muito acolhedora.

Jensen lhe deu dois beijinhos e sorriu calorosamente.

– Dash já te apresentou para todo mundo? – perguntou Joss.

– Todo mundo, menos Kylie e Chessy.

Ela tomou a mão do convidado, puxando-o para mais perto de onde as duas mulheres estavam. Jensen parecia um pouco confuso, enquanto Dash sorria para Joss, aprovando sua iniciativa de quebrar o gelo.

– Senhoras, quero que vocês conheçam Jensen Tucker, o novo sócio de Dash. Jensen, estas são as minhas duas melhores amigas, Chessy e Kylie.

– Eu sou cunhada dela – corrigiu Kylie incisivamente.

– Estou muito contente por conhecê-las, especialmente você, Kylie. Já me falaram muito a seu respeito. Dash diz que você é indispensável no escritório. Estou ansioso para trabalharmos juntos.

Kylie corou com o elogio e abaixou a cabeça, evitando olhar para Jensen diretamente.

– Prazer em conhecer você também – disse ela com rigidez.

Chessy estendeu a mão para apertar a de Jensen. Assim como tinha feito com Joss na véspera, em vez de corresponder ao aperto, ele galantemente puxou a mão da dama até seus lábios e a beijou.

Quase de imediato, estendeu a mão para Kylie. Com alguma relutância, ela estendeu o braço para ele, que repetiu o galanteio, mas dessa vez de forma mais vagarosa, demorando muito mais no beijo antes de soltar a mão dela.

Kylie recolheu a mão como se tivesse tocado numa chapa quente e a escondeu atrás das costas. Se Jensen percebeu essa reação, não demonstrou. Seu sorriso continuava sereno, e ele não fez mais do que piscar os olhos.

– Há quanto tempo vocês se conhecem, Dash? – perguntou Chessy com curiosidade.

Chessy era ótima no que se tratava de relações sociais. Sempre foi absolutamente encantadora, e parecia que Jensen já estava maravilhado com ela. Quem não estaria? Não era de admirar que Tate fosse tão doentiamente possessivo em relação a ela. Ainda assim, Dash havia confidenciado que Tate dividia Chessy com outros homens. Esse tipo de ideia ainda não se encaixava direito no cérebro de Joss. Agora mesmo, Tate observava atentamente a cena, estudando a reação de Jensen ao charme lançado por sua esposa. Embora estivesse do outro lado da sala, seu olhar não desgrudava de Chessy, e ele havia franzido a testa quando Jensen beijou a mão dela. Parecia bastante pensativo enquanto contemplava a interação daquele homem com as mulheres do recinto. Embora aparentemente estivesse conversando com Dash, sua atenção não se concentrava no anfitrião. Seu foco era em Chessy.

Chessy nasceu para seduzir. Vivaz. Linda. Sentia-se à vontade em qualquer lugar ou situação, e seu riso era contagiante. Joss, que sempre invejara a autoconfiança e a personalidade extrovertida da amiga, tinha um jeito bem mais tranquilo e reservado. Carson nunca se importara com isso. Na verdade, adorava a timidez de Joss. Ficou felicíssimo por ter sido seu primeiro homem. Disse-lhe o quanto significava saber que Joss havia esperado tanto pelo homem certo. Por ele.

Joss sacudiu seus pensamentos para longe de Carson. Ela não tinha pensado nele o dia todo. Não até Kylie ter esfregado a memória do marido morto em sua cara. Agora Carson parecia dominar sua mente, e esta era a última coisa que ela queria. Não enquanto ela estivesse ali, desempenhando o papel de anfitriã na casa de Dash. Algo que ela tinha feito para Carson inúmeras vezes.

Mas todos ali eram seus amigos. Sim, ela praticamente acabara de conhecer Jensen, mas a simpatia mútua foi quase imediata. Ele era calado e pensativo, chegava a ser intimidador à primeira vista. No entanto, rapidamente Jensen fazia com que seus interlocutores se sentissem à vontade, e ele com certeza seria compreensivo em relação aos sentimentos de Kylie. Mesmo agora, ele não parece ter levado para o lado pessoal a reação dela a seu cumprimento. Continuou por ali, conversando de modo polido, parecendo alheio ao evidente desconforto de Kylie.

– Com licença – pediu Joss.

Ela caminhou até onde Dash conversava com Tate. Tate abriu um sorriso caloroso e, puxando-a para um abraço, deu-lhe um beijo apertado e carinhoso na bochecha.

– Olá, moça. Há quanto tempo não vejo você...

Ela sorriu para ele.

– Oi, sumido. Você precisa aparecer mais por aqui, Tate. O trabalho o mantém assim tão ocupado? Juro que parece que não te vejo já séculos.

Os olhos de Tate brilharam.

– Não imaginei que você iria sentir minha falta. Parece que Dash manteve você bastante ocupada nos últimos tempos.

Joss corou até a raiz dos cabelos enquanto os homens riam do gracejo malicioso. Tate apanhou a mão dela e a apertou calorosamente.

– Estou contente por você, querida. Você merece a felicidade e Dash é o homem certo para fazer isso acontecer. Desejo tudo de bom a vocês dois.

Com o rosto ainda flamejante, Joss olhou timidamente para Dash antes de retornar sua atenção para Tate. O que Dash havia contado para Tate? Ou teria sido Chessy que entregara ao marido os segredos de seu relacionamento com Dash?

– Obrigada – disse ela com sinceridade. – Dash me faz feliz.

O rosto de Dash se suavizou com a declaração, e Tate sorriu gentilmente.

– Você merece ser feliz, Joss. E não vai encontrar um homem melhor do que Dash.

– Eu sei – disse ela serenamente.

Então, lembrando-se do motivo que a levara até ali, ela se voltou para Dash.

– Os filés estão prontos para a grelha. Todo o resto já está encaminhado. Só vou tirar as batatas do forno no momento em que formos servir a carne. Então, rapazes, de volta para a grelha. Vou preparar alguns drinques, mas também temos cerveja e vinho. Quem vai querer o quê?

Dash inclinou-se para beijar a testa de Joss e, em seguida, envolveu-lhe o rosto em uma suave carícia.

– Obrigado, querida. Vou reunir Tate e Jensen, e vamos fazer nosso papel de machos. Tudo bem com Kylie?

Seu olhar procurou o dela atentamente, à procura de qualquer sinal de contrariedade.

Joss assentiu.

– Ela não está muito confortável na presença de Jensen, mas deve melhorar. Ele pode parecer um tanto... intimidante. É o tipo de de homem que deixa Kylie tensa.

Tate fez uma careta.

– Isso vai ser difícil para ela. Odeio isso, mas ela tem de deixar o passado para trás, em algum momento. Ela não pode continuar a deixar que o passado governe seu presente e seu futuro. Estou feliz que você tenha botado as cartas na mesa, Dash. Ela precisa disso.

Dash assentiu com a cabeça, revelando uma expressão grave no rosto. Ele olhou na direção de Kylie e seu cenho se fechou.

– Ela passou de todos os limites ao ofender Joss do jeito que ela fez. Isso eu não vou permitir. Ela pode dizer o que quiser de mim, mas que nunca mais nem pense em falar merda para Joss.

O coração de Joss aqueceu-se novamente. Ela abraçou Dash e inclinou a cabeça para beijá-lo na boca. Ele ficou surpreso e, depois, encantado com a demonstração espontânea de afeto.

– Obrigada – ela sussurrou. – Significa muito para mim que você se preocupe comigo dessa maneira.

Ele pôs um indicador sob o queixo de Joss, inclinando suavemente o rosto dela para que os dois pudessem se encarar.

– Sempre, querida. Nunca vou permitir que qualquer pessoa machuque você. Pode ter certeza disso.

Ela sorriu e, em seguida, o lembrou da cozinha.

– Se vocês não forem grelhar a carne, nós nunca vamos comer. Estamos com fome!

Rindo, Dash foi para a direção de Jensen, com Tate logo trás. Depois de um momento, os três homens desapareceram na cozinha, Joss ouviu a porta do pátio sendo aberta e fechada conforme eles saíam para cuidar da churrasqueira.

Percebendo que as taças de Kylie e Chessy estavam quase vazias, ela foi buscar a garrafa de vinho e reabasteceu as taças de suas amigas e também a sua.

Joss fez sinal convidando-as para se sentar e relaxar, pois ainda teriam de esperar meia hora antes de os filés ficarem prontos.

Estava tudo como nos velhos tempos, só que sem a presença de Carson. Ele era o único componente ausente, e agora havia Jensen para preencher a vaga. Na verdade, nada mais seria como antes, e pela primeira vez Joss sentia-se otimista com relação a isso. Não, nada seria igual dali para frente, mas era bem possível que tudo se tornasse *melhor*.

20

Como se adivinhasse o quanto aquela noite tinha sido difícil para Joss e como ela se sentia emocionalmente frágil, Dash fez amor com ela com tanta ternura que tudo aquilo foi superado. Depois, ele a aninhou junto ao corpo, prendeu o pulso dela ao dele como já fizera anteriormente, embalou-a no berço de seus braços e ofereceu o ombro como travesseiro para a cabeça dela.

Ela adorava a intimidade daquele ritual. De estar conectada a ele. Era algo que ia além da simples ligação física. Joss sentia-se unida a ele em um nível muito mais profundo. Como se ela o acolhesse e o saboreasse com todo o seu coração.

Contente e satisfeita, caiu em sono profundo, mas teve sonhos um tanto perturbadores. Carson estava lá, sorrindo e estendendo a mão para ela. Dash também aparecia, do lado oposto ao do falecido marido, de pé, com um olhar cheio de ternura. A voz dentro da sua mente ordenava que ela fizesse uma escolha. Se tivesse a opção, preferiria ter Carson de volta ou permaneceria com Dash? Com qual dos dois ela ficaria?

Joss franziu a testa com força mesmo durante o sono. Como poderia fazer uma escolha dessas? Ela sempre disse que faria qualquer coisa para ter Carson de volta. Qualquer coisa. Mas agora não era tão simples assim. Agora ela tinha Dash.

Ela se via paralisada no meio de dois homens com os quais se importava muito, cada um puxando-a para uma direção diferente. O sonho não fazia sentido. Não havia como ter Carson de volta. Então, por que diabos estava sendo atormentada com a questão da escolha?

No entanto, no sonho, ambos os homens exigiam uma decisão da parte dela. Então, o sorriso de Carson vacilou e a tristeza invadiu seus olhos. Sua mão decaiu e os ombros se encolheram em sinal de derrota. Mas Dash não parecia triunfante. Ao contrário, revelava-se torturado, como se estivesse prestes a fazer qualquer coisa para poupar Joss da dor que ela sentia naquele momento.

Dash afastou-se também, como se estivesse tomando a decisão por ela, mas não era isso que Joss queria. Também não conseguia alcançar Carson. Ela permaneceu em pé, congelada diante da impossibilidade da tarefa que o sonho lhe impunha.

Como ela poderia escolher? O passado ou o presente? Seu futuro? Carson estava morto. Ela não podia – e não ia – trair a confiança de Dash. Mesmo em sonhos, não permitiria que isso acontecesse.

Com o coração despedaçado, ela assistiu, impotente, à cena: Carson lhe dando as costas, desaparecendo aos poucos no ar, tornando-se transparente. O olhar triste em seu rosto abriu uma ferida dentro do peito de Joss.

– Eu sinto muito, Carson. Eu sinto muito – ela soluçou.

Lágrimas deslizaram quentes contra a frieza da pele de seu rosto.

Dash a observava na escuridão, sem poder fazer nada. Joss estava lutando contra seus demônios mesmo durante o sono e ele não tinha como ajudá-la. Pior, ela estava chorando pelo falecido marido, desculpando-se com ele. Por quê? Por estar traindo ele? Por trair a memória dele, conforme Kylie havia dito? Será que Dash teria alguma esperança de ganhar o coração de Joss? Ou o amor dela pertenceria, para sempre, a um homem morto?

Ele silenciosamente desatou a faixa que unia seus pulsos e, dessa vez, tomou a iniciativa de afastar-se, deitando-se de costas para Joss. Mais uma vez, o sono escapava de Dash. Ele estava ali, também lutando contra seus próprios demônios enquanto Joss enfrentava os dela. Apenas alguns centímetros separavam os dois, mas, ao mesmo tempo, parecia haver um mundo de distância entre eles.

21

Joss acordou na manhã seguinte sentindo-se em frangalhos por conta dos sonhos conturbados. Ela buscou o contato com Dash, ansiosa pelo conforto que ele podia oferecer, um abrigo contra o tumulto emocional que experimentara enquanto dormia.

Para sua surpresa, não só seu pulso não estava mais atado ao dele como Dash não se encontrava na cama. Com algum esforço, Joss sentou-se e jogou o cabelo para trás, a fim de observar o quarto. Do outro lado, em frente à cômoda, Dash se postava de pé, abotoando as mangas da camisa. Tinha a expressão solene, como que absorvido por seus pensamentos.

– Dash?

A voz saiu trêmula e suave, mas ele ouviu e virou-se imediatamente, com uma expressão indecifrável.

– Eu tenho de estar no escritório bem cedo nesta manhã – disse ele em tom neutro. – Há muita coisa a fazer antes do anúncio da sociedade com Jensen. Não tenho certeza da hora em que voltarei, mas ligo para você e aviso quando estiver a caminho de casa.

Joss franziu a testa. O humor dele estava igual ao da manhã do dia anterior, quando ela não soube discernir o que poderia estar incomodando Dash. Mas era evidente que havia algum incômodo. Ela era um livro aberto quando se tratava de expôr emoções, mas ele não ficava atrás. Bastava olhar em seus olhos para descobrir quando algo estava errado. E pela segunda manhã consecutiva, ele não demonstrava o comportamento amoroso de sempre.

Ele nem sequer foi até cama para beijá-la, e ela estava constrangida demais para se desvencilhar dos lençóis e ir até ele. Joss estava com muito medo de uma eventual rejeição, de modo que permaneceu onde estava, observando-o com atenção.

– Fique bem, então – disse ela em voz baixa. – Fico por aqui esperando você chegar em casa. Devo preparar o jantar para nós esta noite?

– Faça como achar melhor – respondeu ele com indiferença. – Nós podemos comer fora se você preferir.

– Eu vou cozinhar – sentenciou ela com firmeza, na esperança de fazer alguma coisa para agradá-lo.

Ele assentiu com a cabeça e, em seguida, voltou-se para recolher o relógio, a carteira e as chaves do carro.

Ela esperou que Dash a beijasse. Ou que dissesse alguma palavra doce. Que ele declarasse que ia sentir falta dela durante o dia. Qualquer coisa. Algo. Mas ele simplesmente apanhou seus pertences e caminhou em direção à porta, deixando-a na cama, os lábios entreabertos de surpresa.

Ela desabou para trás sobre o travesseiro e ficou olhando para o teto. Que diabos estava acontecendo? O que ele pretendia com aquela encenação de *O médico e o monstro*? Era muito desgastante ficar adivinhando aquelas mudanças radicais de humor. Ela vinha sendo absolutamente honesta e transparente, abrindo-se com ele em cada etapa do relacionamento, enquanto Dash parecia continuar escondendo o jogo.

Supostamente, as mulheres eram seres temperamentais e emotivos. De acordo com os homens, claro. Mas eram eles que se mostravam muito mais volúveis. Cheios de altos e baixos. Num minuto, Dash agia com doçura e meiguice, era absolutamente adorável. No minuto seguinte, ficava silencioso, enigmático, remoendo só Deus sabe o quê.

Talvez ele simplesmente não funcionasse bem de manhã. Até recentemente, ela nunca tinha convivido com Dash logo depois de acordar. Nunca teve motivos ou oportunidades para vê-lo ou para interagir com ele nas primeiras horas do dia. Seus encontros se limitavam às tardes e às noites, e em todas essas ocasiões Dash se comportara de maneira encantadora.

Bom, pelo jeito ela teria de ser bem-humorada pelos dois no período da manhã. Joss sempre foi do tipo madrugador. Considerava-se uma pessoa diurna, solar. Carson costumava dizer em tom de chacota que ela era irritantemente animada na hora de levantar da cama.

Pensar em Carson trouxe de volta os sonhos perturbadores daquela noite. Seus lábios se arquearam para baixo e ela fez uma careta infeliz. Como interpretar aquilo que sonhara? Sonhos são inexplicáveis por definição, uma manifestação do subconsciente. Quem saberia o que realmente queriam dizer? Talvez não significassem nada, no fim das contas. Talvez tudo aquilo fosse apenas uma batalha entre seu passado e seu presente, digladiando-se à noite, quando sua consciência baixara a guarda.

De qualquer forma, ela desejava esquecer aquilo. Carson foi embora. Não ia voltar. O sonho da noite passada a incomodou imensamente. Foi um peso que a seguiu o dia inteiro, lembrando-a o tempo todo da escolha impossível entre Carson e Dash.

Aquilo era uma bobagem, pois ela nunca teria de enfrentar tal escolha. Era inútil até mesmo perder tempo pensando por qual caminho deveria seguir, uma vez que essa decisão jamais seria de sua alçada. Na verdade, a vida fez a escolha por ela.

Será que ela escolheria Carson caso pudesse tê-lo de volta? Seria capaz de virar as costas para Dash e para todas as coisas que ele oferecia? Joss sacudiu a cabeça para afastar tais pensamentos. Aquilo só estava alimentando seus sentimentos de culpa, uma vez que, no sonho, ela não o escolheu.

– Chega de pensar nisso, Joss. Você só está se preocupando à toa e se sentindo culpada sem motivo. Carson ia ser o primeiro a desejar que você seja feliz. Nunca ia querer que você chorasse por ele para sempre. Supere isso e vamos em frente.

Ela brevemente perguntou a si mesma se não seria o caso de consultar um médico. Um médico mesmo, não um psiquiatra – por Deus, tudo menos isso. Talvez seu médico pudesse lhe receitar algum remédio que a ajudasse a dormir mais profundamente, para não ser mais atormentada por sonhos envolvendo o marido falecido e o atual amante.

Joss não achou a ideia má e fez uma anotação mental para se lembrar de ligar para seu médico mais tarde, enquanto se forçava a sair da cama e planejava com o que iria se ocupar o dia todo, até Dash voltar do trabalho.

O que ela fazia antes de se mudar para a casa dele?

Cada vez mais, Joss considerava a alternativa de voltar a trabalhar como enfermeira. Ela precisava de um propósito na vida. Algo para ocupar o tempo, algo para que deixasse aquela rotina de não fazer nada, dia após dia. Seus conhecimentos estavam atualizados. Ela tinha licença para exercer a profissão. Poderia voltar a trabalhar a qualquer momento.

Mas o que Dash pensaria a respeito? Ele havia deixado claro que queria Joss em tempo integral só para si, mas tinha de trabalhar. Simplesmente não havia como abandonar tudo para ficar com ela 24 horas por dia, sete dias por semana. E nem era isso que ela esperava dele.

Ela não necessariamente queria voltar a encarar o trabalho, e era improvável que ela arranjasse uma vaga no turno do dia, uma vez que teria de recomeçar de baixo. Certo, o plantão da noite podia até pagar mais por hora trabalhada, mas dinheiro não era seu problema. Já possuía estabilidade financeira, graças a Carson. O que mais lhe fazia falta mesmo era uma atividade para preencher o tempo.

Em vez de procurar emprego num hospital, talvez fosse mais realista cogitar a possibilidade de trabalhar num consultório médico. Assim, teria uma jornada diária de trabalho normal e fins de semana livres.

E havia o fato de que ela tinha planejado voltar aos estudos para se tornar uma enfermeira clínica. Chegou a assistir a aulas com esse objetivo, mas abandonou a escola quando deixou o emprego. Faltava apenas mais um ano para se formar e obter o diploma que lhe abriria as portas para trabalhar como assistente de médico em alguma clínica particular.

Ela ia considerar seriamente essa possibilidade. Joss estava cansada de tantas coisas inconclusas. Era hora de tomar as rédeas da própria vida mais uma vez. Ela era jovem. Já tinha assumido suas preferências sexuais e mergulhado de cabeça na relação com Dash. Tudo o que restava agora era decidir voltar a trabalhar.

Joss ia discutir o assunto com Dash e pedir sua opinião, mas só quando o humor dele melhorasse. Não que ela precisasse da aprovação dele. Era uma mulher perfeitamente capaz de tomar suas próprias decisões. Sim, Joss havia dado sua submissão a ele. Desejava, de verdade, que Dash tivesse controle absoluto sobre ela. No entanto, mantinha-se no direito de tomar decisões importantes que pudessem afetar sua felicidade. E se Dash realmente se importava com ela, com certeza não ia se colocar no caminho de sua felicidade.

Sentindo-se um pouco mais confortável em relação a seu futuro, Joss passou o dia se dedicando a pequenos afazeres. Passou meia hora na internet pesquisando receitas culinárias. Queria preparar algo especial para Dash. Encontrou uma promissora caçarola de frango e queijo, que seria simples de preparar. Ato contínuo, inspecionou a despensa e a geladeira de Dash e percebeu que teria de dar uma saída para comprar os ingredientes necessários.

Na verdade, a despensa dele estava bem vazia e faltavam vários itens de geladeira. Feliz por ter encontrado algo para fazer, Joss elaborou uma lista de refeições, certificando-se de anotar os ingredientes de que precisaria para executar cada receita. Terminada a lista, lembrou-se de fazer um balanço do estoque caseiro de produtos de higiene pessoal e artigos para banho.

Muitas coisas de toalete feminina haviam ficado no banheiro de sua casa, embora ela tivesse levado consigo a maioria dos produtos que usava no dia a dia. Joss cogitou então dar um pulo em casa para embalar tudo que faltava e trazer para a casa de Dash, uma vez que, ao que parecia, ele não tinha a menor intenção de deixá-la passar a noite em qualquer outro lugar além dali.

Ao sair de casa, sentiu o humor mais leve, como se um peso tivesse sido retirado de sua alma. Ela estava quase chegando ao mercado quando percebeu que não havia avisado Dash sobre seus planos. Não fazia parte de sua rotina ter de prestar contas a alguém, mas considerou que seria uma atitude educada manter Dash ciente de seu paradeiro, agora que estava vivendo junto com ele.

Ela enviou uma rápida mensagem de texto, informando o que iria fazer ao longo do dia e que tinha planos de preparar um jantar especial para ele. Acrescentou uma carinha sorrindo e um coraçãozinho no final do texto.

De imediato, contraiu-se toda, perguntando-se como Dash reagiria ao receber no celular aqueles *emoticons* bobos. Carson os achava cativantes e bonitinhos – eram “a cara dela”, como ele certa vez definiu. Joss suspirou fundo ao flagrar-se fazendo mais uma comparação mental. Tinha de parar logo com isso. Carson havia ido embora, e isso era algo que ela precisava lembrar diariamente. Já tinha passado o tempo de ficar pensando infinitamente sobre o que ele gostava e não gostava. Principalmente agora, por causa de Dash. Graças a Deus, ela não dizia em voz alta o que pensava, e tudo se resumia a um silencioso exercício mental.

O celular tocou e ela sorriu com a resposta de Dash. Não tinha de se preocupar mais em aborrecê-lo com textinhos melosos.

Obrigado, querida. Não vejo a hora.

Já fazia muito tempo que Joss não cozinhava para alguém em especial. Tudo bem, ela preparara alguns recentes almoços e jantares para as meninas, mas organizar uma refeição íntima para receber um homem... Isso não acontecia desde... Não, não, dessa vez ela não ia cair na armadilha de fazer mais uma maldita comparação.

Ela ficou satisfeita com a visita ao mercado, mas percebeu no meio do caminho que deveria ter passado lá depois, e não antes, de dar um pulo em sua casa. Agora, teria de deixar vários itens perecíveis esperando dentro do carro num dia quente, com a temperatura externa quase batendo nos trinta graus.

Bom, agora a parada em sua casa teria de ser bem rápida.

No caminho, ela ligou o rádio do carro e seguiu cantarolando até chegar em sua garagem. Com um sorriso no rosto, desembarcou e correu para dentro de casa, recolhendo as coisas de que sentia falta.

Cinco minutos mais tarde, já estava acomodando uma mala no minúsculo banco traseiro do automóvel – se é que se pode chamar de banco traseiro um assento que não tem sequer espaço para uma pessoa se acomodar –, uma vez que o igualmente pequeno porta-malas estava abarrotado com as compras de mercado. Concluída essa etapa, foi para a casa de Dash. Para sua nova casa, agora.

Levaria ainda algum tempo para se acostumar com essa ideia. Na cabeça de Joss, aquela ainda era a casa de Dash. Mas se as coisas dessem certo a longo prazo...

Ela interrompeu o fluxo de pensamentos ao perceber que, pela primeira vez, estava refletindo sobre as coisas a longo prazo. Afinal, ainda persistia uma certa insegurança em depositar todas as esperanças na possibilidade de aquele relacionamento se tornar maior. Permanente. Mas as coisas sinalizavam, pelo menos, para um início muito sólido e promissor, descontando-se o mau humor matinal de Dash. Mas ela poderia lidar com isso. Poderia ser alegre o bastante por ambos.

Joss precisou fazer cinco viagens do carro para casa até esvaziar o porta-malas e, no último trajeto, recolher a mala cheia de itens pessoais de primeira necessidade. Dash iria rir ao saber das coisas que ela classifcava como “essenciais”.

Depois de arrumar todos os mantimentos na despensa e na geladeira, ela separou os ingredientes para o jantar daquela noite. Ficou em dúvida se deveria começar a trabalhar agora ou se era melhor esperar que ele chegasse em casa.

Ao ponderar essas opções, enrugou a testa. Dash havia deixado bem claro sobre como queria que ela estivesse esperando por ele em casa, todos os dias. Mas ela não sabia quando ele chegaria. Consultou o relógio. Ainda era quatro e meia da tarde. Normalmente, a jornada de trabalho se encerrava às cinco, mas Dash avisara que talvez saísse mais tarde.

Joss decidiu seguir em frente com os preparativos do jantar, mas antes que começasse, seu celular tocou. Olhando para a tela, ela viu o nome de Dash e sorriu. Atendeu ansiosamente.

– Alô?

– Olá, querida. Estou no caminho de casa.

Um arrepio leve percorreu os ombros dela.

– Estou te esperando – ela disse com voz rouca.

– Não vejo a hora de chegar – respondeu ele em voz baixa, em sintonia com a dela.

– Vejo você em breve.

– Tchau, querida.

Ela pressionou a tecla de encerrar a chamada e, em seguida, arrumou apressadamente as coisas para o jantar. Não demoraria muito para preparar a comida, de modo que ela poderia começar a cozinhar depois que ele chegasse. Por enquanto, ela queria se concentrar apenas em ficar exatamente como ele queria encontrá-la. De joelhos, nua, esperando na sala de estar, para que aquela fosse a primeira cena que ele visse assim que passasse pela porta.

22

Dash estacionou na garagem e viu o carro de Joss parado ali, na vaga ao lado da sua. Ele permaneceu sentado por um momento, as mãos apertando firmemente o volante. Não tinha ideia do que esperar quando entrasse em casa. Sabia que tinha se comportado como um idiota naquela manhã. Tinha certeza disso. Mas simplesmente não havia sido capaz de demonstrar a ternura de sempre, pois seus pensamentos estavam sendo devorados pela cena de Joss chorando por causa do marido morto, logo depois de ela ter feito amor com Dash.

Ele não tinha pregado o olho a noite toda, o que o tornou ranzinza e meio grosseiro.

Com um suspiro, abriu a porta do carro e desembarcou, determinado a ver o que ia acontecer naquele reencontro.

Abriu a porta da frente e entrou, dirigindo-se automaticamente para a sala de estar.

A visão que o aguardava tirou-lhe o fôlego. Joss estava ajoelhada no tapete em frente à lareira, nua, seus lindos cabelos soltos sobre os ombros e envolvendo os mamilos como tentáculos, escondendo parte deles de maneira erótica.

Ele havia se portado como o pior dos babacas e, ainda assim, ela o aguardava conforme o combinado, nua e de joelhos. Só para ele.

Joss estava se esforçando para que aquilo desse certo. Independentemente do que se passava por sua cabeça, ela se empenhava. Dedicava-se a consolidar a relação entre eles. Como ele poderia deixar por menos?

Apagando a noite anterior da memória, ele embriagava-se daquela cena, hipnotizado pela visão dela, submissa e ajoelhada.

– Ah, querida – ele sussurrou enquanto atravessava a sala até chegar a ela.

Todos os desejos de dominação se esvaíram. Ele só queria abraçá-la, pedir desculpas pela forma como agiu pela manhã. Queria envolvê-la em seus braços, suave e preciosa. Ele encaixou as mãos sob as axilas dela e a ergueu até seus braços, tendo o olhar dela, fixo e assustado, grudado em seu rosto.

Ele passou os braços em torno dela e beijou-a com sofreguidão, até ambos sentirem o ar faltar nos pulmões. Ofegante, ele mergulhou as mãos nos cabelos de Joss, embrenhando os dedos naquela massa de fios sedosos. Queria tocá-la. Queria cercar-se de todo o corpo dela.

Mais uma vez, ele a beijou, devorando seus lábios, saboreando, lambendo. Seu corpo deu sinal de vida, com uma rigidez dolorosa no baixo ventre. Ele precisava possuir Joss. Agora mesmo.

Dash levou-a para o sofá, ajeitando-a sobre as almofadas antes de se livrar de sua calça. Seu pênis estava enorme, tão ereto e duro que suas bolas chegavam a doer.

Quando ela fez menção de levar a boca até ali, Dash deu um passo para trás e pôs as mãos nos ombros de Joss.

– Não, querida. Você não vai me dar prazer agora. Fui um babaca hoje de manhã e tenho de compensar você. Muito. Eu é que vou lhe dar prazer. Quero que você goze como nunca.

Os olhos dela brilharam, com o perdão imediato estampado nesse brilho. Joss era desse jeito. Incapaz de guardar rancor. Dash sentia-se infinitamente indigno dela naquele momento. Incondicional e inabalavelmente indigno. Ali estava a mulher que ele amava e adorava, e ele, como um imbecil, vinha fazendo de tudo para detonar o relacionamento antes mesmo que eles tivessem chance de começar de verdade.

Ele se virou de costas e arrancou o resto das roupas, mal conseguindo controlar seu desejo de invadir aquele corpo bem forte e bem fundo. Mas ele tinha prometido a ela o maior dos prazeres. E era isso que ele proporcionaria, mesmo que a espera para saciar a si mesmo o matasse.

– Abra as pernas e incline o corpo para trás, contra o sofá – ordenou ele com voz abafada.

O desejo pesava nas pálpebras de Joss, que encarava Dash com os olhos nublados, embriagados. Ele se ajoelhou diante dela, passeando os dedos levemente pela parte interna das coxas dela.

Sua boceta se abria como uma flor, revelando para ele dobras rosadas e perfeitas, femininas e delicadas como sua dona. Dash acariciou a região, esfregando o clitóris e descendo com a carícia até a abertura da vagina, onde pressionava o dedo de leve, como se forçasse passagem.

Joss, receptiva, gemia baixinho, e o dedo de Dash ficava cada vez mais molhado. O corpo dela parecia ansioso por engolir aquele dedo masculino, como se não quisesse deixá-lo sair dali. Foi a deixa para ele afundar o rosto ali, a fim de lamber a fonte daquela doce umidade.

– Dash!

A exclamação explodiu no silêncio da sala. O nome dele. Não o de Carson. Aquilo o deixava imensamente grato. O marido dela podia até estar presente em seus sonhos, mas o lugar de Dash estava assegurado ali, na realidade do presente. Por enquanto, aquilo lhe bastava, e ele faria tudo para que valesse a pena. Mais cedo ou mais tarde, ele ocuparia também as horas de sonho de Joss, assim como já havia conquistado o período do dia.

Ele mordiscava de leve e chupava com vontade, deslizando a língua sobre o clitóris com a pressão exata para fazê-la delirar de prazer. Os dedos de Joss penetravam entre os fios do cabelo curto de Dash e, em seguida, agarravam-lhe o couro cabeludo, incentivando-o a continuar, prendendo-o ali.

Ela estava no controle, e ele descobriu que não se importava nem um pouco com isso. Naquele momento, ela tomava as rédeas da transa, e ele assentia. Tudo o que ela quisesse era uma ordem. O comando pertencia a Joss.

Um leve suspiro soprava dos lábios dela. Satisfação e desejo, tudo manifestado de uma só vez. Ela arqueou o corpo para cima, guiando a boca de Dash para os pontos que lhe proporcionavam mais prazer. Ele se comportava como um aluno dedicado, atento às reações do corpo da parceira quando fazia manobras orais que atingiam algum ponto particularmente sensível.

Como Dash aprendia rápido, logo ela não precisava mais orientá-lo. Ele decorou o mapa do corpo dela, absorvendo de imediato o conhecimento das coisas que a levavam à loucura.

Ele deu um beijo de boca aberta na porta de sua boceta, enfiando a língua tão profundamente quanto pôde dentro daquela calidez úmida.

Dash queria fazê-la gozar com a boca, queria provar o jorro quente do orgasmo dela. Sem dar descanso à boca e à lingua, ele manobrou dois dedos, mergulhando-os dentro dela, para acariciar as paredes sedosas de sua vagina.

Sondou a região suavemente em busca do ponto onde a textura se revelava levemente diferente, um pouco mais áspera. Ali pressionou os dedos para cima, provocando um clamor imediato da parte de Joss. Ela ficava cada vez mais molhada e ofegante, o que era como um afrodisíaco para o tato e os ouvidos de Dash.

A essa altura, com o pênis latejando contra a barriga, ele se sentia quase fora de si, tamanha a vontade de penetrá-la imediatamente. Mas Dash estava determinado a saciar Joss até o fim. Por ela. Tudo aquilo era só para ela. Tratava-se de um silencioso pedido de perdão por ter sido tão grosseiro de manhã, lançando todo aquele mau humor sobre ela.

Ele não gostava de sentir ciúmes. Em especial de um homem morto. O homem que tinha sido seu melhor amigo. Mas lá estava ele. Insanamente ciumento em relação a Carson, mesmo sabendo que ele descansava no túmulo.

– Você está perto, querida?

– Sim! Por favor, não pare, Dash. Eu preciso de você.

O apelo sincero calou fundo em sua alma, aquecendo-o de dentro para fora. Um sol líquido. Dash se deleitou com aquela manifestação radiante de que ele era necessário.

Ele enfiou os dedos um pouco mais, aumentando a pressão naquele ponto de prazer enquanto chupava com suavidade e circulava a língua no clitóris. Joss tremia incontrolavelmente sob a ação dele, os joelhos e coxas vibrando com força.

– Goze – ele ordenou asperamente. – Me dê tudo agora, Joss. Tudo. Goze forte.

Ela arqueou o corpo com violência, com um uivo doloroso, infinito. Rapidamente, ele cobriu a boceta dela com a boca e sugou forte, conforme ela pulsava e estremecia com o orgasmo. O mel dela revestiu sua língua, excitando-o ainda mais.

Dash moveu o polegar até o clitóris, onde antes estava sua língua, e esfregou suavemente a superfície, prolongando o clímax dela, onda após onda.

Finalmente, ela desabou no sofá, seu corpo amolecido. Dash a encarou e viu suas pálpebras semicerradas voltadas preguiçosamente para ele, brilhando de saciedade. Parecia uma gata satisfeita, estava quase ronronando.

Quando ele fez menção de recolher as roupas espalhadas, ela rapidamente sentou-se direito no sofá e o deteve, pousando as mãos em seus quadris. Então, sem dizer uma palavra, agarrou-lhe o pau duro e guiou-o para a boca, deslizando os lábios sobre a cabeça latejante.

– Não me negue a mesma chance de dar prazer para você – pediu ela, sua voz ainda gutural, ecoando o orgasmo recém-experimentado. Joss soava rouca e urgente, como se ainda tivesse um caminho a percorrer antes que seu prazer estivesse completo.

– Só fique aí, Dash. Me deixe amar você.

Ele fechou os olhos, uma onda de contentamento envolvendo-o com tanta força que teve vontade de cair de joelhos. Por Deus, sim, ele deixaria ela amá-lo. Era tudo o que ele sempre quis.

As mãos dele se enredaram nos cabelos de Joss, puxando-os de leve para que ele pudesse ver o rosto dela, enquanto seus lindos lábios envolviam seu pênis. Ela o chupava com ânsia, engolindo seu pau até o fundo da garganta e sugando bem forte.

– Não vou aguentar muito mais, querida.

Seus lábios se curvaram em um sorriso, mas não abandonaram o posto.

– Eu sei.

E então, com o punho bem encaixado, ela começou a bombear o pênis de Dash, aumentando a força e a duração de cada chupada. Era uma manobra com a finalidade de levá-lo à beira do gozo em alguns segundos. E foi o que aconteceu. Antes da quarta sugada profunda, ele liberou um jorro abundante e quente na garganta de Joss.

Ela engoliu o sêmen com gula, sugando tudo, exigindo mais. Nem uma única gota caiu de seus lábios. Seus dedos suavemente acariciaram os testículos de Dash, rolando-os na palma da mão. A essa altura, na ponta dos pés, ele estirava-se todo para a frente, o corpo tão rijo que parecia a ponto de quebrar.

O último jorro de sêmen explodiu na boca de Joss, que chupou e lambeu o líquido suavemente, enquanto acalmava o parceiro, esperando que ele simplesmente se refizesse e ficasse sensível às ternas investidas dela.

Ele pegou a mão dela, obrigando-a continuar suas manobras e, em seguida, cuidadosamente retirou seu pênis da boca de Joss, os lábios dela percorrendo toda a sua extensão conforme ele era recolhido.

Ele puxou Joss para que ficasse de pé diante dele e a abraçou com força, aninhando-a. Enterrou o rosto em seus cabelos e distribuiu beijos suaves na cabeça da amada.

– Eu não merecia isso – disse ele roucamente. – Não vou mais me comportar desse jeito. Nunca mais. Obrigado, querida. Obrigado por me perdoar.

Ela se afastou um pouco, com um sorriso gentil nos lábios.

– Não há nada a perdoar, Dash.

O senso de inferioridade dele disparou. Meu Deus, ela era perfeita. E ele era um babaca descontando suas frustrações nela por duas manhãs consecutivas, mas mesmo assim sendo perdoado de uma maneira tão doce, como nenhuma outra mulher jamais havia perdoado um homem.

– Se quiser, eu preparo uma bebida e você pode vir sentar-se na cozinha para me fazer companhia enquanto eu preparo o jantar – sugeriu ela.

– Eu adoraria. Eu adoraria fazer isso.

A ideia de intimidade doméstica lhe pareceu convidativa. Imaginou-se sentado e assistindo enquanto ela cozinhava para ele. Era uma imagem poderosa, que lhe proporcionava uma alegria imensurável.

Dash se vestiu com rapidez e, em seguida, ela estendeu a mão para ele.

– Vamos lá, então. Vou preparar sua bebida e, depois, se você não se importa, vou me vestir também. Não quero ficar pelada perto de um forno quente – lamentou ela.

– Use meu robe – propôs Dash com a voz ainda rouca.

Nada lhe daria mais satisfação do que observá-la envolta em seu robe circulando em torno da cozinha.

– Tudo bem – ela concordou suavemente. – Eu vou pegar seu robe assim que preparar sua bebida.

23

As duas últimas semanas tinham sido um sonho. Dash não poderia estar mais feliz. Joss reluzia de contentamento. Ela tinha caído como uma luva no papel de submissa, submissa a ele, como se tivesse nascido para isso. E talvez tivesse mesmo.

Talvez fosse aquilo que ela sempre havia almejado – precisado –, e Dash se sentia terrivelmente convencido e satisfeito por ser o homem escolhido para atender às suas necessidades. Não havia acontecido nenhuma outra ocorrência que a fizesse mencionar o nome de Carson no meio da noite. Nada de sonhos perturbadores. Ele estava começando a ganhar confiança nos sentimentos dela: ela era sua. Completa e inteiramente sua.

Dash dirigia o carro mais rápido do que o normal, ansioso para chegar em casa. Naquela noite, ele iria sondar a possibilidade de ele e Joss irem pela primeira vez como um casal até o The House. Ele não queria apressar as coisas, especialmente depois da primeira experiência de Joss no local. Não queria levá-la enquanto as coisas não estivessem perfeitamente sintonizadas entre eles, enquanto aquele primeiro encontro não tivesse sido varrido da mente dela, sem deixar nenhum rastro de embaraço ou vergonha.

Ela estava pronta. Ele certamente também estava. Prontos para levar as coisas para o próximo nível. Ele queria expressar publicamente que Joss era sua, mas também queria dar à parceira o que ela estava procurando desde aquela primeira noite.

Ele tinha certeza de que ela concordaria, de que ela ainda estava ansiosa por experimentar todos os prazeres que o The House podia proporcionar.

Antes que ele decidisse quando isso aconteceria, ele precisava ter a maldita certeza de que nem Tate nem Jensen estariam lá. Ele não queria expôr Joss a nenhum momento de desconforto. Jensen havia se filiado ao estabelecimento e passado por todo o processo de habilitação. Tinha sido admitido como membro do The House poucos dias antes.

De acordo com Tate, ele e Chessy não frequentavam o lugar já há algum tempo. Dash franziu a testa diante dessa informação, pois lembrava-se de sua conversa com Joss sobre Chessy e Tate. Joss tinha lá suas dúvidas sobre a felicidade de Chessy. Tate parecia muito preocupado com o trabalho recentemente. Sua empresa estava crescendo aos trancos e barrancos e, cada vez mais, demandava muito de seu tempo.

Mas Dash não tocou no assunto com o amigo. Aquilo não era da sua conta. E, de qualquer maneira, não teria como descobrir se o casal estava realmente enfrentando problemas. Não havia necessidade de plantar a semente da dúvida na mente de Tate, diante da ausência de um motivo claro. Tate adorava Chessy. Dash sabia disso. E provavelmente Tate ficaria louco caso fosse levantada a suspeita de que Chessy não estava feliz.

O casal iria se acertar em seu próprio tempo. Dash confiava que sim. Tate era extraordinariamente apaixonado pela esposa. Seria capaz de lhe dar o mundo – na verdade, sempre dera o mundo para ela. Tate idolatrava o talento de Chessy para a submissão. Era um cara muito sortudo.

Mas, alto lá, Dash agora se achava tão afortunado quanto Tate. Ele tinha Joss. A perfeita, submissa e adorável Joss. Ela havia percorrido um longo caminho de transformações somente para agradá-lo, preocupando-se incessantemente em não lhe causar qualquer desapontamento. Como se isso fosse possível.

Agora Dash sabia que mesmo que Joss não fosse capaz de lhe dar o que ele desejava – precisava – por meio da submissão, ele renunciaria a esse aspecto de sua personalidade só para ficar com ela.

Nenhum sacrifício era grande demais quando se tratava de garantir seu lugar no coração dela.

Joss bastava. Ela sempre seria suficiente.

Ele estacionou seu carro ao lado do de Joss na garagem, e rapidamente se questionou se não era o caso de lhe comprar um automóvel novo. Algo que fosse dado por ele. Uma ruptura com o passado. Ela já tinha se mudado de sua antiga casa, embora ainda não a tivesse posto à venda numa imobiliária. Eles ainda não haviam discutido esse assunto, por sinal. Mas era uma questão a ser tratada em breve. Ele queria Joss ali, permanentemente. Não queria que ela tivesse uma casa própria, para a qual pudesse voltar. A casa que tinha sido compartilhada com Carson. A casa que Carson havia comprado, assim como o carro que ela dirigia.

Joss poderia vender a casa e aplicar o dinheiro para seu próprio usufruto. Ela nunca iria querer nada que Dash pudesse proporcionar. Da mesma forma, ele não aceitaria nem um centavo do dinheiro que o marido deixara para ela. Essa herança e a renda correspondente à parte dela na empresa pertenciam exclusivamente a ela. E a todas as crianças que eles eventualmente tivessem no futuro.

Um sorriso bobo se espalhou pelo rosto de Dash quando ele desceu do carro e se dirigiu para a porta. A ideia de dar a Joss os filhos que ela tanto queria – filhos dele – o enchia de uma felicidade absoluta. Menininhas que fossem parecidas com a mãe. Meninos com o jeito insolente dele e o espírito gentil dela.

Caramba, como a vida era boa. E poderia ficar ainda melhor.

Dash sabia que havia duas coisas que Joss sempre quis e que Carson se mostrara incapaz de lhe proporcionar. Uma delas Dash já havia fornecido. Dominância. A outra? Filhos. Carson relutava em se tornar pai, mas Dash não tinha quaisquer reservas em relação a isso.

Assim que ele a convencesse a tornar permanente e legalizar sua relação, assim que ele conseguisse colocar uma aliança no dedo dela, eles discutiriam o tema da gravidez. Não havia necessidade de esperar. Joss já esperara tempo demais. E Dash não queria nada além de transformar todos os sonhos dela em realidade, o quanto antes.

Ele entrou e, conforme suas expectativas, Joss estava aguardando como de costume, ajoelhada e nua. Ela o acompanhava com um olhar de boas-vindas enquanto ele caminhava pela sala de estar.

Dash foi até ela imediatamente, pegando-a e embalando-a nos braços. Beijou-a carinhosamente, permitindo-se demonstrar todo o amor que sentia por ela. Ele não dizia isso em palavras, mas por meio de suas ações no dia a dia. Não havia dúvida, ela sabia. Logo Dash se tornaria capaz de verbalizar tais sentimentos. Quando sentisse que era a hora certa.

– Oi – disse ela, sem fôlego, os lábios inchados por causa do apaixonado beijo. – Teve um bom dia?

Ele sorriu.

– Não, até agora, não. Mas voltar para casa para você é a melhor parte do meu dia. Todos os dias.

Ela sorriu e segurou o queixo dele com a mão, numa leve carícia. Dash saboreou aquele toque, que de alguma maneira estava em sintonia com o que sentia na alma. Ele não havia mentido. Sempre ficava ansioso pelo fim do dia, enquanto meramente dava conta das tarefas do trabalho. Nunca mais havia extrapolado o horário do expediente, uma vez que isso significaria menos tempo ao lado dela.

A noite agora era toda deles. Sem interrupções. Nada do mundo externo para atrapalhar. O que existia era o mundo por trás das portas fechadas daquela casa. Da casa deles.

– É a minha parte favorita do dia também – ela falou com uma voz adoravelmente tímida. – Quando você me liga do trabalho, eu venho para a sala de estar e a espera parece interminável.

– Sinto muito, querida. É desconfortável ficar ajoelhada por tanto tempo?

Ele não queria que ela sofresse qualquer desconforto. Não por sua causa. Sim, seu desejo era que ela esperasse naquela posição e daquele jeito: ajoelhada, nua e totalmente submissa. Mas não se o ritual lhe causasse um pingo de desconforto.

Ela sorriu e balançou a cabeça.

– Não, querido. Eu adoro o momento em que você entra na sala. Adoro o jeito como seus olhos se acendem quando você me vê. Não trocaria esse instante por nada.

Ele ficou absoluta e absurdamente encantado com o modo como ela o chamou. Nunca tinha inventado um apelido carinhoso, não o chamava de nada mais além de Dash. Ele era um homem adulto e quase caiu de joelhos por conta da doçura com que ela o chamou de querido.

– O que foi, Dash? – Joss perguntou, a preocupação franzindo-lhe a testa. – Eu disse algo errado?

Ele beijou a testa dela, varrendo as linhas de expressão.

– Nada disso, querida. Você disse algo muito certo. Você me chamou de querido. Eu gosto disso.

Ela corou e baixou o olhar, mas ele a fez encará-lo outra vez, segurando-lhe o queixo para poder beijá-la novamente.

– Eu gosto disso, Joss – reiterou. – Eu gosto demais. Faz com que eu me sinta especial. Como se eu fosse especial para você.

– Você *é* especial, Dash – ela sussurrou. – Espero estar demonstrando isso ao longo do tempo que estamos juntos.

– Você demonstra, sim, mas ainda é bom ouvir isso.

Ela chegou mais perto e o beijou, envolvendo os braços em torno de seu pescoço enquanto ele a embalava no colo, bem aninhada junto ao corpo. Ele nunca ia deixar que ela se afastasse.

Dash caminhou até o sofá e acomodou-se, ainda segurando-a com firmeza nos braços.

– Tem uma coisa que eu queria falar com você. Queria que fosse uma surpresa, mas achei que talvez fosse melhor preparar você com antecedência. Se não estiver a fim de fazer, é só falar. Não vou ficar bravo, juro. Não quero fazer nada que você não concorde.

Ela pareceu confusa, permanecendo em silêncio, à espera que Dash continuasse a falar. Outra coisa que ele adorava nela. Jamais entrava em pânico ou protestava impulsivamente. Ela confiava nele, e ele saboreava a doçura dessa confiança.

– Pensei que talvez pudéssemos ir para o The House amanhã. Como um casal. É um lugar que te interessava, e eu posso tornar a experiência especial para você, Joss. Confie em mim, eu sei o que pode agradá-la.

Da parte dela, nem uma sombra de dúvida passou por sua expressão. Apenas confiança, reluzindo no olhar que ela endereçou para Dash. Joss nem sequer pareceu estar nervosa ou apreensiva.

– Eu confio em você, Dash. Se você quer ir, então fico feliz em acompanhá-lo. Apenas me diga o que devo vestir. Eu não quero decepcionar ou envergonhar você.

– Você nunca vai me envergonhar – negou ele com a voz embargada. – Não há nada em você que algum dia possa me trazer vergonha. É inconcebível.

Ela sorriu de volta para ele com um olhar caloroso e cheio de... amor? Devia atrever-se a esperar por isso tão cedo? Dash afastou tal pensamento, pois não queria ter motivos para uma eventual decepção, apesar de ter dito, alguns segundos antes, que jamais ficaria decepcionado com ela. Na verdade, isso era a única coisa que poderia acabar com ele. Joss não ser capaz de retribuir o amor que ele sentia.

– A que horas você gostaria de ir? E o que eu devo vestir? – ela perguntou.

Havia emoção e excitação em seus olhos. Joss estava ansiosa para essa incursão. Sua mente já se ocupava com as possibilidades daquele programa. Dash seria muito cuidadoso em seus planos para ela. Ele queria que tudo fosse perfeito.

– Alguma coisa sexy – ele murmurou. – Um vestido curto que mostre suas lindas pernas. E saltos altos. Definitivamente, saltos altos. Quero comer você em cima deles na frente de todo mundo.

Os olhos dela se nublaram diante da resposta cheia de luxúria. Ela estremeceu delicadamente nos braços dele, como se a imagem lhe fosse tão atraente como era para ele. Ele esperava que fosse.

– Mas o vestido realmente não importa – acrescentou. – Porque logo depois de chegarmos, eu vou despir e amarrar você.

Joss prendeu a respiração e ele a observou, atento a qualquer sinal de contrariedade em relação a esse plano. Mas não houve qualquer sinal de resistência que ele pudesse perceber. Apenas curiosidade e excitação.

– O horário – ela sussurrou. – A que horas eu devo estar pronta?

– Vamos jantar fora. Esteja pronta quando eu chegar em casa. Vamos comer com calma e relaxar. Devemos estar no The House por volta das nove. As coisas só começam a acontecer por lá tarde da noite. E eu quero que todo o mundo esteja lá para ver o que é meu. Quero que cada homem se roa de inveja do que é meu e nunca será deles. Eles podem olhar, mas sabem muito bem que nunca vão tocar.

Joss sorriu, o prazer brilhando em seus olhos.

– Gosto de ver você assim, tão possessivo em relação a mim, Dash. Faz com que me sinta... segura. E muito querida.

– Fico feliz – disse ele com a voz rouca. – Porque você é.

Os olhos dela se arregalaram e, de repente, o pânico emergiu das profundezas.

– Ai, meu Deus, o jantar! Eu esqueci completamente o jantar, Dash. Me distraí demais desde que você chegou. Droga, tomara que não tenha queimado tudo!

Enquanto praguejava, ela desceu do colo dele. Rindo, Dash deixou-a ir, observando-a sair em disparada para a cozinha.

Ele foi logo atrás dela e seu coração se apertou quando ela, depois de abrir o forno, voltou-se para ele cabisbaixa, com o olhar no chão.

– Está arruinado. Desculpe, Dash. Eu tinha planejado um jantar especial para nós e cronometrei tudo, para a gente comer imediatamente, assim que você chegasse em casa.

Ela parecia tão adorável que a única coisa que ocorreu a Dash foi atravessar a extensão da sala e aninhá-la nos braços, fechando o forno com uma mão e desligando-o.

– Deixe tudo como está – ele murmurou. – Vista-se, eu vou levá-la para jantar fora. Eu não dou a mínima para o que comer, desde que esteja com você.

24

Joss se sentia ansiosa, animada e extremamente excitada, uma pilha de nervos. Sem modéstia, ela sabia que estava muito bonita. Na verdade, ela seria muito criteriosa em relação à aparência de qualquer modo, independentemente de Dash ter lhe dito que ficaria vestida por pouco tempo naquela noite.

Mas ela queria parecer em sua melhor forma, não só para o bem de sua própria confiança, mas por Dash. Ela queria que ele sentisse orgulho dela. Orgulho de tê-la ao lado, de braço dado, quando adentrassem o The House.

Dash a ajudou a descer do carro e colocou o braço dela por baixo do seu enquanto caminhavam em direção à entrada.

A situação era muito diferente na comparação com a vez passada, quando Joss, apavorada, estava tão nervosa que seu estômago parecia ter se transformado em uma gigantesca bola de náusea. Pelo menos dessa vez, ela não teria de encarar o movimento dos ambientes sociais do térreo, onde as pessoas reuniam-se a fim de encontrar parceiros para a noitada. Não havia a preocupação de escolher o homem errado ou alguém que pudesse machucá-la.

Dash estava ao lado, manifestando o prazer de ser dono dela em cada expressão do rosto e gesto do corpo. Não haveria escolha de homens naquela noite. Sua escolha já havia sido feito. Dash, e somente Dash, a conduziria ao longo de cada etapa que havia planejado para aquela noite.

Ignorar os detalhes desse planejamento, para ela, acrescentava um elemento intrigante que só fazia aumentar a excitação. Seus mamilos estavam duros e doloridos. Joss sentia sua boceta repuxar, e sabia que já estava molhada.

Dash a escoltou através dos salões sociais e, no caminho, pegou uma taça de vinho para Joss. Mas ela sabia que a grande razão da presença de ambos ali era o desejo dele de exibi-la para todo mundo, o que inflou enormemente o ego de Joss. E ela precisava disso.

Ele era todo orgulho. Transparecia em seu olhar. Orgulho dela, tão palpável que parecia envolver a pele de Joss a cada vez que Dash a mirava. Ele mal saiu de seu lado, nem para pegar o vinho. Mantinha-se bem perto, com a mão pousada sobre ela, o braço enlaçado ao redor dela.

Em determinado momento, Craig, o homem com quem Joss esteve naquela primeira noite, entrou na sala com um brilho predatório no olhar, examinando as mulheres presentes. Dash imediatamente ficou tenso e puxou Joss para mais perto.

Seu braço em torno dela era uma declaração inequívoca de posse. Ele devolveu o olhar zombeteiro que Craig lhe dirigiu com uma expressão gélida e hostil.

– Corbin – exclamou Craig bruscamente, apontando na direção de Dash. Em seguida, voltou-se para Joss, com um olhar maliciosamente analítico. – Você está linda, senhora Breckenridge.

Dash endureceu ainda mais a expressão do rosto, e Joss pôs a mão em seu braço, apertando levemente.

– Obrigada – agradeceu Joss educadamente. – Agora, se nos der licença, vamos seguir em frente.

Mas Dash não se afastou de imediato. Lentamente, ele chegou bem perto de Craig, aproximando o rosto até praticamente ficarem nariz a nariz. Ou quase isso, claro, uma vez que Dash era quase dez centímetros mais alto do que Craig.

– Eu não quero ver você na sala comum – rosnou Dash. – Se for para lá, eu mesmo boto você para fora. Você não vai nem sequer olhar para Joss. Entendeu?

Craig riu.

– Você não controla minhas idas e vindas, Corbin. Eu tenho o direito de estar aqui, assim como você. Então, vá se foder. Vou olhar quem e o quê eu quiser.

– Não chegue perto daquelas escadas – Dash falou em tom de ameaça. – Estou excluindo você da brincadeira e não ligo a mínima se depois eu for barrado aqui no The House por causa disso. Valeria a pena, só pelo prazer de arrastar você pelos degraus até aqui embaixo. Quer apostar? Estou desafiando você.

Craig empalideceu e recuou, com o medo evidente em seus olhos. Dash tinha sido gelidamente sério. Joss não teve a menor dúvida de que ele estava pronto para desfigurar a cara de Craig, e parecia óbvio que Craig compartilhava dessa certeza.

Sem dizer uma palavra, Craig afastou-se e bateu em retirada, não sem antes lançar um olhar indignado na direção de seu ameaçador oponente.

Dash enlaçou o braço em torno de Joss e a conduziu para fora dali, tomando a direção das escadas.

– Venha, querida. Não vou deixar aquele idiota arruinar a nossa noite.

– Ele não teria arruinado, de qualquer maneira – respondeu ela suavemente. – Eu não me importo com a presença dele aqui. Eu estou com você, Dash. Só você. Não tem a menor importância para mim quem vai me olhar, porque eu pertenço a você.

Ele parou ainda na parte inferior da escada e puxou-a para um beijo de tirar o fôlego.

– Obrigado por isso, querida. Eu só não gosto do cara, e gosto menos ainda que ele já tenha posto as mãos em você. Que ele tenha tocado no que considero meu, no que sempre considerei meu, mesmo antes de nós dois estarmos juntos.

Ela sorriu e limpou o batom dos lábios dele.

– Você bagunçou a minha maquiagem.

Ele rosnou, o som raspando em sua garganta.

– Pois ainda vou bagunçar muito mais antes terminar o que viemos fazer. Seu cabelo está lindo, amor, mas temo que esse coque delicado será destruído em questão de minutos.

Ela estremeceu e sorriu de alegria.

– Mal posso esperar.

– Então, vamos lá – ele murmurou, conduzindo-a pela escada.

Quando chegaram, o aposento comum fervilhava de ação. O rosto de Dash manifestou reconhecimento, conforme seu olhar identificava as pessoas presentes. Damon Roche os viu na porta de entrada e se aproximou deles, com um sorriso de boas-vindas estampado no rosto.

Uma belíssima mulher de cabelo escuro estava colada ao seu lado, e Joss adivinhou que devia ser Serena, a esposa de Damon.

Para uma mulher que tinha dado à luz um bebê recentemente, sua figura era perfeita, sem quaisquer sinais de gravidez.

– Dash, Joss, que bom ver vocês dois – cumprimentou Damon calorosamente.

Parecia o máximo da esquisitice aquela troca de gentilezas tão formal enquanto todos ao redor entregavam-se a todo tipo de prazer hedonista. Por toda parte havia gente nua, gemendo, trepando, chupando. O som de chicotes estalando contra os corpos. Gritos de dor e de prazer. O cheiro do sexo e da excitação, forte, dominava o ar. Tudo aquilo fez a pele de Joss se arrepiar.

Como ela poderia simplesmente se despir na frente dessas pessoas?

Pressentindo essa inquietação, Dash apertou o braço ao redor do corpo dela enquanto conversava com Damon e Serena.

Um momento depois, uma impressionante mulher asiática cercada por dois homens aproximou-se do lugar onde Dash falava com Serena e Damon.

O rosto de Dash iluminou-se de prazer genuíno ao reconhecer o trio.

– Lucas, Cole, Ren – exclamou. – É muito bom ver vocês três. Há quanto tempo...

Os homens estenderam as mãos para Dash, que em seguida inclinou-se para beijar Ren nas bochechas. Imediatamente ficou óbvio para Joss que Ren estava com os dois homens. Sua mente avivou-se de curiosidade ao imaginar como seria pertencer a dois machos fortes e dominantes ao mesmo tempo. Seria uma relação permanente? Ou estavam apenas curtindo uma noite de prazer em um paraíso que proporcionava caprichos sexuais para todos os gostos?

– Nós passamos uma temporada em Las Vegas nos últimos meses – informou Lucas. – Mas quem é essa sua amiga, Dash? Acho que nunca a vi por aqui.

Dash puxou Joss pela mão.

– Querida, estes são Lucas Holt, Cole Madison e Ren Holt-Madison. Pessoal, queria que vocês conhecessem Joss. Ela é minha.

Essa simples apresentação fez com que um calor se irradiasse pelo corpo de Joss até os dedos dos pés. Aquele modo prático e direto de afirmar que ela pertencia a ele. Ele tornava público que ela era sua propriedade. Que ele era o dominador e ela, sua submissa. Se algum dia Joss chegou a achar que teria vergonha de ser apresentada dessa maneira, agora tinha a comprovação de que estava equivocada.

Ela adorou.

– É muito bom conhecer você, Joss – falou Cole com gentileza, roçando um beijo na mão que ela estendeu.

Lucas pegou a outra mão e lançou seu olhar escuro para Joss de uma maneira que a fez se sentir nua. Havia alguma coisa naqueles dois homens que despertavam sua... vulnerabilidade. Ela encarou Ren, que parecia extremamente contente por estar entre eles, e imaginou a força que aquela pequena mulher devia possuir para dar conta desses dois homens evidentemente dominadores.

Cole trouxe Ren para mais perto de si enquanto Lucas segurava a mão de Joss, seus dedos firmemente entrelaçados. O trio, ao que parecia, não tinha qualquer intenção de esconder do mundo inteiro seu incomum relacionamento. Dash havia apresentado Ren com os sobrenomes dos dois homens. Estaria casada com ambos? Comprometida com os dois ao mesmo tempo?

A situação era intrigante e Joss ficou fascinada. Ela pediria mais informações a Dash mais tarde.

– Bem, vou deixar vocês à vontade para se divertirem agora – disse Damon educadamente, enquanto aproximava a esposa de si. – Há alguma coisa de que precisem? É só pedir para algum dos meus homens que eles logo providenciam tudo o que for necessário, está bem?

– O banco está livre? – perguntou Dash, com um brilho cintilando nos olhos.

Tanto Serena quanto Ren encararam Joss, que poderia jurar ter sentido uma ponta de inveja em ambos os olhares. O que quer que fosse o tal banco devia ser bem prazeroso, porque as duas mulheres pareceram loucas para estar no lugar de Joss.

– Está. Posso reservá-lo para você esta noite, se quiser – ofereceu Damon, com gentileza.

– Eu agradeço se puder fazer isso. Vou precisar de cordas e de um chicote.

Damon assentiu com a cabeça e, em seguida, Dash despediu-se do grupo, sendo imitado por Joss, expressando sua felicidade por tê-los encontrado ali. Dash a conduziu para longe dali, adentrando mais na sala comum.

– São seus amigos? – perguntou Joss.

Dash confirmou.

– Conheci todos aqui.

– Cole, Ren e Lucas... Eles estão juntos? Os três?

Dash sorriu.

– Sim. Essa situação não é tão incomum por aqui. Mas, no caso deles, é um relacionamento permanente, não se limita às noites de farra no The House. Ren pertence aos dois, que deitam no chão para ela passar em cima.

– Que sortuda – deixou escapar Joss.

Os olhos de Dash se estreitaram.

– É essa a sua fantasia, Joss? Ter dois homens fazendo amor com você? Mimando você?

Ela balançou a cabeça rapidamente.

– Um é o bastante para mim – afirmou com uma risada. – Tudo o que preciso é você, Dash. Mal consigo dar conta de você!

Ele parecia convencido.

– Fico feliz em ouvir isso, querida, porque não tenho a menor intenção de compartilhar você com qualquer outro homem, pelo menos não de forma permanente.

– Acho que isso ficou óbvio depois da ameaça que você fez a Craig – ela disse secamente.

Ele a levou para um banco acolchoado, que parecia uma enorme sela. Era curvo no meio e tinha pernas em V que se estendiam a partir de baixo. Na frente dele havia dois postes, e ela se perguntou para que serviriam.

– Vou tirar a sua roupa, Joss. Aqui e agora, na frente de todos. Quero que você se concentre em mim e em mais ninguém. Só em mim. Esqueça todo o resto. Somos só você e eu neste lugar, e o que vamos fazer juntos é tudo o que importa.

Ela concordou com a cabeça, engolindo seu nervosismo.

Ele agiu com lentidão e reverência conforme gentilmente a despia. Cada peça era arrancada com cuidado e arte. Dash trabalhava aos poucos, como se estivesse saboreando o vagar do processo. Expunha a pele de Joss centímetro por centímetro.

Quando ela ficou completamente nua, ele se pôs de pé, todo ereto, e aspirou profundamente enquanto observava o corpo de Joss.

Ela se sentia... linda. Digna. E orgulhosa.

Dash era um belíssimo exemplar de macho alfa dominante e ele a queria.

Nunca havia se imaginado tão feminina e poderosa. Sim, Dash detinha todo o poder. Possuía o controle sobre ela. Mas ainda assim ela se sentia poderosa, como tinha direito. Como se tivesse o prazer e a satisfação dele na palma da mão.

– Eu quero que você se curve no banco, de barriga para baixo, sobre o assento. Fique numa posição bem confortável e me diga se não estiver. Estenda os braços para frente, na direção dos postes. Eu vou amarrar suas mãos nesses postes e, depois, vou prender seus tornozelos às pernas do banco. Você não vai conseguir se mover.

O coração de Joss bateu mais forte e sua respiração acelerou, ela ofegava de forma irregular pelos lábios. Agora ficava claro para que exatamente serviam aqueles postes. Ela seria estendida e bem amarrada, para que Dash tivesse acesso livre a todas as partes de seu corpo.

Quando ela se posicionou do jeito que ele queria, Dash começou a enrolar uma corda de cetim em torno de seus pulsos. Depois de prendê-los firmemente, ele voltou sua atenção para os tornozelos, atando-os bem apertados às pernas do banco.

Feitas as imobilizações, Dash acariciou-lhe a bunda, apertando e brincando com cada nádega. Será que ele ia começar com sexo anal? Penetraria sua boceta por trás? Ou ambos? Sua mente se agitava, cogitando as possibilidades. O desejo se espalhava por suas veias como uma droga potente. Ela já assistia a tudo em câmera lenta e se sentia leve, já a caminho do estado onírico no qual sempre embarcava toda vez que era dominada por Dash.

Mas então ela se lembrou dele solicitando um chicote. Joss sugou a respiração, percebendo que havia a intenção de castigá-la. E aquela era a posição perfeita para que fosse flagelada: com a bunda, as costas e toda a parte de trás das pernas expostas aos golpes do chicote.

Dash moveu-se diante dela, abaixando-se sob um dos braços estendidos e atados ao poste, e, em seguida, abriu o zíper da calça, baixou a cueca e expôs sua ereção. Ele balançou o pênis a centímetros dos lábios dela. Depois, espalmou o topo da cabeça de Joss, forçando-a para cima de modo que ela abrisse bem a boca para recebê-lo.

Ele mergulhou ali profundamente, num só impulso. Estava claro que a excitação de Dash era tão intensa quanto a dela, e que naquela noite ele não ia ser nem um pouco gentil. Ela não queria que ele fosse. Ela queria sentir o seu domínio. Sua força. Seu poder absoluto sobre ela. Joss gostava do quão vulnerável se sentia ao lado dele. Adorava constatar que ele poderia – e iria – usar o corpo dela sem misericórdia. Rude. Duro. Era assim que ela o queria.

Por longos minutos, Dash se ateve a meter na boca de Joss com precisão violenta e implacável. Parte do fluido pré-ejaculatório escorreu de sua boca para o chão antes que ela pudesse engolir tudo. Dash recolheu seu pênis, ainda duro e estendido, e acariciou a bochecha de Joss em sinal de aprovação.

– Muito bem, querida. Você me tratou muito bem. Agora eu vou para o próximo passo. Vou chicotear você, Joss. E não vou ser bonzinho. Lembre-se de, se preciso, dizer sua palavra de segurança. Não vou amordaçá-la, porque quero que você seja capaz de falar a palavra, caso se sinta desconfortável.

Ela fez sinal de que havia entendido, mas ela já tinha decidido que não usaria a palavra de jeito nenhum, não importa o que acontecesse. Ela até desmaiaria de dor antes de permitir que a palavra de segurança escapasse de seus lábios. Estava determinada a não decepcionar Dash ou a si mesma dessa forma.

Ele pegou o chicote e o passou levemente pelas costas de Joss, acariciando toda a extensão de sua coluna com a ponta de couro. Em seguida, bateu na parte carnuda de sua bunda, arrancando-lhe um suspiro. Ela cerrou os lábios, para não emitir mais nenhum outro som. Ela suportaria todo o castigo impassivelmente.

Outro golpe estalou e ela mordeu o lábio para aprisionar o grito que se formou em sua garganta. Ele tinha falado sério. Não estava sendo nem um pouco bonzinho. Chicoteava com uma volúpia nunca antes demonstrada. O açoite ardia como uma chama que logo se extinguia, dando lugar a um prazer cintilante.

Na sexta chicotada, Joss entrou em um estado de sonho, lentamente reagindo a cada novo golpe. Ela tentou arquear o corpo para cima, buscando o calor doce causado pela repetição do açoite.

Ele batia cada vez mais forte, como se sentisse que ela já tivesse entrado em estado de inconsciência. A oitava chicotada rompeu o devaneio de Joss, trazendo-a bruscamente de volta à realidade. Dash lhe salpicara as costas, a bunda e até mesmo a parte de trás das coxas, até ela ter certeza de que o corpo inteiro estava ardendo em chamas, rosado com as marcas do couro em sua pele.

Joss estava arfante agora, sua respiração entrecortada sinalizando que Dash não havia demonstrado nenhuma compaixão. Dos ombros para baixo, ele havia incendiado toda a pele sensível de suas costas. Não havia nem sequer uma parte do corpo que não formigasse. Ela tremia, incapaz de ficar parada, tentando de tudo para aliviar a dor daquelas requintadas queimaduras.

Sua cabeça pendeu para baixo, flácida, quando ela não conseguiu mais mantê-la erguida. Mas a mão de Dash a suspendeu impiedosamente, pelos cabelos, para mais uma sessão de sexo oral.

Ele fodeu a boca de Joss por algum tempo, os sons das próprias chupadas eram os únicos ruídos que Joss conseguia ouvir. Ela não tinha consciência do que se passava ao seu redor. Não tinha ideia se os outros estavam assistindo àquela demonstração do domínio de Dash sobre seu corpo. E ela não se importava. Para Joss, só ele e ela existiam. Só aquele momento existia.

Ele enfiou o pênis inteiro na boca de Joss, pressionando-lhe o queixo com a virilha. Permaneceu assim, sufocando-a com seu sexo, até ela começar a lutar para respirar. Mas Joss se forçou a não entrar em pânico. Confiava em Dash. Ele conhecia os limites dela. Não iria muito mais longe.

De fato, logo em seguida ele aliviou a pressão, deslizando para fora da boca de Joss. O fogo do chicote voltou, conforme os golpes de Dash se intensificavam mais uma vez. Ela estava quase inconsciente, não porque tivesse sido vencida pela dor, mas porque o mundo deixou de existir ao seu redor. Havia uma cerrada bruma de prazer em torno dela, invadindo-lhe as veias. Ela ansiava por mais. Implorava por mais. Conseguia ouvir a si mesma como se fosse uma voz distante através da névoa pesada.

Foi então que o corpo de Dash pesou sobre as costas dela, cobrindo-a com seu calor e potência. Ele sussurrou perto dos olhos de Joss.

– Querida Joss. Tão linda, tão submissa. Você não tem ideia de como é preciosa para mim. Não imagina como ficou ainda mais bonita com as marcas do meu chicote gravadas na pele. Vou foder você agora, e vou foder pra valer. Primeiro a boceta, depois essa bunda gostosa. E outro homem vai chicotear você enquanto eu a possuo.

Os olhos dela se arregalaram e seu corpo voltou à vida. Joss foi subitamente despertada pela imagem que Dash havia descrito. Pela ideia de que outro homem iria açoitá-la enquanto Dash a possuía...

Como ela sobreviveria a isso? Ela já tinha ido tão longe que mal conseguia lembrar o próprio nome. E agora Dash aumentava o desafio, empurrando-a para limites que ela jamais imaginou cruzar.

Ele agarrou os quadris dela com força, metendo-se dentro ela com uma brutalidade que a deixou sem fôlego. Ele penetrou fundo, como se testasse até onde a boceta de Joss podia aguentar. Ela estava pronta, mais do que pronta para recebê-lo, mas mesmo assim sentiu seu corpo apertado ao redor de Dash. Ele parecia enorme dentro dela. Tão excitado que estava mais grosso, mais longo e mais duro do que nunca.

Dash socava seu membro dentro dela com força, chacoalhando-a contra o banco e esticando as cordas até o ponto de lhe causar dor. Ela aguentava tudo. Ansiava por mais. Queria mais. E mais.

Foi então que o chicote estalou sobre ela, no momento em que Dash se mexia para trás. Os dois homens passaram a trabalhar ritmadamente. A cada recuo de Dash, o chicote atingia as costas dela, sem intervalos.

Joss começou a soluçar, impotente. Tinha ido tão longe em seu prazer que não sabia mais com certeza se já atingira o clímax.

Caso já tivesse gozado, tudo indicava que ela estava a caminho de outro orgasmo, com seu desejo se reconstituindo numa intensidade assustadora.

Dash saiu de dentro de Joss e abriu-lhe as nádegas ao máximo. Rapidamente, preparou o ânus dela com uma generosa dose de lubrificante e posicionou a cabeça de seu pênis sobre a apertada abertura rosada. Investiu com tanta voracidade que ela nem sequer teve tempo para se adaptar à invasão.

Joss gritou, deixando de lado a promessa de se manter quieta. Ela não podia evitar. O nome de Dash converteu-se numa ladainha que escapava entre os lábios dela, enquanto ela soluçava sem parar, suplicando a ele ora para que não parasse, ora para que tivesse piedade, embora não quisesse nenhuma compaixão.

Sua palavra de segurança nunca passou perto de ser proferida. Era a coisa mais distante em sua mente. Joss não podia nem queria se lembrar dela, uma vez que sua vontade era de que aquilo não acabasse nunca.

Mais e mais, ele metia na bunda de Joss, e então os golpes começaram a estalar sobre as costas e o traseiro dela, a cada vez que Dash recuava para pegar o impulso de uma nova investida.

– Eu quero que você goze – Dash ordenou. – Goze comigo, Joss. Quero que você goze comigo. Me diz o que você precisa para chegar lá que eu faço acontecer.

Seu cérebro estava totalmente confuso. Ela não fazia ideia do que precisava quando seu corpo inteiro estava em chamas, doendo com uma satisfação ainda incompleta.

Uma mão estranha delicadamente separou suas dobras íntimas sob a área onde Dash continuava a meter com fúria. Não era o toque de Dash. Ela sabia porque já estava bem familiarizada com ele. Era o homem do chicote, que, com delicadeza, massageava seu clitóris tentando levá-la às alturas.

Ela estremeu, consciente de ter dois homens tocando seu corpo ao mesmo tempo. Dash dissera que nenhum outro homem iria tê-la e, de fato, quem a possuía naquele momento, quem a preenchia por dentro era Dash. O outro homem apenas a tocava, ajudando Dash.

As pernas de Joss começaram a tremer. Seu corpo inteiro entrou em convulsão quando o orgasmo a fez decolar para alturas inimagináveis. Os dedos do desconhecido ficaram mais vigorosos, circulando e esfregando seu clitóris e, depois, descendo até mergulhar nas profundezas da vagina, enquanto Dash continuava metendo forte na bunda.

Joss explodiu como uma bomba, num grito que feriu seus próprios ouvidos. Ela urrou o nome de Dash, arremetendo violentamente contra o corpo dele a ponto de quase derrubá-lo, ainda que os movimentos dela estivessem restritos pelas cordas que prendiam suas mãos e seus pés.

Ela sentiu os jatos quentes de sêmen sobre sua pele, lambuzando-lhe as nádegas e, em seguida, o ânus. Dash meteu fundo novamente, despejando tanto gozo dentro dela que logo o líquido vazou por suas pernas, pingando no chão.

Então Dash cobriu o corpo de Joss, sussurrando palavras suaves no ouvido dela. Mas ela não conseguiu ouvir nada por causa do rugido que ainda pulsava em suas veias. Joss estava ofegante, sua força completamente extinta, esmagada pela experiência mais explosiva de sua vida.

Era daquilo que ela vinha sentindo falta há muito tempo. Não sentia qualquer culpa ou conflito de consciência pelo fato de desejar algo que os outros consideravam estranho ou imoral. Joss estava em um local público, onde qualquer pessoa poderia observar ela e Dash no mais íntimo dos atos. E mesmo diante de tamanha exposição, a intimidade não foi quebrada, uma vez que ali as outras pessoas deixaram de existir para ela. Só o que importava era Dash. Dash e o prazer que ele proporcionava.

Ele beijou o ombro de Joss e, conforme se afastava do corpo dela, deixou um rastro de beijos pela extensão de sua espinha, antes de finalmente desconectar-se daquele corpo que ainda não havia parado de tremer. Então, ele e o outro homem desamarraram cuidadosamente Joss. Dash a tomou nos braços, oferecendo um apoio necessário para a mulher que mal conseguia se sustentar sobre as próprias pernas.

O outro homem entrou no campo de visão de Joss por um breve momento, antes que ela fixasse seu olhar instável em Dash. Ele olhou para ela com tanta ternura, tão cheio de amor, que Joss teria desabado caso não estivesse sendo amparada com tanta firmeza pelos seus braços.

Dash a beijou, sussurrando-lhe palavras de aprovação, orgulho e satisfação. Ela absorveu aqueles elogios como o chão do deserto suga a água da chuva. Inclinou-se para ele, querendo e precisando de proximidade num momento em que se via tão vulnerável, depois do verdadeiro abalo sísmico que havia sido seu orgasmo.

– Vire-se e agradeça o homem que me ajudou – lembrou Dash suavemente. – Só agradeça e, depois, volte para mim.

– O que devo fazer? – ela sussurrou. – Quer dizer, o que se espera que eu faça agora? Preciso d-dar prazer para ele também?

– Não, querida. De jeito nenhum. Ele está mais do que satisfeito por ter participado, por ajudar no seu orgasmo e por você reagir tão bem aos beijos do couro do chicote. Eu já disse que nenhum homem vai ter você além de mim, e isso inclui o prazer que você é capaz de proporcionar. Ele compartilhou da tarefa de lhe dar prazer, sim. Mas basta. Agora você vai só agradecer, e nada mais.

Ela se virou, ainda vacilante e amparada em Dash. Olhou para o homem, examinando suas feições. Era mais velho do que Dash, talvez dez anos ou mais. Havia um toque prateado no cabelo que cobria suas têmporas, mas era muito bonito. Ele sorriu gentilmente para Joss depois que ela murmurou seu agradecimento. Tomou a mão dela, levou-a aos lábios e pressionou um beijo carinhoso sobre sua pele.

– Dash é um homem de muita sorte – disse ele em tom solene. – Você é um espetáculo para os olhos, Joss. Não havia um homem nesta sala que não sentisse a mais profunda inveja de Dash.

Ela sorriu.

– Obrigada. Obrigada por sua generosidade. Você me deu muito prazer. Você e Dash, ambos. Você tem a minha gratidão.

– Eu é que lhe devo meu agradecimento pela oportunidade de participar de algo tão bonito – devolveu ele, gravemente.

O homem moveu a cabeça para Dash e, em seguida, virou-se, sumindo no meio da multidão que, Joss tinha acabado de notar, reunia-se em torno dela e de Dash.

A face de Joss pegou fogo quando ela constatou que ela e Dash tinham sido o foco de toda aquela plateia. Todo mundo havia parado o que estava fazendo para vir observar a interação dela com Dash. O domínio que ele exercia sobre ela. As mulheres a encaravam, o ciúme evidente nos olhares que vagavam significativamente para Dash. Todas queriam ele. Não faziam o menor esforço para disfarçar. E havia os homens. Joss prendeu a respiração, constrangida com o desejo cru expresso nos olhares masculinos que recebia de todos os lados.

Ela olhou para Dash, perplexa com aquelas reações.

Ele sorriu com ternura para ela, estreitando-a nos braços.

– Você é linda, perfeitamente submissa e reage ao chicote como num sonho. Qual homem não olharia para você com desejo?

– Eu quero que só você olhe para mim desse jeito – ela sussurrou. – Me leve para casa, Dash. Quero ir para casa com você.

Ele beijou a testa de Joss e, em seguida, alcançou para ela as roupas que foram tiradas. Ajudou-a a se vestir, depois de limpar o restante de sêmen que ficou na pele dela. O contato com o tecido era desconfortável, ardia como fogo na carne açoitada, e ela encolheu-se toda quando Dash puxou o zíper para fechar o vestido justo.

Ele beijou o ombro de Joss, roçando os dentes pelo pescoço dela.

– Quando chegarmos em casa, vou tirar essa sua roupa e lhe preparar um bom banho de banheira. Amanhã você não vai vestir nada o dia todo. Não quero ser a causa de nenhum desconforto para você.

25

Joss estava em um sofá no Lux Café esperando por Chessy e Kylie. Pela primeira vez, chegara antes das amigas, e estava muito ansiosa para encontrá-las. Com uma dose de vergonha, porque sabia que andara sumida do mapa ao longo das últimas semanas e se culpava por não ter se esforçado para vê-las com mais assiduidade. Especialmente Kylie.

Ela tinha ouvido Dash contar como Kylie vinha lidando com o ingresso de Jensen no comando da empresa. Segundo ele, as coisas andavam visivelmente tensas no escritório, mas Kylie parecia estar se saindo bem – seja lá o que isso significasse. Dash resumiu-se a contar que Kylie estava calada, mas dava conta de seu trabalho sem reclamar.

Sem contar um ou outro telefonema ou troca de e-mails, Joss não tinha se encontrado sozinha com as amigas desde aquele almoço nesse mesmo restaurante, no dia em que ela confidenciou para as duas que tinha decidido conhecer o The House.

Como as coisas haviam mudado desde então! Joss se envolvera tão completamente no relacionamento com Dash que todas as outras pessoas ficaram em segundo plano. Ela viu quando Chessy e Kylie chegaram juntas e levantou-se para abraçá-las, uma de cada vez. Todas se sentaram.

– Eu estou tão contente de ver vocês duas – exclamou Joss com sinceridade. – Estava com saudade.

Os olhos de Chessy brilharam.

– Ah, tá... E você acha que nós vamos acreditar que, com aquele pedaço de mau caminho dentro de casa, você sentiu falta da gente?

Joss riu do gracejo, mas analisou Kylie com cuidado. Era óbvio que ela de fato estava sob uma enorme carga de tensão. Dava para distinguir olheiras escuras no rosto da amiga, que se justificou dizendo para Joss que vinha sendo atormentada por pesadelos de novo. Os mesmos pesadelos, ainda.

Preocupada com Kylie, Joss suspirou e estendeu o braço para apertar a mão da amiga.

– Como estão as coisas no trabalho? Como Jensen anda se saindo?

Kylie fez uma careta.

– Ele me enche.

– Como assim? – perguntou Chessy, cheia de curiosidade. – Esse homem é divino. Tão reflexivo, misterioso. Ele me faz tremer, e olha que eu já tenho meu próprio homem dominante e possessivo para me satisfazer lá em casa.

Joss riu novamente, mas ficou séria diante da expressão grave de Kylie.

– Aí é que está... Ele é calmo demais, intenso demais. Fica só me encarando. Os olhos fixos. Como se estivesse tentando ler minha mente ou qualquer coisa do gênero. Fico muito incomodada, mas o que é que eu posso dizer? Não dá para simplesmente mandar ele parar de me olhar. Tanto ele quanto Dash achariam que estou maluca. E talvez eu esteja – Kylie concluiu, encolhendo os ombros.

– Você vai ficar bem – consolou Joss, ainda segurando a mão dela. – Ele parece ser um cara legal, tenho certeza de que daqui a pouco vocês conseguem quebrar o gelo.

Kylie não parecia convencida. De qualquer forma, mudou o assunto da conversa para Joss novamente.

– E então, como vão as coisas com você e Dash? Preciso dizer uma coisa: nunca vi aquele homem tão feliz. Todos os dias ele chega ao trabalho com um bom humor que chega a ser irritante. E todos os dias, religiosamente, ele sai correndo porta afora do escritório mais cedo, lá pelas quatro e meia. Acho que nem se a empresa estivesse indo à falência a gente conseguiria segurá-lo por lá depois desse horário.

Chessy gargalhou.

– Isso é amooooor. É óbvio. O homem é um completo caso perdido. Parece um menino bobo e apaixonado.

As bochechas de Joss se tingiram conforme um calor subia para seu rosto.

– A questão é: e você? – perguntou incisivamente Chessy.

Joss suspirou e, em seguida, esfregou o rosto com as mãos.

– Sim. Não. Eu não sei – ela admitiu. – Fico culpada porque eu ando pensando cada vez menos em Carson. Antes ele não me saía da cabeça, mas e agora? Passo dias inteiros sem nem sequer me lembrar dele. Será que isso faz de mim uma mau-caráter?

O rosto de Chessy expressou simpatia. Até mesmo a expressão de Kylie se suavizou. As duas mulheres instintivamente seguraram uma das mãos de Joss.

– Não, querida, não faz – disse Chessy suavemente. – Você amou Carson e ele a amava. Mas ele se foi. Já faz três anos. É tempo mais que suficiente para parar de sofrer e começar de novo. É hora de abandonar o passado e seguir em frente com sua vida. Com Dash, se for essa a sua escolha. Você não tem nenhuma razão para ficar culpada por não pensar mais em Carson. É normal. Você tem um novo amor. Acolha-o. Não olhe para trás. Você não pode viver para sempre no passado.

– Eu sei que disse coisas horríveis para você, Joss, e espero que um dia me perdoe. Quero que você seja feliz. De coração, quero muito. Como Chessy disse, Carson se foi.

A voz de Kylie ficou embargada e ela visivelmente fez força para se recompor antes de prosseguir.

– Dash é um bom homem. O melhor. E é evidente que ele se preocupa demais com você. Se ele é quem faz você feliz, então agarre essa chance. Não deixe que o meu julgamento ou de qualquer outra pessoa atrapalhe sua vida.

Lágrimas queimavam sob as pálpebras de Joss enquanto ela percebia a sinceridade nos olhos das amigas.

– Obrigada – ela engasgou. – Isso vinha pesando muito sobre mim. Algumas semanas atrás, andei tendo um sonho ruim. Foi quando as coisas com Dash estavam começando a esquentar. Logo depois que fui morar com ele. Nesse sonho, eu tinha de escolher se preferia ter Carson de volta ou se seguia com Dash. Eu simplesmente não conseguia decidir – contou ela, a agonia perceptível na voz. – Eu me senti horrível, porque sempre sonhei em ter Carson de volta. Eu teria feito qualquer coisa para que isso acontecesse. No entanto, no sonho, eu tive essa oportunidade, mas não a aproveitei. Eu hesitei porque Dash estava lá e eu não queria perdê-lo.

– Foda-se esse sonho – praguejou Chessy, grosseira. – Esse tipo de coisa fica fodendo com seus sentimentos, sendo que a coisa é simples. Você não pode ter Carson de volta. Foi um sonho estúpido, era apenas a sua culpa se manifestando. Carson se foi. Então, essa história de preferir tê-lo de volta não tem o menor cabimento. Você não pode tê-lo de volta. Nunca vai recuperá-lo. O que tem de decidir é se vai passar o resto de sua vida de luto ou se está disposta a assumir o controle sobre seu futuro, não se permitindo perder um homem que você adora.

– Xi, agora Chessy começou a botar pra quebrar – disse Kylie, divertida. – Mas eu concordo com ela. Carson amava você, Joss. Adorava. Não havia a menor dúvida em relação a isso. E eu não consigo acreditar nem por um minuto que ele aprovaria o que você está fazendo consigo mesma. Onde quer que esteja, ele deseja a sua felicidade. Eu também. Mas agora quem tem de querer isso é você.

Joss assentiu.

– Eu amo vocês. Estou muito feliz de ver vocês duas. Juro que não vou mais ficar tão ausente a partir de agora. Vocês são muito importantes para mim.

– Pode apostar que você não vai sumir de novo – Chessy murmurou. – Se tentar, eu mesma vou até a casa do Dash e a agarro pelos cabelos. Eu estava quase fazendo isso quando você ligou convidando a gente para almoçar. Portanto, você já está avisada, meu amorzinho. Eu não vou ser tão boazinha assim da próxima vez.

Joss e Kylie caíram na gargalhada. O coração de Joss iluminava-se na companhia daquelas duas amigas que tanto amava. Ela precisava disso. De um tempo ao lado delas, de seus conselhos, de seu apoio. Ela mesma não havia percebido o quanto toda a situação envolvendo Carson e Dash era incômoda, até desabafar naquela mesa.

A questão parecia boba agora. Talvez Joss precisasse da aprovação das amigas antes de abraçar a ideia de que poderia fazer suas próprias escolhas e seguir em frente. Ela e Dash mereciam isso.

– Então, quando é que vai dizer a Dash que você o ama? – Chessy perguntou, curiosa.

A pergunta surpreendeu Joss. Ela ainda não tinha admitido a profundidade de seus sentimentos nem para si mesma, quanto mais para as outras pessoas. Mas ao ponderar sobre o questionamento de Chessy, Joss percebeu que sim. Era aquilo mesmo. Talvez tenha sido desde o início.

– É que parece muito cedo – Joss balbuciou.

Kylie bufou.

– E por acaso com meu irmão foi diferente? Vá pro inferno, Joss. Na época vocês dois ficaram de cabeça para baixo de tão apaixonados, e foi quase de imediato. Antes de você, eu achava que Carson era um caso perdido. E veja só como deu certo. Se está tão preocupada assim, achando que amor fulminante é algo ruim, lembre-se de que você e Carson provavelmente estariam juntos e apaixonados até hoje se ele não tivesse morrido. A rapidez não torna a paixão menos forte. Se ela existe, existe. E ponto-final.

– O tempo não tem nada a ver com a verdade do amor – Chessy disse gentilmente. – Kylie está certa. Você e Carson se apaixonaram de um jeito rápido e intenso, o que não tornou o amor entre vocês menos sólido, assim como seus sentimentos por Dash não são menores só porque você se apaixonou em tempo recorde. Olhe para mim e Tate, por exemplo. Não estávamos juntos nem por duas semanas quando ele me pediu em casamento.

– E você ainda está feliz? – perguntou Joss, desafiadora.

Ela e Kylie trocaram olhares rápidos. Era óbvio que Kylie se preocupava com o casamento de Chessy, e Joss compartilhava dessa inquietação. Era evidente que havia algo de errado entre ela e Tate, embora Joss não tivesse passado muito tempo com a amiga nas últimas semanas.

O sorriso de Chessy vacilou, mas ela se recuperou rapidamente.

– Está tudo bem. Nós estamos bem – emendou. – Só é diferente agora. Mas os relacionamentos são assim mesmo. Não podemos ficar numa eterna lua de mel. Nossas necessidades são diferentes agora. Ele está lidando com dificuldades nos negócios, é chamado muitas vezes por clientes de outros lugares e tem de viajar muito. Mas nós vamos ficar bem. Eu ainda o amo tanto quanto sempre amei, e sei que ele me ama também.

Um pouco mais tranquilizada pela resposta assertiva da amiga, Joss assentiu. Kylie ainda tinha um olhar de dúvida em seu rosto, mas... aquela era Kylie. Ferozmente leal e protetora com seus amigos, mesmo quando a língua impulsiva dela, às vezes, fugia de seu controle. Mas Joss sabia que ela e Chessy moravam no coração de Kylie, e que aquele coração era maior do que o estado do Texas.

– Então, que tal a gente fazer os pedidos? Estou morrendo de fome – disse Chessy, mudando de assunto.

Joss permitiu que a conversa mudasse de foco, encerrando o tópico sobre o relacionamento de Chessy e Tate, e fez sinal para o garçom mais próximo. As mulheres escolheram seus pratos e passaram o resto do almoço entre risos, colocando as novidades em dia.

Os pensamentos de Joss, no entanto, escapavam vez por outra para Dash e para a possibilidade de ela consolidar plenamente o relacionamento entre eles por meio de algumas poucas palavras.

Eu amo você. Uma frase simples, e ainda assim aterrorizadora para Joss, uma vez que lhe transportava para um nível de vulnerabilidade totalmente diferente.

Tudo indicava que Dash se importava profundamente com ela. Talvez gostasse dela já há muito tempo, a julgar pelos seus comentários anteriores. Mas ele jamais dissera que a amava. Talvez ele estivesse apenas esperando que ela se declarasse primeiro. Dash já tinha se arriscado tanto que ela conseguia entender uma eventual precaução da parte dele, no sentido de não expressar seus verdadeiros sentimentos sem antes ter certeza de como ela reagiria.

Se ele tinha sido capaz de tanta coisa por ela, portando-se com extrema paciência para introduzir Joss em seu mundo, o mínimo que ela poderia fazer em retribuição era tomar a iniciativa e abrir o coração.

Mas e se ele não acreditasse nela? E se fosse cedo demais, rápido demais? Dash não julgaria que ela estava sendo leviana, influenciada pelo momento e guiada puramente pelas emoções?

Joss franziu a testa, concentrada. Chessy e Kylie perceberam e olharam com curiosidade para ela, mas nenhuma das duas abriu a boca, embora tivessem um grande ponto de interrogação estampado nos rostos.

– Eu vou me declarar para ele quando não estivermos fazendo amor – declarou Joss, e imediatamente corou até a raiz dos cabelos, ao perceber que havia expressado a conclusão de seu raciocínio em voz alta.

Chessy e Kylie riram, e logo Joss juntou-se a elas, deixando de lado o constrangimento da cena.

– Boa ideia – Chessy elogiou. – Do contrário, ele talvez nem ouça sua declaração de amor, porque vai estar ocupado demais pensando com a cabeça de baixo.

– Oh, pelo amor de Deus, Chessy – Kylie censurou.

Chessy encolheu os ombros.

– Não estou dizendo que é uma coisa ruim. Às vezes, os homens se saem melhor quando pensam com o pinto. Você consegue obter ótimos resultados quando isso acontece.

– Vou dizer a ele esta noite – decidiu Joss impulsivamente, com súbita ansiedade para compartilhar seus sentimentos com o parceiro.

Ela ficou séria por um momento, enquanto silenciosamente contemplava as duas melhores amigas.

– Nunca pensei que iria encontrar o amor novamente. Eu achava que tinha gasto minha única chance de encontrar uma alma gêmea com Carson. Mas Dash... Eu amo Dash. É possível encontrar a perfeição duas vezes na vida?

Chessy e Kylie sorriram para ela com meiguice.

– Você acabou de responder a sua própria pergunta, amorzinho – Chessy disse. – Você o ama. Então, acho que você encontrou mesmo sua alma gêmea, mais uma vez.

26

Joss voava pela cozinha para assegurar que o jantar estivesse pronto no momento certo. Dash tinha telefonado apenas cinco minutos atrás e levaria mais dez para ele chegar em casa. O que significava que ela tinha pouco tempo para arrumar a mesa e terminar os bifes e acompanhamentos, antes de correr até a sala para esperá-lo como sempre, nua e de joelhos.

Sua recepção teria de ser breve, ou o jantar acabaria esfriando. Mas ela tinha planos para aquela noite. Ela queria que fosse especial, mesmo que tivesse de burlar momentaneamente a regra que conferia a ele o controle absoluto sobre todos os aspectos do relacionamento.

Naquela noite, ela queria ser brindada com a oportunidade de assumir o comando. Ela queria dirigir os eventos. Um jantar íntimo. E, então, ela iria dizer que o amava. Depois eles fariam amor. Ela desejava que ele acreditasse em suas palavras. Que tivesse certeza de que não era um impulso de momento. Que aquelas palavras tinham um significado verdadeiro, que não haviam apenas escapado por entusiasmo.

Como ele reagiria? Era a pergunta que queimava em seu cérebro desde o almoço com Chessy e Kylie. Será que ele também iria se declarar? No fundo do coração, ela sabia que ele a amava. Provavelmente há muito tempo. Ela esperava que ele acolhesse a declaração com alegria e alívio, para que ambos pudessem avançar com mais segurança para uma relação sólida e estável.

Para Joss, era estranho que, apenas algumas semanas antes, ela tivesse lembrado o aniversário da morte do marido com tristeza e resignação, sentindo-se condenada a uma existência esvaziada de amor e esperançosa de que esse doloroso vácuo talvez pudesse ser preenchido com sexo e dominação. Ela não esperava mais... amar.

E ela certamente não esperava que um amigo de longa data, o melhor amigo de seu marido, fosse o homem por quem ela se apaixonaria.

Um sorriso grande e bobo abriu-se em seus lábios. Ela levou os bifes tostados da grelha para os pratos. Em seguida, dispôs também as batatas, assim como as demais guarnições.

Verificando o relógio, percebeu que tinha apenas dois minutos antes de Dash chegar, talvez menos, conforme o tráfego. Ela correu para o quarto, rapidamente se despiu e arrumou os cabelos. Em seguida, voltou para a sala de estar apenas um momento antes de ouvir o carro de Dash na garagem.

Ela se pôs de joelhos, todo seu corpo tremendo. Seus nervos estavam à flor da pele, e ela se sentia tensa por antecipação. Aquela poderia ser a melhor ou a pior noite de sua vida. E ela rezava para que fosse a melhor.

A porta se abriu e lá estava ele, enchendo a sala de estar com a sua presença maior do que a vida. Seu sorriso abriu-se assim que pousou o olhar sobre ela. Dash deu alguns passos até Joss, parou bem na frente dela e cheirou o ar, com visível satisfação.

Então, ele se inclinou e puxou-a para seus braços. Deu-lhe um beijo longo e gostoso, antes de perguntar com a voz rouca.

– O que você está cozinhando, querida? O cheiro está maravilhoso. Eu juro: cada volta para casa é melhor do que a do dia anterior. Não sei como você consegue se superar assim, dia após dia. Mas, de algum jeito, você consegue.

Ela abriu um largo sorriso, envolvendo os braços em volta do pescoço dele para lhe dar outro beijo.

– São só bifes e batatas. Tenho algo especial planejado para esta noite. Você se importa?

As sobrancelhas de Dash se ergueram.

– Você vai me dar uma dica?

Ela sorriu.

– Não... Você só vai ter de entrar na dança.

Ele sorriu de volta para ela.

– Nesse caso, vá em frente. Estou sob seu comando.

Joss tomou a mão dele, entrelaçando seus dedos de um jeito familiar. Eles se tocavam muitas vezes, e não necessariamente de forma íntima. Ela tinha se acostumado a tê-lo por perto em todos os momentos. Dash era puro afeto. Ela adorava isso nele.

Ela o levou para a sala de jantar, onde os lugares de cada um estavam marcados. Acendeu velas e apagou as lâmpadas do teto, deixando apenas a iluminação da sala contígua lançando um brilho tênue sobre a mesa.

Já era tão natural estar nua naquela casa que ela nem sequer pensou nisso ao deslizar para sua cadeira, ao lado da dele na cabeceira da mesa. Ela tirava a roupa para esperá-lo chegar e, com muita frequência, não voltava a se vestir para o jantar.

– Deixe comigo – ele murmurou assim que ela começou a cortar seu bife. – O que eu mais quero é dar comida na sua boca nesta noite.

Ela parou e permitiu que Dash cortasse o bife cuidadosamente, com cada pedaço do tamanho de uma mordida. Ele lambuzou a batata no molho do jeito que ela gostava e, em seguida, levou a primeira garfada à boca de Joss.

Ele alternava as garfadas entre ambos. Não diziam nada. Um pesado silêncio pairava sobre o casal, mas seus olhares se mantinham presos um no outro. Dash parecia pressentir a importância daquela noite. Havia um clima de expectativa, e ele parecia ansioso para terminar o jantar, a fim de descobrir afinal o que Joss tinha planejado.

Ela sorriu para si mesma. Não o faria esperar muito tempo. Normalmente, ambos assistiam à televisão ou a um filme na sala de estar, ela enrolada nele, recebendo afagos no corpo ou no cabelo.

Dash dizia que amava tocá-la e simplesmente estar com ela, compartilhar sua companhia.

Outras noites, eles se sentavam na varanda de trás da casa, levavam uma garrafa de vinho e falavam sobre como havia sido o dia. Ele comentava como Jensen vinha se saindo no trabalho e como Kylie engolia o novo chefe a contragosto.

Daquela vez, porém, ela planejava que se recolhessem mais cedo. Queria estar nos braços dele quando dissesse que o amava e, em seguida, queria fazer amor com ele. Ela queria ser enfática. Queria revelar a profundidade de seus sentimentos. Ela só esperava que ele permitisse tudo aquilo.

– Deixe os pratos na pia – disse ela com voz rouca, quando terminaram. – Depois eu cuido disso. Agora, quero que a gente vá para o quarto.

Dash levantou uma sobrancelha, seus olhos ficaram escuros e nublados de desejo.

– Que nunca digam que neguei algo para minha querida.

Ela sorriu, o amor brilhando em seus olhos. Dash mal desconfiava, mas naquela noite ela apagaria todas as dúvidas em relação a seus sentimentos. Já era hora. Já havia passado do tempo de dar o próximo passo. Agora era questão de prender o fôlego para um novo salto.

Joss estendeu a mão para Dash, imitando as tantas vezes que ele já lhe estendera a mão, em geral para que obedecesse a uma de suas ordens. Dessa vez era ela que dava os comandos, ainda que o fizesse de maneira tímida.

A caminho do quarto, as mãos dele percorreram o corpo de Joss. Era como se ele não conseguisse ficar perto dela sem tocá-la. Como se estivesse viciado nela, assim como ela estava nele.

Quando entraram no quarto, ela o conduziu até a cama e o forçou a abaixar-se até sentar na beirada do colchão. Dash olhou-a com curiosidade flagrante, mas permaneceu em silêncio, permitindo o livre controle à parceira.

Em seguida, ela se posicionou de joelhos entre as pernas abertas do parceiro e juntou suas mãos nas dele.

– Há uma coisa que eu quero dizer, Dash. Uma coisa importante. E eu queria que fosse no momento perfeito. Quando nós não estivéssemos fazendo amor. Quando não estivéssemos tão envolvidos com o momento. Porque eu quero que você esteja consciente do quanto significam as palavras que vou lhe dizer.

A esperança e o medo cintilaram em seus olhos ao mesmo tempo. Dash parecia dividido entre duas emoções conflitantes, hesitando em relação ao que viria a seguir.

Ela levou ambas as mãos dele aos lábios e pressionou um beijo naquela superfície suave.

– Eu te amo, Dash – ela sussurrou. – Eu te amo muito.

A alegria instantânea que inundou o olhar dele era a resposta de que ela precisava. Os ombros de Dash relaxaram e ele fechou os olhos para saborear o momento. Quando os abriu, estavam úmidos e brilhantes. Joss chegou a ficar surpresa com a intensidade emocional da reação de Dash.

– Por Deus, Joss – ele engasgou. – Se você soubesse há quanto tempo eu tenho sonhado com esse momento...

Ele tomou Joss nos braços, pegou-a no colo e a embalou contra o peito. Agarrava com força, como que temendo que ela fosse escapar. Beijou-lhe a cabeça, as têmporas, os olhos, o nariz, as bochechas, cada centímetro de pele ao alcance de seus lábios.

– Eu também te amo, querida. Só Deus sabe como eu te amo. Eu te amo tanto que chego a sentir dor. A espera para descobrir se você sente por mim o mesmo que eu sinto por você estava me matando. Faz muito tempo que te amo, Joss. Mas você está mesmo segura? Acha que está mesmo pronta para amar outra vez?

A ansiedade pulsava no olhar de Dash enquanto ele esperava a resposta. Joss sorriu, permitindo que toda a força de sua alegria e de seu alívio transparecesse na expressão do rosto.

– Sim, eu estou – ela suspirou. – E você, Dash? Me ama mesmo? De verdade?

– Querida, se eu te amasse mais, eu morreria. Você não tem ideia de quanto tempo faz que sinto isso por você. De quanto tempo sofri por você. De quanto tempo desejei você, a cada vez que respirava.

– Então, nenhum de nós dois tem de sofrer por mais tempo – decretou ela em voz baixa. – Eu sou sua, Dash. Completamente sua, totalmente sua. Sempre serei, enquanto você me quiser.

– Enquanto eu quiser? – ele perguntou, incrédulo. – Querida, eu vou querer você para sempre. Mas eu quero que você esteja certa de que é isso mesmo que você deseja. Não me refiro só a mim, mas ao nosso relacionamento. Minha dominação. Sua submissão. Porque se não for o que você quiser a longo prazo, então não tem de ser assim. Sou capaz de renunciar a qualquer coisa por você.

O sorriso dela se abriu ainda mais, e as lágrimas brilharam também em seus olhos.

– Eu não mudaria uma vírgula em você. Em nós. Eu quero você exatamente do jeito que você é. Quero que continuemos exatamente como estamos agora. Quero mesmo, querido. Quero nós. Eu preciso da sua dominação tanto quanto preciso de ar para respirar. É uma parte de mim agora, a melhor parte de mim. Nunca mude, Dash. Nunca pense que precisa mudar por minha causa, porque eu quero você do jeito que você é.

Ele a esmagou contra si, sua respiração pesada varrendo-lhe os cabelos. Ele tremia dentro desse abraço, tomado pela emoção. E então ele a beijou de novo e de novo, como se estivesse faminto por seu amor. Como se precisasse tão desesperadamente disso quanto ela acabara de dizer.

– Faça amor comigo, Dash – ela ordenou, sussurrante. – Pela primeira vez, faça *amor* comigo de verdade.

– *Isso* você nunca precisa me pedir – ele sussurrou de volta. – Mas, querida, da minha parte, nós sempre fizemos amor, não apenas sexo. Não importa o que tenhamos feito ou ainda vamos fazer, será sempre com amor. Sempre. Isso nunca vai mudar.

Ambos caíram na cama, os corpos enrolados um no outro. Ele se atrapalhou para tirar as roupas, apressado, puxando e rasgando as peças com impaciência, enquanto ela esperava deitada na cama. O corpo nu de Dash por fim encobriu o de Joss, as pernas entrelaçadas enquanto a ereção dele se aninhava no ápice das coxas dela.

As palavras fizeram a diferença. Ela não tinha considerado isso, mas de fato fizeram toda a diferença. Agora que os sentimentos estavam devidamente verbalizados, emergiram uma urgência e uma ternura inéditas. Dash já tinha se mostrado um amante maravilhoso antes, mas naquele momento ia se revelando extraordinário.

Ele a beijou apaixonadamente, roubando-lhe o fôlego e, em seguida, devolvendo-o, como se suas respirações fossem uma só. Ele murmurava seu amor no intervalo entre os beijos, e ela saboreou a deliciosa sensação de estar sendo consumida pelo amor outra vez. Ela nunca acreditou que iria amar novamente. Como estava errada.

Dash tinha tudo o que ela poderia esperar de um homem. Ela jamais pediria qualquer outra coisa na vida, desde que pudesse tê-lo. Que Deus a livrasse do castigo de perdê-lo. Ela nunca sobreviveria à perda do amor pela segunda vez.

E seu amor ainda era novo, brilhante, ainda tinha muito a crescer e a aprender. Assim como ela e Carson haviam feito no início. O amor deles acontecera rapidamente, mas cresceu e se tornou mais forte com o passar do tempo. Ela acreditava com todo o seu coração que o mesmo se repetiria com Dash.

– Eu esperei tanto tempo por você, Joss – ele sussurrou com o rosto afundado nos seios dela. Ele dedicava atenção obsessiva a cada mamilo, mordiscando e lambendo até que os bicos endurecessem a ponto de doer. – Nunca imaginei ter tudo isso. Você. Seu amor. É muito mais do que posso merecer. Jure que nunca vai me deixar, que vai ficar comigo para sempre.

– Eu nunca vou deixar você – ela prometeu. – Você sempre me terá, e terá meu amor, Dash.

Ele a esmagou contra o próprio corpo novamente, cutucando com impaciência entre suas coxas até deslizar, quente e profundo, para dentro do corpo acolhedor de Joss. Dash arqueava o corpo sobre a dela, penetrando-a com vontade. Ele fez com que ela erguesse braços sobre a cabeça e lhe imobilizou os punhos, enquanto ondulava seu peso sobre ela, ritmadamente.

– Eu nunca vou me esquecer de você nesta noite – disse ele com ternura na voz. – O jeito que estava quando disse que me amava. Vou me lembrar disso até o dia de minha morte.

– Só peço que você não morra tão cedo – afirmou Joss, enchendo-se de dor só de pensar na ideia.

O rosto dele franziu-se em um instante, expressando arrependimento.

– Não pensei antes de falar, querida, desculpe. Eu não quis dizer isso. Eu só queria garantir que nunca vou deixar você por minha própria vontade. Acredite.

Ela sorriu.

– Eu sei, Dash. Vou tentar não ser tão sensível.

– Você pode ser do jeito que quiser, eu não me importo. Mas eu mesmo não mudaria nada em você, meu amor.

Dash fechou os olhos enquanto penetrava mais em Joss. Mas seus movimentos eram gentis e amorosos. Ele a preenchia até o fundo, retirava-se e, em seguida, sem pressa, avançava novamente para frente. O orgasmo dela, não tão agudo como no passado, foi crescendo suave e doce, espalhando-se pelas profundezas de sua alma. Era um tipo diferente de clímax. Era um gozo emocional, não apenas físico.

Era... o amor. E isso fazia toda a diferença do mundo.

– Goze comigo, Joss. Fique comigo. Sempre.

– Eu estou com você – ela sussurrou. – Não se segure, Dash. Nos leve até lá.

Ele colou a testa na dela, um gesto que Joss adorava. Beijou-a de leve mesmo com todo o corpo estremecendo contra o dela, ao mesmo tempo em que ela se permitia que seu orgasmo desabasse como a mais doce das chuvas. Ele soltou as mãos dela e Joss colocou os braços ao redor dele, segurando-o bem pertinho. Ambos desfaleceram, consumidos pelo fogo do amor.

Embora fosse cedo, ela não tinha vontade de se levantar. Nem mesmo de se mover. Contentou-se em permanecer ali, nos braços de Dash, sentindo-se plena. Confiante no amor. O futuro nunca lhe parecera tão brilhante. Sentia-se como se pudesse conquistar o mundo. Parecia que Dash havia lhe dado asas e o dom de voar.

– Fique comigo – ela sussurrou, ainda conectada com o corpo dele. – Bem assim. Fique dentro de mim. Me deixe sentir você.

Ele a beijou novamente e ajeitou o próprio peso contra o corpo de Joss. Ela deslizou as mãos por toda a extensão das costas dele, para cima e para baixo, até ambos caírem num doce sono.

27

O sonho foi ainda mais vívido do que antes. Dormindo, Joss gemia baixinho conforme se deparava com Carson e Dash, cada qual de um lado dela. Ambos os homens olhavam com expectativa, pressionando-a para fazer sua escolha.

– Você pode me ter outra vez, amor – disse Carson no tom gentil e carinhoso que sempre empregava com ela. Joss não conseguia se lembrar nem sequer de uma vez que ele tenha levantado a voz para ela, mesmo quando estava nervoso.

Claro que eles discutiam. Qual casal não briga de vez em quando? Mas ele jamais perdia o controle. Não confiava em si mesmo. Temia partir para a agressão física, assim como o pai dele fizera várias e várias vezes.

– Podemos ficar juntos novamente. Como antes. Você só tem de me escolher.

Dash permanecia em silêncio, ao lado, com ar de quem já havia perdido a disputa. Havia resignação em seus olhos, e ele começou a se afastar, do mesmo modo como Carson havia feito no sonho anterior.

– Não! – ela gritou. – Não vá, Dash. Eu quero... você.

O olhar chocado de Carson partiu o coração de Joss em dois. Ela mal podia acreditar que havia escolhido Dash em detrimento de seu amado marido. Em seguida, com as feições tomadas pela tristeza, Carson se dirigiu para Dash.

– Cuide dela – murmurou, desconsolado. – Ame-a tanto quanto eu a amei.

– Eu amarei. Eu amo – prometeu Dash.

Então, Dash estendeu a mão para Joss, que deu um passo hesitante para a frente. Em seguida, outro passo, e mais outro, até cair nos braços do parceiro. Quando Joss voltou a olhar na direção de Carson, ele havia ido embora, desaparecendo como se nunca tivesse estado lá.

– Carson – ela sussurrou, entrecortada. – Desculpe. Eu sinto muito. – Joss voltou-se então para Dash, transmitindo-lhe segurança. A segurança de tê-lo escolhido. – Eu amo você – ela sussurrou. – *Você*.

28

Dash despertou lentamente, a memória da noite anterior ainda fresca na mente. Ele sorriu e buscou o contato com Joss, decidido a fazer amor mais uma vez. Mas, ao se voltar para ela, congelou diante da expressão inquieta no rosto da parceira, que sacudia a cabeça enquanto um gemido escapava de seus lábios.

As palavras ouvidas o paralisaram. Dash sentiu uma faca afiada cortando seu coração, do qual se esvaía todo o otimismo que experimentara ao acordar.

– Carson – ela sussurrou com voz torturada. – Desculpe. Eu sinto muito. – Houve uma pausa e depois ela prosseguiu. – Eu amo você. *Você*.

Uma raiva irracional se apoderou dele. A mágoa e a traição pulsaram em suas veias. *Maldição*. Será que Carson sempre ficaria entre eles? Será que ela nunca conseguiria se livrar daquelas lembranças?

As pálpebras de Joss se abriram e ela o olhou num estado de sonolenta confusão. Logo franziu a testa, ao constatar a evidente fúria dele.

– Dash?

– Fico feliz por finalmente ter percebido quem está na cama com você – ironizou com voz gelada.

Joss ficou de queixo caído.

– O *quê*? Do que você está falando? – perguntou, apoiando-se no cotovelo enquanto os cabelos desciam como uma cortina sobre seus ombros. – Dash, por que está tão zangado?

A dolorosa confusão na voz dela serviu apenas para irritá-lo ainda mais.

– Você não consegue esquecer Carson – disse Dash duramente. – Poucas horas depois de dizer que me ama já está sonhando com ele outra vez. Dizendo que o ama e se *desculpando*, sabe-se lá por quê. Desculpas por quê? Por traí-lo? Por ser desleal com um homem morto? Pois vou lhe dar uma informação, Joss. Carson está morto. Ele não vai voltar. Deixou você e não vai voltar. Encare isso e ache um jeito de aceitar.

Joss ficou completamente pálida, olhando para ele, incrédula.

– Eu nunca vou me comparar a ele – continuou Dash com brutalidade, disposto a magoar Joss da mesma maneira que ela o havia ferido. – Eu não gosto da posição de mero substituto do homem que você perdeu, do homem que você não pode mais ter. Nem fodendo que eu vou me submeter a essa situação por mais tempo. Já fui paciente demais, compreensivo demais. Tenho dado tudo o que você me pede.

– Você nunca foi um substituto – disse ela, rouca.

– Eu me recuso a ter uma terceira pessoa na nossa cama, Joss. Um homem morto em nossa cama. Acho que na verdade qualquer homem serve para você agora. Você não *quer* seguir em frente. Você só quer alguém para foder e para brincar do joguinho de submissa e dominador. Que inferno, qualquer homem teria servido, não é mesmo? Ou você não se lembra daquela noite no The House? É óbvio que você não pertencia a ninguém e que só estava procurando um pau.

– Você está errado – ela engasgou, lágrimas nublando os olhos e bloqueando sua garganta. – E eu não vou mentir aqui, enquanto você diz coisas para me magoar de propósito.

– Bom – ele disse grosseiramente. – Já era hora de você sentir um décimo da dor que venho sentindo ao longo dos últimos anos. Estou cansado de tentar viver em função da memória de um morto. Quando é que você vai aceitar que ele se foi? Que droga, Joss, até mesmo a sua palavra de segurança lembra ele. Como se você precisasse dele para se proteger de *mim*. Ele está o tempo todo entre nós porque você não deixa ele ir embora. E eu não posso continuar essa mentira.

– Você está dizendo que acabou? – ela perguntou com a voz embargada e o coração se despedaçando. – Depois de eu ter dito que amo você?

– Eu não posso mais continuar com isso, Joss. Desperdicei muito, muito tempo à espera de algo que, evidentemente, nunca vai acontecer. Eu não posso continuar colocando minha vida em espera por uma mulher que nunca será minha de verdade. Eu mereço coisa melhor. Você merece coisa melhor. E, a menos que você consiga deixar o passado para trás e seguir em frente, não temos a menor chance.

Dash passou a mão pelo cabelo grosso, frustrado, com o coração partido e furioso.

Joss se ergueu e abraçou os joelhos em posição defensiva, e doeu em Dash que ela estivesse pensando que precisava se defender da ira dele. Mas se ela o destruíra, por que ele não podia destruí-la também?

– Eu não posso acreditar que você é tão insensível – soluçou ela, com lágrimas escorrendo pelo rosto. – Você pediu a minha confiança e sempre contou com ela, mas é óbvio que não me deu a mesma confiança de volta. Não posso ficar com um homem que exige tudo de mim, mas não dá nada em troca. Muito menos sua confiança.

– Eu acho que é isso, então – disse ele ferozmente, furioso com ela por, além de tudo, fazê-lo sentir culpa. Não era ele o responsável por terem chegado àquela situação. Não era ele quem se recusava a deixar o passado para trás.

– Saia – pediu ela, em voz baixa. – É só sair. Vá trabalhar. Vá fazer seja lá o que você faz todo dia. Só me deixe em paz.

– Esta é *minha* casa, porra.

Joss ficou ainda mais pálida e então rolou da cama, procurando se vestir.

– Você está certo, Dash. Esta é a sua casa. Sua. Não é meu lugar. Nunca foi. Você nunca me permitiu me sentir dona daqui. É você quem sempre pôs barreiras entre nós, não eu.

– Besteira – ele rosnou. – Não precisa se apressar arrumando sua mala. Vou cair fora daqui. Você tem o dia todo para fazer o que quiser.

Dito isso, caminhou até o armário e vestiu uma calça e uma camisa sem nem se lembrar de passar pelo chuveiro. Precisava sair dali antes que dissesse ou fizesse algo pior. Antes que se arrependesse de sua estupidez e caísse de joelhos diante dela, pedindo perdão. Antes que confessasse que não se importaria de nunca tê-la por inteiro, que ele aceitava seja lá o que ela tivesse para lhe dar. Dash já havia acreditado que ficaria satisfeito em ter Joss apenas em parte. Qualquer parte. Ele achava que qualquer coisa era melhor do que nada.

Ele estava errado.

Não podia – nem ia – aceitar nada menos do que cem por cento dela.

Joss manteve a compostura somente até Dash sair batendo a porta de casa. Em seguida, caiu de joelhos e enterrou o rosto nas mãos enquanto soluços rasgavam sua garganta.

Como ele poderia amá-la se era capaz de dizer todas aquelas coisas horríveis? Ela tinha tomado todo o cuidado possível para não colocar Carson entre eles. Desde que haviam se unido, ela parou de mencionar o marido a toda hora, sendo que anteriormente ela e Dash falavam de maneira recorrente sobre aquele homem que ambos amavam tanto. Agora era como se Carson nunca tivesse existido, porque *nunca* falavam sobre ele.

Dash não confiava nela. Joss não tinha dúvida. Depois de tudo o que havia exigido dela, ele não foi capaz de devolver na mesma moeda. Não era justo. Ela dera tudo para Dash. Confiança. Amor. Submissão. Ele tinha prometido retribuir tudo isso. Jurara protegê-la. E agora simplesmente acabava com tudo com aquelas palavras amargas e grosseiras.

Não havia como voltar atrás. Não havia conserto para o que havia sido dito. As palavras dele ressoavam em seus ouvidos, e parecia que iriam ressoar para sempre. Nem toda boa vontade do mundo faria aquilo ser apagado de sua memória.

Ela precisava dar o fora dali. Não podia ficar nem mais um minuto. Freneticamente, começou a encher malas com seus pertences, como se quisesse remover da casa todos os vestígios de sua presença.

Mas e as coisas que ganhara de Dash? Todos os presentes, joias, roupas? Decidiu deixar tudo bem organizado e empilhado sobre a cama, para que, ao voltar, ele pudesse comprovar que ela não havia levado nada além do que lhe pertencia de verdade. Joss não queria nada. Não podia ser comprada. Não havia preço para o que ela havia oferecido livre e incondicionalmente para Dash.

Joss se atrapalhou com o celular, os dedos trêmulos tentando buscar o número de Chessy. Ela precisava de um ombro amigo. Precisava de alguém para acolher o turbilhão de emoções que ela experimentava.

– Ei, amorzinho. Como vai? Deu a grande notícia para Dash?

Um soluço baixinho brotou da garganta de Joss.

– Joss? O que é que houve? Você está *chorando*? O que aconteceu? Onde você está? Você está bem? – Chessy desatou a perguntar.

– Eu preciso conversar com você – Joss disse, sufocada. – Você está em casa? Posso ir até aí?

– Claro, querida. Estou aqui. Mas você parece tão mal. Onde você está? Acho melhor eu pegar você.

– Não – recusou Joss, em voz baixa. – Eu vou até você. Explico tudo quando chegar. Me espere em meia hora, está bem?

– Eu vou estar aqui – garantiu Chessy com firmeza. – Tenha cuidado, Joss. Quando chegar aqui, eu quero saber exatamente o que aconteceu. Você não me esconda nem uma palavra.

Joss concordou e, em seguida, desligou. Fez outra varredura pela casa, certificando-se de que não tinha esquecido nada. Depois, fez três viagens para transportar sua bagagem para o carro.

Quando a última mala foi depositada no banco do passageiro, Joss virou-se para observar a casa de Dash pela última vez. Uma casa que ela havia considerado sua por um breve, intenso e belo período. Agora? Agora o lugar era a imagem do inferno.

Ela saiu dos limites do bairro de Dash dirigindo em alta velocidade. Depois, percebendo a imprudência, aliviou o pé do acelerador para não se expor a riscos desnecessários. Frustrada, esmurrou o volante ao verificar que um acidente mais à frente havia formado um grande engarrafamento. Dobrou na primeira rua que pôde, com a intenção de encontrar um caminho para dar a volta no parque. A distância era bem maior, mas, com a lentidão gerada pelo tráfego, acabaria resultando no mesmo tempo de viagem, com a vantagem de que não teria de enfrentar o anda e para do congestionamento.

Ela só queria chegar na casa de Chessy para poder desabafar com alguém querido. Seu sentimento era o de que tinham puxado o tapete sob seus pés, o que não deixava de ser uma comparação apropriada. Depois de uma noite em que o futuro pareceu tão absolutamente perfeito, naquela manhã escancarou-se um buraco negro tão grande quanto os olhos podiam ver.

Joss não viu uma criança sair em disparada pela rua atrás de uma bola. Quando percebeu, era tarde demais para frear. Horrorizada com a possibilidade de atropelar a menininha, só lhe restou virar o volante com toda a força.

O carro foi de encontro ao meio-fio com força suficiente para estourar o pneu dianteiro, e continuou veloz direto na direção de um grande carvalho. Não havia mais nada que ela pudesse fazer. O pequeno conversível chocou-se na árvore produzindo um terrível ruído de metal amassado e vidros se estilhaçando. A cabeça de Joss foi lançada à frente e a bolsa do *air bag* explodiu contra seu rosto. Ela sentiu dor e, conforme piscou, sentiu a vista nublada pelo sangue que escorria pela testa.

Joss se perguntava se sobreviveria ao acidente quando desmaiou e passou a flutuar longe dali, num mar feito de nada.

29

Dash olhou pensativo para fora da janela do escritório, sem parar de relembrar os acontecimentos da manhã. Será que havia exagerado? Metade dele dizia que sim. A outra metade, a face prática e desconectada das emoções, insistia que não, que ele tinha razão para estar zangado. Mas certamente ele não tinha o direito de atacá-la daquela forma, magoando-a de uma forma tão brutal.

Enfim, dane-se, era hora de dar um *basta*. O que deveria ter sido a melhor noite de sua vida, o ponto culminante de um sonho impossível, havia se convertido em seu pior pesadelo. Talvez aquilo fosse mesmo uma impossibilidade. Talvez Joss não estivesse pronta – ou nunca estaria – para libertar-se do passado.

Sendo assim, para onde tudo aquilo o levaria? Uma semana atrás, Dash teria jurado que ficar com Joss, ainda que pela metade, bastava. Que ele podia aguardar, ser paciente até que ela se desvencilhasse das memórias, na esperança de que, finalmente, ela chegasse a um estágio no qual pudesse retribuir de maneira plena tudo o que ele estava disposto a lhe proporcionar.

No entanto, depois de Joss ter feito a declaração de amor na véspera e logo de manhã voltar a chorar pelo marido morto, Dash se viu invadido pela sensação fatalista de que ela nunca seria verdadeiramente dele. Suas esperanças foram esmagadas naquele instante, e ele reagiu como um animal ferido. Droga, ele estava *mesmo* ferido. O tipo de ferida que nunca cicatrizaria.

A porta do escritório se abriu e ele se virou, irritado com a interrupção. Para sua surpresa, Tate entrou na sala, sua expressão cheia de raiva.

– O que é que você fez com Joss? – Tate perguntou.

Dash suspirou.

– Isso foi rápido.

– Que porra isso quer dizer? Chessy está maluca de preocupação. Onde está Joss? O que aconteceu entre vocês dois?

Dash franziu a testa, confuso.

– Do que é que você está falando? Por que está me perguntando onde ela está?

– Porque, aparentemente, você foi a última pessoa que a viu – grunhiu Tate entre os dentes. – Ela ligou para Chessy há mais de duas horas, e parecia histérica. Estava nervosa, chorando, mas não quis dizer para Chessy o que havia acontecido. Só perguntou se podia se encontrar com ela imediatamente, porque precisava dela, e avisou que chegaria em casa em meia hora. Mas ela não apareceu. Chessy ligou para a casa de vocês, para o celular de Joss e para o número da antiga casa dela, mas não a encontrou. Então, ela me mandou vir arrastar sua bunda desta caverna, já que você também não está atendendo ao celular.

Dash empalideceu, o medo se agarrando em suas entranhas.

– Eu não sei para onde ela foi. Ela estava na minha casa... na minha cama... quando eu saí. – Ele fez uma careta, fechando os olhos. – Ou pelo menos estava na minha cama, mas ela ia sair de casa.

– E *por que* ela ia sair da sua casa? – Tate rosnou.

– Isso não é da sua conta – Dash devolveu friamente.

– Não é porra nenhuma! Chessy está em casa muito preocupada com ela. A única maneira de manter ela sentadinha lá em casa, sem sair correndo por aí procurando Joss, foi prometer que eu mesmo a encontraria. Joss não faz o tipo histérico ou irresponsável. Ou seja, se ela estava aborrecida e agora desapareceu, então algo está bem errado nessa história.

Um nó foi crescendo na garganta de Dash. O pânico descia por sua coluna, paralisando-o naquele momento.

– Eu disse algumas coisas bem terríveis para ela – Dash murmurou. – Meu Deus. Quando saí, ela estava chorando.

– E você a deixou tão mal assim? – perguntou Tate, com voz irritada.

Dash fechou os olhos.

– Eu estava furioso.

– Eu não vou perguntar nada porque a única coisa com a qual eu me importo agora é com minha mulher, que está à beira de um chilique de tão nervosa, e com o estado de Joss. Já vi que *você* não tem a menor ideia do que pode ter acontecido.

Dash balançou a cabeça.

– Ela praticamente me mandou para o inferno. Mas eu já estou lá. Eu tenho estado há anos.

O celular de Tate tocou e ele atendeu.

– Chessy? – disse. – Ela está bem? Você teve alguma notícia?

Houve uma longa pausa, e então Tate empalideceu. Dash correu para perto dele, tentando ouvir a voz de Chessy, mas Tate pressionava o telefone na orelha com toda a força, de modo que nada podia ser escutado.

– Merda. Não, nada disso, você não vai a lugar nenhum. Não, Chessy! Vou já para aí. Não se atreva a sair de casa. Um acidente basta por hoje. Não quero você dirigindo por aí nesse estado de nervos.

Os joelhos de Dash dobraram e ele teve de se apoiar na mesa para não cair no chão.

Tate desligou e lançou um olhar frio para Dash.

– O hospital ligou para Chessy. Aparentemente, eles pegaram o número conferindo a última chamada registrada no celular de Joss. Ela sofreu um acidente de carro. Parece grave. Não quiseram comentar sobre as condições de saúde dela por telefone, mas pediram a presença no hospital da própria Chessy ou de algum familiar de Joss, o mais rápido possível.

– Estou indo – avisou Dash. – Qual hospital? Consigo chegar lá antes, enquanto você vai para sua casa apanhar Chessy.

Tate o encarou outra vez, uma raiva evidente nos olhos. Então, soltou a respiração e informou:

– Memorial Hermann. Na emergência.

Dash não esperou por mais nada. Pegou suas chaves e correu porta afora na direção dos elevadores. Kylie gritou algo enquanto atravessava o escritório, mas ele não parou. Não havia tempo para explicar nada, mesmo que Kylie merecesse saber. Chessy iria contar tudo mais tarde. Naquele momento, seu único objetivo era ir até Joss, rezando para não chegar tarde demais.

30

Quando entrou na sala de emergência, Dash imediatamente parou na recepção e exigiu saber sobre Joss e sobre a possibilidade de vê-la. Um policial estava em pé perto da recepção e, quando ouviu a menção ao nome de Joss, gesticulou para Dash.

Frustrado com a demora das informações, ele se aproximou do policial.

– Você sabe como ela está? – Dash perguntou sem rodeios. – Você viu o acidente? O que diabos aconteceu?

O policial suspirou.

– Posso perguntar a natureza de seu relacionamento com a senhora Breckenridge?

– Eu sou noivo dela – Dash mentiu. – Moramos juntos. – Outra mentira. – Eu a vi nesta manhã, aparentemente não muito antes de isso ter acontecido. Vim correndo do trabalho assim que soube. – Pelo menos isso era verdade.

– Ela estava chateada com alguma coisa? Sob pressão? Estressada? – O policial fez uma pausa. – Você tem alguma razão para acreditar que ela é suicida?

– O *quê*? – Dash perguntou, incrédulo. – Aonde você quer chegar?

O policial parecia constrangido.

– Não havia marcas de pneus no chão indicando que ela tenha tentado frear o carro. Ela bateu direto numa árvore morta. Estava a mais de setenta quilômetros por hora numa área estritamente residencial.

– E você acha que ela tentou se matar?

– Estou examinando todas as pistas. Até que eu mesmo possa falar com a senhora Breckenridge, não há nenhuma maneira de determinar a causa do acidente. Mas você pode ajudar, deixando-me saber sobre o estado emocional dela quando a viu da última vez. Até onde sei, ela é viúva. Poderia estar deprimida por causa da falta do marido?

Dash não sabia o que dizer. O estado emocional de Joss? Ela estava nervosa. Extremamente nervosa. Que inferno, por que ele tinha mandado ela embora de casa? Joss agora estava ali, num hospital. Meu Deus. Será que ela fez isso de propósito? Como ela foi bater numa árvore em velocidade tão alta e sem nem ter tentado frear?

– Eu não tenho ideia – disse Dash, entorpecido. Ele gostaria de ser capaz de defender Joss, mas quem poderia saber o que estava se passando na cabeça dela?

A culpa o agarrou como um punho. Ele nunca deveria tê-la deixado naquela manhã. Ele estava enraivecido, com certeza. Mas devia ter se acalmado, para que depois pudessem discutir racionalmente, como dois adultos. Só que ele não tinha sido *nem um pouco* racional. Querendo ou não, ela tentou tirar a própria vida, e a culpa era toda *dele*.

Mas ele não conseguiu conter a fúria por ela ter desistido de tudo. Por ter sido tão fraca. Aquela não era a Joss que ele conhecia. Ou que ele achava que conhecia.

Dash deu as costas para o policial e caminhou de volta para o balcão de atendimento, plantando as mãos sobre sua superfície.

– Eu quero ver Joss Breckenridge. *Agora*.

– Sinto muito, senhor, os médicos estão trabalhando no caso dela. Se puder aguardar na sala de espera, posso chamá-lo assim que houver permissão para vê-la.

– O que significa "trabalhando no caso dela"? – Dash quis saber. – O que há de errado com ela? Qual a gravidade dos ferimentos? Ela vai sobreviver?

O rosto da atendente brilhou, solidário.

– Eu sei que é difícil esperar e não saber nada, mas garanto ao senhor que os médicos estão fazendo o seu melhor. Como disse, no momento em que souber de alguma coisa, trago a informação para o senhor.

Dash recolheu as mãos do balcão e caminhou de volta para a sala de espera, mas nem tentou ficar sentado. Como poderia? Aquilo era um maldito *déjà vu*. De outro dia. Três anos atrás. Mesmo hospital. Mesma espera horrível pela pior notícia. Carson morto. Eles tinham sido incapazes de salvá-lo. Os ferimentos eram muito graves.

Apenas o desastre de Carson tinha sido um acidente. Não havia nada que pudesse ter feito para evitar. Joss poderia dizer o mesmo? Se ela não estivesse tão transtornada, será que teria batido o carro contra a árvore para se matar?

Ele não conseguia conciliar tais ideias. Não era possível compreender tudo aquilo. Mas era o que a polícia suspeitava. Do contrário, por que teriam perguntado se ela teria tendências suicidas? E se Dash a tivesse empurrado para isso?

Dash finalmente sentou-se e escondeu o rosto entre as mãos. Depois de um tempo que pareceu uma eternidade, uma enfermeira colocou a cabeça pela porta e chamou pela família de Joss Breckenridge. Como era o único ali naquele momento, Dash se adiantou.

– Como ela está? – perguntou.

A enfermeira sorriu.

– Ela vai ficar bem. Está muito machucada, mas você já pode vê-la. Agora ela está um pouco tonta por causa dos medicamentos contra a dor que acabou de tomar. Só pudemos medicá-la depois que todos os exames de radiografia e tomografia computadorizada foram feitos.

Ele não deu a mínima para esse detalhe, o que importava é que Joss estava viva.

A enfermeira o conduziu para uma das salas de exame e, em seguida, abriu a porta, permitindo que ele entrasse. Dash prendeu a respiração quando viu Joss deitada na cama, pálida e machucada. Havia sangue seco em seu couro cabeludo e no canto da boca.

Ela parecia tão frágil que ele teve medo de tocá-la.

Dash aproximou-se pelo lado da cama, e a fúria o agarrou novamente. Ela piscou, sonolenta, e depois concentrou seu olhar sobre ele. Instantaneamente, a mágoa emergiu das profundezas de sua alma e Joss virou o rosto para outro lado. Isso o irritou ainda mais.

– Que absurdo – ele sussurou. – Você *tentou* se matar, Joss? A vida sem Carson é tão insuportável que tentou se juntar a ele?

Joss voltou o olhar para ele, a fúria no lugar da mágoa de momentos atrás.

– *Saia* – mandou ela com os dentes cerrados. – Eu não quero você aqui. Eu não quero você *perto* de mim. Vá para o inferno, Dash. Aparentemente é o lugar onde você fica mais à vontade. Deus queira que você fique por lá e que nunca mais saia.

– Não vou a lugar algum até que eu tenha uma maldita resposta – ele fervia. – Nas últimas horas, eu envelheci dez anos, Joss. Que porra é essa que você fez?

– O que eu fiz foi que deixei de atropelar uma criança – disse ela em tom gelado. – Ela correu para a rua, e eu só não passei por cima dela porque virei a direção com tudo. Nem vi a árvore. Nem liguei para a árvore. Tudo o que importava era desviar o carro da direção daquela menina. Eu não poderia viver comigo mesma se tivesse escolhido a minha vida em detrimento da dela. Eu estava abalada, não prestei atenção. Eu devia ter visto a menina antes. Não vi. Mas por nada deste mundo eu deixaria que *ela* pagasse com a vida por um erro meu.

Os pulmões de Dash se esvaziaram de um só golpe. Seu corpo vacilou de forma precária e ele precisou se agarrar à grade da cama para não cair.

– Me desculpe – ele sussurrou.

– Eu não quero ouvir suas desculpas – sentenciou ela com firmeza. – Eu quero você fora daqui. Não quero vê-lo nunca mais, Dash. Você disse que tudo o que precisava dizer hoje de manhã. E você sabe do que mais? Foi tudo por uma besteira. Mas você nem sequer me deu uma chance para explicar.

– Explicar o quê, querida?

– Não me chame assim – ela gritou. – Não me chame de nada. Estou me sentindo muito culpada por quase ter *esquecido* Carson. Um homem que era *tudo* para mim. Um homem que eu amava com todo meu coração e que me amou da mesma forma. Fui *casada* com ele, Dash, e você se ressente disso. Você *sempre* se ressentiu disso. Você me acusa de sempre colocar Carson entre nós, mas na verdade eu nunca fiz isso. Você fez. *Você*. Eu, não. Você, desgraçado. Você nunca se livrou disso por causa de suas *próprias* inseguranças. Duas semanas atrás eu tive um sonho. Um que me chateou muito. Porque nesse sonho, eu tinha de fazer uma escolha. Ter Carson de volta ou ficar com você. E eu não conseguia escolher. Deus, eu me senti tão culpada porque sempre disse que faria qualquer coisa para ter apenas mais um dia com Carson. Se eu pudesse tê-lo de volta, eu nunca pediria nada mais. Mas no sonho eu *não* escolhi Carson. Eu hesitei. E ele desapareceu.

Dash sentiu vontade de vomitar. Agarrou a grade da cama com mais força enquanto ouvia as palavras que iriam condená-lo para sempre. Ele havia se precipitado em suas conclusões. Conclusões horríveis. E Joss teve de pagar um preço alto por isso. Agora ele ia pagar o preço mais alto de todos, porque perdeu Joss quando *finalmente* ela seria sua. E ele tinha jogado tudo para cima de maneira tão impulsiva, quando poderia simplesmente ter perguntado a ela o que estava pensando, sonhando.

– Na noite passada, eu tive o mesmo sonho. Carson falou comigo. Disse que poderíamos ficar juntos. Mas dessa vez eu não hesitei. Fiz minha escolha – ela engasgou. – E eu não escolhi Carson. Eu escolhi *você*.

Dash fechou os olhos, lágrimas queimando suas pálpebras. O que ele poderia dizer agora? Como ele poderia reparar as coisas terríveis que havia dito a ela? As *acusações* que lhe fizera.

– Eu te dei *tudo*, Dash – disse ela, dolorosamente. – Meu amor. Minha submissão. Minha confiança. O que você me deu? Você pode ter me dado sexo, mas nunca me deu amor ou confiança. Porque você não pode amar alguém em quem não confia. Não de verdade. E você não teve confiança em mim desde o início. Você colocou Carson entre nós o tempo todo. Você reparou que eu nem tocava no nome dele em nossas conversas? Antes de ficarmos juntos, eu não pensava duas vezes em falar de Carson para você. Afinal, era meu marido, era seu *melhor amigo*. Era natural que você fosse a pessoa com quem eu poderia falar sobre Carson. Mas parei de conversar sobre ele porque eu sabia que você não gostava. Então, pode me dizer, Dash, que raio de sacrifício você fez por mim? Porque, da maneira que vejo, só eu tive de cumprir todos os compromissos e fazer todos os sacrifícios.

Ela estremeceu, encolhendo-se de dor por conta do esforço. E prosseguiu.

– Não vou nem entrar no mérito da acusação horrível que você acabou de lançar contra mim. Você obviamente não me conhece o bastante, ou jamais cogitaria, nem por um momento, que eu bateria meu carro de propósito. Até porque foi assim que Carson morreu. Mesmo que me afundasse em autodestruição, eu *jamais* causaria às pessoas que amo a dor que tive de experimentar quando perdi Carson.

Cada palavra era um pequeno dardo cravado diretamente no coração de Dash. Ela estava certa. Cada palavra era absoluta verdade. Ele se envergonhava ao perceber como havia errado. Desde o início. Ela estava certa. Ele *não confiara* nela. Dash era tão inseguro, tão convencido de que jamais poderia tê-la que, quando ela se doou totalmente, ele não correspondeu à altura por puro medo de perdê-la. Dash estava tão envolvido em seus temores internos que não conseguiu reconhecer a tempo a dádiva que lhe fora dada. Agora era tarde demais. Mas, por Deus, não podia ser tão tarde assim. Ele não permitiria que fosse. Tudo o que tinha de fazer era consertar tudo, e ele o faria.

Dash abriu a boca para se desculpar. Para suplicar de joelhos, se necessário. Qualquer coisa para ganhar o perdão de Joss, e mais uma chance para amá-la. Nesse instante, a porta se abriu. Chessy e Tate entraram apressados.

Tate deu uma olhada no rosto de Joss e, de imediato, fechou a cara para Dash.

– O que diabos está acontecendo aqui? – ele perguntou.

Chessy aproximou-se da cabeceira de Joss, enquanto Tate se postava na frente de Dash, impedindo-o de ficar à vista de Joss. Chessy segurou a mão da amiga, a que não estava enfaixada. Dash notou, então, que o braço esquerdo de Joss estava imobilizado. Ele congelou por dentro: nem sequer tivera a delicadeza de perguntar como ela estava. Qual era a gravidade dos ferimentos. Dash se sentia tão aliviado por ela estar viva que nada mais importava.

Tate inclinou-se sobre a cama, puxando a paciente para um abraço suave. Joss enterrou seu rosto no pescoço dele e agarrou a mão de Chessy.

– Por favor – Joss disse, a voz sufocada de lágrimas. – Façam ele ir embora. Não quero vê-lo agora. Só tirem ele daqui. *Por favor*. Não posso suportar por mais tempo.

Ver Joss implorando, algo que Dash jurara que ela nunca teria de fazer, fez com que ele se partisse ao meio até sangrar por dentro.

Tate cuidadosamente desvencilhou-se de Joss e, voltando-se para Dash, deu a ordem com o olhar brilhando de fúria.

– Saia de perto dela. Você só está piorando as coisas. Juro por Deus, Dash, não sei qual é o seu problema nem por que você insiste em perturbar Joss, mas essa merda toda vai parar agora.

– Eu não vou deixar a Joss – anunciou Dash, enfaticamente. – Se ela não me quer aqui no quarto, tudo bem. Mas não vou sair deste hospital até saber exatamente o que aconteceu com ela e quanto tempo vai demorar para que se recupere.

– Ela vai se recuperar muito mais rápido sem você por perto para perturbar – atacou Chessy, furiosa. – Dê o fora ou eu juro que Tate vai expulsá-lo daqui.

– Ele e mais quem? – desafiou Dash com frieza.

– Eu vou chamar a segurança, se for preciso – disse Tate em voz baixa. – Você não está ajudando, Dash. Olhe para ela. Dê uma boa olhada no que você tem feito. Ela não para de chorar, está sofrendo. Deixe de ser tão egoísta e babaca e, pelo menos *uma vez*, faça a coisa certa. Saia.

O rosto de Joss estava escondido, como se ela não quisesse que Dash visse suas lágrimas. Mas como não vê-las? Deslizavam abaixo pelo rosto dela, silenciosas trilhas de prata. Dash sentiu o estômago apertado, oprimido pela tristeza. Nem mesmo a morte de Carson tinha lhe devastado tanto quanto ver Joss ali, deitada, ferida, triste. Por causa dele.

Dash tinha jurado nunca lhe causar dor ou angústia. E era exatamente isso que havia feito. Ele era a razão de ela estar deitada em uma cama de hospital, com ossos quebrados e contusões pelo corpo. Ele não sabia se, algum dia, seria capaz de superar essa culpa.

– Eu vou – disse ele, mal conseguindo segurar as próprias lágrimas. – Mas não vou desistir, Joss. Você pode ter pensado que sim, mas eu não desisti. Fui um idiota. Fui o mais completo babaca para você, mas juro que, se me der uma chance, eu vou consertar tudo isso. Eu vou acertar as coisas entre nós, querida.

Ela não se moveu nem deu mostras de ter reconhecido sinceridade naquela declaração. Manteve os olhos bem fechados enquanto Chessy a abraçava e consolava.

– Vou ligar para Kylie – Dash murmurou. – Ela vai querer vir para cá, ficar com você. Ela te ama. *Eu* te amo, Joss.

Ao ouvir isso, o olhar de Joss acendeu-se como fogo.

– Nunca diga isso de novo – ela bradou, a voz rouca. – Não é do seu feitio mentir, Dash. Você sempre foi honesto. Dolorosamente honesto. Portanto, não mude agora.

Dash driblou a barreira formada por Tate e inclinou-se para que pudesse olhar nos olhos de Joss.

– Eu nunca menti para você, linda. E não pretendo começar agora. Eu disse e fiz algumas coisas terríveis. Eu te machuquei e nunca vou me perdoar por isso. Mas eu te amo. Eu *sempre* te amei. Isso *nunca* vai mudar. Vou sair porque esta é a sua vontade. E vou lhe dar um tempo para se recuperar. Mas, droga, Joss, pode apostar que não vou desistir de nós. Eu não vou deixar você.

– Você nunca *nos* deu uma chance – constatou ela, em tom de triste desamparo.

Aquilo o interrompeu no ato, deixando-o sem resposta. Dash afastou-se da cama e, lenta e dolorosamente, virou-se para sair pela porta.

Ela estava errada. Ela estava certa, mas também estava errada. Dash talvez não tivesse dado uma chance para eles antes, mas não ia desistir. Ele moveria céus e terras, iria para o inferno e voltaria, se isso fosse preciso para que Joss fosse sua para sempre.

31

Pela janela do quarto de hóspedes da casa de Tate e de Chessy, onde estava se recuperando, Joss olhava pela janela, mas não conseguia apreciar nada. Preocupada com a amiga, Kylie vinha visitá-la todos os dias depois do trabalho. Suas duas amigas estavam preocupadas com ela, assim como Tate. Não por causa dos machucados: eles tinham sido leves e Joss iria se recuperar com o passar do tempo. A inquietação era com o coração de Joss.

A dor estava de volta, pulsando forte lá no fundo, mas faltava a energia até para tomar um dos analgésicos que o médico havia receitado. Joss tinha quebrado duas costelas e o braço esquerdo. No braço, a fratura tinha sido leve, e ela estaria recuperada dentro de quatro semanas.

No acidente, ela tinha batido a cabeça em alguma coisa (ela ainda não sabia o quê) e foi preciso fazer vários pontos para fechar um corte no alto. Joss exibia alguns hematomas no rosto e o resto de seu corpo estava dolorido por causa do impacto. Seu pescoço estava rígido por causa de uma escoriação leve, mas o médico tinha informado com alegria que Joss era uma mulher de muita sorte.

Então, por que ela não se sentia uma pessoa de sorte? Por que Carson não tinha tido a mesma sorte que ela? Por que o destino era tão maldoso, como Dash afirmou uma vez? E por que ela estava viva e Carson morto?

Não que ela desejasse morrer, não importava o que Dash pensasse sobre isso. Sim, com certeza tinha sido culpa dela e Joss agradecia a Deus todos os dias pelo fato daquele seu descuido não ter custado a vida de uma criança. Mas ela não tinha se chocado contra aquela árvore de maneira intencional.

Ela deveria ter deixado Chessy buscá-la, aceitando a oferta da amiga. Nunca deveria ter assumido o volante de um carro no estado emocional em que se encontrava. Vivendo e aprendendo... Pelo menos, ela tinha *sobrevivido* para aprender mais essa lição.

– Joss?

A voz suave de Chessy veio de trás dela, mas Joss não podia virar o corpo por causa da dor. Ela esperou que Chessy se aproximasse.

O rosto preocupado da amiga apareceu um momento depois e ela viu que Chessy trazia um copo de água e alguns analgésicos. Joss se envergonhou pelo alívio que sentiu por não precisar se levantar para ir buscar os remédios.

– Está com dor? – perguntou Chessy, preocupada.

Joss concordou com a cabeça.

– Eu não consegui reunir forças para me levantar e pegar os remédios. Muito obrigada por trazer para mim.

Chessy franziu a testa e pegou duas pílulas do frasco, depositadas em seguida na mão direita de Joss. Depois de oferecer o copo de água para tomar o remédio, acomodou-se no divã aos pés de Joss.

– Estou preocupada com você, amiga. Tate e eu estamos, na verdade, e a Kylie também. Por falar nela, ela está vindo para cá. Achei melhor avisar você. Ela parece... determinada. Eu não vou ficar surpresa se ela quiser dar uma bronca em você.

Joss sorriu.

– Eu amo muito você, viu? E Tate também. Vocês têm sido muito bons para mim. Virei praticamente um bebê. Não há nenhuma razão pela qual eu não possa voltar a minha própria casa, mas estou feliz por poder ficar aqui. Eu só não queria ficar... sozinha.

– Ah, querida, eu entendo. – Os olhos de Chessy transmitiam compreensão. – Você pode ficar aqui o tempo que quiser. Nas últimas semanas, Tate tem estado tão ocupado com o trabalho que quase não para em casa. É muito horrível confessar que o lado bom do seu acidente é que ele tem ficado um pouco mais presente? Ah, meu Deus, eu não devia ter dito isso. É horrível pensar isso, quanto mais falar uma coisa dessas...

Joss riu.

– Não, não é. Eu sei que você está sentindo falta dele. É isso o que tem deixado você tão triste, Chessy? É o trabalho que o mantém tão preocupado?

– Eu *espero* que seja só trabalho – disse Chessy, em voz baixa.

Parecia que ela tinha se arrependido do que disse assim que pronunciou aquelas palavras. Chessy desviou o olhar, como se quisesse evitar a pergunta inevitável que transparecia nos olhos de Joss.

– Você acha que ele está traindo você? – Joss quis saber. – Me diga o que você acha, Chessy. Você sabe que nunca me deixaria escapar sem contar uma coisa tão importante. Foi você que arrancou todos os detalhes sobre o que aconteceu entre mim e Dash.

O sorriso de Chessy era triste.

– Não. Sim. Eu não sei. E é essa falta de certeza que está acabando comigo.

– Você já falou com ele sobre isso?

Chessy balançou a cabeça, lentamente.

– E se ele não estiver me traindo? Você tem ideia de como ficaria magoado com a minha suspeita? Com uma prova da minha falta de confiança nele?

– Tudo bem, vamos começar com os motivos para você achar que ele pode estar traindo você – falou Joss, feliz por ter algo para discutir que não fosse o seu próprio relacionamento fracassado. E se ela pudesse ajudar sua amiga, então pelo menos uma delas ficaria mais feliz.

– Eu não tenho nenhuma prova concreta de que ele está tendo um caso com alguém – Chessy admitiu. – É que ele tem sido bastante... distante. Você sabe que nós temos uma relação de dominação e submissão, mas ultimamente eu tenho de me dar por satisfeita quando temos uma transa convencional, quem dirá querer algo que fortaleça o nosso relacionamento...

– Mas não pode ser que ele apenas esteja sob muita pressão no trabalho? Desde que ele saiu da Manning-Brown Financial e foi trabalhar por conta própria, tem estado bastante ocupado. Até eu notei isso.

– É mais do que isso – Chessy respondeu. – O cara que se tornou sócio dele quando ele saiu da Manning-Brown Financial decidiu se aposentar. E isso poucos meses depois que ele e Tate começaram a trabalhar juntos.

O queixo de Joss caiu.

– Por que vocês não me contaram? Quando isso aconteceu?

Chessy apertou a mão de Joss que não estava machucada.

– Você estava ocupada com suas coisas. Você e Dash. Além disso, não era nada que justificasse sobrecarregar você ainda mais. Na verdade, nada mudou. Tate sempre dava conta da maior parte do trabalho de qualquer maneira, mas Mark tinha trazido vários clientes importantes para a empresa quando os dois decidiram deixar os empregos anteriores e se associar. Por isso, Tate vem lutando para manter todo mundo satisfeito, porque ele não quer perder nenhum cliente. Até agora apenas um se afastou e Tate quer que as coisas continuem assim, mas isso significa estar à disposição todas as horas do dia, sete dias por semana.

Joss moveu o nariz.

– Eu não achava que um planejador financeiro fosse tão ocupado assim... Quer dizer, eu sei que ele trabalha muito, mas o que ele precisa fazer fora do horário de expediente? Pelo que eu sei, os bancos e as bolsas de valores não trabalham noite adentro nem nos finais de semana.

– Você ficaria surpresa – disse Chessy. – O telefone toca o dia inteiro, às vezes com questões que fazem sentido e outras com coisas absurdas. O trabalho de Tate é tranquilizar os clientes ou organizar suas finanças. Ele precisa se manter em uma linha muito sutil porque, como eu disse, não quer perder os clientes que trabalhou tão duro para conquistar.

– Será que ele vai procurar outro sócio para aliviar um pouco a carga?

Chessy encolheu os ombros.

– Não sei, ele não fala muito sobre o assunto comigo. Não quer que eu me preocupe, e antes eu adorava isso nele, o jeito como ele sempre tentava me proteger de qualquer coisa que pudesse me afetar ou preocupar. Mas agora eu gostaria que ele falasse comigo sobre qualquer coisa, porque eu sinto essa lacuna se abrindo e se alargando entre nós, e eu odeio isso. Eu *odeio*, Joss – desabafou Chessy, com a voz cheia de angústia. – Eu sei que eu provavelmente estou sendo tola e exagerando, mas eu detesto essa incerteza. Detesto essa impressão de que eu não faço mais nenhuma diferença. E eu sei que não é verdade. Eu sei que ele me ama, mas ele não *demonstra* mais como costumava fazer. Desde o dia em que nos conhecemos eu sei que eu era a prioridade. Sei que isso me faz parecer exigente, mas eu amo estar em primeiro lugar na mente dele. E adorava quando ele fazia eu me sentir tão... especial.

– E você não se sente mais assim agora? – perguntou Joss.

Chessy balançou a cabeça devagar.

– Eu não sou infeliz, mas também não estou feliz. E isso está me consumindo. Eu fico me perguntando se isto é bom o bastante e se eu deveria ser grata por ele ainda estar comigo. Não gosto de me sentir egoísta por querer mais.

Joss inclinou-se para frente, ignorando o desconforto nas costelas.

– Você não é egoísta – falou ela, com firmeza. – Querida, você é a pessoa mais altruísta, amorosa e generosa que eu conheço. Por que você não fala com ele sobre isso? Explique as coisas assim como você explicou para mim. Eu não posso imaginar que ele não queira escutar você. Acho que vai ficar horrorizado quando souber que você está se sentindo assim. Ele te ama tanto... Dá para ver isso na maneira como ele olha para você.

– Eu adoraria ver a mesma coisa que você vê – falou Chessy, com melancolia. – Só queria que as coisas voltassem a ser como eram quando nos conhecemos, e talvez isso não seja possível. Talvez quando você está com alguém pelo tempo que nós estamos juntos, quando a novidade acaba, comece uma fase mais baseada na tolerância.

Joss sacudiu a cabeça com firmeza.

– Eu não acredito nisso nem um pouquinho. Sei que Carson e eu só ficamos casados por três anos, mas quando comemoramos três anos juntos estávamos tão apaixonados como no primeiro ano. E você e o Tate se casaram há pouco menos de cinco anos.

– Talvez você esteja certa – refletiu Chessy, com um suspiro. – Talvez eu devesse falar com ele. Mas eu congelo só de pensar em perguntar. As palavras ficam presas na minha garganta, porque eu sei que se eu perguntar se há outra pessoa ele vai ficar muito magoado. E, se *nada* estiver errado e ele estiver mesmo ocupado com o trabalho, a minha dúvida *vai abrir* uma rachadura no nosso relacionamento que eu não tenho certeza se poderemos consertar um dia.

Joss fez uma careta, pois sabia que Chessy poderia muito bem ter razão. Tate ficaria horrorizado se soubesse que ela suspeitava que ele estava tendo um caso e talvez não conseguisse perdoá-la pela dúvida. Tate era muito rígido. Ele era um homem extremamente honrado e fazia de tudo para proteger Chessy. Se outra pessoa estivesse provocando alguma dor a ela, Tate faria o que fosse necessário para eliminar o problema. Mas, e se fosse ele quem a estivesse machucando? Como resolveriam?

– Talvez você devesse apenas dar um tempo, ser paciente e compreensiva e amá-lo. Demonstre o seu amor e seu apoio, e talvez quando as coisas se acalmarem no trabalho e ele se mostrar mais confiante de que está tudo sob controle, as coisas melhorem – aconselhou Joss.

Chessy voltou a apertar a mão da amiga.

– Obrigada. Eu vim aqui para ver como você está e como poderia ajudar e não para despejar todos os meus problemas sobre você.

Joss sorriu.

– Eu adoro você e ficaria furiosa se você não me contasse o que está lhe incomodando. Você e Kylie são minhas melhores amigas e isso nunca vai mudar.

– Falando da Kylie, aí está ela – disse Chessy alegremente, olhando para a porta. Em seguida, ela lançou a Joss um olhar significativo, que pedia para não tocar naquele assunto na frente de Kylie.

Kylie era uma pessoa mais direta e adepta ao confronto e se *achasse* que Tate estava traindo Chessy, ela iria direto tomar satisfações com ele.

Joss apertou a mão de Chessy em uma promessa silenciosa de manter aquela conversa em segredo.

– Olá, Joss – disse Kylie, aproximando-se para abraçá-la, mas tomando cuidado para não apertar demais. – Como você está se sentindo hoje?

– Melhor agora que a minha enfermeira particular me trouxe o remédio para dor que a minha preguiça me impediu de ir buscar – respondeu Joss.

Kylie sorriu e se sentou no divã ao lado Chessy. Lançou um olhar para Joss como se quisesse julgar por conta própria o estado da sua cunhada.

– Tudo bem no trabalho? – perguntou Joss animada. Mas, com medo de que parecesse um convite para Kylie falar sobre Dash, ela rapidamente emendou com outra pergunta. – Como vão as coisas com o Jensen? Vocês dois estão se dando melhor agora?

Kylie fez uma careta.

– Ele é um idiota metido arrogante.

Chessy riu.

– Querida, você acabou de descrever metade da população masculina do planeta, incluindo Tate e Dash.

Joss se encolheu, mas se recusou a mostrar qualquer emoção por causa da menção ao nome de Dash.

– Dash parece um zumbi – falou Kylie sem rodeios. – O cara não dormiu desde o dia do seu acidente. Eu nem sei por que ele se incomoda em aparecer no escritório. Jensen teve de assumir todo o trabalho, assim como eu, porque ele está imprestável.

Joss fechou os olhos, sentindo uma dor tomar conta dela que nem o remédio mais forte poderia aliviar. Ele havia telefonado para ela uma dúzia de vezes em um dia, mas ela sempre deixava que a mensagem ficasse no correio de voz. Estava agindo com covardia, mas não estava preparada para lidar com Dash agora. Ou talvez nunca mais.

Dash havia mandado mensagens de texto e e-mails para ela e aparecera na casa de Chessy e Tate pelo menos uma vez ao dia, pedindo para ver Joss. Em todas as ocasiões, porém, Tate ou Chessy diziam que ela estava dormindo, o que era mentira. Uma mentira fácil de ser identificada, mas que significava que ela não queria vê-lo. Talvez nunca mais.

Ele estava sendo implacável e Joss sabia disso. Mas ele tinha conseguido o que havia dito que mais queria no mundo. Joss tinha dado tudo a ele. Ela não havia pedido que ele mudasse quem era ou como era, porque ela o queria desse jeito. Ela queria a dominação e o controle dele, mas, mais do que isso, queria o amor e a *confiança* de Dash.

Talvez no início ela não quisesse. Joss não acreditava que poderia encontrar um amor similar ao que ela tinha vivido com Carson. Mas Dash a tinha completado de uma forma como nunca havia acontecido com o ex-marido, e era doloroso admitir isso. Doía ainda mais porque agora tudo tinha sido perdido.

Joss tinha encontrado a perfeição duas vezes na vida e nas duas ocasiões ela perdeu. Como poderia se recuperar disso de novo?

– Eu não sei o que fazer – ela sussurrou, com uma dor evidente na voz. – Ele não confia em mim. Como ele pode dizer que me ama se não confia em mim? Vocês sabem do quê ele me acusou?

As duas garotas negaram com a cabeça. Joss não tinha contado às amigas o que Dash havia dito no hospital. Depois de quatro dias escondida na casa de Chessy, a dor daquela acusação ainda não tinha desaparecido.

– Ele me acusou de tentar me matar. Perguntou se eu joguei meu carro *de propósito* contra a árvore, numa tentativa de morrer.

Chessy e Kylie seguraram a respiração por alguns instantes, mas felizmente nenhuma expressou nenhuma pergunta no olhar. Elas não acreditavam nele, graças a Deus. Joss não poderia suportar se suas amigas mais queridas também tivessem dúvidas quanto à sua estabilidade mental.

– Ele achou que a vida sem Carson era tão insuportável que eu preferi me juntar a ele na morte.

– Oh, querida – Chessy disse, com a voz dolorida de solidariedade e dor. – Tenho certeza de que ele não quis dizer isso. Você o assustou. E depois da briga de vocês, ele deve ter se sentido terrivelmente culpado. Devia se sentir responsável pelo seu acidente, porque sabe que a discussão transtornou você.

– Ele atacou você porque a alternativa seria reconhecer a culpa pelo que aconteceu – falou Kylie calmamente.

– Eu preciso pensar muito ainda – murmurou Joss. – Pensar sobre o meu futuro, se Dash vai ou não fazer parte dele. Ele diz... diz que me ama e que quer outra chance. Ele telefona, manda mensagens e e-mails, vem aqui todos os dias. Jura que não quer desistir, mas eu não sei se posso dar outra chance. Sem a confiança dele, o que podemos construir? Um relacionamento unilateral, no qual eu dou tudo e ele não oferece nada em troca, não é o que eu quero. Sim, eu queria um homem dominante e concordei em abrir mão do poder e do controle, mas em troca eu quero o amor e confiança. E não dá para ter um sem ter o outro.

– Eu concordo com você – falou Chessy, com cuidado. – Mas a pergunta que você precisa fazer é se você consegue perdoá-lo pelo erro que ele cometeu. Tinha todo um contexto emocional. Você me disse o que aconteceu naquela manhã, e, querida, eu não estou defendendo o Dash, mas posso entender por que ele reagiu e ficou tão magoado com o que pensou que você estava sentindo quando murmurou o nome do Carson na manhã logo depois de você ter dito a ele que o amava.

Joss olhou para Kylie, avaliando sua reação à opinião de Chessy.

Kylie suspirou.

– Eu confesso que no começo eu tinha muitas reservas sobre tudo isso. Sobre o que você queria, o que você disse que precisava. Mas senti um alívio imenso quando soube que seria com o Dash, alguém que eu sabia que iria tratar você bem, e que eu não precisava me preocupar com o risco de um estranho abusar de você. Mas vocês são bons juntos, Joss. Eu nunca imaginei você com outra pessoa que não o Carson. Você e meu irmão combinavam. Mas você e Dash são... perfeitos. Quando ele não age como um perfeito idiota, é claro.

Chessy riu e Joss sorriu, sentindo um pouco da escuridão horrível se afastar da sua alma.

– Eu só gostaria de saber o que fazer – falou Joss, esfregando as têmporas doloridas. – Já pensei em tanta coisa que estou tonta. Tenho medo de voltar a entregar o controle para ele e ele me machucar outa vez. Estou cansada de sofrer. Eu só quero ser... feliz.

– Como eu já disse, viver é correr riscos – falou Chessy, com suavidade. – Você só precisa decidir quais riscos valem a pena. Você está se sentindo infeliz agora, então qual é a diferença se você voltar para o Dash, as coisas não derem certo e você se sentir infeliz? De qualquer jeito você estará infeliz. Mas, e se as coisas funcionarem? Você terá uma chance de ser feliz.

– Isso é verdade – assegurou Kylie. – Você está parecendo um zumbi tanto quanto o Dash, com a diferença que ele vai de um lugar para o outro e você não. Quantas vezes você saiu desse quarto, Joss? Você já levantou da cama para ir a algum lugar a não ser o banheiro? Não dá para continuar assim, nenhum de vocês. Ou terminam de uma vez para poder seguir em frente ou dão uma chance para recolocar as coisas nos trilhos. Você nunca vai saber até dar uma chance para ele.

Joss fez uma cara de desconforto.

– Vocês estão certas. Vocês duas estão certas. – Ela suspirou. – Não posso ir a lugar nenhum agora, acabei de tomar esses malditos remédios para controlar a dor.

– Eu posso levar você – ofereceu Chessy. – É só você me dizer onde quer ir e eu levo você.

Joss respirou fundo. Nunca tinha enfrentado uma decisão tão importante. Era simples e, ao mesmo tempo, muito complicada. Mas suas amigas estavam certas. Ela estava *muito* infeliz naquele momento e tinha uma chance de alcançar a felicidade. Tudo o que ela precisava fazer era agarrar essa oportunidade e arriscar. Correr os riscos. Provar para Dash que *ela* tinha se libertado do passado e que quem não conseguia fazer isso era ele.

A determinação tomou conta de Joss, removendo o manto de desespero ao qual ela havia se agarrado com tanta teimosia nos últimos dias. Ela não era covarde nem fraca. Havia enfrentado a devastação duas vezes e sobreviveu nas duas ocasiões. Iria sobreviver a mais essa dificuldade, fosse qual fosse o resultado.

– Vou me vestir e depois vou até a casa de Dash – falou Joss, anunciando sua decisão.

Ela estava mais assustada do que nunca, mas tinha de tentar.

32

– Você não precisa fazer isso, querida – falou Tate, olhando pelo retrovisor para Joss, sentada no banco traseiro, enquanto ele e Chessy a levavam até a casa de Dash.

– Preciso, sim – respondeu Joss, com calma. – Tenho de resolver isso, Tate. Preciso saber se nós temos uma chance. Se Dash pode confiar em mim e se ele me ama.

– Bem, sobre a confiança dele eu não posso falar nada, mas eu sei que aquele filho da mãe é louco por você – afirmou Tate, com voz séria. – Nunca vi um homem tão alucinado por uma mulher. Se eu não estivesse tão indignado com ele por ter feito o que fez com você, acho que chegaria a sentir pena do cara.

Joss sorriu com suavidade.

Ao se aproximarem da casa de Dash, Chessy virou-se para trás e olhou para Joss com firmeza.

– Eu não vou deixar você aqui por conta própria e não quero que você dependa do Dash. Vou deixar meu celular ligado e você me liga assim que estiver pronta para ir embora. Se não ligar em uma hora, vou voltar aqui para buscá-la. Uma hora é tempo bastante para ouvir ele se rastejar.

Joss riu.

– Você parece ter certeza de que ele vai rastejar mesmo...

– Ah, vai, sim – falou Tate. – Um homem tão desesperado quanto ele está agora é capaz de fazer qualquer coisa para recolocar as coisas nos trilhos. E é assim que tem de ser mesmo: quando um cara dá uma mancada como essa, precisa se humilhar *muito* depois.

Chessy olhou de soslaio para o marido, e Joss não deixou passar despercebido. Havia dor nos olhos dela e Joss se sentiu triste por ver que sua amiga estava ferida. Tentou afastar os pensamentos dos problemas de Chessy e Tate. Era preciso resolver as coisas. Tate parecia não ter nem ideia de que havia algum problema. Quando Chessy tivesse a coragem de enfrentá-lo e resolver o que a incomodava, tudo ficaria bem. Joss acreditava nisso. Ela não conseguia acreditar que Tate estava tendo um caso. Por que ele faria isso se tinha Chessy?

Chessy era bonita e inteligente. Tinha um sorriso que poderia iluminar um quarteirão inteiro e ainda era totalmente submissa, pois confiava totalmente o seu bem-estar nas mãos de seu marido. Ele seria muito burro se corresse o risco de perder tudo isso por um rabo de saias qualquer.

– Muito bem, chegamos – falou Chessy. – Tem certeza de que é isso que você quer, Joss? Não é tarde demais para mudar de ideia, podemos dar a meia-volta já. É só você falar.

Joss respirou profundamente.

– Podem ficar tranquilos porque eu estou preparada. Seja para o que for, é preciso dar um jeito nisso. Ou nós vamos ter um novo começo ou terminar tudo, mas de hoje à noite não passa.

Dash andava de lá para cá na sala de estar da sua casa, sentindo uma agitação que o capturava por dentro. Quatro dias. Já haviam se passado quatro malditos dias desde que Joss saíra do hospital e ele ainda não tinha tido a oportunidade de olhar para ela. Ele foi ao hospital no dia em que ela teria alta e ficou sabendo que ela já tinha ido embora, sob os cuidados de Tate e de Chessy. Havia ido até lá totalmente preparado para resolver tudo, assumir o controle e não recuar. Dash pretendia levar Joss de volta para a casa *deles*, onde cuidaria dela até que ela estivesse plenamente recuperada. Mas Chessy e Tate a haviam levado para a casa deles e criado uma barreira intransponível para as investidas de Dash.

Joss não havia respondido a nenhum telefonema, mensagem ou e-mail dele. O silêncio que se instalava entre eles começava a ganhar a magnitude do concreto e, a cada dia que passava, a cada tentativa fracassada de alcançá-la, Dash sentia que a distância aumentava.

O que ele poderia fazer? Como poderia colocar o próprio coração aos pés dela se não conseguia se aproximar nem para isso? Pegou o celular pensando em ligar para ela mais uma vez, mas sabia que Joss não iria atendê-lo – da mesma forma como não havia respondido às dúzias de outras chamadas que ele havia tentado naquele dia.

O desespero era seu companheiro constante e ele amaldiçoou o descontrole da sua língua. Se ele não tivesse deixado sua raiva (e o medo paralisante) controlar seus pensamentos e suas palavras naquele fatídico dia... O culpado era ele, e não Joss. Ele havia feito tudo aquilo com ela. Com eles. E com qualquer chance que existia de tê-la para sempre ao lado dele.

Dash abaixou a cabeça, sentindo o arrependimento queimar suas entranhas.

Estava tão absorto em sua dor que não ouviu o carro parar na frente da sua casa. Só percebeu que havia alguém ali quando ouviu uma batida suave na porta.

Virou a cabeça na direção do som, sem a menor vontade de lidar com quem quer que estivesse tentando invadir o seu inferno particular. Quando as batidas na porta se repetiram, agora mais firmes e mais fortes do que antes, ele se ergueu desejando cortar a cabeça do infeliz que ousava perturbar a sua autorrecriminação.

Quando abriu a porta, seu coração parou assim que ele identificou quem estava ali: era Joss, pálida e frágil, com os machucados do acidente ainda vivos contra sua pele. O braço quebrado continuava apoiado em uma tipoia e preso de forma protetora contra o peito. E a determinação que saltava dos olhos dela o atingiu como uma facada.

Os lábios de Joss estavam pressionados e formavam uma linha fina. Dash só queria gritar *não*! Seu coração o informava que ela estava ali para mandá-lo para o inferno. Para mandar que parasse de telefonar, enviar mensagens de texto e e-mails e de aparecer na casa de Chessy e de Tate todos os dias. Tudo aquilo era muito merecido, mas ele não suportaria ouvir aquelas palavras dos lábios de Joss.

Mas ela estava aqui! E não mais encarcerada atrás das paredes da casa de Tate, com Tate e Chessy agindo como se fossem ferozes cães de guarda. Estava diante dele e aquela era a chance que ele tinha de se humilhar diante dela e pedir perdão.

– Posso entrar? – ela perguntou com suavidade, enquanto ele permanecia de pé, atordoado, com a mente tomada por uma confusão absoluta de todas as coisas que ele queria dizer, mas não conseguia verbalizar.

De repente ela pareceu vulnerável e a dúvida transpareceu naqueles olhos maravilhosos. Era medo. Medo de que ele a rejeitasse? De que não permitisse que ela entrasse na casa?

Dash abriu a porta e quase a apertou em um abraço, mas foi detido pela lembrança da fragilidade de Joss naquele momento, de como ainda estava machucada e da dor que provavelmente ainda sentia. E mesmo assim Joss estava aqui, quando ela deveria estar na cama, descansando e tentando melhorar.

– Joss – ele murmurou. – Mas é claro que sim, querida. Por favor, entre. Deixe-me ajudar você. Você não deveria estar de pé, deveria estar na cama. Está sentindo alguma coisa?

Os lábios de Joss esboçaram um sorriso irônico enquanto ela caminhava para dentro da sua casa. Dash fechou a porta rapidamente atrás dela, com medo de que ela mudasse de ideia ou de que tudo aquilo não passasse de uma projeção de sua mente e que Joss desaparecesse assim que ele despertasse.

– Tomei um analgésico há meia hora – falou ela, baixinho. – Foi por isso que Tate me trouxe aqui. Eu não queria correr o risco de outro acidente e não vou poder dirigir nas próximas semanas, por enquanto.

A culpa voltou a se abater sobre ele. Dash tocou com suavidade o braço de Joss que não estava machucado, saboreando aquele breve momento de contato. Mas ele queria muito mais. Queria abraçá-la, confortá-la, apenas ficar ao lado dela, perto o suficiente para sentir seu perfume e tocá-la.

– Vamos para a sala – falou ele, em voz baixa. – O sofá talvez seja confortável. Eu posso pegar o pufe ou você pode se acomodar e inclinar-se de forma a apoiar os pés. As suas costelas doem? O analgésico está fazendo efeito?

Dash parecia um idiota descontrolado, mas a enxurrada de perguntas simplesmente não parava. Em nenhum outro momento da vida ele se sentiu tão inseguro, e odiava ver Joss tão tranquila.

Ele pegou a mão dela, feliz quando notou que ela não evitou esse contato. Levou-a até o sofá e a ajudou a se sentar, observando atentamente se ela emitia qualquer sinal de dor.

Joss suspirou e fechou os olhos por alguns instantes enquanto inclinava o corpo para trás no sofá.

– Meu Deus, você *está* com dor – ele falou. – Trouxe o seu analgésico? Não é melhor tomar outra dose?

– Existem feridas que os remédios não conseguem curar – falou Joss, em voz baixa. – Eu precisava falar com você, Dash. Preciso que isso seja... resolvido. Eu não posso continuar assim. Isso está me matando.

Dash caiu de joelhos, apunhalado pela tristeza que via nos olhos dela. Segurou a mão livre de Joss e, mantendo-se em uma posição de vulnerabilidade, olhou fixamente para ela.

– Por favor, não me diga que está tudo acabado, querida. Qualquer coisa, menos isso. Você pode me culpar, gritar comigo e me ofender, você tem todo o direito. Mas, por favor, eu imploro que você não desista de mim, não desista de nós. Eu amo você, Joss. Amo mais do que tudo e não sei mais o que é dormir à noite. Não consigo comer, não consigo trabalhar nem fazer nada. Há uma cratera no meu coração que só você pode preencher.

O canto da boca de Joss se curvou, formando um meio-sorriso.

– A Kylie falou que você não consegue trabalhar. Ela não sabe nem por que você vai ao escritório, porque não se concentra em nada.

– Ela falou a verdade – disse ele, com a voz rouca. – Eu preciso de você, Joss. Você é minha outra metade e só me sinto inteiro quando estou com você.

– Eu amo você, Dash.

A sensação de alívio chegou a causar fraqueza. Dash estava tão trêmulo que mal podia se manter de joelhos. Mas ele ficaria ali, naquela posição, pedindo perdão a Joss pelo tempo que fosse preciso. Ele era o dominante e ela era a submissa, mas agora todo o poder estava com ela. Isso porque, sem Joss, o poder dele não significava nada. Sem o precioso dom da submissão dela, a posição dominante de Dash não queria dizer nada. Sua vida não fazia sentido.

Mas algo no olhar dela o impediu de dizer qualquer coisa.

– Só que isso não basta – acrescentou ela em voz baixa. – Você *diz* que me ama, mas não confia em mim. E sem confiança, o amor não é suficiente. Sem confiança não temos *nada* que nos una, a não ser o desejo e o sexo.

Ele abaixou a cabeça, sentindo os olhos e o nariz queimando. O nó em sua garganta era tão grande que ele mal conseguia respirar. Dash olhou novamente e voltou a perceber a tristeza nos olhos de Joss. O olhar dela revelava derrota. Ela estava desistindo – desistindo dele e *deles*.

– É *você* quem continua colocando Carson entre nós – ela falou, com suavidade. – Eu não faço isso. Eu segui em frente, Dash. Eu permiti que tudo ficasse no passado. E fiz isso quando visitei o túmulo dele há algumas semanas. Eu sabia que você se incomodava em me ouvir falar sobre ele depois que começamos a nos relacionar, mesmo parecendo que antes você não se importava. Entendo seus motivos para *não gostar* de ser lembrado sobre o homem que eu amava quando eu estava na sua cama, mas foram as suas próprias inseguranças que o mantiveram entre nós. Eu fui honesta com você. O tempo todo eu fui totalmente honesta. E ofereci tudo o que você pediu, exigiu, na verdade, mas ainda assim você não me deu em troca o que eu queria. Não me deu o seu respeito e a sua confiança. Você diz que me ama, mas eu não acredito que o amor possa existir sem confiança e respeito.

– Por favor, não diga mais nada – Dash implorou. – Deixe-me pedir desculpas. Deixe-me implorar o seu perdão, Joss.

Ela respondeu com outro olhar triste que parecia esfolar o coração de Dash. O olhar dela era de resignação, como se ela não tivesse esperança no futuro deles. Ele teria de ter esperança pelos dois.

Dash aproximou a mão dela de sua boca e começou a beijá-la com ternura, na palma aberta.

– Joss, minha querida, como eu amo você... Eu te amo tanto que isso está me matando. Ficar longe de você está me matando. Eu não posso sobreviver sem o seu amor. Eu não quero viver assim. Por favor, dê outra chance para mim, ou para nós. Estou ajoelhado diante de você, querida, e posso passar o resto da minha vida aqui, se for preciso. Por favor, apenas fique e me dê a chance de fazer as pazes com você.

Dash voltou a respirar profundamente e se precipitou antes que Joss pudesse responder. Queria que ela ouvisse tudo o que ele tinha a dizer.

– Você está certa. Fiquei profundamente inseguro. Você me pegou de surpresa naquela noite no The House. Eu não tinha planejado dar esse passo tão rápido e talvez não estivesse pronto ainda. Fui obrigado a agir, senão correria o risco de perder você, e isso não era uma opção que existia para mim. Eu estava... com medo. Com muito medo de perder você. De não ser o que você precisava ou de não conseguir competir com a memória do Carson. Eu exagerei e admito isso. Foi o pior erro da minha vida e eu quase perdi você por causa da minha estupidez e do meu ciúme irracional. Mas isso não vai acontecer de novo, Joss. Você é minha vida e eu confio em você. Você disse que eu não dou o que você quer, mas eu vou dar. Não era você em quem eu não confiava, era *em mim*. Eu não achava que chegaria a ser o suficiente para você, não acreditava que poderia fazer você feliz. Feliz como você foi com Carson. E tudo isso me consumiu, corroeu a minha confiança até que tudo o que sobrou foi uma sombra raivosa do homem que eu precisava ser para você. Você fez tudo certo e eu fiz *tudo errado*.

O olhar de Joss se suavizou e seus olhos ganharam um brilho intenso com as lágrimas não derramadas. Ela tirou a mão dela das mãos dele e, com leveza, acariciou o rosto de Dash. Ele ficou surpreso com a umidade dos dedos dela quando ela os afastou.

– Eu amo você – falou ele, com voz trêmula. – A manhã de seu acidente de carro foi o pior dia da minha vida. Eu estava com tanto medo de ter perdido você e, pior ainda, de ter causado aquilo. Eu ataquei você, acusei você de coisas terríveis, porque eu estava tão tomado pelo maldito medo que me dominava naquele momento. Eu sabia que tinha feito isso e ainda assim eu fiz aquela acusação terrível. Apostei que você fosse frágil, Joss, mas, meu Deus, você é qualquer coisa *menos isso*. Você é a mulher mais forte que conheço. Espero que possa ser forte o suficiente por nós dois, porque o fraco *sou eu* e não você. *Nunca* você.

– Está tudo bem, querido – ela sussurrou. – Está tudo bem. Eu vou ficar bem. Eu amo você.

O amor de Joss ecoou em cada uma das palavras, como um bálsamo para a dor na alma de Dash. Lágrimas correram livremente pelo rosto dele e, em seguida, ela se inclinou para perto dele, abraçando-o e segurando-o contra o peito.

– Não, não, Joss – falou ele. – Você está machucada. Não quero provocar mais dor.

Mas, mesmo assim, ela se recusou a soltá-lo e a afastar o corpo dela.

– A única maneira de me causar mais dor é se você me recusar – respondeu ela, com ternura.

Dash ergueu a cabeça e apoiou a testa contra a dela, as lágrimas e as respirações dos dois se misturando.

– Nunca, querida. Eu nunca vou recusar nada a você. Vou te dar o mundo em uma bandeja de prata. O que você quiser, você vai ter.

– Tudo que eu quero é você – afirmou ela, simplesmente. – *Você*. Seu amor. Sua confiança. E sua dominação.

– Você vai ter tudo de mim – prometeu. – Mas, Joss, você confia em mim totalmente, com todo o seu coração? Depois de tudo que eu fiz para magoar você? Você precisa saber que eu nunca vou forçá-la a adotar um estilo de vida que você não quer. Sou capaz de fazer qualquer sacrifício para ter você. Não existe nada mais importante para mim do que você. Só você. Nos meus braços, na minha cama, no meu coração. Todos os dias. Não importa como. Ter você é o suficiente para mim. Vai ser suficiente sempre.

Joss sorriu, com a respiração encontrando mais um sorriso. Fechou os olhos conforme mais lágrimas escaparam pelos cantos dos olhos.

– Eu quero você como você é, Dash. Do jeito que você é, até com seus defeitos. Acho que não vai ser sempre fácil, mas se você me der o seu amor e sua confiança, eu nunca vou pedir nada mais. Eu juro.

– Você tem a minha confiança e o meu amor para sempre, Joss. Nunca mais vou dar motivo para você duvidar da minha confiança em você outra vez.

Joss emitiu um suspiro que pareceu doloroso, e ele imediatamente se levantou.

– Você está com dor? – perguntou Dash. – Droga, Joss, você deveria estar descansando na cama e não sentada aqui me abraçando, em uma posição desconfortável para você.

Ela sorriu, radiante e bonita, e o sorriso iluminou todo o coração de Dash.

– Eu não queria estar em nenhum outro lugar a não ser aqui, com você. Dane-se essa dor. Pela primeira vez em uma semana, eu não sinto a mesma dor terrível de antes. O que sinto agora é apenas dor física e isso vai passar. Mas um coração machucado só dá para consertar com amor verdadeiro, e você me deu isso. Eu vou ficar bem, Dash. Eu posso enfrentar qualquer coisa desde que eu tenha você.

Ele envolveu o belo rosto de Joss com as mãos, enquadrando-o enquanto se aproximava para beijá-la com reverência nos lábios.

– Eu amo você.

– Eu também amo você – ela sussurrou de volta. – Agora eu preciso ligar para a Chessy e avisá-la de que eles não precisam vir me buscar.

Ela não queria que eu ficasse presa aqui sem condições de ir embora, então disse que, se eu não ligasse em uma hora, eles viriam me buscar.

Dash ajeitou o corpo e estendeu a mão até o telefone. Discou o número de Chessy e, em seguida, entregou o aparelho para Joss.

– Diga para ela que vou passar lá para pegar as suas coisas e os seus remédios para dor – Dash falou. – Assim que você desligar, vou levar você para a cama. Para a *nossa* cama. E depois vou cuidar de você até que esteja completamente recuperada.

Joss sorriu e, em seguida, falou algumas palavras para Chessy, assegurando que estava tudo bem e que Dash iria buscar as coisas dela. Quando ela desligou, Dash levantou-se e sentou no sofá ao lado de Joss com suavidade, tomando cuidado para que o movimento não a machucasse.

Dash passou os braços ao redor dela, abraçando-a com firmeza e enterrando o rosto nos cabelos perfumados de Joss.

– Eu senti sua falta, querida. Se alguma vez houve dúvida de que eu precisava de você, agora não existe mais. Na última semana, estive a ponto de matar alguém. Foi a semana mais longa da minha vida e eu nunca mais quero passar por isso de novo.

– Para mim também – Joss murmurou. – Vamos deixar para trás, Dash. Temos muita coisa para esperar no futuro. O passado só nos prejudica. Chegou a hora de nos libertarmos dele.

– Eu não poderia definir tudo isso de maneira melhor – disse ele, movendo o queixo para se aproximar dos lábios de Joss. – Mas uma coisa da qual eu nunca vou me libertar é você, Joss. Eu amo você.

Ela sorriu, apertando-se contra ele.

– Eu também amo você.

Então ele gentilmente a empurrou para cima e mais uma vez caiu de joelhos na frente dela. Joss pareceu perplexa quando ele segurou sua mão e, em seguida, colocou a mão no bolso para tirar o anel que havia comprado no dia seguinte ao dia em que ela foi morar com ele. Um anel que havia esperado apenas o momento certo para ser ofertado – e Dash não conseguia pensar em um momento melhor do que aquele.

– Você quer se casar comigo, Joss? Envelhecer ao meu lado e me amar? Ter os filhos que nós dois queremos tanto?

Joss sorveu o ar com velocidade, em um ruído que se tornou perceptível naquele silêncio.

– Você vai querer os filhos agora? – ela perguntou, com um tom tão feliz que Dash quase desabou.

Dash deslizou o anel no dedo de Joss, um dedo que não exibia nenhum anel desde que ela fora morar com ele. Ele havia percebido quando ela tinha deixado de usar a aliança dada por Carson e aquele foi um momento significativo, que de alguma forma significava que ela estava pronta para seguir em frente. Mas ele agiu de forma estúpida e insegura.

– Eu vou te dar todos os bebês que você quiser assim que você quiser – prometeu ele, com ternura. – Na verdade, proponho que assim que você se recuperar o bastante, a gente comece a praticar muito.

O sorriso dela bastaria para deixá-lo de joelhos, se Dash já não estivesse ajoelhado diante de Joss.

– Então, talvez seja o caso de pensarmos em nos casar em breve – falou Joss, com provocação. – Eu odiaria ser uma mãe sem estar casada com o pai dos meus filhos.

– Assim que você estiver em condições de viajar, nós vamos para Las Vegas e nos casamos imediatamente – afirmou ele. – Não quero que você tenha tempo para mudar de ideia, por isso quanto mais cedo, melhor. E se você resistir, vou usar meus métodos para *fazer* você casar comigo.

Ela riu e o som daquela risada preencheu o último vazio que ainda havia no coração de Dash. Ele era mesmo um filho da mãe muito sortudo. A mulher que ele amava (e havia amado desde sempre) estava dando outra chance para que ele provasse seu amor. Dash jamais daria uma outra razão para duvidar dele e amaria Joss e os filhos que tivessem até o dia de sua morte.

EPÍLOGO

Dash parou diante do túmulo de Carson. Era a primeira vez que ele vinha sozinho ao cemitério desde o dia em que o amigo tinha sido enterrado. Em todas as outras visitas, sempre estivera acompanhado de Joss. Só que agora ele não queria que ela estivesse ali e por um motivo simples: Joss tinha prometido a si mesma que não iria voltar, pois não era dessa maneira que gostaria de se lembrar do marido.

Esta também seria a última vez que Dash viria ao local, mas ele achava que era preciso se despedir da maneira correta. Joss não era a única pessoa que precisava se libertar. Ali estava ele, diante do túmulo do seu melhor amigo, preparado para confessar tudo e garantir a Carson que Joss era amada e podia contar com o cuidado e a proteção dele pelo resto da vida.

– Eu estraguei tudo, cara – disse Dash, sem rodeios. – Você já sabe disso. Acho que deve estar querendo chutar a minha bunda por causa de toda a dor que provoquei em Joss. A dor que eu causei a ela. Eu mereço. Se eu pudesse, eu mesmo chutaria minha bunda.

Dash respirou profundamente, pego de surpresa pela emoção que o oprimia, ao mesmo tempo em que uma dor intensa, de longa data, corria dentro dele.

– Eu fiz uma promessa para você e não cumpri. Peço desculpas a você, de verdade. Você me deu um presente maravilhoso e eu vou ser sempre grato por isso. Por você compreender e nunca me julgar.

Ele parou por outro longo momento, tentando colocar as suas emoções sob controle.

– Ela está feliz agora. Nós estamos felizes. Eu acertei as coisas e agora estamos casados. Eu sei que você sabe disso, mas eu precisava vir aqui e contar para você. Eu amo muito a Joss, cara. Com todo o meu coração. Graças a Deus, ela não desistiu de mim e concordou em me dar outra chance. Eu não vou decepcioná-la novamente. Nem a ela nem a você. Vou amá-la e protegê-la para sempre, como a minha própria vida. Não existe nada que eu não faria para deixar a Joss feliz, assim como você sempre fez tudo o que era necessário para isso. Espero que você esteja em paz agora, Carson. Joss e eu amamos muito você, vamos amar para sempre. Mas ela tem um coração enorme e uma capacidade de amar infinita. Ela me ama agora, mas sempre irá amar você também, e eu aprendi a aceitar isso, porque hoje eu sei que no coração dela tem espaço para nós dois. Amar você não tira o amor dela por mim e eu agora posso aceitar isso. Antes eu não era capaz.

Dash se afastou, observando uma nuvem no céu, radiante sob a luz do sol que se projetava sobre o túmulo. Sentiu imediatamente um calor tão intenso que só podia ser a presença de Carson – uma presença afetuosa e compreensiva, como havia sido durante toda a vida.

– Eu vim aqui para dizer adeus, assim como Joss se despediu da última vez em que esteve aqui, há algumas semanas. Como ela, eu também pretendo não voltar mais. É uma escolha que nós dois fizemos porque não é assim que queremos nos lembrar de você. Temos muitas outras boas lembranças e são essas que preferimos guardar. Obrigado, cara. Você nunca vai saber o quanto eu sou grato por você ter confiado a Joss para mim. Nós estamos felizes. Ela me faz tão feliz que, às vezes, não consigo olhar para ela sem ter vontade de cair de joelhos. Sei que você deve estar familiarizado com esse sentimento, pois era assim que se sentia em relação a ela. Joss é uma mulher muito especial e nós dois temos muita sorte por termos ganho o amor dela, o acolhimento e a generosidade dela. Nós estamos planejando ter filhos. Isso não vai demorar, ao menos se depender de mim. Ela sempre quis, mas eu entendo os seus motivos para não querer tê-los, mesmo sabendo, Joss e eu, que você iria amá-los, protegê-los e jamais seria capaz de prejudicá-los. Decidimos que o nosso primeiro filho terá o seu nome, em homenagem por ter nos unido. A sua memória irá viver por meio dele, e Joss e eu iremos manter sua memória viva entre nós. Sem tentar fazer você desaparecer. Você foi importante para nós dois, uma parte essencial do nosso passado. Mas agora estamos olhando para frente e nós dois estamos prontos para nos libertar do que já foi e seguir em frente com nossas vidas.

Dash passou a mão sobre a lápide, em toda a sua altura.

– Muito obrigado por ter amado a Joss e por ter me amado também – Dash sussurrou. – Você não precisa se preocupar mais. Ela está em boas mãos e eu prefiro morrer a machucá-la novamente. Você tem a minha palavra. Adeus, meu grande amigo. Que você descanse com os anjos até que todos nos encontremos de novo.

Com o coração mais leve e um peso imenso retirado dos seus ombros, Dash deu meia-volta e se apressou na direção do carro, onde sua esposa esperava por ele. Quando ele se aproximou do veículo, Joss abriu a porta e saiu, com um sorriso lindo e deslumbrante, tão quente que até mesmo o sol não poderia competir com tanto esplendor.

Os olhos dela se suavizaram e ela estendeu uma das mãos conforme ele se aproximava. Joss não disse nada, simplesmente apertou as mãos oferecendo seu apoio silencioso. Ela não olhou para trás na direção do túmulo de Carson nem por um instante, e em seguida Dash a conduziu de volta para o carro, acomodou-a e dirigiu-se para o assento de motorista.

Quando entrou, Dash não deu a partida. Em vez disso, virou-se para apreciar melhor sua esposa. Sua linda, amorosa e generosa esposa.

– Eu amo você – ele falou, com a voz ainda tomada pela emoção.

Joss se curvou sobre o banco e acariciou o rosto dele, dando um beijo em seguida.

– Eu também amo você, querido. Agora vamos para casa e começar a treinar para encomendar aqueles bebês que você me prometeu.

Dash sorriu, subitamente tomado pela sensação de que poderia enfrentar o mundo. Ver Joss grávida de um filho dele? Que maravilha! Ela não estava usando nenhum anticoncepcional naquele mês e o ciclo dela era perfeitamente regular. Se dependesse dele, os dois passariam os próximos dois dias sem sair da cama, e ele faria tudo o que estivesse ao seu alcance para iniciar a família que ambos desejavam tão desesperadamente.

Mas o mais importante era o fato de que Joss agora pertencia a ele. Ela era sua esposa, sua amante e sua melhor amiga. Sua submissa cheia de amor. O que ela provavelmente não sabia, porém, era que, embora o papel de dominador coubesse a ele, Dash estava absolutamente aos pés dela, dependente do amor incondicional que vinha dela.

Joss podia ter se submetido a ele, mas Dash seria escravo dela *para sempre*.

– Vamos começar a fazer aqueles bebês – disse Dash, com voz rouca. – Mal posso esperar para ver você com um filho meu na sua barriga. Você está tão linda que eu só posso imaginar beleza maior quando estiver carregando o nosso bebê.

Confira um trecho do segundo volume da trilogia Surrender.

MAYA BANKS

SUBMISSÃO

LIVRO DOIS DA TRILOGIA SURRENDER

LeYa

– Kylie, você pode por favor vir ao meu escritório? – pediu Jensen pelo interfone.

Ele sabia que o chamado iria aborrecê-la, mas Kylie tinha sido tão clara quando disse que não queria vê-lo na sala (nem no espaço) dela que não havia outro jeito. Não era uma solicitação descabida em se tratando de um chefe e sua assistente.

– Um momento, senhor – respondeu ela com um tom ríspido que o fez sorrir.

Kylie estava realmente determinada a manter o relacionamento deles, se é que dava para dizer que eles tinham algum tipo de relacionamento, em um plano completamente impessoal e restrito ao contato entre um superior e sua subordinada.

Ele sabia que ela odiava o fato de Dash estar ausente do escritório por um longo período porque ele, em geral, fazia o papel de mediador entre os atritos de Jensen e Kylie. A maioria dos pedidos vinha de Dash, até mesmo no caso de assuntos que envolviam Jensen, porque Dash fazia de tudo para proteger Kylie.

Mas aquilo bastava. Se eles iriam trabalhar juntos por bastante tempo, e essa era a intenção de Jensen, Kylie teria de aprender a lidar com ele. E ele pretendia ajudá-la nisso. Kylie era uma garota extremamente inteligente. Tinha um MBA e, na opinião dele, toda aquela formação não era bem aproveitada no cargo que ela ocupava agora. Tratava-se de uma posição que a deixava confortável e ele sabia que ela preferia que tudo fosse dessa maneira.

Kylie não gostava de nada que a tirasse de sua zona de conforto: ela gostava de rotina – uma característica que ambos tinham em comum, embora ela odiasse saber que os dois partilhavam alguma coisa.

Na realidade, porém, tinham mais coisas em comum do que Kylie imaginava ou poderia admitir. Os dois eram pessoas disciplinadas e que gostavam de controle. Jensen sentia-se plenamente preparado para se envolver em uma batalha de vontades, luta que ele pretendia vencer. Ele só desejava não pressioná-la demais a ponto de abandonar o emprego.

Em poucos instantes, Kylie apareceu na porta, com uma expressão séria e impassível acompanhando um olhar gélido.

– O senhor precisa de alguma coisa?

– Pode me chamar de você – falou ele, secamente. – Nunca vi você chamar o Dash de senhor. Pode me chamar de Jensen, ou então não me chame de nada.

Kylie apertou os lábios e ele suspirou.

– Será que com você tudo vai ser uma luta, Kylie? Não pedi nada de mais para você. Diga meu nome. Diga – ele desafiou. – Acho que você não vai morrer se fizer isso.

– Precisa de alguma coisa... Jensen? – Dizer aquele nome parecia o resultado de um esforço físico, como se ela tivesse de obrigar seus lábios a pronunciar o que não queria. Mas era um começo.

Ele fez um gesto para que ela se acomodasse na cadeira em frente à mesa dele. Hesitante, Kylie se aproximou e sentou-se na beirada da cadeira. As mãos dela permaneciam apertadas sobre o colo e ela tinha a aparência de um animal preparado para fugir ao notar o primeiro sinal de perigo. Jensen duvidava que ela soubesse como o medo que sentia era tão aparente. Os olhos de Kylie pareciam imensos e as narinas dilatadas, e era possível ver a pulsação acelerada na região do pescoço.

– Não vou pular sobre a mesa e atacar você – falou Jensen.

Os olhos dela se fecharam por causa da irritação:

– Pois eu chutaria sua bunda se você tentasse.

Jensen jogou a cabeça para trás e riu, enquanto os olhos de Kylie se arregalavam, surpresos. Ela parecia... chocada.

Ele retomou a seriedade e olhou para ela com curiosidade.

– O que esse olhar quer dizer?

Imediatamente, ela abaixou o olhar e se recusou a responder.

– Kylie? – ele insistiu.

Ela respirou fundo e ergueu a cabeça, com uma expressão rebelde no olhar e o queixo erguido.

– Simplesmente eu nunca vi você rir. Nem sorrir, na verdade. Como antes, na minha sala. É a primeira vez que vejo algum sinal de interesse na sua expressão. Você não mostra muito o que sente, ninguém pode saber o você que está pensando.

Jensen moveu as sobrancelhas – então, ela tinha prestado atenção nele. Sabia o bastante sobre ele a ponto de ele perceber que ela havia gasto bastante tempo observando-o e analisando suas reações.

A descontração dele deu origem a um sorriso e, mais uma vez, Jensen notou a surpresa no rosto de Kylie.

– Mais pessoas já me acusaram de ser um filho da mãe insensível e sem coração – ele falou, em tom de diversão. – Talvez você atraia um outro lado da minha personalidade que ninguém mais consegue ver.

Kylie reagiu com contrariedade diante daquela confissão.

– Você precisa de alguma coisa? – insistiu ela, claramente ansiosa para terminar logo aquela conversa.

Jensen sabia que tudo o que ela queria era voltar rápido para a segurança da sala dela, onde ficava isolada do resto do mundo. Sabia também que, todos os dias, Kylie ia direto para casa. Tinha uma vida social praticamente inexistente, descontando os eventuais almoços com Chessy e Joss, as duas melhores amigas dela. Na verdade, esse círculo de amigos era o único contato que ela tinha com as pessoas.

Com certeza aquela era uma existência solitária, e ele achava terrível. Odiava o fato de o passado de Kylie ter comprometido o futuro dela do jeito que comprometia o presente, assim como lamentava o fato de ela não ter conseguido superar os problemas do passado.

Ele pegou a pilha de papel que estava na frente dele.

– Gostaria que você desse uma avaliada nessas propostas. Como eu falei aquela hora na sua sala, a S&G Oil está reestruturando uma das refinarias. Precisam enxugar cem milhões de dólares das despesas e querem encontrar maneiras de combinar algumas funções. A ideia é eliminar pelo menos trinta cargos e cortar todas as despesas que não forem essenciais, e para isso querem a nossa ajuda.

Kylie estava visivelmente perplexa com aquele pedido.

– Mas, Jensen, eu não entendo nada desse assunto. Sou só uma assistente administrativa...

Ele voltou a sorrir, atento para a reação dela ao sorriso dele. Ela não era indiferente a ele, o que possivelmente a irritava mais ainda.

– Quero que você aprenda – respondeu ele, com suavidade. – Quando Carson estava vivo, ele e Dash queriam encontrar mais um sócio. Eles tinham muito trabalho e era demais para Dash dar conta, então ele teve de se esforçar muito para manter a empresa em ordem até a minha chegada. Acho que ainda tem espaço para esse terceiro sócio e você pode ocupar esse espaço. Tudo o que falta para você é experiência.

Kylie ficou boquiaberta e sem saber o que responder. Jensen ficou contente por provocar tamanho desequilíbrio. Essa mulher nunca era econômica nas reações.

– Você quer que eu seja sócia da empresa? – ela perguntou, com espanto.

– Não posso fazer essa promessa – ele respondeu, com suavidade. – Vamos imaginar que essa é a sua prova de fogo. Isso não vai acontecer de hoje para amanhã nem nos próximos meses, mas não vejo motivos para procurar outro sócio lá fora quando temos uma pessoa perfeitamente capaz que já trabalha na empresa. Você sabe de tudo o que acontece nesse escritório, Kylie. Todas as informações passam por você. Você conhece todos os clientes. É você quem agenda as nossas reuniões e sabe tudo o que a empresa faz. Não vejo nenhum motivo para não ter a oportunidade de ser promovida.

Kylie olhou para a pilha de papéis que ele aproximou dela sobre a mesa. Eram as informações que ela havia organizado para ele e para Dash. Ela com certeza estava familiarizada com o processo.

Ele podia jurar que viu um brilho de entusiasmo nos olhos dela, mas o sinal desapareceu antes que fosse possível ter certeza.

– O que você quer que eu faça? – ela perguntou com uma voz rouca.

– Daqui a três dias, teremos uma reunião com o diretor financeiro da S&G. Quero que você vá comigo a essa reunião. Você tem esse prazo para entender melhor os pontos fortes e fracos da empresa. Identificar os cargos, salários e atribuições de cada profissional que aparece aqui. Quais são os *overheads*, os gastos que eles controlam e tudo o que gastam. Quero que você faça um levantamento e me apresente em dois dias, antes da reunião com o diretor financeiro deles. Quero saber quais são suas sugestões e vamos discutir isso antes de irmos conversar com eles.

Kylie olhou para Jensen sem acreditar no que estava ouvindo.

– Você está confiando um contrato dessa importância para mim?

– Eu não falei que vou concordar com suas propostas – ele falou, com suavidade. – Só disse que quero saber o que você acha. Vamos avaliar juntos, ver os pontos de acordo e de discordância e combinar tudo em um projeto antes de apresentar na reunião.

– Eu não estava esperando isso – Kylie murmurou.

Mas Jensen conseguiu ver um brilho nos olhos dela. Ele estava certo: ela gostava de desafios tanto quanto ele. Estava desperdiçando talento naquela função de assistente administrativa. Afinal, era uma posição segura e ela poderia fazer aquele trabalho com um pé nas costas. Mas ela precisava de um desafio, algo que fizesse o sangue dela acelerar, lembrando-a de que ainda estava viva.

– Acredito na sua capacidade, Kylie. Você também acredita, não é?

Desta vez, o fulgor tomou conta dos olhos dela e ele precisou conter um sorriso de vitória. Era claro que ela gostava de um bom desafio, e talvez jamais tivesse encontrado uma oportunidade assim na vida. Não que ele duvidasse da confiança que Dash depositava em Kylie, mas ele havia envolvido a garota em uma redoma de vidro após a morte de Carson e, pelo que Dash dissera, Carson havia feito o mesmo enquanto viveu. Nenhum homem queria fazer nada que ferisse aquela mulher tão frágil.

Mas toda aquela fragilidade camuflava uma mulher inteligente e capaz, oculta em uma concha, e Jensen pretendia mudar essa imagem. Era provável que Dash ficasse furioso se soubesse o que Jensen estava fazendo, mas, pelas próximas duas semanas, ele estaria no comando da empresa, enquanto Dash se manteria totalmente longe de tudo o que se relacionasse com a empresa – como tinha de ser. Jensen pretendia aproveitar aquelas duas semanas ao máximo.

– Eu topo – responde Kylie, com uma voz firme. – Quando você quer avaliar a minha proposta?

– Quarta à noite, no Capitol Grill. Sei que você e suas amigas gostam do Lux Café, mas prefiro um lugar mais calmo e sossegado para conversarmos sobre um assunto tão confidencial. Vou reservar uma mesa em uma área mais isolada, onde ninguém escute nossa conversa.

A testa de Kylie exibiu algumas rugas e Jensen quase conseguiu enxergar o movimento dentro daquela cabeça.

– Não seria mais seguro conversar sobre isso aqui na empresa mesmo? – Kylie perguntou. – Não acho necessário um jantar.

– E não é mesmo – ele concordou. – Mas é assim que eu quero.

Ela não tinha nada a dizer em relação a isso, mas deixou claro que não apreciava em nada a ideia de um jantar com Jensen.

– Vou fazer uma reserva para às sete horas – ele prosseguiu, como se ignorasse o desconforto dela. – Vamos estudar a sua proposta. Vou ouvir as suas sugestões, levar pra casa e depois preparamos a versão final. Na quinta-feira, pego você na sua casa às oito da manhã e vamos juntos para a S&G, para a reunião com o diretor financeiro.

Jensen podia ver que ela estava em meio a uma batalha épica consigo mesma. Kylie claramente não queria jantar nem encontrar-se com ele fora da empresa, e menos ainda ir junto com ele para aquela reunião, mas também não estava disposta a perder a oportunidade que ele acabava de colocar diante dela.

Kylie mordeu os lábios de ansiedade e Jensen nunca desejou nada mais do que saltar sobre a mesa e consertar os danos que ela fazia nos próprios lábios com um beijo. O pênis de Jensen reagiu àquele pensamento e ele agradeceu por estar sentado atrás de sua mesa, de forma que ela não podia notar a resposta física que provocava nele. Ela com certeza ficaria assustada e sairia correndo para as montanhas, de onde seria muito difícil resgatá-la tão cedo.

Jensen suspirou, ordenando em silêncio que seu pênis se comportasse. Na verdade, ele não sabia explicar muito bem por que aquela mulher causava aquilo nele. Devia ser o desafio – ela era um desafio e ele não resistia a missões aparentemente impossíveis. Mesmo quando tentava descobrir os mistérios da atração por uma mulher que parecia não corresponder, ele sabia que mentia como ninguém.

Ela despertava todos os instintos protetores dele e o fazia querer cuidar dela, agradá-la e protegê-la de tudo o que pudesse machucá-la, tanto física quanto emocionalmente.

Droga, ele queria poder mostrar para ela que nem todos os homens eram brutais. Nem todos os homens dominantes eram tão concentrados nos aspectos mais físicos da dominação. Com Kylie, o que ele desejava era a rendição emocional. Ele nunca a marcaria ou amarraria em uma cama, jamais usaria o chicote para atingir aquele corpo suave. Não faria nada que a assustasse ou a deixasse vulnerável, como ela já havia se sentido no passado nas mãos de um monstro. Não faria nada que a lembrasse dos abusos do passado, preferiria morrer a deixar que isso acontecesse. Ele também tinha os próprios demônios para combater e se sentia fisicamente ferido com a ideia de fazer algo que alguma mulher pudesse entender como uma forma de abuso.

Ele apenas queria... Kylie.

– Tudo bem – concordou ela finalmente, com uma voz trêmula que o excitou ainda mais. Havia entrega naquela voz. Não se tratava de submissão ainda, mas era algo próximo e bastou para incendiar o sangue que corria pelas veias de Jensen, porque, pelo menos uma vez, ele tinha conseguido uma vitória.

– Encontro com você no restaurante às sete horas.

Kylie ergueu o olhar de forma ousada, como se o desafiasse. Jensen se limitou a sorrir de volta: ele deixaria que ela saboreasse essa pequena conquista, porque a vitória maior já era dele. Um jantar, só os dois. Claro, eles iriam conversar sobre trabalho, mas ele queria aproveitar a oportunidade para decifrar melhor aquela mulher misteriosa. Descobrir o que fazia a diferença para ela. E ainda iria buscá-la no dia seguinte e levá-la com ele à reunião, o que significava que ela ficaria sob a dependência dele o dia inteiro.

Jensen gostou da ideia, gostou muito. Aquela mulher dependendo dele. Para o inferno a preocupação em não magoá-la ou fazê-la se arrepender por confiar nele – ele sabia que ela não confiava nele *ainda*. Esse era o grande desafio a ser superado, mas uma coisa de cada vez. Uma vitória de cada vez.

– Às sete horas está ótimo – ele concordou.

Kylie ficou surpresa e mostrou isso em sua expressão. Ela já estava se preparando para discutir, os ombros erguidos e a postura ereta de quem enfrenta algo. Isso também o excitava, quase que violentamente.

Jensen podia gostar de mulheres submissas, mas submissão não era sinônimo de indiferença. Ele adorava mulheres independentes e perfeitamente capazes de fazer suas próprias escolhas. Mulheres submissas, pelo menos as que ele conhecia, haviam *escolhido* a submissão. Tinham *optado* por oferecer rendição ao dominador, e isso era muito intenso.

Ele queria uma mulher forte, alguém que não precisava dele ou do que ele oferecia, mas *queria* aquilo. Fazia toda a diferença para ele. Ele queria alguém capaz de se defender e não recuar, capaz de ficar à altura dele. Que poderia encará-lo de igual para igual.

E o que ele daria em troca? Ele colocaria o mundo aos pés dessa mulher. Não haveria um desejo dela que ele não atendesse. Iria cuidar dela, mimá-la e adorá-la.

Jensen queria tudo isso com Kylie. Havia decidido isso desde a primeira vez em que a viu, naquele jantar na casa de Dash. Ele tinha visto as sombras que moravam nos olhos dela e o tormento que ela tentava esconder do mundo. E queria ser a cura para a dor que ela havia suportado e que ainda a acompanhava até hoje.

Só que, para isso, ele iria precisar de muita paciência. Uma paciência infinita. Essa não era uma qualidade forte na sua personalidade, mas pela mulher certa valeria a pena tentar. Jensen teria de desenvolver uma paciência de Jó.

Kylie pegou os papéis, já estudando o conteúdo. Jensen podia ver a mente dela em funcionamento, tentando entender tudo aquilo. Ele sabia que ela era uma mulher muito inteligente e com talento para o mundo dos negócios, e seria capaz de apostar que estava sendo desperdiçada na função que ocupava. Mesmo que as coisas não saíssem como ele esperava, ainda assim ela poderia ser uma parceira valiosa para a empresa um dia. Isso se ele conseguisse não apavorá-la antes.

– Bom, se é só isso – ela falou distraída, ainda atenta à papelada –, vou voltar para a minha sala e começar o trabalho. Até o jantar da quarta-feira à noite estará tudo pronto.

Jensen voltou a sorrir, olhando para as lindas feições de Kylie. Por apenas alguns instantes, as sombras que pareciam fixas no olhar dela tinham desaparecido e uma chama determinada parecia ter ocupado o lugar. Ele podia sentir o entusiasmo e o ânimo dela. Kylie queria mostrar que era capaz. Estava reagindo muito bem ao desafio e ele mal podia esperar para ver os resultados.

Também sabia que ela não iria decepcioná-lo, que era bem mais inteligente do que Carson e Dash haviam imaginado. Não que os dois tivessem depreciado aquela garota ou duvidado da capacidade dela, mas apenas os dois estavam envolvidos demais emocionalmente e seguiam seus instintos de proteção. Jensen entendia tudo aquilo e concordava até certo ponto.

Mas o fato era que tanta proteção não havia contribuído em nada para o crescimento dela. Kylie precisava de desafio, de uma válvula de escape para sua inteligência e capacidade analítica. Um macaco bem treinado daria conta do trabalho que ela executava agora – atender ao telefone, marcar compromissos, preparar contratos para serem assinados e administrar o andamento do escritório

O que ele estava oferecendo era bem mais do que isso.

Igualdade.

Quando em sua vida Kylie havia tido a sensação de que era igual a alguém no mundo? Havia passado toda a sua vida no papel de vítima – e com bons motivos para isso. Mas havia chegado a hora de abandonar esse papel e se tornar uma sobrevivente – uma sobrevivente que conseguiu superar o passado e tomar as rédeas do presente.

Mesmo que ele não conseguisse muito mais do que aquilo, se chegassem ou não a um relacionamento mais íntimo, não importava: de qualquer forma, ele se orgulharia muito dela.

QUER SABER MAIS SOBRE A LEYA?

Fique por dentro de nossos títulos, autores e lançamentos.

Curta a página da LeYa no Facebook, faça seu cadastro na aba *mailing* e tenha acesso a conteúdo exclusivo de nossos livros, capítulos antecipados, promoções e sorteios.

A LeYa também está presente em:

www.leya.com.br

facebook.com/leyabrasil

@leyabrasil

instagram.com/editoraleya

google.com/+LeYaBrasilSãoPaulo

skoob.com.br/leya

1ª reimpressão Junho 2015
papel de miolo Pólen Soft 70 g/m²
papel de capa Supremo 250 g/m²
tipografia Trade Gothic LT STD e Sabon LT STD
gráfica Pancrom